火警电话

（及各种灾害救援、求助等）：

119

火灾隐患

举报电话：

96119

119 救援不收费、119 救援不收费、119 救援不收费，重要的事说三遍。但是，请勿谎报警情，浪费公共资源，报假警可能会被拘留！堵占消防通道，也会被拘留哦。

正确报警姿势：快速拨打 119，讲清灾情具体发生地点，尽可能描述灾情性质（起火或其他灾害），有无被困人员、有无爆炸及泄漏、火势大小等情况。

消防涨知识

衣食住行篇

出门三件事，熄火、断电、关燃气

奉上纠结派
实用知识

家庭煤气罐起火，先关煤气还是先灭火？（视情况而定）

一、在煤气罐阀门完好的情况下，首先是关阀门（此处不要听信网上流传的“先灭火、后关阀，回火致爆”的谣言，此处答案向消防员小哥求证过）。

二、如果煤气阀门损坏，又分两种情形：

1. 可移动情况下，移到空地站立放置，用水冷却瓶身，等待燃烧完毕；

2. 如在家中无法移动，通风良好并保证周边无燃烧物的情况下，可先灭火，用湿布等堵住瓶口，送专业气站处理。

3. 如果煤气罐已经躺平在地，火焰朝下燃烧，是极易发生物理爆炸的，怕是处理不了了，打个免费 119 不香吗？

可供选择困难症解锁姿势

假设你所在的高层建筑起火了，逃生是向上还是向下？依旧是看情况。

首先你得冷静，才能自救，判断一下起火点位置和烟雾方向。如果在你楼上，赶紧走疏散楼梯离开，切勿乘坐电梯啦；起火点如果在你楼下：选择另一个远离火源的逃生通道下楼逃生，如果只一条通道，就别往下跑了，朝上跑，但前提是你确信天台正敞开怀抱迎接你才行。如果没有天台这类空间接着你，或者你无法确定有木有，那就躲到门密封性好且有通风窗户的房间，等待专业的消防员救援吧。为了让他们尽快发现你，建议你把自己本命年大红秋裤脱下来，朝窗外使劲挥，再把背心打湿捂住口鼻。

还有最重要的一条，若是人还有往外跑的机会，千万别贪恋财物了，一辈子不容易，活着才是硬道理。

有车一族，着重关注这一条

驾乘空间，不存放易燃物品（打火机、香水）等，估计都听说过。为防车辆自燃等引起火灾，定期维护保养、及时清理发动机舱内杂物、线路检修很重要。

但是，千防万防，万一它还是玩自焚。初期小火，灭火器、毛毯、沙子都可以安排上，但火势已经很大了，切记不要盲目打开发动机舱，避免火势扩大。特别是电动汽车，扑救难度大，电池容易复燃，还是请专门的人（消防员）来做专门的事儿吧。

另外，车内可以常备一把小刀，一旦遇到交通事故或者火灾，安全带有可能变成束缚，成为逃生障碍，一把小刀也许可以带你走出困境。

手机及手机续命——充电宝

人手一个，有了它再也不担心与世界失联了，但没有良好的充电习惯，有可能与这个世界失陪了。（冒汗）

正确使用充电宝：购买正规充电宝；不在温度过高的情况下使用充电宝；请勿将充电宝与其他尖锐的工具放在一起。一旦发现充电时温度过高，要立即停止使用。

还有同样重要的一条放在最后说，就是边玩手机边充电的习惯，几乎每个人都曾有过，虽未见得每个人都曾“爆炸”过，但谁知道你的明天和意外哪个先来呢？

所谓“消防”实则是“防消结合，预防为主”，如果我们平常做到预防在先，就不会到了“消”那一步，因为一旦到了呼叫消防员来“消”的那步，恐怕你失去的有点多哦！所以，要养成家庭日常备些常用救生装备的习惯，别只顾装备什么宝马香车，没事儿也弄俩灭火器、逃生面罩、救援绳、救援包等，以防万一。

电动车

电动车作为代步工具，近年来是很多人的“交通武器”，但电动车起火爆炸事故，同样也达到了“武器”效果。正确使用电动车，就显得尤为重要了。

方法奉上：不要乱接飞线充电；不要通宵充电；充电环境需通风，不要停放在楼道里充电；切记，充电完成时及时断电。更别盲目改装，别以为你武艺高强，电动车要是爆了，武功更高强，搞不好会连你一块儿带走。

生活中那些不能用水扑灭的火（专业人员未到场，前期小火自救知识）

汽油，汽油密度比水小，汽油用水扑的话，上面的汽油仍会燃烧，危及其他。此处应用泡沫、二氧化碳或干粉灭火器（油漆同上）。

家用电器发生火灾时，首先切断电源，在无法断电的情况下，千万别用水，也不能用泡沫灭火器灭火，因为水和泡沫都会导电，应用二氧化碳或者干粉灭火器，这俩手边都没有的话，用干沙土（比如，久不浇水的花盆土）。

油锅起火家庭最常见，切记，一定不能用水，否则有可能“炸锅”给你看哦（白眼）。正确的扑救姿势：切好的冷菜倒进去，用锅盖或打湿的毛毯直接盖上去，直至油锅呼吸不到空气，“窒息身亡”。

另外，高压电、钢水、铁水之类也不能用水浇。不过，这东东“普通的你”也搞不定，还不报警。不跑路等什么呢？

极端天气篇

大风

行走：避开“狭管效应”“高空坠物”。大白话就是，大风天走路、骑车，别走在高层建筑物形成的狭长通道间，万一风吹来“礼物”，恐避之不及；大树和广告牌亦是潜伏的危险区，一旦风乍起，行人最好远离。

开车：大风天气能见度低，不要突然随意改、插、加塞，保持车距。如果驾驶的是货车，物资捆牢，是对他人负责，更是对自己的荷包负责。

雷电

人在家中坐的话，建议关闭窗户。也不宜使用沐浴器、热水器，尽量不要拨打电话；在雷电来临前，最好将一些电器的线路断开，以免电视机、电脑等引雷入室，发生火灾，那就真成了“锅从天上来了”。

人在户外行的话，开车，就不要将头手伸出窗外了；行走的话远离外露水管、煤气管道等金属物，避开大树、电线塔及各种外露金属管线和容易导电物体。因为此时，人也是个“导电体”，万一你和这些金属物擦出“爱的火花”，恐怕就爱到灰飞烟灭了。

暴雨

户外行走时，别看美女、帅哥了，注意观察路况，防止跌入窨井、地坑。

驾车人员驾的若不是水陆两栖的座驾，就不要盲目穿越立交桥啦，积水深的话，真的会坑哦。至于能见度下降，还用我说吗？看不见啊？说明“虾”啊。So，减速慢行，保持车距！别动不动就想耍流氓“亲”前车！

户内进雨时，最好切断电源，关闭煤气阀和电源总开关。至于危旧房屋，小内涝，挡水板、沙袋、旧衣物统统安排上；但遇到大洪水，就不要收拾细软啦，听从政府及救援人员的安排，赶紧转移吧，还等着玩漂流啊？

意外灾害篇

火灾自救逃生知识

1. 发生火灾，及时报警，牢记火警 119；

2. 说清楚起火点具体地址；

3. 说清起火东西和火势大小，有无被困人员；

4. 说清报警人姓名和联系方式；

5. 注意听消防人员询问，尽量简洁明了回答；

6. 报警后最好到路口等候消防车，协助消防车通往火场；

7. 如受到火势威胁，被困，尽快将衣物、被褥等打湿，无论逃生或者坚守待援；不要往犄角旮旯钻，那样消防救援人员来了也找不到你；更不要依恋财物，往火场里跑。

地震自救避震知识

1. 地震时就近躲藏，震后迅速撤到安全、避震区域；

2. 发生地震时躲在屋内结实、不易倒的，并能掩护身体的空间或者物体旁，别像鸵鸟似的，只把头埋进去，屁股露外面，那样也会受伤；

3. 发生地震时，应采取趴下、蹲下或坐下姿势。趴下脸朝下，但不要压了口鼻，那样就算没被压坏，也有可能被捂坏。蹲下、坐下姿则尽量蜷曲身体，抓住身边牢固物，以免发生位移，受伤；

4. 发生地震躲避时，用手护住头部、后颈，有可能的话，用枕头、被褥等顶在头上以做保护！低头、闭眼，以防异物伤到眼睛，有条件时戴个口罩或用湿毛巾护住口鼻，防止灰尘、毒气等吸入；

5. 发生地震时，如在室外，远离建筑物，寻找空旷、安全地带；如在学校、商场等娱乐公共场所，不要乱挤乱跑，听从专业人员指挥，有序疏散，避免发生踩踏事故。

祖国向日葵中小学生篇

小朋友是祖国的花朵儿，为防止花朵打蔫，**小朋友要时刻谨记消防安全**。

屋内玩耍不要玩打火机、火柴等引火源；更别把没完成的作业本给点了，烧了“作业”你可能会收到消防员叔叔及来自社会各界捐赠的黄冈习题——数以万套。

停电时，貌似可以理不直气也壮地不写作业了吧，毕竟蜡烛靠近易燃的纸张，加上你那不爱学习的熊孩子，备不住烧得不只是作业本啊！非要刻苦到凿壁偷光的劲头也鼓励，不过，父母最好在眼前看护好自己的娃。

外出游玩时，不烧树叶、不放烟花；若在学校等公共场所，发生火灾时，听从老师指挥，沿疏散标志撤离现场。

放学回家的小朋友，也要管好自己“熊爸熊妈”。这年头坑娃的熊爸妈也越来越多了，所以你要看好自个爹，别让他躺沙发上、床上吸烟；提醒你娘油锅起火，千万不要用水浇；也要提醒隔壁王叔叔，他家有什么安全隐患，尽早处理。因为城门失火，也会殃及渔池哦。

看好自己，护好邻居，大家好才是真的好哦。

公共场所、人员密集区疏散篇

留意安全出口

进入商场时，不妨留意一下安全出口、疏散通道位置，关键时刻能救你一命哦。当然，商场等公共场所也要定期自检，不在消防通道、楼梯口等地方堆放杂物。当火灾发生时，自己跑的时候，顺便喊大家一声，一起逃，依序逃，你举手之劳，没准儿能挽救几条人命。

进入宾馆、娱乐等场所时，仔细阅读疏散指示图，不要躺在床上吸烟、乱扔烟头。起火的若是较低层，可以考虑用窗帘或者床单固定在窗户上，顺绳而下脱险，但若是高层，千万千万不要跳楼，发出明显信号，等待专业人员救援吧。

公共场所防踩踏知识

遭遇拥挤人流时，一定要稳住双脚、踩稳重心，尽可能远离玻璃窗。此时，即使鞋带开了，也不要贸然弯脸提鞋或系鞋带。

在拥挤的人群中，时刻保持警惕，当发现人群开始骚动时，做好准备，保护好自己和他人，发现人群向自己拥来，马上避到一边，但不要奔跑，以免摔倒。

在人群中走动，要顺着人流，切不可逆向而行，你不是消防员。遇到台阶、楼梯时，抓好扶手，防止摔倒。

当发现面前有人摔倒，要马上停时脚步，大声疾呼，告知后面人群不要靠近，以免发生踩踏事故。

消防安全三自行为：自知 自查 自改

人类告别茹毛饮血时代开始，火就成为人类的朋友，但用得不好，火有时也会变成恶魔。为防恶魔意外冒出来捣乱，平常要做到对火、电、油、气三自行为，规避风险。

用火行为

1. 不要卧床吸烟、乱弄烟头；

2. 打火机、火柴等点火器具，也别随意放，尤其是家里有熊孩子的；只有你想不到，没有他“熊”不到的；

3. 室内点蜡、焚香一定要注意防范。我采访时就曾看到过一个现场，就是因为老太太点香引燃的。老太太点了根香，去趟超市的工夫，回来家里已经全部过火了。想不出多严重的，想象一下燃尽的灰堆。

用电行为

1. 尽可能选用正规厂家质量合格的插座、充电设备、电动车、电褥子……总之一句话，家里所有带电产品，选质量合格产品，就算万一发生意外，也有迹可循不是吗？

2. 说走就走的旅行时，最好将除冰箱外，所有电源断掉，以免天气过热，温度过高，电器们来个“说燃就燃的暴躁”；

3. 大功率电器，超过额定电压，比如空调等，电线电路需单独设立；

4. 配电箱、弱电井、强电井等处，不可堆放杂物；

5. 不要自行私拉乱接私线，尤其穿过炉灶等过热的地方，这行为相当于用头发丝儿挂个炸弹，随时准备粉身碎骨呢；

6. 不要聘请不具备专业资质的人修电、改装线路，隔壁老王也不行；

7. 定期检查并更新一下自家插板等接触电源，防止老化、破损，引起更大损失。万一引起火灾就不是换个插板那么简单了；

8. 其他没说到的，也要做好预防。

用气行为

1. 液化气罐体不要存储在有人的房间；

2. 液化气罐不要放在通风不良的地方，比如地下室等区域；

3. 别为了省钱自行改装天然气管道，请专业人员修整时，顺手安装个燃气报警器吧，家里有老人的尤其适用。

消防“冷”知识

新式干粉灭火器：使用前不需要摇一摇，更不需要扭一扭，只需四字诀窍：提、拔、握、压。使用流程是：提起灭火器，拔出保险销，握住喷头，压把手；商场、医院、餐厅等人流密集场所，留意一下消防器材、逃生设备及路线没坏处。

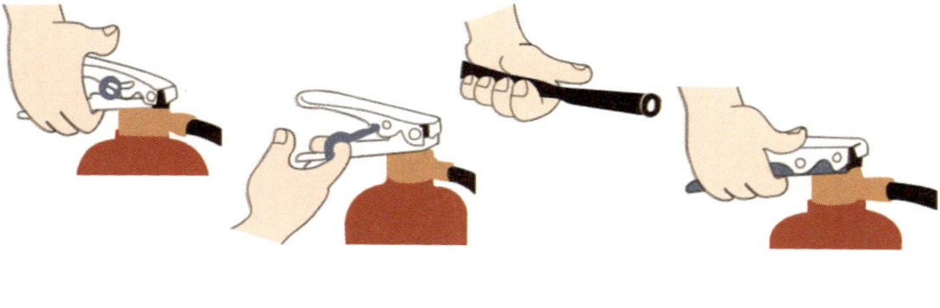

网红降温神器的确“火”

炎炎夏季，“轻轻一喷，即刻降温”喷雾，9.9包邮，就能清凉一夏（下）？

我们来看看它是如何具备此神效的。先看配料表：乙醇、四氟乙烷、LPG（液化石油气，其主要成分是丙烷），还有标注的神秘降温因子，而这个神秘的因子，就是干冰。

这些配料看上去是不是特别活跃，不怀好意的样子？为此，蓝朋友（消防员）们做了实验。主打成分标有四氟乙烷、LPG 的两款产品，喷向点火枪，结果是，遇到明火猛烈燃烧；主打成分为乙醇的更是不失所望，喷到一块肉上，迅速燃烧起来（而你却敢喷到脸上？？）；随后蓝朋友们又做了置于车内等密闭空间实验，喷雾罐体本身就压力大，放到车里时间长，罐体变形、爆炸，很快被炸得四分五裂。

种种实验验证，它们的确很容易“火”，纳尼，用“火”降温？劝您还是三思而后行。

放火烧掉自家房，犯法吗？

现在的人，脑洞大，比较“有见识”，理直气壮地认为根据民法，“我”享有我家房屋所有权，那么是否可以随意支配和处置，包括放火呢？

如果你能精准地让“火”别出门，理论上似乎是行得通，但实操上其实有点扯啦，因为火不是你儿子，它不听你的，即使它是你儿子，也可能很叛逆，容易发展成火烧连营，连累邻居，危害公共安全。那么，根据我国《刑法》规定，故意放火危害公共安全，轻者处三年以上，十年以下有期徒刑，重者。处以十年以上有期徒刑，甚至无期或死刑。

到这儿，你别以为你从此有免费盒饭领了，因为你还要同时承担相应的民事赔偿责任。

一个小小的烟头为什么能引燃一场大火？

因为烟头中心温度可达 700—800 摄氏度。这个冷知识有点热哦。

消防工程师，在家躺赚几十万？

交钱就加入消防队，零风险包就业，消防工程师挂靠培训，掏钱保过，纳尼是不是动心了？动了的话，“小火子”我觉得你中招啦。而且有可能还是连环坑，培训完有可能还要搭售消防器材。台词是这样式的：我们受消防大队委托，灭火器、灭火毯只要 268 元——买它！

还有消防突击检查，您这儿不妥，那儿不合格，必须用我们的，只要 1688 元一套！——买它！

看到这儿，如果你还相信他，那得加粗加黑特别提示了：正规消防培训不收费，不作推销；正规消防监督检查员，着制服、带证件，不推销，不收取任何费用，遇到可疑人员，与消防部门联系；消防工程师考试，提前透题、考后改分都是骗你滴。

如遇到上诉行为，毫不客气拨打 96119 或者 110 举报。

防火门平常要不要关？

平时楼道或商场等楼道，我们经常会看到那种沉重的灰常难打开的灰色门，那就是常闭式乙级消防门。

此门，出厂时装有自动闭门器，随时保持关闭状态。主要材质是由木质、钢制、钢木结构等构成，拥有极强的体格和钢铁意志，耐火时间为一小时。但现实生活中，这个门又重又碍事，又挡光的，经常被人用半拉砖头支;棱着，处于大开状态或者破坏状态，那么一旦发生火灾，有毒烟气会很快弥漫整个楼层，而火灾中大部分死者是被浓烟熏呛致死的，即一氧化碳中毒。那么你说是关呢还是关呢？

消防水枪射程到底有多远？

现正式回应一下小说另一位男主角阎昊昆“水枪也是枪”的豪言壮语。我们来看一看，水枪射程到底有多远。

用数据说话：消防水枪压力范围为：低压水枪(0.2mpa—1.6mpa)；中压水枪(>1.6mpa—2.5mpa)；高压水枪（>2.5mpa—4.0mpa）

那么问题来啦：1mpa=10 大气压力 =10.3323 公斤 / 平方厘米。

也就是说：低压水枪（2.1—16.5kg/c㎡）；中压水枪（>16.5—25.8kg/c㎡）；高压水枪（>25.8—41.3kg/c㎡）。

“蓝朋友”们在现场救援中，一支水枪射程大概在 20 米左右，如果不断加压，一个“蓝朋友”就非常吃力啦，所以，经常会看到两个甚至多个“葫芦娃”串在一条水枪及水枪相连的水带上，进行灭火救援。

消防服里令人心疼的秘密

每个“蓝朋友”的胸牌上，揭开后背面都写着自己的血型。这么做的原因，是当“蓝朋友”发生危险，需紧急输血时，便于快速输血救援。

而每件战斗服的肩上，都有一台小小的呼救器。“蓝朋友”如果静止不动超过30秒，呼救器就会发出警报，一起战斗的队友们听到警报，就会进行救援。

每个“蓝朋友”战斗服的后领处，都装有DRD拖救装置。当“蓝朋友”昏倒在现场时，队友可拉出带子，将受伤的队友拖到安全区域。

消粉福利

消防黑话奉上

奥特曼：表示训练、救援成绩优异的，像奥特曼一样拥有超能力的“战斗员”；

走海路：举个“栗子”，队列训练时，那些老班长带训了很久，还顺拐的消防员，他们也许是走海路来的螃蟹哥……

揉馒头：别家的消防员叠的被子是“豆腐块”，你家的是圆馒头呗。赶紧升级啦。

带色的：消防员一般情况下不可随意

外出，所以，一个外出，一串要求“带货”，想不起带啥时，就会说整点儿带色的呗。队友立马会意，带点饮料的说法。据我所知，最受欢迎的是“肥宅乐”。

消防“硬”知识

1.不占用、损坏、挪用、遮挡消防设施和器材；

2.不要携带易燃、易爆危险品进入车站等公共场所、乘坐公共交通工具，做个对社会负责任滴素人；

3.即使非专业消防员，建议个人具备一点基础的消防常识，比如灭火器使用方法等，在火灾初期很实用，搞不好顺手还能上个头条，收获个女朋友啥的；

4.正确使用家用电器，别动不动瞎开发什么黑暗料理，用电视机是溜不出肥肠来的；

5.给自己换新衣服的同时，没事也给房子换换老化

电器和电线、电路等;

6.不要在维修汽车和清洗机件时吸烟,除非你想自爆;

7.夏季点蚊香时，不要放在可燃物体上;

8.不要用汽油代替燃料使用;

9.教育儿童不玩火,不随意摆弄电器,电器不是乐高;

10.液化气钢瓶,使用时先开气阀再点火;使用完毕,先关气阀再关炉具火;

11.发现燃气泄漏，迅速关闭气阀，打开门窗通风，切勿触动电器开关和使用明火，不要在燃气泄漏场所拨打电话及手机;

12.厨房内其实并不适宜放冰箱,以避免因燃气泄露,冰箱制冷压缩机启动发生燃烧，甚至严重的爆炸事故;

13.家庭装修要向装修公司索要线路图，避免未来出现短路等情况，拉线不当引起火灾等事故;

14.别在电暖器上烘烤衣物；

15.用完电熨斗等电热器具，记得切断电源；如果实在记性不好，建议买个定时器叫醒总是装睡的自己；

16.酒精、稀料、打火机等不要放在阳台上，以免太阳直射发生火灾。存放酒精也要远离火源和热源等；

17.万一身上着火了，保护头部，就地打滚；

18.逃灾时，不要盲目逃生，更不要贪恋财物，因为人生最大不幸是，人走了，钱还在；

19.配备一些基础的灭消工具箱，养成安全环保的生活习惯；

20.人生已经如此艰难了，就不要再人为地制造隐患，意外给自己增加难度啦。

逆行西东

刘小瘦◎著

中国友谊出版公司

在版编目（CIP）数据

逆行而来 / 刘小瘦著. — 北京 ：中国友谊出版公司，2022.1
ISBN 978-7-5057-5372-3

Ⅰ. ①逆… Ⅱ. ①刘… Ⅲ. ①长篇小说－中国－当代 Ⅳ. ①I247.5

中国版本图书馆CIP数据核字(2021)第230535号

书名　逆行而来
作者　刘小瘦
出版　中国友谊出版公司
发行　中国友谊出版公司
经销　新华书店
印刷　文畅阁印刷有限公司
规格　880×1230毫米　32开
　　　12.5印张　270千字
版次　2022年4月第1版
印次　2022年4月第1次印刷
书号　ISBN 978-7-5057-5372-3
定价　45.00元
地址　北京市朝阳区西坝河南里17号楼
邮编　100028
电话　(010) 64678009

如发现印装质量问题，可联系调换
电话　(010) 59799930-601

消防救援国家队转隶改制三周年献礼

正义路特勤站（中队）人物表

姓　名	职　务	出生年月	特　点	人物命运
马　卫	指导员	1990.3	马瘫不软	空降指导员，展开与阎 爱相杀之路。
阎昊昆	站长（中队长）	1990.10	阎王爷	上面那个，既抢自己的位子，又抢自己女人，不灭他灭谁？
苏　澄	副站长（副队长）	1988.6	黑美人	队里唯一的已婚大叔，怕老婆是标配。
陈文锋	副站长（副队长）	1995.8	打酱油	队部干部标配，没多少戏份。
门新科	装备技师（班长）	1988.11	硬汉 老姨母	硬汉上场，温情退伍（退出）。圆满而阳光。
李　治	副班长	1996.9	洁癖 处女座	上得了火场，敷得了面膜。“蓝朋友”下季的接力棒选手。
甄　松	消防员	1997.6	甄松不尿	由喂猪的“真尿”到救援英雄甄松完美转型，绚烂落幕。
包蕊蕊	消防员	1998.12	游戏迷弟	游戏里英雄，现实中避世的狗熊。消防队将他锤炼成“仁”。
司小胖	司务长	1995.4	唐山 小可爱	温暖贴心绵软的“小胖砸”。一口唐山话，像说相声。
曹亮亮	消防员（助理文书）	1996.4	天使 or 恶魔	传说文书都是小天使，他是天使过头，偶尔会办点恶魔事儿。
欧阳奇奇	消防员（火场文书）	1999.7	骨哥	活百度、小广播、明星八卦、娱乐头条，啥啥他都知道。

续表

[illegible]	职务	出生年月	特点	人物命运
[illegible]桐	消防员（司机）	1997.1	打酱油最多	为什么司机总是他？省演员。
罗歆宇	消防员	1998.11	戏精娃	娃是个好娃，叔不是好叔（罗文选）。本季上学收官，下季强势归来。
王长军	班长	1994.3	打酱油	打酱油的，戏份不太多。
郑海玉	装备技师（班长）	1992.4	打酱油	打酱油的，戏份不太多。
冯　明	专勤（兼司机）	1993.12	打酱油	打酱油的，戏份不太多。
刘皓月	消防员	2000.5	鼻孔瞅人	初生牛犊不畏虎，凭着消防理论敢 DISS 全队。何去何从？

备注：

1. 张圆、焦权、罗文选、娄小楼等为支队人员，不在中队人物表内；篇幅有限，其他队员略。

2. 消防救援国家队转隶改制从授旗、换装，到最终的三改三定方案落定、摘换牌，历时久，外界并不详知。为了戏剧效果，合三为一，统一为 2018 年 11 月 9 日，习总书记授旗日。

3. 原现役或现制消防中队实行的是双主官制，即一个指导员、一个中队长，共两名主官。名义上是平级双主官，但实操的时候，指导员为“一把手”。改制后原消防中队变更为消防站，原中队长改称站长；政治指导员无变化，沿袭旧称。改制初期，现实中消防员仍习惯喊旧称，故书中保留了这一细节。

4. 书中牵涉到专业的现场指挥、专业术语及有关转隶改制前后变化等，虽屡次修正，可能仍存有瑕疵，见谅。

目　录

第一章

一群小伙子正光着屁股在雾气腾腾的大澡堂里打闹着、嬉戏着洗澡。

这是一票正值青春、平均年龄只有二十一二岁的男生，他们经年累月训练，身体健康、身材适中，好看得令人发指。

角落里有两个小伙伴，凑在一个水龙头下轮换着来回洗。距他们不远处空着两个喷头，俩人显然都看到了，你推我去，我推你去，互相推搡了半天，却是谁也不肯去，还挤在一起窃窃私语。

旁边另一个喷头下，一位神态严峻的小哥正在认真地搓洗自己。他身材匀称，小腹平坦，腹肌有力，左脸上有一条近二寸长的明显疤痕，不过，这疤痕与他的气质蛮贴合的，这让他看上去不怒自威，透着一脸不好惹的范儿。此人便是门新科。

这时一个背上搭条毛巾，抱着个蓝色脸盆子，踩着光洁的水池地面速度很快地滑进来一个人。他先是紧张地眯着眼看了一圈澡堂子，似乎在确认安全与否，或者说他的嘴太快，根本顾不上等眼睛确认，就急吼吼地嚷道："门班不在吧？哎！你们知道吗？我听说那个新来的马指是咱们总队老大马三源的侄子！"

喷头下几个小伙子着急地对他挤眉弄眼，但显然朝众人嚷嚷的欧阳奇奇根本没有领悟到，就跑到了门新科身后。此时的门新科刚蹲在地上，准备洗内裤，听到他嚷嚷，站了起来，光着身子的欧阳奇奇差点儿与他撞个满怀。欧阳奇奇下意识地往后退了两步，讪讪地打招呼道："门班！"

门新科一言不发，鄙夷地瞥了欧阳奇奇一眼，顿了一会儿，随后冲大澡堂厉声道："洗澡就洗澡，别吵吵！"

澡堂里瞬间鸦雀无声，各自回归各自的水龙头下，静静地洗。

不大一会儿，小伙子们洗完澡，开始陆续地走出澡堂。

大家在更衣室换衣服的时候，看到刚刚挨训的欧阳奇奇，垂头丧气地踅了出来。众人看他那样子，就知道他刚才那澡没洗明白。曹亮亮体贴地说："门班最近火大，冲一下就算了，别招他！"

欧阳奇奇委屈道："我还火大呢，本来就是阎头儿的指导员，却让不知道打哪儿冒出来的马什么的给截和了。"

有人立马附和道："切！可不是！"

又一个声音传来，看不到脸，人正在更衣柜里翻找衣服，声音也像是从更衣柜里钻出来似的，好奇地问欧阳奇奇："骨哥，你刚说他是马老大的侄子，靠谱吗？我咋听说他是张老虎的儿子呢？而且还是那种儿子……"张扬说着故弄玄虚地停顿下来。

欧阳奇奇睥睨一眼刚从更衣柜后探出头来的张扬，这睥睨的小眼神儿里饱含着对有人敢挑战他正义路特勤站"活百度"地位的质疑。当然"骨哥"这绰号，也很好地诠释了大家对欧阳奇奇"活百度"地位的认可。所以，欧阳奇奇有理由不相信不是经由他嘴"百度"出来的消息。他质疑道："那种儿子是哪种儿子？私生的吗？"

可欧阳奇奇说完后，半天没人再应他，氛围似乎有些诡异。显然他没察觉到，因为那话是欧阳奇奇脑袋正钻 T 恤里，边套衣服边说的。从衣服里钻出来的同时，嘴比眼快的欧阳奇奇总结道：“谁的儿子咱管不着，反正这个马什么的来了，以后咱正义路特勤站的日子，恐怕不好过了！”

这时身后传来一声异常的咳嗽声，欧阳奇奇狐疑着转过身，尴尬地发现眼前站着的正是新来的那个被他称作“马什么”的指导员。面对此等“社死”大场面，作为一个也算是见过很多“大场面”的火场文书，欧阳奇奇也尬得恨不能顺着下水道遁去。他结结巴巴地招呼道：“马指……”

众人也都极不情愿地小声附和：“马……指！”

被叫作马指的人，手里也抓了一个与他们同款的蓝色脸盆。他朝与他打招呼的战斗员们点了点头，没说话，朝更衣室踅摸了一圈，越过一群已经穿了一半衣服，或者还光着屁股的小伙子们，径直朝角落一个空柜子前走去。

他走路的样子有点慵懒，不急不缓的步伐，不太像个战斗员，大家看他背影的目光，充满挑衅与鄙夷。马卫似乎浑然不觉，不紧不慢有条不紊地脱着衣服。

战斗二班班长王长军，朝大家示意了一个眼神，更衣室的人瞬间就踢踢踏踏地跑光了。

脱光了的马卫，身材还是很傲人的，不胖不瘦，配上 1.85 米的个头，一副型男模样。

马卫端了蓝色脸盆疾步走进洗澡间，洗澡间灯光在雾气的笼罩下暗了许多，他眯起眼分辨着洗澡间里的状态。此时已经适应了洗澡间的门新科，率先看到了马卫，有疤痕的左脸似乎轻微地抽搐了一下，随后马上拎起地上的蓝色脸盆转身往外走，并且直冲冲地故意与马卫狭路相逢，脸上却写着一副马卫勿近的鄙夷，视马卫为无物，愤愤地走了出去。其间掉了个什么东西，他都浑然不觉。

马卫无奈地耸耸肩，旁若无人地洗了起来。此刻，偌大的洗澡间，只剩下他一个人了。

不大一会儿，更衣室里正在穿衣服的门新科，隐约听见洗澡间传来一声惊呼。门新科下意识地疾步朝洗澡间门口凑过去，就看到马卫在水龙头下来回跳着脚，一会儿喊："烫死我了，"一会儿又喊："凉死我了……"

门新科饶有兴致地看着马卫这模样，嘴角露出一丝不易觉察的笑："这孙子真够损的！"

门新科自入伍结束训练那天，就被分到正义路消防特勤站（中队），如今已是第六个年头了。这个中队的一草一木，他早已烂熟于心。他当然知道是哪个"孙子"搞的这事情，左不过又是李治那浑小子！

果不其然，锅炉房里李治脸上敷着一块面膜，左手小心地护着脸，右手不断指挥着锅炉旁的甄松。甄松个子略小，皮肤黧黑，李治和他在一起，那就是男神与"路草"的区别。当然，和李治比起来，正义路其他战斗员可能都算"路草"，毕竟李治是正义路特勤站名副其实的颜值担当。

1996 年生的李治，是处女座，还略有洁癖，不但是正义路特勤站（中队）的救援力量担当，更是中队的颜值担当。但凡涉及中队大小宣传事务，李治都是中队当之无愧的"面子"工程。且看这面膜也盖不住李治那张好看的脸。果然是帅的都交给国家了！

李治命令道："热！凉！热！凉！热！"

甄松似乎很怕李治，嗫嗫地说："李班副，差不多了吧？"

李治："不行，再来一发！"

洗澡间里的马卫全身泡沫，瑟瑟发抖地抱紧自己，小心地伸出手，不断地试水温，看样子现在的水是纯凉的了。马卫等半天，还是拔凉，忍不住朝更衣室喊："外面有人没？帮我去看一眼，水温不正常！"

正在吹头发的门新科，听见喊声，关了吹风机，听清了马卫的喊话内容后，干脆头发也不吹了，把吹风机搁回架子，顶着一头半干半湿的头发，端起脸盆就往外走。刚走几步，门新科发现刚才洗内衣的香皂不见了。门新科一顿翻找，也没找到，他似想起了什么，疾步朝澡堂门口走去，看到香皂正躺在雾气弥漫的洗澡间里，离出口很近，门新科刚想去捡回来，尖锐的警报声突然拉响，紧接着就看到光着身子的马卫顶着一身泡沫也朝外冲……

门新科的"小心……脚下……"还没喊完整，就听到马卫"嗷"的一嗓子，人四仰八叉地重重摔在地上！

出警播报在正义路特勤站上空急迫循环：

一指两水一泡、一破拆、一侦检准备出警！京昆高速发生多车连撞重大起火事故；一指两水一泡、一破拆、一侦检准备出警！京昆高速发生多车连撞重大起火事故；一指两水一泡、一破拆、一侦检准备出警……

门新科正纠结要不要搀扶马卫，马卫疼得龇牙咧嘴，朝他摆了摆手，示意他不用管自己。

门新科狠了狠心，转身加快速度朝消防车库跑去。

45 秒刚到，6 辆消防车，备车的战斗员已经全部到位。

阎昊昆坐在指挥车副驾，拿着手里的电台大声问：“人员都到位没？”几个消防车的电台陆续涌进来：“报告阎头儿，抢险破拆就位、泡沫车就位、大水车就位……”

阎昊昆冲手持电台下令：“出发！”

尾车备车班长的声音透过电台传过来，“阎队，那个马什么的还没到，我们的车要不要等一等？”

阎昊昆探出身子，朝身后的消防车库看了一眼，连个人影儿都没有。阎昊昆霸气回应道：“这是去救火，又不是外出旅游！出发！”

队尾的消防车车门“嘭”一声关上，6 辆消防车有序出库。

等马卫一瘸一拐地奔将过来，参与救援的消防车已经开到中队街口。但指挥车驾驶员陈桐还是从后视镜看到了朝他们挥帽子的马卫。

陈桐小心翼翼地看了一眼坐在副驾上的中队长阎昊昆，小心地问道：“队长，指导员好像追出来了。”阎昊昆也朝后视镜看了一眼，冷冷地道：“甭搭理他！”随后阎昊昆似在给自己找不搭理马卫的充足理由，补充道：“他来没几天，这么大现场，去了也添乱。”

陈桐附和着“哦”了一声，没敢再说话。消防车迅速汇入车流。

陈桐这个生于 1998 年的江苏小伙子，来到正义路特勤站（中队）才一年。前半年一直跟着老司机兼专勤冯明对正义路片区进行“六熟悉”调研，从道路、水源一直到重点单位数量及分布情况，摸了个遍，才可以摸（开）消防车。如今开消防车还没半年，胆小文静，总是不太自信。幸好，中队长阎昊昆带兵很有一套，也有担当，让他开指挥车。指挥车出现场时基本是打头阵的，副驾坐的人也多是阎昊昆，所以，碰到特殊路况，有阎昊昆给指导。陈桐这半年来，开得谨慎小心，但也取得了无一分差池的好成绩。

他对阎昊昆却是又敬又怕，队里的小伙伴都知道阎头儿脾气不好。脾气上来时，连领导也敢顶撞几句。但凭借着超强的业务能力，和连年比武稳坐全系统第一名的成绩，领导们在下班时间偶尔也厚爱地调侃阎昊昆，喊他“阎王爷”。

且不说哪有 1.87 米的阎王爷，就算有，也不能有这么标致的阎王爷吧。

追车无望的马卫，正在中队门口一筹莫展，远远看见从支队方向驶来的红色火灾调查车。洗澡时还慵懒的马卫，此时却一个箭步蹿过来，吓得司机一个急刹车，车内正低头翻查火调工具箱的娄小楼，猛不防一头撞到前座上，箱子里火调小工具也飞出去好几个。

娄小楼狼狈得满脸通红，语气就有点急了：“小赵，你咋开车的？”

没等车里其他人反应，马卫超大声敲着副驾玻璃。坐在副驾上的姜大利把车玻璃摇了下来。马卫急切地问：“去现场是吧？我马卫，正义路特勤站新来的指导员，消防车已经出动了，载我一下好吗？”

姜大利连忙点头：“来来来！赶紧上来！”

马卫毫不客气地拉开后门，着急往里挤，娄小楼连滚带爬往另一边挪。娄小楼心里嘀咕，看来这传说中有着光鲜的救援履历和优秀战斗资历的指导员，也不咋地嘛！连个消防车都赶不上，还当的什么消防员？

娄小楼心里这么想着，脸上就难免露出点敌意。马卫却是连看都没看一眼身边的娄小楼。屁股刚坐稳，就反客为主，冲司机嚷道："小伙子，开快点儿！"

司机不由得加速，车上背着火灾调查工具的小红车跑得飞起。

坐在副驾上的姜大利，看到马卫坐稳了，才回头跟马卫介绍一下自己，并寒暄几句。随后车内再次静下来，只有车子沙沙的飞驰声。

其实，马卫在姜大利说出他的名字的时候，就已经知道他是火调科的副科长了。不过，让姜大利闻名于整个消防系统的是他在火调一线骨灰级"福尔摩斯"的身份。现场任何蛛丝马迹都逃不过他那双深邃的小眼睛，曾经与多部门联合破获一起臭名昭著的毁车连环骗保案。但对于后座上一口一个喊姜科长"姜师傅"的女生，马卫似乎只听到或者没听到就已经常识性地判断她是姜师傅带的"小徒弟"了，马卫甚至看都没看娄小楼一眼，自然也没敏感地捕捉到娄小楼和阎昊昆对他几乎同出一辙的敌意了。

眼下，马卫根本顾不上这些，他焦急地盯着车窗外，恨不能插双翅膀……

现场 50 多辆车连撞，多车起火，浓烟弥漫，火势如猛龙过江，在正午阳光火辣照射的高速路上形成攻势。群众纷纷弃车而逃，抱头鼠窜，慌乱的鸣笛声、哭喊声，现场混乱不堪。

交通、公安、应急救援等多部门联合出动处置。应急总指挥部，调集了 13 个救援站 60 多辆消防车 400 多名消防救援力量抵达现场。为了安全，交通部门已将高速公路双向封路，但路面横七竖八的弃车，导致消防车和马卫所乘的火调车，被逼停在几公里外。消防员们只能扛水带、背空呼，朝火场跑步前进，与抱头鼠窜的人们，形成了逆流而上的态势。

在他们前方上空是消防无人侦察机，正在浓烟里搜集现场情报……

马卫逆着人流追赶队伍时，一开始显得有点力不从心，但他很快从某个弃车后备厢里发现了一个滑板，他来不及多想，拉出来踩在脚下，像鱼一样在一片横七竖八的车流中滑行。拎着十多公斤重的火调箱跑得磕磕绊绊的娄小楼，看到灵巧地穿梭在混乱现场的马卫，不禁惊叹道：还有这种操作?

穿着火调防护服的娄小楼，噌噌地走在前面。姜大利却巧妙地避开雷区，稳稳地走在后面，边走边朝娄小楼喊：“小楼啊，你别跑那么快。前面有气罐，又有油罐的，随时都有爆炸的危险。”

娄小楼回头道：“一线救援不也在一线吗？”

姜大利严肃的：“我们是火调人员，第一时间到现场，当然是工作准则，但是同一线救援人员职责不同，我们要在确保自己安全的前提下，尽快查明火灾原因！这些不是凭着刚从学校毕业的热情就可以。”

娄小楼不服地说：“没有对火调工作的热情和热爱，同样也做不来啊！比如您，不一直吵着要走吗？十几年了，您还不是舍不得？”

姜师傅被噎住了……

现场上百条巨大的水注从四面八方浇下，浓烟明显不像开始那么猛烈。之前还丢盔弃甲的人群，看到勇敢的消防员们，似乎有了一丝安全感，有三两个大胆的人这会儿又忍不住回身张望，更有甚者鬼祟地想要伺机去车里拿回贵重物品，被负责疏散的民警严厉制止了……

阎昊昆看到马卫到达现场，并不感到意外，二人连半句多余的话都没说，立即进入工作状态。

阎昊昆："起火的面包车后紧跟着油罐车，离油罐车不远还有一辆拉满气罐的中型货车撞在护栏上。两车拉的都是易燃易爆品，形势十分严峻！总指挥部命令我们正义路特勤站保证油罐车和气罐车的安全，坚决避免这两辆车发生起火爆炸事故！"

要想趁火还没烧到这两个重点保护对象前抵达，需要尽快穿越眼前这条火线。

阎昊昆和马卫迅速在现场勘查，很快就部署了穿越方案。

阎昊昆朝身后的兄弟们挥了挥手，对着电台道："攻坚组的兄弟跟我来！"

阎昊昆在前，攻坚组一行十多个战斗员紧随其后……

马卫电台："水枪掩护！"

早已布好两阵的战斗员们，两侧水枪同时出水，用水枪扫出一条通道，阎昊昆和攻坚组的战斗员们快速通过。通过后他们随后反向打阻隔，马卫和剩下的小伙伴也突围了过去。

里面的情形显然不像已经撤离到警戒线外的群众想的那么乐观，那是一辆 28 吨的大油罐车，驾驶舱起火，正烘烤着危险的罐体，而罐体则因后车追尾，一个碗大的口，正咕咕地往外冒着油……

不过，罐里装着满满的一罐柴油，柴油燃点高，性情相对稳定，但遇明火分秒燃爆，形势十分严峻。

马卫和阎昊昆各带一队人马，一队负责驾驶舱灭火，绝不能让火苗碰到油罐罐体，另一队人马则负责气罐的稳定。虽然在分工前，二人有一些小争执，但这争执却是为了谁负责更危险的油罐车辆引起的。不将队友置于危险境地，是每个消防队员救援精神的体现。

阎昊昆平常脾气急躁，但在现场却稳重有加，他瞥了一眼眼前这庞然大物，就带队开始有条不紊地反向打阻隔带，目的是将火苗一步一步往后逼，保证不能冲过来一星半点明火。兄弟单位王化营消防站也正在高速路另一侧做着同样的事情。

油罐车碗口大的洞正在咕咕地往外漏油，马卫攻坚组另外 7 名战斗员，将水枪调到开花状，小心地为这个庞然大物降温。水浇上去，腾起一股白烟，可以判断罐体温度很高。

阎昊昆边打边往后瞅，手上动作不停，通过 400M 内部电台[①]喊道："马瘫（阎昊昆给取的绰号），你手机带没？"

"刚才跑得急，忘了。"

阎昊昆从兜里掏出手机，朝身后的马卫一扔，故作轻松地道："录个像吧，万一挂到墙上，老子帮你选个 45 度角的！"

当然，戴着厚重的头盔，也没人看到阎昊昆嘴角还露出一丝特有的邪笑。

天大的事儿，装作不在乎，是阎昊昆这只天蝎最擅长的事儿。当然，这也是这么多年一个一线指挥员淬炼出来的素质，别人可以害怕、可以乱，但他不能害怕，相反还得看上去很轻松。

马卫当然明白阎昊昆说的录像指的什么，他接过手机，开始轮番

① 400M 电台为中队内部通讯台、800M 电台与总台 K11 连接台，均为防暴电台。（K11 仅指北京总队编码）

给眼前这十多个平均年龄二十来岁的战斗员录短视频。此时稚嫩在他们脸上荡然无存，有的面对手机镜头，竟然还腼腆起来，匆匆说句“爸妈保重！”就跑开了。

平素木讷的杜子杰，对着镜头突兀地来了句：“爸妈，你们再生个妹妹吧！”

镜头前每录完一个人，就匆匆跑到罐体漏油处，投入到紧张的处置工作中。他们用泡沫剂打封漏在地上的油，防止明火突然袭击点燃漏油……

临时搭建的总指挥部里，张圆政委眉头紧锁，透过望远镜朝不远处的公路张望着。他在望倒罐车，但堵成这个样，他心里明白倒罐车不可能很快进场……

指挥部的接线员不断汇报各种情况，张圆捕捉到最严峻的消息就是，罐体温度仍在不断攀升，随时都有爆炸的危险。

张圆沉着脸问：“泡沫还能撑多久？”

这时有人疾步跑进来汇报：“张政委，有一位部队首长说有急事儿找您。”

张圆看着接线员用手势示意的“8 分钟”，烦躁地大手一挥拒绝道：“这都什么时候了，不见不见！”

然后就尴尬了，因为部队首长已经进来，并很快走到张圆面前。

首长一派笔挺的军装，但此时已慌乱得没了首长的派头。他急火火地道：“张政委，我是后勤部联勤分部负责人，我有个紧急情况要给您汇报。”首长说完，似乎才发现指挥部还有很多其他的人，但他仍执拗地盯着张圆政委。

张圆点了点头，随即二人朝帐篷外走去。

二人刚离开人群，首长急切地说道："附近山头下是我们国家军事秘密储备油库。这要发生爆炸、引燃非同小可，整个片区恐怕会夷为平地！"张圆一听火了，质问道："为什么现在才说？整个片区60多万居民！你……"

张圆生气地挥舞了一下手中电台，继而他马上接通马卫。而这空当，首长像个小战士一样，嗫嗫地解释着："我们知道这片发生事故，马上就赶来了，但堵车，我这不也跑步才……"

首长的话，被张圆对着电台的吼声打断了："马卫，我命令你们正义路特勤站，不管用什么办法一定要稳住这两辆最危险的罐车！等待专业化工倒罐车到场，此前绝不允许发生爆炸事故！"

张圆说完就转身大步欲回指挥部，也不搭理首长。突然一名记者不知打哪儿钻出来，见缝插针地举个话筒直接就问："请问，两位首长，如果发生爆炸，正义区真的会夷为平地吗？"

张圆身边的首长不敢说话，看看身边的张圆。

张圆看着记者身后的摄影机和话筒，沉吟一下，抬起头，坚定地说："不会爆的，我相信我们的消防救援队伍！请祖国和人民放心！"

阎昊昆一听指挥部让他们想办法硬扛，气就不打一处来，气呼呼地摘下消防头盔骂骂咧咧道："这帮孙子就知道让我们扛，他们怎么不来扛？拿什么扛啊？泡沫剂都快没了，拿命扛啊！"边骂边脱了消防手套擦了一把脸，脸上立马变成黑花的。大家都在高温区作业，每个战斗员都和阎昊昆差不多，帽子下面早已挥汗如雨，眼睛被蜇得实在看不见，才匆匆脱下帽子擦一把，赶紧再戴回去。所以，不是他们熟透的人，那脸花得已经分不清谁是谁了。

但头盔一戴，阎昊昆又一副谁都不爱的样子，水枪打得超级狠。面对眼前汹涌的热浪，马卫倒把“稳”的气质，拿捏得死死的。他轻描淡写地回道：“堵得水泄不通，倒罐车还没进场，想办法硬扛吧！”

“幸亏是柴油，燃点高，不然这帮人都他 × 要挂墙上了。”阎昊昆言语中带着脏话抱怨道。其实，作为一名身经百战却只有 28 岁的中队长，他心里也清楚现场是什么状况。只是此刻，他难免有点焦虑，就想骂句娘！

还别说，真管用，话音刚落，马、阎二人突然默契地喊道：“取土！”

旋即二人部署人马，以击鼓传花的形式，从高速路基下传送土上来。用沙土覆盖漏在地面的油，效果的确不错，但这只是缓兵之计。

张圆当然也明白，他面色凝重地看着地图，似乎想努力地找一条通道。

多年的老搭档，焦权副政委，任何时候都很贴心。即便你不问，他也知道该汇报什么。焦权说道：“附近没有自然水源，高速路离市政水源又有点远……”

随后焦权又稍显振奋地补充道：“跟空管那边协调过了，消防直升机很快就能就位。”

一直被冷落在一旁的部队首长再次凑过来：“需要什么力量，看看我们能不能帮上忙？我们人多力量大！”

张圆看看表，再看一脸着急呈现便秘色的首长，但此时他已顾不上跟他客气了。他也顾不上跟他解释，这是一个操作失误会丢了命的事儿，所以，专业的事还得专业的人来干。

张圆转而对着电台下令道："迅速调集附近消防救援站所有消防摩托，运送桶装泡沫灭火剂到现场！"

片刻，上百辆消防摩托呼啸而来，每个消防摩托上尽可能绑着多桶桶装泡沫灭火剂，那阵势不亚于网上流传的印度飞车照。

马卫和阎昊昆看到此景，松了口气。

娄小楼不知打哪儿冒出来，扯着嗓子问阎昊昆："哪辆是着火的头车？"

阎昊昆扶起面罩，用手指了指不远处："应该是前面百米开外的一辆白色轿车。"娄小楼又缠着问："着火部位破坏严重吗？"阎昊昆手上水枪也不停，回道："你说呢？"

"跟你们说多少次了，救援的时候，就不能稍微保护一下现场吗？"

阎昊昆没好气地说："一边去，最烦你们火调这帮人，给你们保护现场，谁保护群众？"

娄小楼气呼呼地转身欲离开，刚走几步，猛不防却被阎昊昆如老鹰抓小鸡一般给拎起来，扔到外围。阎昊昆严肃地道："赶紧滚！现在很危险，你看不懂吗？不适合你们入场。"

马卫往这边瞅了一眼，也没当回事儿。娄小楼也只好愤愤地转身走了。阎昊昆却像没事人一样，折回来，继续加入填土、打泡沫的队伍。此时现场似乎控制得不错，他二人气氛也就稍微不那么紧张了。

马卫道："火调这小丫头够勇敢啊？"

阎昊昆："刚从学校毕业的二愣子！"

这时，电台响了，阎昊昆摁了下，电台传进来一个听上去也很激动的声音：倒罐车进场了！

阎昊昆忍不住道："我去，来得太及时了！"

娄小楼趁着大家正忙着油罐与倒罐车对接之际，背着火灾调查箱，鬼祟地摸到隔离带外，往白车方向踅摸着。尽管倒罐车的到来，让油罐的情况稳定了不少，但马卫仍旧警觉地来回查看现场情况。然后，隔着车辆就看到两条"小黄腿"倏地从他眼前飘了过去。

马卫下意识追了过去。

娄小楼已经跑到白色轿车旁，白色轿车车头烧得一片漆黑，但驾驶室还完好无损，所以消防员灭火时，并未对车体进行破拆。娄小楼一看，车厢完好，也算意外收获，她放好工具箱，伸手就要拉车门。

车门一开……

一只大手直接呼到娄小楼脸上，娄小楼就被一把拎出去老远。

紧接着车玻璃瞬间炸开了花，玻璃碎片在娄小楼面前洋洋洒洒散落开来。

等娄小楼灰头土脸地反应过来，呼她一巴掌的马卫早不见了，站在她面前的是姜师傅姜大利。原来马卫接到"气罐车下发现有生命体征者"电台急报，早跑了。

姜大利拖着呆钝的娄小楼边往外走边责备道："小楼你……这多危险啊，怎么一转身你就不见了。"

娄小楼的安全头盔歪在半脸上，魂不守舍地跟在姜大利身后。她的眼睛还朝事故现场搜寻着什么，但到处都是车辆残骸和丝丝缕缕的青烟，什么也看不清。

马卫来到气罐车下一看，顿时倒吸一口凉气。只见伤者被挤压在车架下，一侧被压得歪歪扭扭的轮胎支撑着他仅存的生存空间，人却半落在车底，半落在车内，倒掉着。难怪第一梯队搜救人员并没有发现他。

马卫电台呼叫："破拆速到气罐车来！破拆速到气罐车来！"

门新科应着"破拆收到、破拆收到！"，挥手招呼破拆小组另外两名战斗员，抱起破拆工具就跑。阎昊昆不容分说接过门新科怀里的工具道："这边情况稳定了，你看着，我去看看那货，那货刚来不久，我怕有什么闪失。"

门新科点头，看着阎昊昆他们几个跑远，他继续带队友们协助化工倒罐车对接。

阎昊昆等人扛着、抱着的，相当于一个破拆工具小组。这个小组由一个无齿锯和两栖电动液压剪切器组成。无齿锯也叫动力锯，切割钢材和硬一点的混凝土都不在话下；两栖电动液压剪切器，专门对付交通事故里汽车较宽的 B 柱剪切。

伤者浑身是血，大量失血使他脸色惨白，气若游丝，"我不行了，我撑不住了……"

马卫："您再坚持一下，我们一定会救你出来。"

这时，阎昊昆等人已经抱着破拆工具到场。他迅速查看了现场，找准锚点、准备破拆。马卫虚心地商量道："破拆时万一掉下来，会造成二次伤害，要不下个人撑着？"阎昊昆没回应马卫，却对着后面队友喊："来个小个子的。"

杜子杰马上上前，麻溜地钻进车底，垫在伤者下面。

阎昊昆一开无齿锯，顿时火花四溅。队友们迅速用水枪降温保护，确保车后面几十个煤气罐安稳，马卫脱下战斗服遮挡在破拆工具与伤者之间……

10 多分钟过去了，卡住伤者的三脚架因为角度刁钻，不太好给劲儿，还是纹丝不动。阎昊昆面罩下的脸像水洗过一样，杜子杰似乎撑不住了，脸色越来越难看。

阎昊昆："不要乱动。"

杜子杰艰难地应道："是！"

马卫："停一下，我换杜子杰。"

阎昊昆没说话，但停了破拆动作。

杜子杰被马卫拉起来，腿脚麻木，刚起身像个瘸子一样。马卫个子高钻进去有点儿费事，但他还是动作飞快地垫在伤者身下。马卫仅穿白色背心，一会儿就被伤者的血水染成乌漆麻黑的。

马卫脸对着地面，却还不断地跟伤者说话，问伤者叫什么名字，在哪儿工作，工作顺利否？看似八卦，其实是不可小觑的救援心理学。作为一个新时代的一线救援指挥员，马卫知道这也是他的必修课。此时，伤者要是睡过去了，那就麻烦了。

阎昊昆破拆时，似不经意地将身子往马卫头部靠了靠，将他的头保护在自己侧后。阎昊昆这细节的温柔，真是很难想象，就在出这趟现场前，他与马卫还是势不两立的"敌人"……

"嘭"的一声，车体终于破拆开了。车里面的伤者，滑了下来。重重地压在马卫身上，众人立马伸手去扶……

马卫站起来边揉腿，边向总台汇报："K11，我们已将被困群众救出……"

战斗员们帮忙将伤者放到担架上，马卫一看伤者几乎全裸，将拿到手的战斗服盖在伤者身上，目送医护人员将伤者抬走救治。

现场上空电台来回循环播报：

空中增援已到，马上进行全覆盖抛洒泡沫，全体指战员迅速撤离到安全区；空中增援已到，马上进行全覆盖抛洒泡沫，全体指战员迅速撤到安全区……

大面积的增援水注刹那喷射而来，空中消防直升机也开始喷洒干粉，瞬间四面八方的增援，像一场倾盆大雨从天而降，形成一个全方位立体救援大战。

成队的战斗员开始往外跑，唯独没有阎昊昆和马卫的身影，原来两人还在后面确认现场情况。两人检查中还遇到了一起。不想，这危险一解除，二人秒回炸毛状态！阎昊昆一看到马卫，立马转身就走，当然他也明白后面那段马卫已检查过了，于是，二人一前一后，顺着隔离带往外撤。

二人保持着一米左右的距离，谁也不搭理谁。走着走着，阎昊昆动作麻溜地脱了外套，回头扔给了只留下小背心的马卫。

“我不穿，不穿还凉快呢！”马卫说着欲将外套递回给阎昊昆。

阎昊昆黑个脸：“我不是担心你冻着，我是看你裸着，有损消防员形象。”

阎昊昆不由分说，将外套按压在马卫身上，不再搭理他，而是打开了内部电台，对着电台喊道：“大门，你那边怎么样？我们的人都撤出去没？有没有受伤的？”

马卫还没把胳膊伸进衣服，突然身后传来“嘭”的一声异响。

马卫一回头，就看到一个球（轮胎）像风火轮一样朝他二人奔来……

而正讲话的阎昊昆，晚了半拍回头。

上身的防护服在马卫身上披着，只穿着背心的阎昊昆，一愣神的工夫，就被马卫一脚给踹了出去。

毫无防备的阎昊昆被这狠狠的一脚直接踹得像球一样，伴随着门新科的电台音，“阎头儿，我们的队员没有伤亡，我们都已经撤到安全区待命！”滚下路基。

训练有素的阎昊昆滚下路基，一秒也没耽搁，一个鲤鱼打挺，就滚了起来！

阎昊昆边起身，边跳着脚骂道：“我去，王八蛋马瘫，你搞谋杀啊！”

但刚骂完的阎昊昆，看着路基上面的情况，就呆住了：只见高速公路上的马卫，已经成了一个火人儿。那件没来得及穿上的防护服，没起到什么防护作用，马卫刚在车下滚了一身油污，很快将内里染湿……

阎昊昆一看急了，奋力朝路基上爬。

阎昊昆一边骂着，一边拼命朝上爬。

“马瘫，你个傻 ×……”

阎昊昆刚爬了不到三分之一，就看到马卫突然一个踉跄也从路基上栽倒，滚了下来，似一个火球朝阎昊昆飞速滚来……

阎昊昆稍一迟疑，立马脱裤子！只见就剩背心、短裤的阎昊昆，手脚并用奋力扑打着马卫身上的火。边拍边恶狠狠地骂：“你有病啊，谁要你救我的，你别以为你救了我，我就原谅你抢了我的位子！”

阎昊昆的救援加上马卫滚来滚去的配合，他身上的火很快就被扑灭了，但紧接着阎昊昆就发现马卫的面罩都快融化了。他急奔过去，撕开他的面罩。

一脸黑灰的马卫，看了一眼阎昊昆，竟然咧嘴一笑。

阎昊昆：“你不要命了，还笑？”

突然，马卫的笑容一闪而逝。

第二章

医院抢救室门口，阎昊昆等人被医护人员拦在外面。他忍不住愤愤地朝空中踢了一脚，飙了句脏话。抢救室内，一群医生正手忙脚乱给马卫做心肺复苏。

马卫脸色惨白平静，表情似乎还定格在阎昊昆给他摘掉面罩那一瞬间。

临近5时，高速路面已经基本恢复通车，警戒线范围已经缩小到只剩娄小楼他们的勘察点，火调人员在警戒线内，围着燃烧过的车架，细致地取样、拍照。大量的车，涌到这儿的时候，变成一车道通行，车流被挤成涓涓细流，只能缓慢通过，几名交警在奋力疏导交通。

一交警小哥急切地跑过来讨好道："小姐姐啊，你们麻溜点儿呗，晚高峰马上就要到了，上级命令我们必须保证晚6点前通行的。"

娄小楼正专注地将一个烧得连皮都没了的2厘米长小线头往证物袋里塞，眉眼都懒得抬一下，没好气地说："我也想麻溜呢！"

交警尴尬地立在那儿，所幸，交警一向擅长解决难题。他看到现场好多灰堆点上，都放着标有长度和分区的量纸，热情地道："来来来，我也帮你们弄。"

交警说着就要上手，娄小楼一急，一把将他的手打开，“你别动！”声音大到吓了交警一跳，交警马上缩回了手，尴尬地搓着。

娄小楼也意识到自己有点过分，讪讪道：“你连手套都没戴，不能直接接触证物的。”

这时姜大利从容地走了过来，平和地跟尴尬的交警说：“放心吧，小兄弟，给你们留 15 分钟时间清理现场。5 点 45 分，我们肯定完事儿。”

交警感激地说：“得嘞，谢谢您理解。”

姜大利：“客气，应该的，大家都是为了工作。”

交警轻松走开，马上又去指挥车流有序通过……

姜大利似不经意地问道：“小楼啊，我知道昊昆他们那边出事儿，你心情不好……”

姜大利这么一说，灰头土脸的娄小楼眼泪差点掉下来。

那感觉大概就像我们负重走了很长的路，而这一路遇到的人，都是给你加油鼓劲的，突然有个人问你：“累吗？要不要坐下来喝口茶？”你瞬间就被那温柔一刀刺中，情绪稀里哗啦地流了出来……

娄小楼此刻也是，但她紧紧咬着嘴唇，防止自己情绪外露。

娄小楼心里清楚，作为正义路支队唯一一名一线女火调员，她在中国人民武警警察部队学院（现更名为：中国人民警察大学）进行为期四年的火灾勘查专业学习，有幸分到火调科大名鼎鼎的“福尔摩斯”姜大利门下，她不想让姜师傅以女孩子的名义看扁她。

不过，男性这种生物，可能真的没有女生想得那么复杂。他们更热衷于解决面前的问题。因为姜大利接下来说的是：“小楼啊，交通、公安这些部门啊，咱们以后得老打交道，不能这么得罪人的，他们工作也不容易，咱们得互相理解、互相配合工作。”

娄小楼很不好意思，道：“我知道了，姜师傅。”

其实，娄小楼和阎昊昆那点打穿开裆裤就在一起玩泥巴的故事，系统里老一点儿的同志都是知道的。毕竟娄父也是个老火调，而且是姜大利的老搭档了。

坊间传言消防这个职业不安全，危险系数高。但系统内部其实还是有蛮多家族传承的“父子兵”“兄弟兵”。事实上，消防员遇到危险，可能比我们走在马路上遭遇车祸的危险系数更低一点。

不过，此时这个理论似乎还没什么说服力，毕竟马卫还躺在急救室生死未卜呢。

等候区的阎昊昆仍旧穿着现场作战时那套战斗服，一脸黑灰，怀里抱着头盔，似乎已经在医院长椅上睡着了。兜里突然震动，他一激灵，停顿了一下，才从兜里掏出手机。

屏幕显示来电人是：张老虎。

对面的张老虎听起来的确很有虎气，直撅撅地问：“马卫醒了吗？”

阎昊昆看了一眼医院绿色显示屏上“马卫”的名字，显示正在手术中，简短地答道：“没。”

没有开头，没有结尾，张老虎的电话就这么毫无征兆地干巴巴地挂断了。

只是阎昊昆不知道，挂断这通电话，对张老虎——张圆政委来说，有多沉重。

电话一断，他就有点儿撑不住了。他伸手摸索着椅子，把自己的身体沉沉地放了进去。他的办公室没开灯，窗外消防塔上“119”三个大红字，在夜色中闪着红彤彤的光芒……

张圆叹了口气，陷入沉思。他想起了在四川初见马卫时的情形。

那时，消防部队还没有转隶改制，属于公安部武警消防部队。张圆作为领导到那儿视察工作，却遇上一场经年不遇的隧道大火。山区隧道长，而且多是单行通道。当守桥安全员在监控里发现起火时，浓烟已经弥漫了整个隧道，隧道内的监控也被浓烟遮住，所以，隧道里面什么情况外面一无所知。只有车流监控显示，隧道内至少进去30辆车……

而此前某些地方官员许是为了明哲保身，抑或秉持“听上面”的陈旧陋习，将当时正在视察的“京官”张圆推到了总指挥部最高决策人的位置。当然，这对于戎马一生，从一线成长起来的张圆政委来说，也并不是什么难题，但任何一个人，都有他的认知盲区，领导也不例外。

所以，当接到守桥员告知隧道已经严重缺氧时，张圆果断命令：“注入空气！”当他话音刚落，一个声音高叫道：“不能注入空气！”

张圆这才惊愕地注意到，眼前不知道啥时候多出个站得笔直的毛头小军官。

只见小军官打了个立正，敬了个军礼：“首长好，我是茂县特勤中队中队长马卫，前来增援报道！”

没给张圆说话的机会，马卫急火火地道：“我曾经看过一起国外隧道起火的视频案例，当时就因为守桥救援人员错误操作，注入新鲜空气，试图营救被困人员，但注入空气后，会导致气流速度加快，致使火势更猛烈。”

没等张圆说话呢，其他在场领导立马呵斥马卫：“马卫同志！这是上级领导，救援经验不比你多吗？你多什么嘴？”说着还不无谄媚地堆上一脸讪讪假笑看向张圆。

张圆制止了其他领导，转而对着电台下达命令：“不要给空气！”

马卫松了一口气。

张圆命令马卫道：“茂县特勤中队中队长马卫。”

马卫：“是！”

张圆：“你带你的人，负责搜救隧道内被困群众！”

马卫：“是。”

马卫说完一个标准姿势转身，朝兄弟们挥挥手，就钻进浓浓的黑烟里。

马卫带着消防员们钻进去后，发现隧道内能见度几乎为零。他果断打开自己抱着的一盘水带，然后用电台朝身后的消防员喊话：“弟兄们都抓紧水带，一个都不能走散！”

以马卫打头的一个个消防员，都在水带上串着，顺着隧道摸索搜寻在迷雾中因为缺氧而倒地的司机，不时地有消防员被绊倒。他们赶紧爬起来，默契地两两一组，架起被困人员。他们的任务就是穿过人行横洞，将这些人带到隧道紧急避险区。

队伍里一个小个子，大概十八九岁的消防员，可能因为紧张，怎么也打不开备用空气呼吸器，很快就出现呼吸困难的症状，他对着电台说了句：“队长，我不行了。”就软塌塌地倒向一边。旁边的战友立马扶住他，马卫顺着水带奔过来，迅速帮队员把备用空呼打开。新鲜空气吸进去，将要晕倒的小个子队员似乎有了些气力。

马卫鼓励他："再坚持一下，我们不能倒，我们倒了，他们更没有生还的可能了。"

也许是意志，也许就是传说中的消防精神，你信也罢，不信也罢，但在这种时候，就是有一种精神力量，支撑着每个几乎濒死的人！他们东倒西歪地互相扶持着，一趟又一趟往返搜救隧道内的群众……

直到空呼报警，马卫明白他们也必须返回紧急避险区了。

紧急避险区的地上，被救群众身上的衣服早被毁得七零八落，东倒西歪躺倒一片。消防员们也被熏得头晕恶心，但还得先照顾群众。一些队友开始寻找避难区的备用空呼，但情况并不乐观，因为维护不够，有的可用，有的已经完全损坏。

马卫心里却还在挂念隧道内的情况，所以，他正一个一个扒拉着半醒半懵的被救群众，在找第一辆起火的卡车司机。

几番查问后，卡车司机终于找到了。那是个受尽惊吓的消瘦男人，睁着一双死鱼眼，有气无力地抬了抬手。对马卫的三连问，"隧道里面到底被困多少辆车？还有人吗？你知道后面跟进来多少辆车吗？"卡车司机一无所知。

马卫沉吟片刻，道："还能坚持的兄弟，跟我来，我们继续进入隧道进行搜救。"

话音刚落，几个消防员就站了起来。

马卫："剩下的，照顾好他们。"

这时守在门边的消防员惊恐地喊道："队长，不好了，不好了，我们的避险区也进烟了！"

所有人都惊恐地看向入口，就算是不专业的群众也知道这意味着什么。

烟雾还在渗入，并且渐渐在避险区弥漫开来……

马卫沉着简短地向上级指挥部报告了隧道内的情况。

半晌，电台传来一个沉重却果断的声音（OS）：

马卫同志，我命令你立即放弃搜救，你们中队现在的首要任务是将已经被救援的群众和我们的消防员一个都不少地带出隧道，活着走出来！

浓烟呛人不已，大家都在捂着鼻子咳嗽，消防员叫群众把破布或者衣服等，在避险区臭水沟里打湿了，捂在嘴上。也许只有这个时候，人们才会把身上的名牌衣服，毫不吝啬地扯一块下来，又在臭水沟里沾足水分，捂住口鼻。

此刻，就算再洁癖的人，恐怕也顾不得臭味儿了。毕竟，你所有的个性，得在有生命的前提下才能展现。

马卫心里明白，这样下去不行，可能一个人也活不了，得想办法逃生！

马卫："跟我来！我们从下水道逃生！"

一队七零八落、互相搀扶的队伍，走进一片漆黑的下水道。

电脑屏幕显示：1 小时 45 分后，马卫带领队员和被搜救的 29 名群众走出下水道。

视频看到这里，娄小楼已是泪流满面。

娄小楼能看到马卫这段隧道救援的珍贵视频，得以和张圆政委在一条回忆的河流里徜徉，是她以学习研究火灾经验为由，拜托姜科长从四川总队那边要来的。

女人就是这么奇怪的动物，在这场高速救援事故发生前，她和阎昊昆一样，对这个突然“空降”到正义路特勤站担任指导员的马卫嗤之以鼻，没有半点儿好感。因为“正义路特勤”这个光荣中队，并不是哪个人都能来担任指导员的，尤其不欢迎通过“走后门”这种途径进来的。

但此刻，她却在心里默默地为马卫祈祷：“那么难，你都活着走出来了，这一次，你也一定要挺过来啊。”

此刻，在内心深处，为马卫祈祷的绝不止娄小楼一人，就连阎王爷阎昊昆，内心也充满懊恼……

从他一会儿坐一会儿躺的状态，就可以看出他此时的内心有多焦虑了。他甚至想，早知道这个“马瘫”这么快就挂了，他之前就该心服口服地让他任这个指导员，或者至少表面上装作“服”也行啊。

可是，唉……

阎昊昆清楚地记得马卫初来那天的情形。

那是 2018 年 11 月 9 日，值得每个消防员铭记的日子。上午 10:30，国家综合性应急救援队伍授旗仪式在人民大会堂如期举行，上级宣布将原武警公安消防部队转隶改制为国家综合性消防救援队伍。

当国歌响起，习总书记将应急救援队伍队旗授予应急指挥部时，全场应急指战员向队旗敬礼！全体应急指战员跟着习总书记高亢激昂读训词：

对党忠诚、纪律严明、赴汤蹈火、竭诚为民。打造应急救援的主力军和国家队。

也就在同一天的下午，正义区支队大礼堂塞得满满当当，台上坐着的领导个个神情严肃。台下的消防指战员个个整齐地站着，神情亦很庄重。

台上的焦权副政委起身，喊口令：“立正！稍息！”

一阵脚步挪动声过后，全体指战员似乎站立得更加挺拔了。

阎昊昆笔挺地站在队伍最后一排。1.87 米的身高，正义路特勤站的颜值担当，在人群中很是显眼。

这么一来，站在他旁边，也很笔直的罗文选，就显得不那么挺拔了。罗文选看上去很严肃，但嘴角却挂着一丝不易觉察的上扬。

焦权：“下面……请张圆政委宣布正义路支队党委对正义路特勤站指导员一职的任职命令！”

现场安静得能听到这帮人似乎很整齐的呼吸声音。

张圆政委起身，直接宣布道：“经支队党委研究决定，正义路特勤站导员一职……

一向毫不拖泥带水的张老虎，在这儿顿了一下，使得全场更加屏气凝息。

阎昊昆额头渗出细密的汗，身姿已经做好随时启动的姿势，准备上台领命。

罗文选眼神亦像要喷火一样，透着急切。

张圆政委：“……由四川省阿坝消队支队调入的干部马卫……任正义路特勤站指导员一职！”

全场震惊，百脸懵圈。

此时，从后台走出来一个高高瘦瘦的指挥员。他先向台前领导敬了个礼，台上领导们都回了礼。再一个标准的向后转，向台下全体指战员敬了个礼！

但台下的指战员却迟迟没有回礼，大家都在懵圈、发呆中。

张圆政委旁边的焦权副政委迟疑了一下，马上带头鼓起掌来。但他的孤掌，足足鼓了有 30 秒。报复性的掌声，随后才雷鸣般响了起来……

掌声过后，会议室再次陷入安静，但每个人脸上都挂着探询的表情。可是，显然没有答案。因为接下来焦权副政委宣布："下面请政治部于智慧同志，上台宣读一下马卫同志的工作履历。"

于智慧："马卫同志，2013 年于北航机械工程自动化专业毕业，校招入队，随后在消防救援局昆明训练总队进行集训……"

突然一声巨大的摔门声，打断了于智慧。

众人惊愕转头，只看到阎昊昆倔强的背影从后门负气离去。

处事不惊的于智慧并没有受到太大干扰，伴随着罗文选煞白的脸和两只在裤线中缝不停抖动的手，于智慧声线稳定地继续宣读着："马卫同志集训结束后，分配至原四川省阿坝消队支队茂县中队工作。马卫同志自入伍以来，总计参与火灾抢险 3000 余场次，并参与'6·24'茂县重大山体垮塌抢险救援工作，其中跨区重大救援 11 次，荣立个人二等功 1 次，个人三等功 2 次……"

而出了礼堂的阎昊昆，则主观屏蔽了这声音。只见他步子快到飞起，直至跑了起来，将于智慧不带感情的声音，远远地抛在身后……

这个结果对于阎昊昆来说，太突然了！

并非仅仅因为原指导员吕德江调离，外界盛传的出生于军人世家、年轻有为的站长（中队长）阎昊昆，是众望所归的不二继任者，阎昊昆本人也认为自己该是这个位置的不二人选，因为这条正义之路，是他用汗水和血水浇灌出来的……

阎昊昆 18 岁入伍，还是一名小兵时，就来到正义路消防特勤中队当兵，中途在昆明消防指挥学院（现更名：消防救援局昆明训练总队）上学三年，毕业后又回到正义路特勤，零零碎碎算起，他已经在正义路执勤 9 年之久了。

这 9 年，他从一个兵到副队长，再到中队长，阎昊昆是火里水里，一场一场凭着自己能力和实力干出来的，所以，他有理由不服！不服怎么办？找领导反映情况。别人不敢，但他“阎王爷”敢！

张圆政委貌似早料到阎昊昆下会后会找他谈一谈，所以，他躲了。只能是焦权副政委接了这个“烫手山芋”。但焦权内心一点儿都不觉得勉强，老实说，他对阎昊昆的理解和厚爱程度，在某些时候，可能都超过阎昊昆的父亲。

当然，这是有渊源的，大概是因为当年焦权还是小兵时，在消防队院里的下水井里，捞出调皮捣蛋的阎昊昆，救他一命的原因吧。

当时，阎昊昆妈妈和姥姥感激不尽。尤其阎昊昆的姥姥，按着阎昊昆的头让他拜焦权为干爹，全然不顾焦权那时不过是一个 19 岁的少年兵。好在，认干爹这碴儿，被阎昊昆母亲阻止了，但阎昊昆从此对焦权多了几分亲近和敬重，确是真的。

焦权也惯他。这不，任凭阎昊昆闯进来把张圆政委办公室查看了一遍，没找到张政委本人才消停。

阎昊昆不悦地一屁股坐在焦权对面的椅子上，愤愤地说：“躲我是吧？”

焦权温和地道：“昊昆啊，你想多了，张政委真是突然接到电话，一下会，都没顾上回办公室就直接走了。”

阎昊昆冷哼一声。

焦权看他一眼，将一杯热茶塞到阎昊昆手里，道：“来，昊昆，喝口茶。罗文选老家的茶叶，我喝着不错，你也尝尝。”

阎昊昆却并不领情，将茶杯“吧唧”放桌上，直撅撅道：“焦政委，别扯那没用的，你知道我来干什么的！”

“哦，你来干什么的？”焦权故意问他。

阎昊昆气鼓鼓地说：“那小子是谁的人？凭什么顶了我的位子，空降到我们正义路特勤站当指导员？”

焦权眉毛一挑：“谁说这个位子是你的了？”

阎昊昆一听，急了，起身瞪着焦权：“焦政委……你……”

焦权不急不缓向他压了压手势，示意其坐下。

看到阎昊昆复又坐了下来，焦权才缓缓地道：“昊昆啊，谁的人我也不知道，就知道是上面点名要的。”

阎昊昆一听，立马又蹿火了：“上面又是谁？”

焦权摇摇头，表示不知道。

“我不相信！任命自己支队所属特勤站下一任指导员，您之前就一点风声也没听到？”阎昊昆质问道。

焦权叹了口气，神情略严肃地说：“昊昆啊，是哪个领导任命的，现在还重要吗？”

阎昊昆激动得马上回嘴道：“重要！对你来说不重要，但对我阎昊昆来说很重要！”

“您焦政委是看着我长大的，我阎昊昆不是贪生怕死之人！我更不是喜欢争名逐利的人！但我讨厌不公正的待遇，讨厌系统任用一线基层干部靠关系上位的不正之风！”

阎昊昆这话一出口，焦权也生气了：“昊昆！你胡说什么！”

“我胡说？你！包括支队所有领导，谁都知道能配得上正义路特勤站指导员一职的，只有我阎昊昆！”

焦权缓缓地道：“我知道啊，我也很遗憾啊！但是你要知道，虽然我们现在脱下了军装，但铁心跟党的赤胆忠诚绝对不变！服从命令的天职也不变！”

阎昊昆马上接口道：“对，牢记使命，初心不变！但我宁愿服从战死救援现场的命令，我也不甘心服从这种见不得人的命令！”说完阎昊昆生气地起身就走，门也不给焦权关。

焦权着急喊他：“阎昊昆！”

但阎昊昆像没听见一样，走得像风一样快。焦权望着走廊里走得刚正笔直的阎昊昆的背影，忍不住叹了口气：“这孩子！”

阎昊昆背影刚消失在走廊尽头，焦权桌上的座机就响了，焦权没接都知道来电人是张政委。

果然，焦权接起电话，顺手关上门。在电话里给张政委简单地汇报了一下阎昊昆刚才来的情形。张政委听完后，不由得在电话那头感叹了一句：“这小子，还真是个阎王爷。”

二人又聊了一会儿其他工作事宜，本该就此挂电话的，但最终焦权还是没忍住，试探性地问张圆：“……说实话，张政委，我心里也不是很接受这个结果。”

张圆政委老成持重的声音从话筒里清晰地传了过来："焦权啊，你可不能这么想！我知道你对昊昆有感情，但未来马卫开展工作还需要你的支持啊。"

焦权："我知道。"

张圆又补充道："正义路特勤站出警量是咱北京市第一，全市170多个消防站可都看着呢！马卫更是在转隶改制期间，我们千挑万选出来带领正义路特勤站每个战士平稳过渡为合格消防队员的不二人选。我相信马卫同志能带好正义路特勤站！"

张圆政委的这一番话，让焦权立马从儿女私情中醒了过来，下意识地做了一个立正姿势，对着电话那头的张政委，道："是，张政委，我明白。"

电话那头的张圆，似乎也感觉到了这位老部下细微的情绪变化，语气缓了下来："焦权啊，你也知道，我就是正义路特勤支队的一个过客，待半年就走了，接下来正义路特勤站的工作，你还要多支持。"

焦权点点头："放心！张政委。"

这通电话最后在张圆郑重提出"马卫暂时还是代理指导员这事儿千万不能声张"后结束。因为以他们对阎昊昆的了解，这个"阎王爷"要知道了，不知道又要搞出什么幺蛾子！

只不过，他们没想到，这个消息并没有捂住多久，就被同时对此位觊觎已久的罗文选给泄露了出去。当然，这是后话了，因为那时候谁也不知这事是罗文选干的。

且说当天下会后，正义路特勤站战斗员们也是炸锅了……

一直视阎昊昆为神勇英雄崇拜的队友们，自然对乘着"不正之风”新来的指导员马卫，充满不信任与挑衅。

能担任此位的马卫，亦不是弱暴了的选手，有着优秀战斗资历和学历，但比起同为“90后”的阎昊昆在救援路上的光辉履历，马卫的履历就差点意思了。这成了阎昊昆和他的死忠粉们不服和挑衅的攻击点。因为在硬汉门新科等“久经沙场”的老战斗员们看来，表面略带书生气，动辄就大谈消防黑科技，革新救援战术、技术和理念的指导员马卫，显然是电影里的“蜘蛛侠”，而非救援现场的真英雄。

当天晚上原指导员吕德江准备晚点名时，欲再次把马卫进一步介绍给正义路特勤的小伙伴们。也是因为吕德江知道这帮小子的敌对情绪，想进一步安抚一下，尽可能地方便马卫日后开展工作。不想走漏了风声，晚点名的时候，这帮小子竟然一个都没到，只有吕德江和马卫两人尴尬地站在中队操场上。其时，他俩不知道黑灯瞎火的战斗班宿舍窗户内，一对对黑眼睛，正幸灾乐祸看他俩笑话呢。

吕德江显得比马卫情绪更激动。马卫原本有些思想准备，倒也不觉得意外，但吕德江心里却想：“哼，我这人还没走呢，茶就凉了。”其实，大伙儿心里对原指导员吕德江是没这层意思的，只不过“打”马卫时连带给吕德江溅了点火星罢了。

吕德江原来是武警特警出身，由兵提干那么一路走来的，身材和他的作风差不多，都比较干脆利落，又是“80后”，做起事来不像“90后”那么精细、讲究，有时难免有些粗糙。他不听马卫劝，愤愤地当即决定，晚上要拉动火警。

歇灯铃响过一刻钟后，吕德江估摸这帮小子该躺进被窝里了……

刺耳尖锐的警铃，响彻正义路特勤站每个角落，紧接着电台来回急播：

全部出动！全部出动！火警拉动！火警拉动！

整个消防队乱成一团。正洗漱的，正躺下敷面膜的，纷纷跳下床，穿好衣服，朝自己值车的消防车狂奔。

45 秒，所有人员按车组登车完毕。吕德江掐着手里的秒表，分毫不差。

吕德江面无表情："全部下车！站成三排。"

一阵橐橐的跑动声，所有消防员都整齐地站在吕德江面前。

吕德江："文锋把人都带到大操场。"

陈文锋喊口令带队的时候，马卫也不知吕德江葫芦里卖的什么药，为什么要将所有人带到大操场。但他很快就知道，吕德江这么做简直太有先见之明了……

大家刚在大操场列队站定，吕德江便悠悠地问道："晚点名的时候，你们都上哪儿去了？敢公然抗拒晚点名啊？阎站长让你们这么做的吗？"

门新科立马答道："跟阎站长没关系。"

吕德江冷笑一声道："呵，我吕德江带你们三年，人还没走呢，你们茶就凉了？"

欧阳奇奇小声嗫嗫道："吕指，我们不是冲你的。"

吕德江却高声反诘道："那你们冲谁？"

但他自己一问完这话，就想起了身边的马卫，有些后悔。这不明摆着吗？于是他找补道："我知道你们什么意思！那我就明了、白了地告诉你们！这是消防队！你们当是自己姥姥家啊？还挺任性！还想自个儿选指导员？我吕德江一个党委成员，还没参与上投票呢！你们还想投啊！”

队伍里有人忍不住笑出声。也不知吕德江听到没有，但他继续慷慨激昂地道：“用你们脚丫子想一想，集体抗拒点名是什么后果？李治出列！”

李治应着“是！”，人就向前一步。

吕德江：“背下条例条令！”

李治却是紧闭着嘴。吕德江正要发作，站在旁边的马卫道：“算了，吕指，时间不早了，累一天了，让大家早点休息吧。”

吕德江一听，马上就坡下驴，干咳一声：“那就给你们马指一个面子，这次饶了你们。”

紧接着吕德江语调舒缓地说道：“我要去防火科的事儿，你们也都知道了，我也不瞒你们，接替我工作的人，你们也都知道，就是眼前这位马卫指导员！大家呱唧呱唧你们新指导员。”

众人迟疑着，犹豫着，手正要合在一起的时候……

阎昊昆突似从天而降。只见他直瞪瞪怒视着马卫：“你是有多急着走马上任？还搞个火警拉动？”随后，不等马卫反应，阎昊昆又转向吕德江，不无鄙夷地说：“还有你，吕指，大晚上紧急拉动，就为了移交工作？你知不知道，今天白天大家出了多少趟警？要是有领导来拉动也就算了，还自己人整自己人啊？吕指，您这是怎么啦？您不是这样人儿啊！”

吕德江原本是想趁“阎王爷”不在队里悄悄交接了，可这货怎么就突然回来了？眼下吕德江也顾不上太多，他扯着阎昊昆往一边走，边扯边压低声音和他说：“昊昆，你这是干什么！你在队里的分量，你是知道的，你这么胡来，他们更要怎么闹？”

阎昊昆不忿："啊……你还知道我在正义路特勤站的分量啊！那你就跟这些腐败势力同流合污，同穿一条裤子啊？"

吕德江急了："昊昆！"边说边上来扯着他，将他拉出队伍几米开外。

还没等吕德江开口，阎昊昆就不耐烦地说："行了，吕指，你什么也不用说，你走！我来给他交接！"

吕德江一脸的不相信，警惕地问："你打算怎么交接？"

阎昊昆也不接茬儿，而是反过来问他："吕指，你觉得我阎昊昆不交接，那个马什么的，他能接得住吗？"

吕德江若有所思了一会儿，点点头，拍了拍阎昊昆，语重心长地道："那我去放个水，你别给我搞出什么幺蛾子！"

阎昊昆点了点头。

目送吕德江离开后，阎昊昆才回转身，朝马卫他们走了过来。

其实，吕德江并没有走远，他也就蹲操场暗处抽根烟罢了，顺便替他们望风，省得上级领导知道了麻烦。因为吕德江心里明白，这一仗早晚也得打啊，不打过不去啊。毕竟，他在部队经年，有时候在这个纯男人的世界里，有些解决问题的方式，越是简单直接，可能越是奏效。

黑暗里吕德江狠狠吸了一口烟，将烟头扔地上，烟灭了，却似乎在暗夜里点燃了一个信号。

身着火焰蓝制服的阎昊昆，正气凛然地一步一步逼近马卫，背对着他的马卫浑然不觉。马卫对面的战斗员们瞪着一双双急切的眼睛，他们知道，但他们不会说。

等马卫感到了耳边生风，猛一回头，正面就迎上了阎昊昆突然飞起的一脚，顿时鼻血喷涌。他擦了一把，头一闪，躲过了阎昊昆连着飞来的一记大长腿的横扫……

阎昊昆手脚不停，却大声宣布道：“擒拿拳，16 个动作全部操练完，你赢，以后听你的！”

马卫边抵挡边答：“好！”

马卫“好”字刚落，阎昊昆上来就一招贯耳冲击……

马卫马上抓腕砸肘回挡……

门新科等人拳头已经攥得紧紧的，眼睛里喷着火，紧张地盯着眼前这场“战争”。

阎昊昆步步紧逼，马卫处处下风。

阎昊昆打斗中不忘质问：“为什么要用这么下三烂的手段竞争指导员这个位置？”

马卫辩解道：“我没用你想的那种手段。”

可这辩白苍白无力，任谁听了也不能信啊！传说中出警量赫赫有名的“天下第一中队”——正义路特勤，怎么就能让你这名不见经传的偏远山区猴子来闹呢？阎昊昆听了马卫这话，自然也是气不打一处来，突然调转势头，反侧出脚…

马卫又中一脚，踉跄了一下，但人没倒下。阎昊昆边踹边骂：“我他 × 最恨你这种走后门空降的货色，你有本事凭实力拿走指导员啊！”

马卫不甘示弱，就势飞起一脚：“那你走着瞧啊！”

这一脚直接扫到阎昊昆头上。俩人本身个头相当，又都是大长腿，一招一式，你来我往，一时难分胜负。不远处的吕德江，也挺有八卦之心，从怀里摸出个望远镜，看得喜滋滋的，还自言自语地感叹道：“这俩小子，还挺能耐，学的都用上了。”

马、阎二人额头都渗出了细密的汗。阎昊昆似有结束战斗的意思，出拳明显快了，马卫的抵挡开始有些勉强了。

身后看着的小哥亦是紧张地握着小拳头，随时准备帮阎昊昆的样子。

阎昊昆再加力度，马卫左肘明显受力。马卫知道躲不过了，只能背水一战。马卫甩开阎昊昆后，猛然来了个三连踢，阎昊昆连连避闪，不想正好脚下踩到半块砖头，“嗵”的一声，人仰面倒地。目测摔得不轻。

门新科一看心疼坏了，脱口而出：“上！”话音一落，之前就已攥紧小拳头的李治等人，愤愤地朝马卫扑了上来。

马卫只能退让抵挡……

吕德江一看，“坏了，这个傻大门”，拔腿就往回跑。

老远吕德江就急吼吼地喊：“你们站着干吗？拉开啊！”

于是，真打的、假拉的，瞬间两团人滚在一起……

但这还不是最坏的，让这事儿坏得不可收拾的是“活百度”欧阳奇奇。

正在监控室值班的欧阳奇奇，看到视频里两伙人在操场干架，惊得吃了一半的零食掉到桌上，嚷嚷着“打架了，打架了！”就朝值班室外跑去，却被罗文选拎了回来。

但这声嚷叫，足够通知到支队走廊里的每个人了。也许是为了证明自己作风廉政，近年来，领导干部们渐渐习惯敞着门办公，尤其是晚上加班的时候。

罗文选趴在监控前一探究竟，张圆政委推开了值班室的门。罗文选机敏地反身用身体遮住了监控。张政委用行动告诉他躲开，因为张圆径直走向监控。罗文选只能弱弱地退在一边。

张圆一看视频里的阎昊昆，有失风度地骂了一句：“混账东西！太不像话了！”旋即怒气冲冲地转身出门。

闻讯匆匆跑来的一只胳膊还在往袖子伸的焦权副政委，差点与怒气冲冲的张圆撞上。再一看张圆旁边还有卢支队长……

焦权忙不迭地招呼道：“政委、支队长……”

卢支队长点了点头。

张圆：“叫队务科的也来！”

焦权一路小跑着，追赶着怒气冲冲的张圆。

焦权小心地试探道：“张政委……这……这……这不合适吧？”

但张政委不再说话了，那就只能是合适了。

焦权随后朝一直挥着小短腿跟在后面的罗文选使了个眼色。

罗文选落在后面，小声地叫了几个人。

几个战斗员围着阎昊昆，像是围着一只刺猬，谁也不肯上手“捉拿”。

倒不是这个“阎王爷”真的多么令人闻风丧胆，而是每个人心里都敬这位爷。

过去六年的带队生涯（抛去当兵上学的三年），阎昊昆在他们心里的人设，就是勇敢又有担当：危险他上；队友有事，他扛。从内心来说，他们不想对这样的战友下手。

张圆黑着个脸：“怎么？还等我亲自动手呢。”

众人面面相觑，但也只是往阎昊昆身边移了移，并不上手。

张圆再次命令道："关起来，反思一周！"

这时人群中的马卫突然站出来，弱弱却不失力道地说："报告政委，阎昊昆只是教我擒拿拳，我们不是打架……"

张圆瞪了马卫一眼，没搭理他，转而面向所有人喊口令："立正！稍息！"

旋即干脆地道："我最后再强调一遍，正义路特勤站的指导员是马卫同志，并且由于你们站长阎昊昆失职，接下来一周政治和业务工作都由马卫同志一把抓！"

张圆顿了下，接着严厉道："谁要再有异议……和你们站长一个待遇！"

最终还是没绑，因为阎昊昆顺从地跟着他们走了，一脸的倔强，咬着嘴唇，一言不发！

等领导都散去，马卫面对着队伍，发号施令："立正，稍息！"

寂静的训练场，传出整齐划一的挪动声。只是马卫不知道，门新科、李治等人，脚下的动作正好与他的口令相反：他喊立正，他们稍息；他喊稍息，他们立正。

虽然，这点儿反调，可能在暗夜里并不那么明显，但那是他们此时此刻对阎昊昆尊重的执拗表达。

显然，这也绝不是这票男孩子们最后的表达……

第三章

马卫很快就领教到了，这帮小子绝非“善意”的表达。

由于马卫平素走路不紧不慢的步调，被阎昊昆鄙夷地赐了个绰号“马瘫”！

接下来的几天，这帮正值青春的小伙子，乐此不疲地验证马卫的确是“马瘫”的事实。

这天早晨马卫正在洗漱，文书曹亮亮喊了“报告”进来，嗫嚅地道：“马指，大家在消防器械室等你呢。”

“器械室？改成室内作训课了？”马卫不无疑惑地问。

曹亮亮轻轻点头应了声。马卫看他这样，便也不再问了，转而跟他说：“你先去吧，我马上过去。”

曹亮亮一听，乖巧地退了出去。

文书这个角色在部队里一向素有“小天使”之称，因为多数贴心又细心。曹亮亮这个 1996 年出生在南方的男孩子，当然更不乏这样的气质了。不过，这个“文书天使”偶尔也会做些“小恶魔”的事情哦。

马卫一推开器械室的门，就感觉与之前完全不同的气氛，全体队友一反常态异口同声道：“指导员好！”

马卫虽略感意外，仍旧淡定地回道：“大家好！”

但紧接着马卫就不淡定了，他被正义路特勤站精良的设备震慑到了，因为很多都是他在网上见过，但以前待的中队却没有的，比如消防机器人、消防火箭炮等，马卫脸上不由掠过一丝窘色。马卫这一点微表情，被一直注视着他的门新科发现了。

门新科脸上不由得露出一丝得意的笑，并且冲他后面的战斗员们使了个眼色。

马卫硬着头皮从兜里掏出临时准备好的一个消防 U 盘，尽量语气舒缓地道：“今天的室内作训课，我给大家讲一下消防装备黑科技 AI 技术在消防领域中的应用……”

马卫说着打开笔记本，示意文书曹亮亮放幻灯片。没等曹亮亮安排明白，门新科提高声音道：“马指，我看不用这么麻烦了，反正这些黑科技，咱站里现在还没有，咱不如来点儿实际的？”

正在准备的曹亮亮，尴尬地不知该继续还是该停下，求助地看着马卫。

马卫反问门新科：“什么实际的？”

“你帮大家现场答疑解惑呗！”门新科不无挑衅地说。

马卫有点警觉地问道：“答什么疑？解什么惑？”

门新科傲慢地盯着马卫，一字一顿：“怎么？还没问呢，马指，你就怕了吗？”

马卫沉吟片刻，继而道：“好。”

门新科用眼神一示意，包蕊蕊立马向前一步，出列，还非常正式地给马卫敬了个礼，才道：“请问指导员，什么是闪爆？”

门新科一听包蕊蕊问出这么简单的问题，一脸想死的表情。

果然，马卫不急不缓答道："闪爆，就是当易燃气体在一个空气不流通的空间，达到一定浓度后，一旦遇到明火或者小火花就会立刻燃烧，甚至有发生爆炸的可能。"

门新科瞪了一眼包蕊蕊，包蕊蕊赶紧缩了回去，另一名消防员小伙伴罗歆宇立马出列顶上来。

罗歆宇："请问普通居民家里发现煤气泄漏怎么办？"

门新科一听，就在心里骂起来了，这不全都送分题吗！

果然马卫轻松地答道："关闭阀门，严禁开关电器，开窗通风，快速离开现场，打 119 寻求专业帮助。"

看样子也没什么难的，马卫似乎越来越有信心了。可就在第三个消防员正要出列时，门新科简直忍无可忍。他立马笔挺地向前一步先行出列，大声问道："故宫有多少个烟头收集器？"

马卫一愣，众人也被问得一脸懵圈。大家心想，这问题，问故宫消防中队的指战员，也未见得每个人都知道吧？

门新科得意地盯着马卫，等着看马卫笑话。

不料，马卫缓缓地说："现在故宫全面禁烟了，没有烟头收集器，但故宫作为明清两代皇宫，一直注重防火，'冬凿冰、夏注水，春除草、秋清叶'是故宫明清时代就有的防火传统；其次，故宫有铁、铜、鎏金大缸 308 口，每口缸可储水 3000 升，金水河亦是故宫故有的消防水源。2015 年'平安故宫'工程升级改造后，目前故宫内共有 94 个高压消防栓、74 个市政消防栓，4866 个灭火器……"

不得不说，马卫这一波操作挺稳的，但其他消防员马上顶上来，节奏也开始变快。

李治："对于女生来说，发生火灾有一个必须注意的细节是什么？”

马卫：“如果穿了丝袜，赶紧脱掉腿上的丝袜！丝袜被火烧过后，会和皮肤发生粘连，如果不扯掉，到时候只能把肉割了扔掉。”

杜子杰：“没有缓降绳的时候，消防员用水带下降时，水带可以同时挂几个人？”

马卫：“那东西很结实，把你们全部挂上去都没问题。”

杜子杰仍旧挣扎：“那……那腿一软，夹不紧，会掉下来吗？”

马卫干脆地答：“会！”

顿了一下。

马卫又补义道：“但一个合格的、训练有素的消防员不会！”

轮到冯明，他刚要出列，门新科却用手势制止了他。门新科简直是受够这波送分题了。

“马指，我直说吧！我对你有意见！”门新科这话毫无掩饰就说出来了，果然是传说中的钢铁直男。

马卫也同样直接应对：“讲！”

“你今天讲这些都是些理论，任何一个消防指战员都懂！”

“那你想怎么样？”马卫直言不讳地问门新科。

“我们室外实操一下怎么样？就操作最简单最基础的，也是最能体现消防员功力的一人两盘水带连接，你敢不敢？”

马卫看了看门新科和眼前这帮稚气却充满挑衅的脸，答道：“好。”

地上已经依次放置好两排水带，每隔一段放一盘。所有战斗员自动散在两边观战。马卫和门新科已经各自在自己的水带前就位。

李治负责掐秒表。

李治举着小红旗："预备！"

马卫和门新科二人立马做好了起跑的姿势。

李治向旁边的包蕊蕊一示意。

包蕊蕊立马会意，用手一捏自己嘴，竟模仿出一声惟妙惟肖的发令枪声。"枪"声一出，马卫和门新科像兔子一样，拎起水带狂奔，每一段水带接口，在水流到位时恰好都精准地连接起来！

过程中两人都很流畅，不分伯仲。

一票声音高叫着："门班加油！门班加油。"

眼看就留最后一截水带，这一截连接完毕，谁先于水抵达终点，谁就是胜者。

可以看出马卫还是很有实力的，但门新科也紧紧咬着，眼瞅着二人就要同时与水流抵达终点……

就在快到终点那一刻，马卫这边水管头强大的水流抵达的瞬间，突然反弹起来，朝马卫打了过来。马卫灵巧一闪，人是没被打着，却被从头浇到脚，浑身湿淋淋的，十分狼狈，而与他比肩的门新科则完美收官。

战斗员们毫不掩饰高兴的心情，把门新科举高高，欢呼鼓掌，早忘了马卫一个人还落寞地站在那里。

大家欢呼了好一阵，才回过神来，觉得不太对劲。战斗二班班长郑海玉，默默跑去关了消火栓。

现场一片安静。

湿答答的马卫，抹了一把脸，冷静却不失威严地喊道："全体立正！"

"刚才战斗班二班的杜子杰问我，消防员顺水带下降时，夹不紧，会不会掉下来，我的答案是会！我现在再补充一点，除了夹不紧会掉下来……”

说到这儿，马卫停顿了一下，严肃地盯着大家，一字一顿地补充道：“还有一种情况……也会掉下来。那就是你和你的队友关系不好时，你的消防水带被人用利器割过了！”

队伍里有几个消防员立马脸红了，心怀鬼胎地偷眼看马卫，再互相看看，低下了头。

看得出来，马卫这回是真生气了，情绪和声音都大了很多。“今天是训练，我可以既往不咎，但正义路特勤站，以后绝不允许再发生这么恶劣的事儿！”

“立正！稍息！解散！”

直到吕德江匆匆跑过来找马卫，马卫才知道自己手机装在兜里已经黑屏了。

吕德江恨铁不成钢地说：“这帮小子！怪我，出去办了点私事儿，让这帮小子钻了空儿。”

“咳……多大点事儿，男孩子嘛，就是闹着玩。”顿了下，马卫笑着补充道：“再说，吕指打算当我一辈子左右护法啊？”

吕德江笑了笑道：“嗨，也是啊。”

吕德江轻叹一声道：“带兵这么多年，都习惯给这帮孙子，又当爹又当妈了……”吕德江说着拍了拍马卫肩膀，语重心长地说：“这种生活，对你这个比他们大不了几岁的‘90后’，是不是有点难？”

马卫腼腆地说：“一起成长，一起成长！”

半晌，吕德江将手里的烟掐灭，“不过，我还是想跟你聊聊这几个调皮的熊孩子。要不我等你，你先回去换个衣服？”吕德江看着全身湿透的马卫问道。

马卫上下看了看自己，“行，没问题，那吕指等我一下，我马上就来。”

马卫经过中队院里时，并没看到晒衣房那几个鬼鬼祟祟的身影，因为晒衣间挂着很多衣服，影影绰绰的，从外面看，看不太清里面有没有人。但里面几个倒是警觉地望着马卫，直到马卫消失在宿舍楼内。原来门新科正在这隐秘的角落，训他们几个。

门新科黑着脸问：“水带谁搞的？”

几个人都不吱声。

半晌。

李治说：“不是我搞的，但我赞这事儿！我就是看不惯那个马什么的赢！”

门新科生气地说：“就马瘫那个样儿，他能赢吗？”

“倒是你们！你们这么一搞，我赢了也不光彩！”

大家一听门新科这么说，都觉得是很有道理，就都低着头不吱声了。

门新科按捺不住，追问道：“还不说，是吧？”

半晌，欧阳奇奇嚅嚅向前：“门班……是我！”

众人惊讶。1999年生的欧阳奇奇，是队里最小的小兄弟，平常嘴是碎点，但多是放空炮，你真要他炸个啥，他也没这胆儿。

“我……我本来是想……”欧阳奇奇吞吞吐吐半天，最后还是决定都说了。

他坦白道：“我就是觉得对不起阎头儿，那天要不是我在值班室喊‘打架了’，估计领导也不能发现……所以，我就想报复一下那个马什么的……”

门新科一副恨铁不成钢的样子，用手指了指欧阳奇奇，又无奈放下，道：“你……你们真是！你……你们几个，大训练场给我跑十圈去！”

“是！”大家应着，却极不情愿地走出晒衣房。

马卫穿着训练短裤和背心跑过来，半干半湿的头发，看上去清爽帅气。

吕德江老远看着马卫朝他跑来，也觉得甚是好看，不由得心下暗叹流光偷换了自己曾经矫健的青春。想当年，身高 1.82 米的吕德江也是特警队一道风景线啊！

其实，吕德江和大家一样，心里都有个疑问，像马卫这样名校毕业，为什么会选择进消防？毕竟，过去“进部队”对很多人来说，都是一条不得已而为之的出路。比如，罗文选家里就是这种情况。

罗文选是家里第三个儿子，在 20 世纪 80 年代，这还属于超生的，所以，打小就被过继到小叔家，但小叔家已经有一个儿子了，凑合让他读到了高中毕业，就被送进部队。年少的罗文选知道，这是他鲤鱼跳“农门”唯一的机会。于是，他努力学习，小心谨慎做人，生怕得罪领导。好在功夫不负有心人，罗文选当兵的第二年，就考上武警消防指挥学院（现中国人民警察大学），毕业之后，成了一名军官。当然，罗文选这条军官晋升之路走得并不那么容易，姑且不表。

如今，消防虽已改制，但这些老观念的更新，恐怕仍是一场旷日持久的战争。不得不说，还是领导们（此处代表决策者）的高瞻远瞩，打造科技消防未来，那未来势必需要更多像马卫这样的人才。

吕德江在脑海里这么划拉着院子里几个人的时候，马卫已经来到了他面前，气喘吁吁地道："不好意思，吕指，久等了。"

吕德江摆摆手，意思不是啥大事儿，然后正色道："马卫啊，你要理解大门，大门这人很重情重义啊。"

马卫愣了一下，旋即接上刚才的思路："看出来了。"

吕德江点头，"你很奇怪他对阎昊昆的感情吧？"马卫没说话，疑惑地看着吕德江。

吕德江用手指了指前面，意思是边走边说。"大门的命，是阎昊昆救回来的。"

马卫一听这话略感惊讶。毕竟上任前，他就默默背熟了正义路特勤站每个指战员的履历。当然，马卫也明白每个人之间的情感是不可能写在履历里的。

吕德江话锋一转："当然，大门这个兵，也是阎昊昆硬给要来的……"

这让马卫听得更加疑惑不解了。

于是，吕德江就给马卫讲了阎昊昆和大门的故事。与其说是故事，其实更像是事故。

故事发生在消防还没改制前，还属于武警消防部队，阎昊昆也还是一名基层军官，到大门老家江苏一带接兵。当地武装部赵参谋，开着一辆破车，带着阎昊昆了解当地风土民情。

彼时的门新科还不是这般钢铁硬汉的模样，竟然是个头顶绿毛杀马特造型的"老大"，身后还跟着两个小弟。在这个盛产螃蟹的地方，门新科一副"社会我门哥"的模样，身后跟着左右两个护法，在大街上走得很是排场，很有阵仗，毫不费力地就走出六亲不认的螃蟹步伐。

路人纷纷躲着这帮红皮绿鬼，这么一来，门新科和他小弟的脸上神情就更加得意了。说是个小街，其实就是个码头，小商小贩，鱼龙混杂。

门新科和他的“小弟”们正出神地“秀”他们的风骚走位，突然听到有人喊：“救命啊，救命啊，有人跳河了！有人跳河了！”听到喊声的门新科，突兀地转身，而左右护法也像训练有素的兵一样，很整齐地转身跟上。三人成队，马上雄赳赳地朝码头边跑去。

跑到码头一看，有个女人在水里挣扎，一堆人着急跳脚地喊：“谁会游泳？谁会游泳？快下去救人啊！”

眼瞅着女人只有头发露在水面上了，还没人跳下去救，急得团团转的门新科，脱了自己的外套，就要跳。这时候身后的小兄弟可能也觉得社会我门哥装 × 过了头，扯住他衣服角，急切地说：“门哥，门哥！你不会游泳啊！”门新科白了小弟一眼，“扑通”一声就跳了进去，溅起一个大浪花，拍打在小弟的脸上。

所幸水不是很深，门新科费力地将女人往岸边拖拽。但垂死的人，求生欲是超强的，女人像抓住救命稻草一般，胡乱抓掐，不知道怎地就钳住了门新科的脖子，门新科被拽得不停地呛水，眼睛开始翻白，但他仍旧艰难地向岸边靠近，众人七手八脚地连成一串，想要拉他们上来……

此时，赵参谋带着阎昊昆来到这里。阎昊昆的眼睛始终盯着窗外，看新鲜的街景，无意间瞥到了那群乱七八糟的人，职业素养让他瞬间察觉不对劲。阎昊昆急忙喊：“快停车！赵参谋，那边好像出事儿了。”

车子还没停稳，阎昊昆就冲了出去，车门都没有关。

跳河的女人，被众人七手八脚拉了上来，但一直在水下托着女人的门新科，此时却突然沉了下去。众人惊呼：“快，快呀，拉住他！拉住他！”

就见水面只冒了几个泡泡，门新科人就不见了，水面重归于平静。

众人惊呼中，就见阎昊昆冲开人群，动作漂亮地跳入水中，并且相当精准地提起门新科的后脖领子，像拎包一样轻松地将他拎了上来。

围观群众不由得叫好。

只见阎昊昆淡定地将门新科平放在岸边，熟练地给他做胸腔挤压动作。不大一会儿，门新科就开始哇哇地吐……

他那两个吓呆了的“螃蟹”兄弟，适才回过神来，围拢过来，关切地问：“门哥，门哥，你咋样啊？”

门新科两眼直愣愣地盯着眼前救他的这位英姿飒爽的小哥哥，说不出话。

阎昊昆以为他吓傻了，疑惑着拍了拍他的脸，问道：“你没事儿吧？要不要送你去医院？”

门新科这才有了反应，缓慢地摇了摇头。

这时略微有点胖的赵参谋拨拉开人群挤进来，一看阎昊昆全身上下湿透了，吓得脸色惨白，毕竟把接兵干部给弄“坏”了，这责任他可担不起。赵参谋声音颤抖地问：“阎排长，您……您没事儿吧？”

阎昊昆大咧咧地说了句“没事儿”，眼睛却始终没离开仍旧呆怔地躺在地上的门新科。

“你不会游泳，还救人？你够勇敢啊！”

门新科被这一问，竟然不好意思地浅笑了一下。这腼腆的笑，与他那头绿毛极不相称。而他头下正滴淌着微带绿色的小水珠，充分说明这染发剂可能是伪劣品。

阎昊昆又问：“你叫什么名字？要不要跟我当兵去？”

门新科还没反应呢，围观群众一听这话，七嘴八舌地嚷嚷开了：“好啊，好小子，今天是遇到贵人了。”

不料，门新科听完这话，上下打量了一下阎昊昆，阎昊昆一身绿军装虽然已经湿了，但风姿仍在，的确很好看。阎昊昆以为门新科动心了，哪料，门新科突然起身像兔子一样狂奔而去，动作连贯到连阎昊昆一时都没反应过来。

阎昊昆稍一迟疑，才迅速弹起来，追了出去。赵参谋一惊，也摇着小胖身子，追着大喊：“阎排长！阎排长！你干吗去？”

只留下一脸懵圈的群众。

门新科跑得极快，再加上对路线很熟悉，一闪身就钻进旁边一片破烂平房的老胡同。等阎昊昆追过来一看，人影儿都没了。阎昊昆稍一思索，就跃上平房房顶。

果然房顶上奔跑的阎昊昆视野就好多了，很快发现了门新科。也难怪，门新科这一头绿毛，像只落水的鹦鹉，很容易被发现。而他自己还全然不知，一边跑一边回头张望，正得意将追他的阎昊昆甩得连影儿都没了。

猛一回身却一头撞到阎昊昆怀里，吓得“哇”地号了一嗓子。

“我问你去不去当兵，你跑什么跑？有案底啊？”阎昊昆一身正气地问。

门新科就显得有点儿缩头缩脑的，贼溜溜地左右看看，想要伺机脱身。这时胡同另一侧赵参谋也气喘吁吁地追上来了，赵、阎二人胡同两头一头一个，刚好将门新科堵在中间。门新科知道逃跑无望了，看了一眼阎昊昆，像怕他似的，低头嗫嚅地道：“我们老家退伍回来的老兵……都说……说……”

阎昊昆没好气地说：“说什么？”

门新科停顿了一下，抬头大胆地道：“他们说……部队不好！当兵跟坐牢差不多，不自由。就……就是你没当兵前，可能就你父母管你，你一进部队当了兵，就多出一个连的爹和妈。”

阎昊昆听完先是没反应，门新科正忐忑不安的时候，阎昊昆突然哈哈大笑道：“嗯，说得有那么点儿道理！那你去不去部队呢？”门新科头摇得跟拨浪鼓似的，连连摆手道：“不去，不去！我不去！”

阎昊昆上下打量着门新科，围着他看了一圈，看得门新科不知所措，突然阎昊昆就像刚才从水里拎他后脖子一样，拎起门新科。狠狠地道：“你今儿碰上我阎王爷，不去也得去！”

一堆军医围着只穿三角内裤的门新科转来转去看，阎昊昆也一本正经地混在其间，原来阎昊昆是直接拎了门新科来做兵检。

虽说是男生看男生，但小镇青年门新科何曾有过这样的待遇，相当不好意思啊。门新科忸怩地抱紧自己最后的小裤头，不肯脱。

一个军医催促道：“脱啊！”

门新科为难地说：“内……内……内裤也脱啊？”

“对！”军医严肃地答道。

看门新科还在那儿磨叽，阎昊昆急了，雄赳赳就朝他走来，一副欲上手的样子，诈唬道：“门新科！你动作快点儿，别磨叽！”

赵参谋一看，尴尬地拦住阎昊昆：“小阎排长……这不合适……”

门新科吓得捂住自己小内内，红着脸道：“我脱，我脱。”

片刻后，门新科一丝不挂地出现在大家面前，脸红得像喝了瓶劣质白酒，头快低到裤裆里了……

军医们煞有介事地，成群结队地围着门新科的光屁股一圈一圈地看，还品头论足地从喉结讨论到包皮是否过长，偶尔还用不知道什么仪器，戳门新科一下。

门新科此刻的心理阴影面积，恐怕得有 960 万平方公里了。只见他突然羞涩地蹲下，捂住自己私处，哭号道：“我去！我去！我去当兵还不行吗？”

马卫被吕德江这段极富渲染性的描述给逗乐了。忍不住大笑着问：“还可以这么操作啊？”

吕德江嗯了一声，道：“骚是骚点，但管用！”

“不得不说，这个阎王爷带兵很有一套。你还别说，他还真没看错，大门的确是个不可多得的兵苗子，来队这些年，大大小小救援上千次，门新科的个人表现都非常优秀，带队友能力也强，有担当！你知道他们背地里叫他什么吗？”

听吕德江这么问，马卫老实地摇摇头，说：“不知道。”

“大门这个硬碴儿啊，绰号却叫老姨母！”

马卫惊讶地失声道：“老姨母？”

吕德江得意地说："你不知道呢吧？大门这人，你别看他外表粗糙，却心思敏感、细腻得很，他班里那几个战斗员，什么性格，什么情况，他都门儿清，从救援现场到生活难题，大门都爱操心，那简直就是个硬汉老姨母啊。"

马卫听了吕德江的话，就更加佩服大门了。其实刚才一人两盘水带连接的时候，他就看出大门身体素质和业务能力都很强，而且看出伙伴们也都很服他。

这时，吕德江突然停下来，看着马卫说道："这下，你能理解大门了吧？他'服'阎王爷，又和阎王爷有感情，你这来得突然，大门对你有些负面情绪也是正常……"

马卫答道："我理解，吕指。"

吕德江点点头，又走起来，马卫也旋即跟上来。

"那时候，大门也不愿意入伍，而且那时他已经 24 岁了，年龄刚好打到线上……比昊昆和你都大两岁。"

马卫点头道："嗯，这些基本情况，我已经了解了。"

吕德江赞许地点点头，不再说话，步子也加快了。快出训练场大门时，马卫终于忍不住直接问道："吕指的意思是说，要收正义路特勤站，还得先收阎昊昆啊。"

吕德江马上点头道："我就是这个意思！"

但阎昊昆也绝不想马卫以躺在医院这种令人遗憾的方式"收"他们的心。

他宁愿马卫能站起来再跟他在操场打一架，水带操法或者泡沫管枪灭油盘火……什么都行，只要是健康的活蹦乱跳的方式就行。阎昊昆这么胡思乱想着，坐在医院椅子上就睡着了，毕竟之前那场高速公路的大火，持续高强度救援5个多小时，体力和精力已经过度透支了。

所以，文书曹亮亮第一次轻拍他的肩膀时，阎昊昆一开始没反应，继而一个机灵醒过来，怀里抱着的消防头盔动静很大地滚落在地……

曹亮亮反应很快，立马帮他捡起来，弱弱地递回阎昊昆手里。

阎昊昆抬头一看，“手术中”三个字的灯暗了，再看曹亮亮脸色不太好看（其实是累的），顿时脸色变白，艰难地吐出几个字：“……马瘫挂了？”

曹亮亮急忙摇头摆手道：“没、没、没！马指他醒了，1小时以前已经转到病房了。我看你挺累的，就没叫醒你。”

阎昊昆一听这话，身体明显地松了一下，但嘴上却淡淡地回了句：“哦，我知道了。”随后，阎昊昆起身，竟然朝与病房相反方向走了……

曹亮亮疑惑地追着阎昊昆，不解地问：“……阎头，您不去看看马指吗？”

阎昊昆没回答他，步履坚定地穿过医院走廊，走出医院大门。

马卫勉强算是“完好无损”地醒了过来，身上多处外伤，烟气进入面罩，窒息造成内脏不同程度损伤，让他看上去还很虚弱，戴着氧气罩。

曹亮亮送走阎昊昆，已经麻溜地回到病房。这个小天使，不太放心毛手毛脚的欧阳奇奇一个人在病房照顾马卫。

马卫看曹亮亮进来，急切地用手扯氧气罩，貌似想说话，曹亮亮马上体贴地伸手拿开氧气罩。不想，马卫开口的第一句话就是：“我们的人有受伤的没？”

曹亮亮和欧阳奇奇二人尴尬地互相看着摇摇头，又点点头，都看向他。

马卫却是一脸不解和着急。

曹亮亮支吾道：“只有您……一个人受伤了。

“哦，那就好。”马卫一听，松了口气儿。

曹亮亮正要给他戴上氧气面罩，马卫又急问：“你们阎站长……没事儿吧？”

俩孩子这回更为难了，互相看看，不说话。

“阎站长，他怎么样了，你们倒是说呀？”马卫急了。

曹亮亮赶紧解释道：“哦，阎站长没事儿……那个……您之前抢救的时候，阎站长一直在外面守着你来着，刚……”

“刚领导打电话给叫走了。”欧阳奇奇机灵地接了曹亮亮话头，避免不怎么会撒谎的曹亮亮尴尬。

马卫“哦”了一声。曹亮亮再次将氧气罩给马卫戴回去，马卫很快又迷迷糊糊睡了过去。

活动室，阎昊昆突然推门进来，原本姿态各异，打台球的、看书的、锻炼的，立马都停了下来，看着他。好大一会儿，大家才反应过来，跟他打招呼。

“这么晚了还不睡？”阎昊昆疲惫不堪地问道。众人不说话，出了这么大事儿，其实大家都睡不着。而且每个人心里都有些担心和愧对马卫的小心思。

阎昊昆咕咚咕咚喝了大门递上来的一大瓶矿泉水，问道："站里今天没事儿吧？"

门新科："没事儿。今天就出了三趟警，一个跳楼的，最后没跳，另外两个都是炒菜冒烟儿的，没大事儿。"

迟疑了一会儿，门新科有些忸怩地问道："那个……他……他醒了吧？"

阎昊昆"嗯"了一声，算作答。但大家一听，都松了一口气。

阎昊昆说完转身就走，边走边道："我累了，我先睡了。"大家也都应着，目送他出门。不料，刚走到门口的阎昊昆，貌似犹疑了一下，转回身，没头没脑地扔下一句，"以后对那个……马瘫客气点……"

大家懵圈之际，活动室的门已经被阎昊昆重重带上了，大家又一脸懵圈地看向门新科。

"看什么看，就照阎头儿说的办。"门新科说着很硬气地开了一杆台球。

躺在床上抱着手机心神不安的娄小楼，接到阎昊昆打来告诉她马卫醒了的电话，差点儿高兴得从床上蹦起来。她本想再问点具体细节，可是对面的阎昊昆已经挂断了电话。

"冷得一批！"娄小楼忍不住对着手机屏幕骂阎昊昆。但她高昂的情绪并没有被高冷的阎昊昆带下坡，反倒瞪大了眼睛，甜蜜地回忆起马卫救她那一幕……

娄小楼机灵地跑向白色轿车旁，伸手就要拉车门。车门一开，马卫一只大手直接呼娄小楼的脸，并且提着后脖领子，将她一把拎出去老远……

车玻璃在他二人眼前瞬间炸开了花，玻璃碎片在娄小楼面前洋洋洒洒飘散开来……

而此时，在娄小楼脑海里，这些碎玻璃片儿，像极了花瓣的模样；或许，也像极了爱情的模样。

这一天似乎太过漫长，而这一夜，也来得太晚，但人们总算在黎明到来前沉沉地睡去了。

寂静的夜，突然传来马卫惊恐的叫声："昊昆！小心！"

马卫在梦里，轮胎起火爆炸的瞬间，他毫不犹豫地上前挡在阎昊昆身后，并将阎昊昆踹了出去……

睡梦中文书曹亮亮听见马卫的惊叫声，一骨碌从床上跳到了地上，惊慌失措地问："怎么了，马指？"与此同时，曹亮亮扭亮了灯，看到马卫的被子掉在地上，怕是刚才梦里那一脚给踹下去的。

医院里惨白惨白的日光灯，让疲惫不堪的两人脸色看上去惨白、诡异，甚至有点儿瘆人……

马卫眼睛瞪得老大，看着眼前的一切，似乎很恍惚。在他的四周所能看到的空位上，都放着鲜花，因为没有花瓶，这些花都是平摆着的，有点儿像墓地的感觉。

曹亮亮也被马卫这副神情吓坏了，再次追问："马指，你……"

"这是哪儿？"

"医院啊，您受伤了，您忘了吗？马指，您是不是发烧了？"曹亮亮一看大事不妙，伸手去摸了摸马卫的额头，自言自语道："不烫啊？"

“要不我叫医生过来吧？”曹亮亮再次体贴地问。

马卫愣了一会儿，似乎才反应过来。他惊恐地看着那些鲜花，“这……这都哪里来的？”

没想到马卫问的竟然是鲜花，曹亮亮疑惑地解释道：“啊，这些都是热心群众送的，很多群众听说这间病房住着一位消防员，救援时受伤了，自发送来的。”

马卫一听松了口气，悠悠地道：“哎哟！那你倒是找个地方摆起啊，我这做梦乍一惊醒，还以为我死了呢。”

曹亮亮一听尴尬地挠挠头，不好意思地笑了：“这儿没花瓶……又有点多哦。”

说完这话的曹亮亮，立即动起来，把鲜花归置到一起。果然，这样看着就奔放热情多了。

第四章

▼

得知马卫要出院的那天一大早，阎昊昆神不知鬼不觉地把自己关在心理缓压室。原来这个钢铁直男在偷偷对着镜子练习表情管理。只见阎昊昆对着镜子道：“谢谢你，马瘫！”“不对，不对，再叫马瘫，貌似有点儿过分了啊……啊？是吧，阎王爷？”

这阎昊昆对着镜子自问自答的，还时不时流露出点儿臭美的表情。1.87 米的汉子，萌起来简直要人命啊，所幸，没人看见。

阎昊昆继续一个人折腾，“谢谢你，马……指……谢谢那一脚仗义相踢！”

“不行不行，帮我是帮我，但并不一定代表老子就认可你是这个正义路特勤站指导员啊！”

阎昊昆不断左右摇摆，正纠结呢，外屋踢踏踢踏跌撞进来两个人。阎昊昆刚准备喊一嗓子，却听到外屋门新科破嗓门很大声地问：“到底什么破事儿啊，一大早你非得把我扯这儿说！”

阎昊昆一听，一脸坏坏的小表情，轻移至门口，偷听。

站里地方有限，心理缓压室与活动室是相连的，里屋是心理缓压室，外屋是活动室。外屋的人，要不专意去看，当然没法知道里屋有人。再加上专业的心理指导师一般情况下也不来，这个心理缓压室，就慢慢沦落成领导“请喝茶”的地方了。

“门班你小点声儿。”欧阳奇奇急忙提醒他。门新科看了一眼缓压室，缓压室门紧闭着，他想里面肯定没人，因为依照平时习惯，门是敞着的。

门新科警觉地反问道：“奇奇，是不是你又做什么了？”

欧阳奇奇连连摇头：“不是我，不是我！”

“那是谁？”门新科提高声音问。

欧阳奇奇不由自主地压低声音道：“咱们支队的女神。”

门新科惊讶道：“啊？火调科那个娄小楼？她怎么了？”

阎昊昆一听娄小楼的名字，本来就快贴门上的耳朵，又往门边凑了凑。

欧阳奇奇吞吞吐吐道：“那天……那天她去医院看马指了……”

“咳，我还以为什么事呢，她去看个马指怎么了？那不应该的吗，那天在救援现场马指也算救她一命吧。”门新科一副兴味索然的表情。

欧阳奇奇正色道：“问题不止这啊！她还……”

“她还怎么了？”门新科皱着眉不耐烦地追问道。

欧阳奇奇迟疑了一会儿，最后，一咬牙一跺脚干脆地说了出来：“她还跟马指表白了！”

门新科一脸震惊，更震惊的是阎昊昆突然拉开里屋门，出现在他二人面前。

门新科和欧阳奇奇，看到眼前“从天而降”的阎昊昆，像看到真的阎王爷一样！

“你刚说什么？再给我详细说一遍。”阎昊昆黑着个脸盯着欧阳奇奇。

欧阳奇奇吓得哆哆嗦嗦，结结巴巴道：“我……我……”我了半天，没我出个所以然来，眼瞅着阎王爷暴脾气要上来了。门新科赶紧往回拦，“阎头儿，他瞎说的，你又不是不知道……奇奇爱八卦。”

愤怒的阎昊昆狠狠地瞪了门新科一眼，门新科只好嚅嚅地闭上了嘴。

“到底怎么回事儿，一个字都不准漏掉，给我复述一遍！”本来阎昊昆带兵喊口号，习惯声音洪亮，这一嗓子又飙出了正常值，把小个子欧阳奇奇吓得缩成一小团。

只见他战战兢兢地开始描述那天的情形：“那天……娄姐姐突然去医院看马指，一开始我以为她是去了解事故现场情况的……”

话说那天娄小楼是抱着一大捧鲜花来的，这束花让当时马卫病房里包括欧阳奇奇、曹亮亮在内的三个人都有些错愕，因为那是一捧粉玫瑰。尴尬的是马卫根本不记得娄小楼是谁。经欧阳奇奇提醒说是支队火调科的，马卫才想起现场那位“有勇无谋”的火调科女生。马卫也就懂了她的来意了，心下还想这女的果然够虎的，看同事带着送男友的玫瑰花。

“来找我了解现场情况是吧？”马卫简单直接地问。

娄小楼点头又摇头。

马卫疑惑。

娄小楼却突然凶另外两人：“你们俩先出去！”

欧阳奇奇和曹亮亮应着，一脸疑惑往外走。曹亮亮还体贴地接了娄小楼手里的花，顺手放好。曹亮亮这孩子贴心之处就是，绝不在一个坑里摔第二跤。

机智爱八卦的欧阳奇奇出门时却把病房门虚掩了……

他二人一出屋，娄小楼双颊通红，说话声音突然小得像蚊子一样，马卫根本听不清她在说什么。

马卫：“你说话能大声一点吗，我没听清啊。”

娄小楼尴尬地道：“我说谢谢你在事故现场救我……我……”

“哦，没事儿，正常反应，是个消防员都会那么做的！”

娄小楼“哦”了一声，就又卡壳了。

马卫一看这情形，觉得自己的表现好像不利于同仁的火调工作啊，于是，就先放松下来，语调轻松地问娄小楼：“女生干火调啊？挺佩服的！我看你那天挺勇敢的嘛，今天怎么说话吞吞吐吐的呢？”

娄小楼这回倒机智地反诘道：“又不是聊工作！”听她这么说，轮到马卫一脸懵圈了。他疑惑道：“不聊工作？你不是来询问我当时现场情况的？”

娄小楼被他这么一问，更不好意思了。马卫却是会错了意，以为人家是看他身体还没恢复，不好意思问，于是大方地道：“没事儿……那个娄……”说到这儿，马卫停住了，因为他根本没记住刚才欧阳奇奇说的名字。

娄小楼接过补充道：“小楼。”

“呃，那个娄小楼同志，你也别不好意思，这是你们正常工作职责嘛！再说，你看我这身体也基本好了，你想问啥，尽管问。”马卫说着还挥了挥自己的胳膊。

马卫如此官方的回答，再次让娄小楼尴尬到脚趾抠地。又是在那儿“我”了半天，到底没说出一个完整句子。这下子搞得马卫也有些尴尬了，摸摸自己的头，道：“哦，娄小楼同志，你到底要了解啥？

你直接问吧，我全力配合！言无不尽，知无不说！”

娄小楼简直被这个榆木疙瘩折磨得快疯了，她心想得选个干脆点的死法。她鼓足勇气抬头答道：“行。”

马卫天真地等着美女火调员的工作调查。

娄小楼却突兀地：“马指，我们谈个恋爱吧？”

门里门外三个男人异口同声：“啊？”原来曹亮亮和欧阳奇奇两颗小脑袋，一直像壁虎一样在门缝上贴着呢。

……

阎昊昆听到这儿已经是脸色铁青，转身就往外走。门新科紧追其后，嘴里喊着：“阎头儿、阎头儿！”阎昊昆人早已经出了门。

门新科边跑边回头狠狠剜了欧阳奇奇一眼道：“你啊你，你这张破嘴！”

落在后面的欧阳奇奇委屈巴巴的：“我还没说完呢，马指他没答应啊……”

马卫不久就出院了，一来是伤势不太严重，当时面罩坏了，导致严重缺氧，晕死过去，当然如果抢救不及时也有可能就此挂墙上了。不过，说到底还是消防员们平时训练有素，身体素质强。马卫在滚落的时候，左胯骨受挫严重，虽说没骨折，但一时半会儿还挺影响走路的步调。

马卫下得车来，走路稍有点儿瘸腿的样子，这下子算是坐实“马瘫”之名了。

但正义路特勤站的小伙伴们的消息还没来得及更新，还停留在之前阎头儿交代的“以后对那货客气一点”的思想层面上。所以，尽管马卫这回真成了“马瘫”，倒收到了小伙伴们不少热情的问候，马卫还挺开心，心想正义路特勤的小伙伴们终于接受他了。只不过马卫似乎高兴得有点儿早了。

门新科终于在晒衣房门口追上了怒气冲冲的阎昊昆。碰到一个杜子杰和他打招呼，他理都不理。可杜子杰走过了，阎昊昆突然又叫住他，“杜子杰！”杜子杰立马站定。

“那个……马瘫回来了吗？”阎昊昆问道。

杜子杰愣了一下，道：“哦，回来了。”

阎昊昆也不再有新命令，疾步欲走，门新科强势挡在他面前。“阎头儿，你别冲动，奇奇说……”别看门新科行动上强硬，言语上对阎昊昆却是祈求式的。

杜子杰一看这情形，知趣地走开。

“大门，我跟你说，你别跟着我！这事儿不是救援，你帮不上忙！”阎昊昆生气地绕开他。

门新科期期艾艾道：“阎队……”

阎昊昆：“立正！”门新科立马站定。

阎昊昆：“向后转。”门新科转回去，阎昊昆扔下他就走。

门新科委屈地背对着阎昊昆，喃喃地道：“阎头……”他明白他已然挡不住这阎王爷的脚步了……

住了几天院的马卫，正对着门后一块不大不小的镜子刮胡子。有几根胡子却很顽强，住院的时候就展现了其顽强的生命力，剃须刀似乎搞不定。马卫翻箱倒柜，找出一把刮胡刀来，比画着想要刮掉……

门突然被一脚踹开，马卫猝不及防，门碰到右手臂，手一滑，就给下巴开了一条小口，鲜红的血瞬间渗出来。

马卫生气地转过身来正欲发火，不想进来的阎昊昆比他还愤怒。只见他怒视着马卫，眼神冒着熊熊的小火焰，四处踅摸着，就看到了马卫手里仍旧举着剃须刀，阎昊昆出其不意地将马卫手中的剃须刀抢夺过来，且利用马卫还处在门后的优势，将马卫一半身子压在门后，致使马卫动弹不得。

马卫并无防备，被阎昊昆这一连串的动作直接搞懵圈了，但他并未意识到问题的严重性，还指望缓和气氛，故作轻松地道："阎站长，你表达谢意的方式这么特别吗？"

阎昊昆怒不可遏地说："谢你个屁！我警告你，马瘫！不准你打我女朋友娄小楼的主意。"还边说边用剃须刀在马卫的脸上比画。

马卫一听是这事儿，反倒松懈了许多。"哦，娄小楼原来是你女朋友啊？"

阎昊昆却一板一眼答道："不是了，是前女友！"

马卫哑然失笑："前女友啊，那关你什么事儿？"马卫以为他要放开自己，要走了，结果阎昊昆一听这话，更用力地挤压马卫，挤得马卫忍不住咳嗽起来。

阎昊昆怒火喷射，一字一顿地说："前女友也不行！只要是我阎昊昆曾经谈过的对象，她就永远都是我的女人！"

马卫冷笑道："这样啊。那就好办了，我劝你，还是管好你的女人，不要让她打我的主意。"

阎昊昆愣了一下，却更紧地抻住马卫领口，继续无理取闹道："老子不管，总之，你不要让老子再看见你和娄小楼在一起，否则老子见你一次打你一次，直到打回你四川消防去！"

二人正在僵持，出警铃声尖锐拉响。紧接着电台声音在正义路特勤站来回循环：

指挥车、抢险车准备出警，正义街玉泉河发现一落水者；指挥车、抢险车准备出警，正义街玉泉河发现一落水者……

阎昊昆一听，扔下马卫就跑。马卫对着阎昊昆的背影，无奈地嘟囔了句“直男癌”，也赶紧朝消防车库跑去。

马卫到底还是慢了半拍。坐在前车的门新科，忍不住往后瞅了一眼道：“那货腿脚还不太利索吧，就跟来了？不放心啊？”

阎昊昆鄙夷道：“他不是不放心，他是想尽快学习，掌握片区情况。”

阎昊昆说完“恶意满满”地接通了娄小楼电话，一本正经地道：“有个现场，你来一下。不用其他人，小现场，你不是想多学习学习吗？我把地址发你。”

听筒对面传来娄小楼兴奋的声音：“好嘞，我这就到。”

门新科没太弄明白落水救援为什么叫娄小楼到场，阎昊昆也不搭理他，而是朝马卫坐的后车意味深长地瞥了一眼。

门新科：“哦，我懂了。”

阎昊昆一听，在门新科头上拍了一巴掌，道：“你懂个屁！谈一个黄一个！都快谈成弹簧了，你还懂。下次你再谈黄了，你爱哪儿哪儿去！”

后面几个小战斗员偷着乐，门新科尴尬地直瞪他们。

消防车还没到现场，远远地看到很多人围在那儿。车子刚停下，阎昊昆麻溜地跳下车。马卫慢了半拍，落在后面。阎昊昆边跑边道：“我看围观群众比较多，你警戒吧。”马卫被阎昊昆唤得像个小兵似的，却听话地和几个消防员在离现场百十米的地方拉警戒线，同时劝群众后退。

阎昊昆等人还没到跟前，就发现河底撤退的群众一个个捂着鼻子，莫名其妙地指指点点的。等阎昊昆他们跑进河沟，一股恶臭袭来，立马明白了，大家赶紧拉下面罩遮挡。

说是河，其实没什么水。长长的堤坝下，面朝下躺着一个人，貌似已经开始腐烂了，苍蝇臭虫正围着尸体嗡嗡作响。阎昊昆忍住恶心，从兜里掏出块布垫鼻子上，走近观察。

“我怀疑这是去年冬天跳进去的，这会儿冰化了，才被人发现报了警。”阎昊昆得出初步结论。

众消防员忍着恶心，问阎昊昆怎么办。

护犊子心强的阎昊昆其实私心里也不太想兄弟们处理这情况，于是跟大门说：“你赶紧上去跟民警协调协调，让他们拉走，这没什么救援意义了啊。”

门新科领命而去，朝不远处负责警戒的民警走过去。

这时阎昊昆看到娄小楼正一脸兴冲冲拎个火调工具箱，朝他们跑来……

阎昊昆赶紧喊：“别过来！”

显然已经来不及了，娄小楼跑得像风一样，跑到跟前一看现场情形，“哇”就吐了。娄小楼这一吐，把原本强忍着恶心干呕的一个消防员也给引吐了……

民警也是同一片区的民警，一看就跟门新科挺熟，也喊他“大门”。不过，民警们也挺为难，毕竟他们出警前也不知道是这么个情况，而派出所跟消防队一样也没有冷柜，不具备接收条件。不过，好在他们已经通知刑侦了，毕竟一时还无法判断死者到底是自杀还是他杀，大家只能耐心等待刑侦到场再处置。

等待刑侦队到场的工夫，阎昊昆突然趴在门新科耳边耳语了几句。门新科听得是眉头舒展，连连点头，二人鬼鬼祟祟密谋完了，门新科立即用电台呼叫了马卫，说是他们阎站长的膝盖刚不小心磕了一下，要马卫来处理。

马卫应着：“行，没问题，让我来！”

众人就看到马卫跑到飞起，从老远的堤坝上奔过来了。这次虽没踩滑板，但马卫那跑起的姿势也很耍帅！不料，毫无防备的马卫，直接奔到河底沟，但当他看到腐烂的尸体时，当场“哇哇”就吐了，而且吐得不能自抑，仿佛五脏六腑都要跟着一起跑出来……

一边吐完了的娄小楼，看马卫这么强烈的反应，更是惊得目瞪口呆。他可是一个从业 6 年的老消防员啊！

阎昊昆却在心里冷哼：“我就让你帅不过 3 秒！”

而马卫在一边吐得翻江倒海的时候，邢侦队的小哥已经到场，并且很快做完现场图像采集，门新科从容且很有仪式感地将尸体装进装尸袋，随后送到指定的公安医院。

原来，争强好胜的阎昊昆，为了打赢马卫，也是动了点小心思的。通过自己同学战友各种打探，得知马卫有个“小毛病”，看到腐烂尸体就会狂吐不止。

据说是因为上小学时，有次放学回家的路上，意外地看到一场电线杆倒地砸人事故，留下的心理阴影。当时那个电线杆下有个老头摆着辣条摊，那是马卫必要天天偷偷去报道的摊点。那天马卫正准备走过去买辣条，不料，意外就在小马卫眼前发生了，一辆车突然失控冲向电线杆，已经矗立多年的电线杆，由于老化当即断成两截倒下，正好砸到辣条摊旁的老头，老头瞬间几乎被火化殆尽，只留下两截炭化了的腿……

这件事情发生后，年少的马卫将近一年不能吃一丝肉，看到饭菜里有肉就要吐。

当然，如今已走了 6 年救援之路的马卫，没小时候那么脆弱了。只不过，突然看到类似情形会吐的毛病，还是一直克服不掉，但遇到救援压在倒塌房屋里的人，马卫倒是毫不含糊的。

阎昊昆开车送娄小楼回家的路上，娄小楼质疑阎昊昆叫自己来就是没安好心，要跟阎昊昆算账。不过，倒被阎昊昆反过来把娄小楼清算了一番。这账算的自然是娄小楼在医院跟马卫表白的事儿了，也正为此，阎昊昆才故意大周末叫娄小楼来的。

娄小楼拗不过阎昊昆，只能将她和马卫表白的事儿一五一十告诉了阎昊昆，阎昊昆也就了解欧阳奇奇没说的那部分了。

当时马卫听见了娄小楼突然的表白：我们谈个恋爱吧，脑子一片空白，他本能的反应是跳起就跑。就见拄拐杖的马卫，拖着伤腿从一脸懵圈的曹亮亮和欧阳奇奇眼前一瘸一拐地飞跑起来，很快就消失在走廊尽头。

二人还没反应过来，娄小楼也追了出来，问他们马卫人呢，二人自然地指指电梯。娄小楼也飞一般奔向电梯，可惜到底慢了半拍，电梯门合上了。这哪能难倒娄小楼这样的女子，咱也是训练有素的人啊。只见娄小楼也顾不了雅不雅的了，朝旁边的楼梯奔去。

娄小楼追到医院大厅，就看到马卫拖着条跛腿，在医院服务台窗口前排队呢，原来马卫是想结算走人。娄小楼看看墙上的表，早过了下班时间，所以也不搭理他，抱着双臂，老远瞅着马卫，一副迟早是老娘的菜，看你哪里跑的架势。

这时曹亮亮也已经从病房追下来。他焦急地对马卫说："指导员，您腿还没好呢！"

"没事儿，还是回站里安全，外面的社会太可怕了。"

曹亮亮一听马卫这么说，面露尴尬地说："娄姐姐她就是咱们支队火调科的……"

马卫打断他："那回到单位，她就不能胡来了。"

这时窗口轮到马卫了，马卫请人家做一下清算，说他要出院。这个时间点那自然是清算不了的，再者出院需要医生同意，很轻松就被打发了。马卫也不是不知道这些常识，只是脑子一激给忘了，再者也真是吓得不轻。虽说马卫打小长得标致，身边一直不乏暗慕的女生，但还从没被"不熟"的女生，如此直白胆大地表白过。

马卫心有余悸地准备往回走，刚一回身，娄小楼却挡住了他的去路！马卫正欲再跑，结果娄小楼再次挡在他面前，霸气地道："马卫，你不用这样！我喜欢你，是我的事儿！你要是不喜欢我，那我喜欢你这事儿，它就跟你没关系！"

马卫被娄小楼这番话怼得一个字也说不出来。你说她不对吧，好像还挺有道理的样子，可你说她对吧，又好像哪儿不对劲。正当马卫不知如何作答时，娄小楼又霸气地下了最后通牒："你不用躲！也不用藏！我保证以后不会再打扰你！"

娄小楼说完潇洒地扭头就走，留下一脸懵圈的马卫，都不知道刚才发生了什么。心里慌乱得就像被突如其来的敌人胡乱扫射了一番，好不容易从地上爬起来，想捡几颗子弹，回击一下敌人，可敌人却不见了。

贴心的"文书小天使"曹亮亮，看娄小楼消失在医院大门外，才从两米开外的地方走过来，挽起那已经被娄小楼狂风暴雨般的爱砸晕的指导员马卫，缓缓地朝病房走去……

"我不同意。"娄小楼刚说完马卫是如何拒绝她的，阎昊昆就暴躁地喊出这四个字。娄小楼白了他一眼，自嘲道："不用您同意，人家也不同意。"

"那也不行，我就是不准你喜欢他！"

"怎么？就因为他抢了你指导员的位子？"

阎昊昆一听娄小楼这话，彻底被激怒了，冲着副驾上的娄小楼大声嚷道："我说娄小楼，你是不是大脑沟回少啊？随随便便就喜欢一个人啊？你喜欢他什么啊？喜欢他在现场一巴掌把你呼远啊？是个消防员，都会一巴掌把你这个蠢货呼远的！"

娄小楼也生气了，激动地嚷嚷："阎昊昆！你太过分了！你嘴是租来的吗？不能好好说话吗？"

"好好说个屁！你 4 年火灾勘查专业白学了啊，烧过的车，而且还是密闭的车厢，你能上手就开车门吗？"

娄小楼辩白道："我……我也知道啊，可我不还没经见过这么大的现场，容易激动嘛。”

阎昊昆狠狠瞪了她一眼，正色道：“甭扯远了！接着说刚才的事儿，那个马瘫才来几天，你了解他吗？你就喜欢？”

“你管我呢？你不过是我的前男友，你又不是我爹！”

“你喜欢别的男人，我不管，但你就是不能喜欢他！”

“为什么？”娄小楼哀怨地问。

“没有为什么，你执行命令就是！”阎昊昆武断地道。

娄小楼一听，冷哼一声道：“我说，阎站长，不，阎中队长！您是不是以为您是全人类的队长啊？”

阎昊昆白她一眼，不说话，专注地开车。

娄小楼：“停车！”

阎昊昆：“不！”

娄小楼泄气了，她知道拿这个阎王爷没办法。

从5岁开始跟在阎昊昆屁股后头，缠着他，她也知道军人世家出身的阎昊昆的底线是什么。所以，娄小楼再生气，也不敢拿安全问题“作”，像普通任性的小女生一样回怼阎昊昆一句“你不停我就跳”那样的话，她娄小楼是不能说的，否则就无法收场了。于是，娄小楼干脆装睡，随他把自己拉哪儿去！她再也不想多说什么了，再多说一句，她都会委屈得哭出来。本来前几天表白被马卫拒绝，就够委屈了，现在还被很亲近的人骂……

阎昊昆当然知道她没睡着，于是开启了婆婆妈妈模式。网上星座分析大师们都说天蝎座高冷，呵，那只能说明他不爱，要是爱了，秒变老姨母。

“娄小楼，我是为你好！你说你干吗非要找个消防队的当老公？

万一哪天你老公被挂在墙上，你怎么办？你说本来你爸就不同意你干火调，你再找一个消防队的回去，那他老人家不得被你给气得挂墙上啊？”

娄小楼听他这么说，一拳就砸阎昊昆胳膊上，骂道：“我爸他老人家的面条，你也没少吃，你咒他干吗？”阎昊昆委屈道：“我不就说个实话吗？当初要不是……”

“要不是什么？”娄小楼问道。

阎昊昆避而不答，正好车子也到了娄小楼家小区门口，刚才还吵成一锅的二人，现在坐在车里静静地不再说话，也不动静。良久，娄小楼偷眼瞅瞅阎昊昆脸色，也瞅不出个所以然。

到底还是娄小楼没憋住，说了句，“我要上去了……”正欲拿包走人，阎昊昆答非所问：“我不同意。”

“为什么？”

“他要当这个正义路特勤站的指导员，可以不用我同意；但他要想喜欢你，必须经过我同意！”阎昊昆的回答，让娄小楼明白，这又是一轮无解的死循环……

于是，娄小楼抓起包，动作连贯地边下车边扔下一句：“拯救人类的阎队长，不劳您费心了，我说了已经过去了。拜拜了，您呐。”

阎昊昆若有所思地看着车外越来越远的娄小楼的背影，自言自语道：“马卫这孙子，是上帝派来的强盗吗？什么都要跟我抢。”

“哼！我阎王爷什么都不会让的！”

阎昊昆发动车子，车子在路上划出一条优美弧线，消失在黑夜里。

尽管，娄小楼这一次表白并没有成功，但还是掀起马卫和阎昊昆这两个大男人之间的二次战争。

第二天晚餐时，站里的小伙伴们也很快发现了指导员和站长（中队长）之间微妙的气氛。

今年第一场春雨也下在了这天。马卫小跑着从后门溜进餐厅的时候，大家已经吃上了。马卫一眼就看到盛汤的锅摆在过道中间，大家来来回回盛汤，有些碍事。马卫就把司务长司小胖叫过来，说了他几句，“我跟你说了多少次，让你把这个汤锅搬前面去，怎么还放这儿啊？放这儿警报一响，大家都急着出警，碰倒锅，烫到人，怎么办？”

1995 年出生的司小胖，是个来自唐山的小胖子。他本身并不胆小，甚至还有点儿蔫坏蔫坏的气质，但一说话就先脸红，和他脱不掉的一嘴唐山口音，又让他自带点儿幽默感，不太适合严肃的氛围。比如现在，他脸一红，嘴一咧，还整出一个不好意思地笑，回马卫：“哦哦……有点搬成习惯了。马指，我现在就搬！”

这话其他人说来没啥感觉，但用唐山话一说，就显得不那么严肃了。马卫听得不太爽，但也没发作。转而对着正在吃饭的战斗员们喊道：“来几个人，给司小胖帮帮忙。”

几人围拢着汤锅正要搬，一直默默扒拉饭的阎昊昆突然道：“搬后面去！”

大家瞬间面面相觑，看看马指，再看看阎头，不知道该搬后面还是搬前面去。

迟疑了一会儿，马卫缓缓地道：“就搬前面吧，后门出警方便点儿。”

马卫说完就坐了下来，准备端碗吃饭，大家也正要动手往前面搬……

突然“叭”的一声，阎昊昆把刚吃完的饭碗，重重拍在饭桌上，因为是双层不锈钢碗，摔得叮当作响。

“我说搬后面，你们耳朵聋了啊？”

大家一看阎头火了，赶紧端着汤锅又朝后面抬去。这次马卫没有再吱声了，他低着头扒拉饭。汤锅搬到后面之后，大家也都开始坐下吃饭，但这一餐大家吃得静悄悄的。

尖锐的报警铃声响起，一阵阵桌椅板凳声打破这份安静……

电台播报在正义路特勤站不断重复：

指挥车、大水车、抢险车、照明车准备出警，正义区王化路175号都市白领公寓半地下室发生漏水倒灌事故；指挥车、大水车、抢险车、照明车准备出警，正义区王化路175号都市白领公寓半地下室发生漏水倒灌事故……

电台播报还没消失，这帮小子早已撒丫子从餐厅跑得干干净净的，司小胖看着桌上吃了一半儿的鸡蛋、半碗的汤等，默默收好温上。他早就习惯了。而且消防队这帮人也发现一个特“邪”性的出警频率，那就是吃饭和洗澡的时候，最容易接到报警电话。

其实，理智考量一下，似乎这种“邪”性又不失科学性。因为作为消防救援国家队，虽说承担着大范围的各类灾害事故的应对处置任务，像水灾、旱灾、台风、地震、泥石流等自然灾害和交通、危化品等事故，都是消防救援范围内的主责主业，甚至还要派遣救援人员支援海外救援。但微缩到一个消防特勤站（中队），接到最多的报警现场还是火灾事故，而吃饭时间普通群众家庭大差不差也在正常时间值内，做饭烟火味儿重，所以，吃饭时间接到的报警最多，也就显得不那么邪性了。至于洗澡的时候为什么出警多，因为每出一次警回来都要冲一下，可没等冲完呢，警报又响了，一个澡分成上、下两个半场洗，你说感觉上多不多？

大雨还在往下浇，消防员们抱着水带、扛着救生圈等救援工具，冒雨冲进地下室。

“地下室多大面积？有多少人被困？”马卫边跑边跟物业人员了解情况，物业人员显然有点儿跟不上节奏。

物业人员哆嗦着，却在言语中，一再校正是半地下室。看来北京地下室不允许住人的规定他不是不知道。当然，马卫他们此时的首要任务是不管他是否违规操作，尽快将人救上来。所以，当他们得知，半地下室被困人数可能有一百多人时，阎昊昆忍不住直骂物业的娘。物业吓得讪讪的，却又犹疑地停下步子，看着通往地下室的方向越来越近，物业嗫嚅道：“领导，我……我不用再跟着你们下去了吧？”阎昊昆在跟他确认已经断电后，朝他挥挥手，意即让他赶紧滚！

物业人员立马折返身子朝上跑，阎昊昆突然又给叫住：“等等！”物业疑惑地回头。“地下室地形图拿来啊！”物业适才想起，赶紧将手中的图纸递给离他近的马卫，跑了。

马、阎二人一人撑一角，看着地下室图纸。乍一看这就是一对研究作战的好兄弟，根本看不出有任何嫌隙。

好在这个半地下室也并不复杂，是个椭圆结构，下楼梯左右两边都有住户，却只有这一个出口，马、阎二人当即决定下到出入口后，兵分两路进行搜救。

消防员一路下去，借着移动照明灯光，可以看到整个半地下室像个水帘洞一样，好像哪儿哪儿都漏。但当他们顺着狭长楼梯再往下摸索时，眼前豁然开朗，明晃晃的一片，定睛一看，大家都傻眼了。

眼前的景象实在是太瘆人了：只见齐腰深的水面上，漂着几十个人头，这些人头，长短发不一，且都是脸朝下，头发在上面随水冉冉漂动，在昏暗的地下室里，像幽幽漂着的水鬼……

第五章

寂静瘆人的角落里，突然传出一声令人毛骨悚然的惨叫声……

众人一脸惊恐地回过头，看到战斗员包蕊蕊正拔腿往回跑呢。马卫是第一次见到这种情形，被包蕊蕊的行为惊得目瞪口呆，一时也有点儿懵圈。

光线幽暗的地下室，包蕊蕊跑得正专注，后脖领子却突然被人一把提住，包蕊蕊吓得像活见鬼一样，“啊啊啊”号叫个没完。

“嘛去？”提着他后脖领子的阎昊昆，几乎将他拎离地面。包蕊蕊抖抖擞擞地看着眼前的阎昊昆，哆嗦着答不上来，眼睛却惊恐地瞅向那些漂荡着的人头……

阎昊昆明白了，只见他一手钳着包蕊蕊，夹着他蹚水走到离他们最近的人头处，另一只手从水里捞出个人头，直接将人头怼到包蕊蕊面前，人头视线直接平对着包蕊蕊。包蕊蕊吓得本能地后撤，闭起眼睛！

阎昊昆狠狠地道：“包子，你睁开眼，看清楚了，这是美发模特！”

包蕊蕊听阎头这么说，适才哆嗦着慢慢睁开眼，放松些了。

马卫对着电台喊：“所有战斗员，迅速分成两个战队，一队左走，一队右走，迅速搜救被困群众。”

大家走在齐腰深的水里，一家一户敲门搜救被困群众。消防员的声音在空旷的地下室里不断重复："房间里还有没有人？我们是消防救援人员，来接大家撤离的！房间里还有没有人？我们是消防救援人员，来接大家撤离的！"

45 分钟后，100 多名被困群众悉数被救援到地面。

门新科冲完澡回到宿舍，想找包蕊蕊，一看班里没他影子。他问都不问别的队友，就径直朝 10 号消防车库走去。10 号消防库停放的是卢森堡路轨两用消防车，目前，全北京只有 2 辆，自带红外夜视、自供气，还有喷淋自保系统，不常用，倒成了队友们藏身的好角落。直到后来成立了新的轨道交通支队，才将这辆牛哄哄的消防车调走。

眼下，包蕊蕊果然正钻在巨大的消防车后面，抱个手机打游戏呢。看到门新科进来，委屈地瞟了他一眼，幽怨地吐出个"门班"，算是打过招呼了。

门新科轻轻踢了他一脚，包蕊蕊往后缩一缩，门新科就势挨着他坐下道："包子，你这个手机戒不了是吧？"

包蕊蕊听了这话，似乎更委屈了，头一偏不理他了。门新科宠溺地在他头上打了一下道："瞅你这㞞样子，还生阎头儿的气呢？"

"不生！"包蕊蕊气鼓鼓地道。

门新科叹口气道："唉，我给你说啊包子，还认不清咱正义路特勤目前什么状况吗？你看那天搬汤锅的事儿，那孙子刚来一定想办法树自己的威望呢，这时候你还不消停点儿，那个马什么要逮着你，恐怕你吃不了得兜着走！"

包蕊蕊这回不生气了，讨好地讪讪道："我就打完这把，就不玩了。”

门新科起身道：“这话我听了不下千遍了！”

随后门新科严肃地说：“包子，我跟你说，偶尔偷玩一下手机，我大门可以睁一只眼闭一只眼，但你这出警障碍，要不克服，时间长了，恐怕是混不下去的！”

“你好好想想吧！”门新科说完走了。

包蕊蕊若有所思地发了一会儿呆，又把眼光移到手机屏幕上了，因为耳机里游戏队友在叫他。这召唤特别有魔力，因为在游戏里，包蕊蕊是能够呼风唤雨的王；也是可以像他崇拜的阎昊昆一样，拯救人类于水火中的英雄队长！

阎昊昆与马卫，二人对话一向没有礼节性的开头，直接说事儿。而且俩人也不看对方，办公桌紧挨着，各自盯着各自面前的电脑屏幕，好像自言自语似的。

“包蕊蕊有出警障碍啊？”马卫问。

阎昊昆冷哼一声：“没事儿瞎矫情，多出几趟大现场，啥障碍也没了。”

“我看包蕊蕊下队也快一年了，也跟了几十起现场了……”说到这儿，马卫转过头，用商量的口吻说道，“我觉得有特殊心理情况的战斗员，还是到专业的心理机构，进行系统科学的心理干预比较好。”

阎昊昆鄙夷地说：“哟呵，马指的科学，是用嘴就能把火给说灭喽？”

马卫也不动气，继续道：“我一直在关注救援心理学……”

阎昊昆不客气地打断他：“着火现场要指望你那三脚猫的理论来灭，钓鱼岛都让你给点着了。”

马卫被阎昊昆怼得半天说不出话，刚想力争点什么，手机进来个电话。一看是焦政委，他立马恭敬地接起来，“是，好的，政委，我马上去。”挂了电话，马卫朝阎昊昆说了声，焦政委要我去趟支队。

阎昊昆也不搭理他。当然这也算是男人之间的默契吧，不用那么复杂。

不过，此时的阎昊昆已经意识到了，他和马卫之间可能早已不是争不争指导员的战争了。因为从宣布命令那天起，正义路指导员由谁当，大局已定，往后可能更多的是和马卫一起搭档工作，那些理念上的冲突了。

马卫一进焦权办公室，发现不止焦副政委一个在，罗文选和于智慧也在。马卫略感意外，更没想到焦政委找他是了解前段时间“黄金周特大交通肇事起火案”，他在出现场前被香皂绊倒的事儿。

马卫很是惊讶，他不知道这种只有他和门新科在场的小细节，领导是怎么知道的。但他知道应该怎么作答，于是不管他们怎么问，马卫只说是自己脸盆里的一块香皂，是自己听到警铃响，一着急忘了，不小心滑倒了。

焦副政委听了这回答，未置可否。但看罗文选和于智慧是一脸的不相信。

“可据我们了解，他们说你不用香皂。”罗文选煞有介事地问。

马卫淡定道：“对，平时是不用，但那天带了一块进去，准备顺手洗一下内衣。”说着马卫脸还红了一下。罗文选还想说什么，焦权用手势制止了他，并且示意罗、于二人先出去。

等二人起身离开后，焦权关切地问：“马卫同志，是不是有什么压力？”

马卫连忙摇头：“没有，没有。谢谢焦政委关心。”

焦权：“哦……马卫啊，我知道你初来乍到，这帮小子可能……会给你出点儿难题……都还是十八九二十来岁的年龄，还是孩子嘛，有时候是会闹点儿小情绪！”

马卫极力否认道：“没有，没有，焦政委，他们真的没有。”

焦权看看马卫，若有所思道：“好，那这点儿事，我就依你，不再查下去了。但马卫同志，我要批评你，闹这么大动静出来……”

马卫讪讪地：“焦政委，是我不好，是我疏忽了。”

焦权随后又兴致盎然地告诉马卫，火调科关于这起特大交通肇事起火案的调查结果出来了，事故烧毁损伤共计 36 辆车……

“这么大的事故，无一人死亡啊！”焦权不无感叹地道。

随后焦权激昂地说：“我们正义路特勤站的指战员们，表现得尤为英勇，冒着生命危险将事故中最危险的装有煤气的气罐车和油罐车妥当处置，否则后果不堪设想啊！”

马卫领了焦副政委从总队带回来给正义路特勤站全体指战员的嘉奖奖章，兴冲冲地往中队走去。罗文选和于智慧，看着马卫离开的背影，相视对望一眼。

罗文选若有所思道：“你说他在给谁打掩护呢？”

于智慧嘿嘿一笑：“管他呢，多一事不如少一事。正好，我们也不用调查了，不是省事儿了吗？”罗文选意味深长地笑着点了个头道：“也是。”

旋即，二人各自离开。

马卫当时回来，就组织站里全体小伙伴开了会，通报了获嘉奖的事情，但他没说香皂这个小插曲。

是夜，罗文选却因为“香皂事件”，在正义路特勤站的“猪圈”附近约见了战斗员罗歆宇。而提起正义路特勤站还存在“猪圈”这种不合现代化进程氛围的事情，就不得不先说一嘴甄松这孩子。

甄松，1997年生，绰号“真尿”。这样的绰号当然不是自封的，而是队里这帮浑小子给取的。甄松之所以得了这么个尿包绰号，是源于刚分下队，他爷爷就一哭二闹三上吊地来队里请求领导将他分到“最不危险”的岗位，原因是甄松是他老甄家四代单传的独苗。

甄松爷爷是如愿了，但甄松从此变“真尿”了，谁路过都可以摸摸头。

早年消防没改制前，食堂多是后勤兵，现在大部分外包，有专业的厨师做饭，也就司务长由自己人来承担，所以，甄松分到后勤岗后，基本也就是打打杂。这不，正好上次一个养猪场起火，正义路特勤站救援成功后，猪场老板隔天居然送了几头大白猪来慰问。司小胖一想，这东西一下子也吃不完，杀了冷冻吧，又怕时间长不新鲜，把大家给吃坏喽。

司小胖这人蔫主意多，又正，想着给大家弄点鲜的吃，就默默在大操场偏僻的一角，开辟出个“猪窝”，才给领导汇报。当时的指导员还是吕德江，一看木已成舟，再说这也是为了战斗员们的健康考虑，也是好事情，于是，故作声势浩大地朝司小胖屁股踹了两脚，踹得司小胖眉开眼笑的，猪圈就这么留下了。

甄松自然而然地就被司小胖派出临时“养护”这几只猪了。不想，甄松跟猪待在一起，反倒更自在些。用甄松的话说就是，“有时候觉得跟猪待在一起，比跟人待在一起更舒服。”

所以，这甄松自从有了猪后，总泡在猪圈里，甚至还在猪圈旁边开辟出一块小菜地。有次卢支队长偶然发现，还吃到一根甄松种的鲜美的小黄瓜，一看这小子搞得不错，遂高兴地随口感叹道：“要能再大点儿就好了。”

卢支队长是农村出身，对土地有着深厚的感情。领导同志可能就是一时兴起感叹一下，但下面的人就不那么想了。尤其吕德江这人是老同志了，也比较油，马上就行动起来，在猪圈旁边搞了块“大一点”的菜地出来，而且，冬天直接搞成了大棚。

这下好了，甄松就更爱往猪圈、菜地跑了，有啥心思也愿意跟猪分享下。这不，大晚上的还躲在猪圈里给猪梳毛呢，用的还是女士专用气垫按摩梳。

罗文选大概也不会想到，这么晚了这猪圈里还会有人，所以，他就将罗歆宇叫到这儿悄悄会了个面。

果然，罗文选没用三言两语就搞明白了，那块香皂是门新科“扔”的。一字之差，性质完全不同了，罗歆宇当然不会这么说，但罗文选在内心已想当然地完成了概念偷换，并且很快合理化，那他就明白怎么回事了。这显然是阎昊昆的“死忠粉”门新科，为了“整”新来的马卫，故意扔的。平常这么整，也无关紧要，但若扔在马卫出警的路上，那性质就比较恶劣了。

罗歆宇一听罗文选这样分析，急了，忙说：“叔……”可这“叔”字一出口，就被罗文选一句，“不要在队里叫我叔！”给呵斥回去了。

罗歆宇不甘心，又嚅嚅地道：“门班人很好，他肯定不是故意扔的。”

“你别管那么多，我知道怎么处理。你抓紧时间好好学习，考学那事儿，我给你想着呢！”罗文选说完转身就走了。

罗歆宇也很快从另一头走了。

趴在猪圈的甄松听得二人脚步声渐远，才弱弱地站了起来。但他始终没看清背对着他的那个叫罗文选“叔”的是哪个，而且他也并没听说过，战斗班哪个战斗员是罗文选的侄子啊？其实，这事儿不止甄松不知道，整个正义路特勤站也没几个人知道罗文选与罗歆宇这一层关系。

不过，眼下令甄松纠结的不是这事儿，而是要不要去给门班提个醒呢？

“算了，他们平常总是瞧不起我，说了也没人相信……你说是不是？”甄松揪了揪那只大白猪的耳朵问，猪连哼都懒得哼一声。

第二天黄昏刚尽，入夜时分，门新科和李治煞有介事地朝猪圈走来。甄松从小棚门口远远看到他们，就知道根本不用他说，门班大概已经知道了。

处女座又有洁癖的李治，边走边用手扇鼻子，可能觉得猪圈味道不好闻，旋即见他二人拐进小菜棚。小菜棚里干净有序，瓜果蔬菜挂得多姿多彩。

门新科进来一看：“嘿，这孙子还真适合养猪种菜，这地儿给拾掇得挺齐整。”

“是挺不错！”李治说着就要伸手去摘一只娇嫩的小黄瓜……

甄松突兀地从瓜秧子下冒出来，恶狠狠地却又有点内力不足地瞪着李治。看上去有点儿像小老虎想发威的样子，令人不觉得可怕，反倒还有点萌。

李治看他这样，轻蔑地笑道：“瞅你跟个愤怒的小鸡儿似的，瞪着我干吗呀？”

甄松憋了半天，憋出句：“黄瓜还未成年，不能摘！”

李治一听“扑哧”笑了：“我就吃根黄瓜，怎么感觉都像糟蹋……什么似的，还未成年黄瓜？今天老子还就吃定了。”李治说着，就上手要摘……

旁边的甄松腮帮子鼓着，胸一挺，眼神充满杀机，可这脚下却挪不开半步！这时半天没说话的门新科道：“甭跟他废话了，说正事儿。”

李治一听，放开了那根黄瓜，道：“差点忘了正事儿！”李治说着还学着三流黑帮片里黑帮的模样，去整理了甄松衣领，顺手还给他拍拍灰。

“你长进了是吧，‘真屃’？忘了你是怎么给咱这‘消防第一中’抹黑的呀？”

甄松不说话，胆怯地往后退缩着，李治突然狠狠提住他领口，提高声音道：“为什么要向领导告密香皂是门班扔的？那是不小心掉的，那是他扔的吗？”

甄松吓得瑟瑟发抖地否认着：“没，我没，没有……”李治抻得更紧：“好好说！”

甄松弱弱地说：“……是……是领导来问的我。”

“那不都一样吗？”李治骂着，这回是真下狠手了，甄松瞬间感到脖子被卡得更紧，憋得难受，咳嗽起来，并且本能地伸手胡乱抓李治。李治不小心被抓了一下，啊地叫了一声，往外抽手，不想却被甄松脖子里一个“破铁片”刮到。李治生气地提起甄松脖子里的“破铁片”，不料，李治这么一抻，那绳儿竟然断了。

甄松一看绳断了，就急了，奋力挣脱了李治，上来就要抢回去。李治正拿手里端详着，“这是啥破玩意儿？”看甄松抢，他灵机一动，扔给了不远处的门新科。甄松又急忙朝门新科冲过来，嘴里喊叫着：“给我，给我，还给我！”

门新科一看他那样，故意逗他，又朝李治扔回去。两人扔来扔去，甄松于是在他俩之间，像个傻子一样跑来跑去地追。突然一个不小心，李治将那东西扔进了旁边猪圈里。

甄松站在原地气得呼哧带喘的，憋着两个红眼圈，眼眶里的泪，眼瞅着就要掉下来。但紧要关头，甄松还是憋住了，转而神情变得犹如一只愤怒的老鸟，突然拿起墙边的铁铲，就朝李治挥了过来。眼看甄松要冲过来，门新科突然挡在李治面前，甄松一愣，迟疑了下来……

“立正！”门新科口令一出，李治和甄松不由得都打了个立正。门新科对着甄松道：“你要剁就剁我！”

甄松紧紧抱着铁铲，憋得气鼓鼓的，半天也没个动静。门新科挑衅道：“剁啊，甄松，你又屃了？”

甄松强压住的眼泪，又开始在眼眶里打转，手却紧紧地抱着铁铲，就是不敢伸出半分。门新科把头伸过去：“你倒是剁啊？不敢是吧？不敢你就别拿这破玩意儿，丢人！”

门新科说着抓过甄松手里的铁铲一挥，铁铲就飞进了猪圈，猪圈传来一声惊恐的猪叫声。甄松心疼猪，忍不住回头看了一眼。

“整个正义路特勤站哪个不知道分兵的时候，你爷爷跑过来跟领导撒泼耍赖，要求必须把你分到后勤岗？你要有本事，别背地里搞事情，你来战斗班灭火啊！那样我大门就服你。”门新科说完扬长而去，李治也小跑着跟上。

黄瓜大棚里，只留下甄松一人，只见他一直紧紧咬着嘴唇，直到门、李二人走出老远，甄松的眼泪如决堤的江河奔涌而下……

原来致使门新科和李治误会甄松的原因是罗文选。罗文选在确认香皂的确是门新科掉的后，一大早就去给焦副政委做了汇报。当然这汇报倾向性正是将“掉”字改成了“扔”。也正是如此，才让焦副政委觉得为难。他听完后沉默着，手指下意识地敲打着桌面。半晌才皱着眉头问罗文选：“甄松？甄松……这孩子就是刚下队被分到战斗班，家里四代单传那个，他爷爷来闹，后来分到后勤岗那孩子吧？”

罗文选不无谄媚地说：“对对对，焦政委，您记性真好。”焦权若有所思，也不接话，罗文选小心翼翼地观察了一会儿，随后小心地试探道：“那焦政委，我……”

焦权点了头，示意他继续。

罗文选道：“我的意见是……就不要说出甄松了，这孩子本身就因为他爷爷来闹的事儿，在队里被大伙边缘化了，说出来是他说的，恐怕会……”说到这儿，罗文选机智地停了下来，等待领导表态。

焦权赞许地点头道：“对，小罗，你说得对，考虑周到。”

“那门新科怎么处理？”罗文选小声问道。

焦权思忖了一会儿，突然问他：“你说是甄松主动告诉你的？”

罗文选点头道：“对，焦政委。”

焦权不相信似的小声嘀咕了一句：“这回倒胆大了一回啊！”

罗文选愣了一下，急忙解释道："我听说好像是因为他觉得自己和新来的马指导员一样，被众人孤立。大概……哦，我觉得大概就是有点儿那个同病相怜的意思吧，虽是偷偷告诉我的，但也算还没泯灭良知啊……"

焦权听他这样说，也没表态，没有任何反应。罗文选紧张地正不知是该告辞，还是该留下来……

焦权似下定决心道："这样吧，文选，这事儿也不是什么好看的事儿，闹腾出来，正义路特勤站脸上也不好看。既然前几天我们的调查已经截止了，就不要再翻论了。至于门新科，我会看着处理的。"

罗文选一听焦副政委这话，脸上掠过一丝失望，但这神情稍纵即逝，焦权根本没有看到。罗文选马上利索地应道："行，焦政委，我也是这个意思，但我不敢擅自做主，这不，就赶紧跟您这儿汇报一声，您这么说，我就知道该怎么办了。"

随后罗文选又体贴地补充道，他也没跟一起调查此事的于智慧说起这事儿。焦权自然对他的做法表示了赞许。罗文选像往常一样跟焦政委道了别，才从焦权办公室退了出去。

罗文选走后，焦权副政委还是有点怅然若失。心想这事儿虽然没酿成大祸，没影响现场救援，不过，门新科这么干，恐怕是不能再继续留了……

想到这儿，焦权拿起桌上的电话，拨了个电话。

焦权："小郑啊，你去后勤找甄松那个小同志了解点儿情况……"

后来的事儿，就是焦政委信任的队务科另一个同志小郑，去找甄松了解情况，甄松老实地把自己头一晚听到的情况都告诉了小郑。但甄松这孩子善良，只说天黑，并没看清是谁说的那些话，正是这点儿善良让他成了背锅侠。当焦权政委了解到这个真实情况后，他觉得有必要先和阎王爷谈一谈了，因为他了解阎昊昆和门新科之间的生死至交之情。

阎昊昆如焦权所料，听完立马炸了，并且认定是马卫搞的。焦权真是对这个阎王爷又爱又恨，嗔怪道："昊昆，你遇事能不能不要太冲动！跟个二踢脚似的，别人一点你就炸。"

焦权告诉阎昊昆，马卫的版本说是香皂他自己的，但经过队务科罗文选他们几个调查，证明香皂的确不是他自己的。

阎昊昆听完这话，气焰也就消了点，但仍旧黑个脸。半晌，阎昊昆不服地说："又没耽误事儿，这点儿破事儿还有完没完了？你们领导有这么闲，也上救援现场救个援不行吗？"

焦权一听这个，脸都黑了，气得直朝阎昊昆翻白眼儿。"昊昆，你怎么老是信口开河？你也是干部子弟、领导家属！你看见哪个领导天生就是领导？哪个指挥长不是从一线成长起来的？昊昆，你也不小了，不能再这么意气用事了。"

阎昊昆自知失言，但知道焦权惯他，就敢梗着脖子不服软，不吱声，还给焦权甩个脸子。焦权也不计较他这臭毛病，缓缓地说道："和马卫谈话那天，我一直在，他坚持说香皂是他自己带去洗内衣用的。我知道马卫是想息事宁人。我当时的确也想摁下去。但是后来罗文选说有人匿名举报是门新科故意扔的。"

阎昊昆再次激动地站起身道："谁？到底是正义路特勤哪个王八蛋说的？这还有内奸啊？啊！"

焦权悠悠地来了句："说了匿名，还问谁啊？我还不知道呢！"看阎昊昆不吱声了，焦权又意味深长地说："昊昆啊，倒是你，不要一味偏袒这个门新科了。大门这几年表现的确很优秀，但出警前故意扔香皂给马卫使坏这种事儿，对一个消防员来说，是不可饶恕的品质问题！”

阎昊昆真是被气得不知说什么好了，他现在就觉得是有人蒙蔽了焦副政委的双眼，但他还没浑到敢说领导眼瞎的地步。憋了半天，阎昊昆死盯着焦权道：“焦政委，你信任我吗？”

焦权毫不犹豫地坚定地点点头。

“那我也同样信任门新科！”阎昊昆说完扭头就走，焦权若有所思地看着阎昊昆一身正气的背影。

误解本就是人生常态，理解才是稀缺的意外。况且再优秀的团队，也难免会有几个像罗文选这样偶尔可能弊大于利，造成不必要内卷的干部。当然，这也恰是此次消防体制改革的另一个动力，裁撤臃肿机构，以免造成不必要浪费。

而一身正气的阎昊昆见完焦权，当然是去找马卫了。他简单直接地告诉马卫，香皂是他扔的，跟门新科无关。

马卫知道阎昊昆义气，但也没想到阎昊昆义气得这么孩子气。于是表态，就算只能在正义路特勤待一天，自己也是正义路特勤的人，他也会为这一天而战而荣耀！他和阎昊昆、门新科他们，都是正义路的一分子！

阎昊昆听完马卫这一番自我剖白，再加上焦政委之前说的话，选择相信了他。跟马卫说了大门的各种不容易，没文化，考不上消防救援学院，今年又是续签三期消防士的关键年……

所以，他不希望“香皂事件”影响到门新科考核，他心里不舍门新科这杆“好枪”退出消防队伍！说罢，不等马卫反应，又补了一句，“算我阎昊昆欠你一个人情。”然后扬长而去……

走出去老远，阎昊昆头也不回地又扔了一句：“上次高速公路的事儿，谢了。”

马卫看着阎昊昆傲娇的背影，在操场上走得笔直，简直哭笑不得。哎，求人求得这么理直气壮，也是没谁了。

而莫名其妙成了背锅侠的甄松，对此却一无所知，仍旧沉浸在自己的小忧郁里。躲在猪圈里，正给一只躺在他身边的大白猪梳理毛发，猪貌似对此也很满意，发出幸福的哼唧声。只是猪圈里另外两头走来走去的大白猪身上被甄松刷上刺目的大红字：一头猪身上写着“李治”；另一头猪身上写着“门新科”。

“李治”一会儿拱拱这儿、一会儿拱拱那儿；“门新科”看上去也焦躁不安，走来走去，拱拱别的已经睡觉的猪。甄松恶狠狠地骂道：“满猪圈就数你们俩最坏！欺负完这个，欺负那个！哼！你们等着，总有一天，我要抽你们筋，剥你们皮，还要吃你们的肉。”

猪们突然变得警觉起来，似乎听懂了这话。不过，人类想多了，猪不过是发现陌生的气息，都不安地停了下来。甄松猛一回头，发现猪圈外站着的马卫正饶有兴致地看着“李治”和“门新科”……

甄松立马慌乱起身，打了个立正。他紧张地低着头，脸也涨得通红，等着马卫批评。

马卫却看着那两头写着“门新科”和“李治”的猪，笑道：“你挺聪明的嘛，这是用什么写的？”

甄松紧张地：“报告马指，我是用支部做牌子用剩下的广告色涂的。”说完甄松又紧张地补充道，“这不是我偷拿的，我捡他们用剩下的。”

马卫点头“哦”了一声，未置可否，眼睛还没移开猪舍。甄松紧张到脚趾抠地，半晌，鼓起勇气道：“对不起，马指，我对不起您的战斗员，他们一个个都是救援英雄，我不该把他们的名字写在猪身上。”

“救援英雄也是人啊！”马卫说着拍了拍身上的灰，继续道，“他们在性格上也可能有缺点，在生活里也有大大小小的毛病啊。”

马卫说着还轻拍了一下甄松的肩，郑重地说：“甄松，我是来代门新科和李治向你道歉的。”甄松一听这话，像是听到外星语，惊讶得呆在那儿。直到马卫冲他挥挥手：“来，过来坐会儿，愣在那儿干吗？”甄松看到马卫说着话，已毫不介意地坐在猪圈外的台阶上，他于是也忙不迭地过来坐了下来。

甄松感觉到马卫的友善，胆子也变得大起来，主动开口道：“马指，其实也不能全怪门班和李副班，我……我当时刚分到队里的时候，原来是分到战斗班的，后来……”

“我知道。”

甄松听马卫这么说，不好意思地低下头。随后抬头看看马卫，失落地道：“马指，我知道在这个院里也没人瞧得上我，我也没朋友，幸好还能跟猪说说话，我觉得挺好的。”

“有时候我觉得猪比人可靠多了。”甄松这句，把马卫给逗乐了：“你小子，还挺有哲理的。”

但接下来甄松却闭起薄薄的嘴唇，两手托腮，出神地看着远处消防塔顶上“119”三个鲜红的字，连一个字也不想说了。或许那是他的信仰，也是他的力量。

马卫也追随着甄松的目光，看向远处的“119”。应景地问道：“未来是想继续留在消防救援队伍呢，还是想退出？”

甄松：“其实，我打小就崇拜当兵的，我很想成为像……阎中队长那样的人。”甄松说到这儿，不好意思地看了马卫一眼，毕竟当着指导员的面儿，说他崇拜的人是站长（中队长），不算是件聪明的事。

马卫却大方地道：“是啊，你们阎中队长的确很优秀。”

可是，甄松却又黯然地叹口气道：“我因为个子小，打小就被其他小伙伴欺负。我爷爷那时候就天天拄着拐杖跟我屁股后面保护我。我来这里以后，爷爷保护不到我了，就给了我这个，让它护着我！”

甄松给马卫看的正是之前被李治和门新科扔来扔去的“破铁片”。而这“破铁片”其实是甄爷爷用来保护孙子的祖传铜锁，怪不得甄松当时那么生气。

“四代单传，家里唯一的男孩子吧？”马卫问他，甄松点点头。

马卫：“你们这批消防员里大部分都是这情况啊，你，包蕊蕊、王连江、付治郅他们几个都是。”

甄松惊讶：“马指这些你都了解了？”

马卫笑了笑，点了点头，起身道：“来，甄松，我们俩一起先给猪洗个澡。”

随后，马卫和甄松两个人手忙脚乱地用水枪给猪圈里写有“李治”和“门新科”的两只大白猪洗白白。

晨起跑步声和喊号声，是正义路特勤站每天都要上演的风景。就算今天是周六，也不例外，有几个战斗员看上去有些困顿，跑得有点拖沓。站在不远处的马卫也没当回事儿，他心里琢磨着一会儿怎么委婉提点一下门新科、李治等人……

突然听到阎昊昆大声喊话，“跑起来！加速度！”马卫一抬头，看到阎昊昆穿着短裤、背心出来了。而且在他喊话的同时，阎昊昆本人也直接加入跑步队伍，队伍士气立马就不一样了，小伙子们跑得果然更有劲儿了，但马卫却皱了皱眉头。

阎昊昆跟着队伍跑了一圈儿，看似随意地跑到马卫身边，原地跑步的动作并没停。像往常一样，直接进入主题，没有半点修饰：“香皂的确是门新科掉的，我昨天问他了，但他不是故意扔的。”

马卫心想阎昊昆还在纠结这事儿，坦言道：“我知道啊，我是在场的当事人啊！我当然知道怎么回事了，而且我和你一样相信大门。”

阎昊昆似乎这才放心了，说道：“那就好。”

阎昊昆说完欲跑走，马卫喊住了他，用商量的口吻道：“昊昆，你看以后周末能不能就不要这么早出操了，让大家多睡一会儿？”

阎昊昆硬气地直接拒绝：“不能！你是指导员不假，但我们俩是平级，工作职责划分，你抓政治，我管训练。如果你没有更好的建设中队的意见，最好不要发表意见。”

马卫直接被怼得哑口无言，末了，阎昊昆又小声念叨：“你们这些社会大学来的人，就是自由散漫惯了，没点儿规矩！”紧接着阎昊昆又大声道：“对了，这周调休，你明天再休，我今天有事儿，一会儿就走。”

阎昊昆说完，也不待马卫回应，扔下马卫便朝队伍跑去。而这场关于跑步理念的讨论，显然又不了了之了。的确，社会大学毕业的马卫，可能在这方面不是特别能理解从部队成长起来的阎昊昆的严苛。不过，马卫很快发现，这帮“糙汉子”，好像也不能理解他略显委婉的书面责罚。

等大家跑完5公里，列队站到马卫面前时，马卫为了不伤及大家，组织了上学时带来的各种语言，说了一大堆，但大家好像并没有把他说的什么“就算富豪也别见天地炫耀自己家有金水龙头这事儿”，跟自个儿联系起来。相反马卫这番带着学霸遗风的话，大家听得是一头雾水，一脸懵圈地互相看看。

马卫一看大伙儿这状态，瞬间在他心里闪过一念，看来带兵这种事儿还真是阎王爷更擅长。他这么一想，就干脆放挺了，“我的意思，我们战斗班的人，不要到别的部门欺负、挤对其他队友，这个毛病很不好！无论在战斗班还是其他岗位，大家只不过是分工不同，并不见得你在战斗班，就高其他消防员一等。没有后勤保障，没有其他部门的生活保障，你们拿什么来打硬仗？你们不能因为身在战斗班，灭过几场火，救过几次群众，就把自己身上的每一处伤疤，当成富翁家的金水龙头一样逢人就炫！”

门新科听完马卫这些几乎没有标点符号的一长串话，脸上的伤疤忍不住抽搐了一下。他在脑海里搜索着又是哪个猴子给他惹祸的时候，就看到甄松正远远地朝他们走来……

门新科瞬间就明白了，原来自己就是这只猴。

此时的甄松，走得步履坚定、旁若无人，因为在他心里已经有一个大胆的想法，而他此刻正走在实施的路上。人在这种时候是有高光的，哪怕你个子矮。

马卫发现大家都望向他身后，一回头，看到甄松正站在不远处，怯怯地朝他张望。马卫于是让门新科先带队去开饭。

带队走人的门新科，路过甄松时，一道寒光像冬天的水枪扫向没穿衣服的甄松，把甄松身上的“高光”瞬间就给浇灭了。甄松又回到之前的懦弱状，心里的“屠龙刀”早不知丢哪儿去了。

门新科嘴上没说，但心里却愤愤地想：“哼！你别以为自己找到靠山了！”

操场上只留下马卫和甄松两个人，甄松小眼神重新燃起亮光、透着急切。

马卫看他这样，主动问他：“你找我什么事儿？”

之前未见到马卫之前的雄心壮志，这会儿好像一下子消失了，甄松嗫嚅着竟然没有勇气说出来。马卫看着他，柔和地道：“甄松啊，你有什么事儿，尽管说就好。或者你有什么想法，也可以跟我说……”

甄松鼓了鼓勇气，郑重地道：“马指，我想去……”

这时候警报突然拉响，电台声音同步传来：

一指两水一泡一破拆一云梯准备出警！厂院路芳城锦园6号楼发生火灾；一指两水一泡一破拆一云梯准备出警……

马卫一听，自是顾不上甄松，扔下他就跑。甄松看着马卫矫健的身影，只能把那后面“去你们战斗班”给憋了回去……

餐厅里的门新科刚塞嘴里的一颗整鸡蛋，“吧嗒”就掉在他面前的盘子里，紧接着人已经像一支离弦的箭一样冲了出去。

已经请假外出的包蕊蕊听到远处有消防车的警报鸣笛，立马将手里正要购买的东西扔下，跑了。看得售货员目瞪口呆的，不知道发生了什么事。包蕊蕊当然也顾不得解释，就朝消防车声音方向疾奔，因为他知道这是自己消防队片区现场。

这也难怪，偌大的京城，要论每个消防员对其熟悉的程度，可能哪儿也不及自己片区熟悉。也正缘于此，他们就算请假外出购买生活用品，也已习惯在自己管辖的片区范围活动。毕竟，自己负责的片区哪家商店经营什么，他们早已烂熟于心。

着便服的包蕊蕊跑到现场后，果然看到自己的队友正站在大力水车顶上，用高压水炮直接朝大楼窗户往里打。此时浓烟里正夹杂着巨大的火苗，朝窗外扑。包蕊蕊看到这情形，腿就开始不由自主地打战，他的出警障碍总是在关键时刻冒出来……

而此时，楼道内搜救组的战斗员们正急切地分头一层一层、一家一家敲门，用他们的话叫“扫楼”。楼道里回荡着消防员的声音：“房间还有没有人？我们是消防救援人员，来接大家撤离的！房间里还有没有人？我们是消防救援人员，来接大家撤离的！”

此时，包蕊蕊心里也很着急，想着加入队伍，帮大家的忙。他朝消防车跑去，想着有没有多余的战斗服穿一套。包蕊蕊刚跑到消防车旁，战斗二班班长王长军从他身边抱着两盘水带跑过，认出他来，看他没穿战斗服，王长军道：“赶紧的！给你！洒水带，不要进楼，当后备力量！我得抱破拆工具上去！”说着，就将两盘水带砸包蕊蕊怀里，包蕊蕊踉跄了一下，手忙脚乱地开始洒水带……

现场群众有光着脚的，有一脸黑灰的，有抱紧消防员胳膊，像松鼠一样牢牢挂在消防员身上的。大家都像穿越迷雾一样，正匍匐着顺着安全通道，在消防员引领下，一队一队地从楼里逃下来。

马卫电台传来各班汇报声：“报告马指，六楼群众已全部疏散；

报告马指，五楼住户已经疏散完毕……”

马卫刚松一口气，却收到电台急报，说四楼靠近楼道的住户，堵着门不让消防员进行搜救。马卫立马朝楼里跑了过去，虽然不是起火层，但烟雾蹿得很快，整个楼道上半部分已经弥漫着青烟了。挡着不让开门的是一个女人，两手撑在门上，执意说里面没人。马卫起初以为是女人对消防员搜救有误会，反复跟她解释，如果确认屋里没人，他们不会强行搜救。但当马卫让队友将女人带离现场时，女人却不肯走。双方正在胶着状态，马卫收到地面队友急报，四楼阳台有个男人欲跳楼求生。马卫和队友一确认，可不，正是该住户，马卫交代队友一定先稳住男人情绪，他们马上破门进行营救。

女人一听马卫要破门，立马不干了，挡在门口胡乱踢消防员，一时让大家近不了身。马卫生气地呵斥女人："请你不要妨碍救援，不然送你去坐牢！"

女人四肢乱蹬，朝消防员们吼叫道："你们要敢强拆的话，得给我赔门！"

"你再不让开！别说你家，整栋楼都让你给毁了！"马卫严肃地警告她。

"那我不管，那是你们救援不力！"女人吼着说话，自然吸进了不少烟，不断咳嗽，但并没有因此阻挡她说话，她继续吼叫着……

马卫一看这种人，你再跟她废话，相当于谋杀那个被困的群众了！马卫决定将这个女人强行带离，上手拉她，但女人仍旧屁股朝后撤着，并且一再表示屋里的是成年人，他有能力自救。消防员当然是不会相信她这种瞎话的，但门已被从外面上了三道保险，而问及钥匙在哪里，女人就是不肯说，最后被逼得没办法了，说扔下楼了。就算她说的是真的，但现在现场情况混乱，等找到钥匙，也该凉凉了。马卫下令门新科等人进行强拆。他果断上前，一把抱起这个还在无理取闹的女人，朝楼下跑去。

女人四肢乱蹬着，还不住回头朝正准备破门的消防员吼叫：“我说过了，你们要敢强拆的话，得给我赔门！”

看着她的“门”离她越来越远，她吼叫着，胡乱踢马卫，让马卫放她下来，马卫不理她，扛着她飞奔朝下跑，女人被呛得一边咳嗽一边号叫：“你放我下来，你干吗，消防队员耍流氓啊！”

马卫将女人匆匆放到地上，命人赶紧将她带到警戒线外。

马卫再一看，就见四楼阳台窗户敞开着，而阳台里面的门却关着，钢窗外有一个胖男人，只穿着一条小内内，怀里还抱着一只宠物大白兔。胖男人看到楼下消防员已经铺好了消防气垫，以为这是救援自己的方式，正小心地伸出一只脚往下试探……

马卫急忙通过喊话器喊话：“先生您别跳！我们救援人员正在破拆，马上就进到屋里营救您。”

楼道内门新科等人正用破拆工具费力拆门，几个人已是满头大汗。李治不解地抱怨：“这种老式门怎么这么难搞？”门新科也不搭话，咬牙切齿地铆劲使力！

男人试探着看着楼下，可怜地问马卫：“那我现在该怎么办？”

马卫想着稳定他情绪，尽可能轻松地和男人对话，“阳台进烟了吗？”

男人：“没进来烟，关得挺严的。”

“那就更不要跳，没进烟问题不大，您不要害怕，原地等待救援，好吧？”

男人听了马卫的话，倒是暂时安稳了。但不远处的看客们不满地冲马卫嚷嚷道：“这都多久了？还没救出来人啊！你们不是消防队吗？你们不是有能上天的梯子吗？”

马卫听见了，但没说话。旁边战斗员耐心地给群众解释道：“咱们这是老旧小区，云梯车开不进来。”

可不嘛，德产施密茨 32 米的大云梯车，此时就停在小区门外的路上。它登高救援、灭火，甚至探底救援的功能在这儿丝毫得不到施展。

倒是男人听到这些嘈杂的声音，情绪又开始不稳定了，又想试探。其实，此时六楼的火已经基本灭了，战斗员们正在对现场余火进行最后确认。男人根本没必要跳，但很多群众一生可能也遇不到这种情况，紧急情况下难免会有过激行为发生。所以，马卫继续通过喊话器安抚男人：“您家阳台上有水管吗？你能够着吗？有的话把水龙头打开，也能起到缓解作用。”

男人：“没有水龙头，可是……可是我就是担心厨房里还有拧开的煤气罐！”

马卫一听急了，忍不住飙了句脏话：“我去！怎么不早说！”

马卫对着手持电台急喊道：“大门，大门，不能开门，屋里有打开的煤气罐！”

马卫话音还没落，就听到电台里传来“轰”的一声巨响。

……

紧接着眼前的胖男人像片叶子一样，轻飘飘地飞落下来……

楼下人群惊恐万状，四散奔逃。

马卫喊着：“快趴下！”喊的同时一个跳跃，将没穿防护服，却已吓得呆愣在原地的包蕊蕊扑倒压在身下。与此同时，瓦片、碎玻璃渣子像仙女散花一样，从天而降，胖男人也稳稳地落在消防气垫上。

楼道内的门新科电台传出“大门，不要开门……”的声音，连同防暴电台一起还飘荡在空中……

门新科和几个战斗员，被一阵热浪推了出去，七手八脚地滚下楼道。

第六章

娄小楼和姜师傅的火调车也被卡在小区大门外，她从车里钻出的一瞬间，恰好听到爆炸声。而云梯司机冯明正满脸着急地直起身子，从消防车里探出头，朝现场张望……

娄小楼边跑边朝冯明喊：“什么爆了？”

冯明伸长脖子：“我也不清楚。”

娄小楼一脸焦急地往里奔，又把姜大利抛出去老远……

姜大利也倒腾得挺快，边跑边喊：“小楼，注意安全，不要冒进！”

爆炸过后，现场的每个人都灰头土脸的。马卫最先清醒，他活动一下胳膊腿，确认都没事儿，立马跳起来，顺势将身下早吓蒙了的包蕊蕊提起来，上下瞅了一眼，全乎的，说道：“没事儿，一边待着去。”

很快，反应过来的消防员们，也将一脸黑灰的胖男人从气垫上架出来。他除了头发被炸成鸡窝头，其他完好无损。

马卫三步并二朝楼道里跑去，边跑边对着电台喊：“大门，大门，你那边什么情况？”

“大门、大门，收到回答！收到回答……”

包蕊蕊被马卫提起来后，似乎就站在原地没动过窝，呆呆地望着眼前来回穿梭忙乱着的战斗员们，仿佛眼前一切都已和他无关。突然一条带血的“腿”，悠悠地落在他怀里，包蕊蕊“啊”的一声惨叫，人就吓傻了。随后包蕊蕊便装裤子裤裆出现一片湿迹，晕染得越来越大，而他全然不知。

其实，那不过是一条血哧呼啦毛茸茸的大白兔腿。只是此前被炸在窗户钢窗夹缝处，迟疑了一会儿，才落下来的，却正好落到了包蕊蕊怀里。

门新科刚从楼道被担架抬出来，大家就焦急地奔过来，簇拥着担架边跑边喊：“门班！门班！”

拎着火调箱的娄小楼也愣往里挤。但挤不进去，她跳着脚喊：“大门，大门，大门他怎么样？”不知谁带着哭腔答了一句：“不知道。”

医护人员边跑边喊：“让开，让开！”门新科被七手八脚抬进救护车。

现场一片狼藉，被炸得七零八落的，所幸没有引发更大的火灾事故。

马卫觉得该说点什么，但他又觉得说什么都显得苍白无力，大家貌似并不为他那句“放心吧，你们门班会没事儿”的话所动……

马卫对着电台下令：“战斗一班、战斗二班收队！战斗三班清理现场，移交。”

战斗员们四散开来，开始收拾水带，清理现场。这时，马卫发现远处还木然呆愣着的包蕊蕊，一动不动，再一细看，只见他裤子湿了一大片。马卫果断拿起水枪，将包蕊蕊从头浇到脚……

大部分消防力量已经全部撤离现场。娄小楼提着火调箱入场前，还是没忍住回头一瞥：就见马卫一手抓着三个电台，孤零零的背影，正朝消防车走去。

其实，正面的马卫已经有泪溢出。他心里不断地祈祷着："大门啊，你可千万不能出事儿啊！你要出什么事儿，我怎么跟阎王爷交代啊。"

此刻的马卫，做梦也不会想到支队队务科罗文选却收到了一份关乎他命运的文件。

电话铃急促响起，正在伏案打材料的罗文选，看了一眼，却是传真。等传真机传完，罗文选头也不抬，像往常一样随手拿了过来，扫了一眼，但当罗文选看到文件内容，突然激动地站了起来。紧接着他立马起身，将办公室的门关上，还贼眉鼠眼儿地扫了一圈子办公室。尽管此刻办公室只有他一人，对面于智慧的办公桌并没有人。确认好这一切，罗文选重新回到座位，再次拿起文件认真地看，看着看着他竟然笑了，笑着笑着竟然变成了哈哈大笑。

电话铃再次骤然响起，罗文选被打断，很不悦地接了起来。罗文选接电话的客气里透着不高兴："您好，正义区特勤支队队务科，您哪位？"

"罗文选吗？我总队王刚。"对面一说完这话，罗文选马上换上一副谄媚的神情，忙不迭连续说了三四个你好，你好……

原来对面王刚是要和他确认刚发到办公室的文件收到没。罗文选当即表示，已收悉，并热情表示这就给领导们送去。

对面的王刚，很有素养的样子，客气地道了谢，又说道："哦，对了，你顺便通知一下正义路特勤站，今天上级机关去王化营救援站检查，也有可能会顺道去正义路特勤站，让他们谨慎一点儿。”

罗文选高兴地回应：“得嘞，我明白了，谢谢王哥关照。”

其实检查放水这事儿，有时候就是心照不宣的秘密，所以，机关有几个关系不错的老战友、老同学，也是好事儿。罗文选很擅长维护这种关系。罗文选这个人的哲学是“有用”，那他就会让你感到他这人特别完美，但你“没用”可能对罗文选这人的评价就会低一点。也就是说，当你位置处得足够高的时候，你会发现你遇到的都是好人。

挂了电话的罗文选，拿起文件兴冲冲欲往外走，但走到门口，他又折了回来，找了个档案袋，重新将文件小心翼翼地装起来，才再次转身出屋。

灭火过后的现场，简直是惨不忍睹，屋子里全是黑灰。娄小楼和姜科长等同事们正在仔细排查现场，寻找起火原因。门口小范围拉着警戒线，但仍有群众不怕脏，探头探脑地往里瞅。边瞅边小声地在那儿八卦，“我听说煤气是他老婆打开的，要自杀的”；又有群众附和：“这女人太可怕了。”一个女人马上反驳道：“什么叫女人太可怕了？还不是因为那男的出轨，还把三儿给带屋来？我要是他老婆，我也得放火把这儿烧了去！”

娄小楼听到这儿，和姜大利打了声招呼，觉得有必要跟群众了解一下情况。火调这个工作其实就是这样，得有刑侦的缜密思维，还得有民警的耐心，有时候群众提供的线索，有可能加上现场取证，就会形成一条完整的证据链。

罗文选拿着这个档案袋疾步走在支队办公室走廊，从背影看，他走得翩翩欲飞。

但当他走到焦权办公室门口正欲抬手敲门，似听到半掩的焦权办公室里面有人，于是，他知趣地退到楼梯口候着。罗文选两条腿倒腾好几番了，里面的人似乎还没有出来的意思。他干脆倚在走廊窗户前，闲情逸致地看看外面的风景。目光所及之处，远处的正义路特勤站的战斗员们正在消防塔架上训练十层负重登楼。以往罗文选看着这帮年轻小伙子奋力攀爬，难免心里有些落寞，今天看着竟然生出几分情意。他想如果有可能，用不了多久，自己就会成为他们的新头儿吧？想到这儿，罗文选不由得想起之前受的屈辱……

其实，在刚传出吕德江调任前，罗文选就想办法活动了。但没想到没活动成，反倒碰了一鼻子灰。那一幕估计罗文选这辈子也忘不掉。

那还是在消防未改制前，他拎了水果去拜访新来的张圆政委，开门的是张圆的爱人，得知罗文选是正义路支队队务科的干部，礼貌地将罗文选请进屋。

张圆政委正在客厅沙发上看新闻，他回头看到罗文选手里拎了好大一袋子，看不出什么，不禁皱了皱眉头。

罗文选知道现在的领导都不敢收礼，赶紧解释道："就是老家的几样水果和两瓶酒。"

张圆冷淡地"嗯"了一声。张圆爱人一看这气氛，马上上前解围。她接过罗文选手里的袋子，并且很快打开扫了一眼，确认真的是水果后，似乎放心了，笑着对罗文选道："你看这个小罗，来就来嘛，还带什么东西。"

“哎呀，这苹果个头大，你们山东的吧？”

罗文选笑着点头：“对，对，嫂子，是老家快递过来的。”

张圆爱人马上道：“哎呀，小罗你有心了。那你们聊，我去给你们洗几个去。”说着示意罗文选坐。

目送张圆爱人进厨房，罗文选惴惴不安地将半个屁股放在沙发上。

张圆直愣愣地问他：“工作碰到困难了？小罗？”

罗文选连忙摆手：“没，没有，政委，就……就是快过节了，来看看您。”张圆“哦”了一声，又不说话了，气氛再次变得尴尬……

厨房里的张圆爱人，其实早就洗好了苹果，但她并没有急着往外拿，而是静静地不发出声音，做着其他一些厨房杂事儿。

半晌，客厅里的罗文选鼓了鼓勇气，道：“政委，我今年32了，副营第三年，级别也符合竞争条件，我想下基层锻炼锻炼……”说到这儿罗文选顿了下，然后突然起身，表决心道：“我愿意去正义路特勤站担起指导员一职。”

罗文选的直接，还是让张圆政委有点儿意外，他愣了一下，才道：“啊……小罗啊，追求进步是好事儿……组织上会考虑……每个同志的个人情况的……”张圆话音刚落，罗文选激动得又给张圆敬了个礼：“谢谢政委体恤。”

张圆似觉得刚才自己这句客气话有被绑架之意，心里就有点儿不悦，但脸上也看不出什么。不料，罗文选接着紧张地道：“那张政委，我就不打扰您休息了，我先告辞了。”张圆含糊地点头“嗯”了一声，罗文选起身正欲走，这时张圆的爱人，及时端着一盆苹果出来，热络地客气道：“哎，小罗这就走了？”

罗文选一听这话，像是忽然想起什么，只见他迅速折回身，动作连贯地从兜里掏出一张银行卡，“叭”的放在桌上，转身就要走。

张圆惊讶的脸几乎扭曲，“小罗你这是干吗？”

罗文选讪笑着，支吾着，却没说出个什么，而脚步却一丝也没慢下来，意欲夺门而逃的节奏。张圆一急，厉声道：“罗文选！”罗文选本能地立正：“到！”

张圆气冲冲地把呆怔在那儿，手里还托着苹果盘的爱人手里的苹果一股脑倒回袋子，然后将一大袋子水果全部给罗文选按回怀里！并且狠狠地将那张卡塞回到罗文选上衣兜里！两瓶酒当然也没忘记。

“别搞这一套！”张圆说着将罗文选推出门外，并且狠狠地把门摔上。

罗文选想到这一出，想得入神，胸膛被情绪带得一鼓一鼓的，手机突然响了。

罗文选一看来电是焦政委的，就知道焦政委的客人走了。罗文选立马收拾好情绪，进了焦副政委办公室。

一排排电动消防车库门缓缓开启，消防车正屁股朝后，倒车入库。

马卫及队友们疲惫的脸上挂着黑灰，垂头丧气地陆续往里走。原来没等上一场归队，他们半道又接到调令，又出了一场警。

曹亮亮逆着人流急匆匆跑来，寻找着马卫的身影。看到马卫，曹亮亮着急地喊：“马指、马指……”

“有事儿？”马卫边脱战斗头盔，边问道。

“甄松绝食了。”曹亮亮急切地道。

“啊？”马卫惊讶地追问，“为什么绝食？病了？跟司务长说了吗？”

曹亮亮摇摇头：“他说只想见你。”

马卫已经脱掉战斗服，想从兜里掏手纸，掏了半天却什么也没找到，曹亮亮体贴地递上来一张湿纸巾。马卫道了谢，在自己脸上胡乱抹了一把，只重点清了清鼻孔，道：“走，先去看眼甄松。”

马卫一进宿舍，将手伸到闭着眼睛的甄松头上，摸了摸他的头，马卫道：“不烫啊。”

甄松一睁眼看到是马卫，眼睛似乎亮了一下，但很快幽怨地闭上了，一副看也不想看马卫一眼的样子。

马卫随手端起桌上米饭递给他：“甄松！把饭吃了，我们再谈！”

甄松倔强地咬着嘴唇，就不接碗。马卫继续端着，甄松只好接过来，缓缓地拨拉着碗里的饭。马卫这才拖了把椅子，坐到他对面，开门见山地问：“要来战斗班是吧？”

甄松一听两眼冒光，急切地点点头。

“为什么？就是为了不让大门他们几个看扁啊？”

“也是也不是。”甄松在马卫面前还是比较轻松的。

马卫疑惑。

甄松反问道：“马指，您知道我当年为什么要当兵吗？”

马卫老实地答：“不知道。”

“我……我来当兵是想让自己变得强大起来。”

马卫：“嗯，理解，很多男孩子都这么想。”

甄松执拗地：“你不理解！你上次都没听我说完。”

马卫笑了下：“那你说说看，你为什么来当兵？”

“我很小的时候父母就外出打工了，我是爷爷带大的，就是人们常说的留守儿童。班里的同学都以为我爸我妈不要我了，各种欺负我。有一次他们又拦住我，问我要钱，我不给，他们就打我，我就跑，跑到村里一个猪圈里，他们还不放过我，把我打得满身猪屎，但我没哭。”

“不敢哭？”马卫不无心疼地问。

甄松摇摇头：“也不是，就是习惯了。反正挨过那一阵子，他们就会放我回家。但是那天刚好有个当兵的骑摩托路过，马上大声呵止了他们，他们当时就吓跑了。然后那个兵哥哥又把我抱出来，放在他的摩托车后，将我送回家。”甄松一脸憧憬地描述道：“他可真高大、真帅啊！对了，他长得就像我们阎队。”

马卫听到这儿，笑了。

甄松仍旧激动地说：“那时候我就想好，长大后我一定要去当兵，也要长那么高大，练一身铮铮铁骨，回来好报仇！”

马卫听到这儿，十分讶然地说：“报仇？”

甄松连连摆手否认：“那是小时候的想法，现在不想了，现在想……想成为像阎队一样的救援英雄！”

“哦。那我明白了，可是你爷爷那边……”甄松急切地打断马卫：“可是指导员，我爷爷不可能保护我一辈子，对不对？”

马卫思忖了一下道：“你这样，你好好吃饭，别胡闹，这事儿我得和领导们商量、协调一下。”

甄松一听喜出望外：“真的？马指，你不会骗我吧？”马卫点点头。甄松脸一红：“那马指，我还想再吃一碗饭。”马卫笑了笑，又拿了碗米饭，递给甄松。

多年以后，马卫每每想起甄松来，总会后悔自己当初没能拒绝这个小小的男子汉想长大、想脱离爷爷庇护的请求！他总会感伤地来一句：“人要是不长大该多好啊！”

焦权看完文件，一再跟罗文选确认他没给其他人看过，似乎才放下心来。

话说到这儿，罗文选也知趣地起身告辞。但罗文选刚走到门口，焦权突然叫住他：“文选啊……你也看到了吧？”

罗文选迟疑了一下，还是点了点头。

焦权语重心长地说：“文选啊，这个事情，一定要做好保密工作，以免节外生枝。”

罗文选郑重表示：“是，政委。”

焦权挥了挥手，罗文选退了出去。罗文选走后，焦权又打开文件，文件上清晰地写着：

机关关于马卫同志任正义路特勤站代理指导员一职，任命通知……

罗文选出门前将焦权办公室的门恭顺地轻轻带上。罗文选对于焦副政委的恭顺，是发自内心的。这同样也是源于此前他被“张老虎”张圆政委连人带礼给轰出来那天。

那天罗文选被张政委轰出来后，先是惊动了楼道里的声控灯，但很快楼道就再次陷入黑暗，而站在黑暗里的罗文选脸上滚下两行热泪。手中的苹果袋子也就在那个时候不合时宜地坏了，苹果也像罗文选的眼泪一样扑簌簌、热辣辣地滚到地上，有的甚至顺着楼梯滚了下去，楼道里声控灯因为苹果的滚落，再次亮了起来。但罗文选还是没有动作，直到楼道声控灯熄灭，楼道再次陷入黑暗，才默默地在黑暗里摸索着将苹果一个一个拾起。

突然有一只手，递上来一个大苹果……

递上苹果的是住在张圆政委对面的焦权副政委。他把门打开，将罗文选请进屋里坐，并且亲自倒了热水，放在罗文选面前。这杯热水，对于此时落魄的罗文选，那是一道光，罗文选此刻心里是由衷的感激。他激动地语无伦次地说："谢谢，谢谢焦政委。"

随后，焦权副政委与他风轻云淡地聊了聊家长里短。在那些家长里短里，罗文选第一次知道，领导原来对他的情况了如指掌，包括家是山东枣庄农村的，爱人没有正式工作，甚至连孩子快要上小学这种节点，焦政委竟然也猜了个八九不离十。

罗文选听着眼里燃起感动的小火苗，心里想这才是一个政委应有的模样吧。怎么张圆政委就那么不像个政委，而像个老虎呢？

焦权："小罗啊，你的情况我都了解了，爱人没工作，老人得照顾，孩子要上学，是比其他干部负担要重……"

这一句简直让罗文选更加感激涕零了。他正欲说点什么，不料，焦权话锋一转道："但是小罗，思想负担不能重，还要安心工作，组织上会考虑你的情况的。"

罗文选一听激动得几乎站起身："谢谢焦政委！焦政委，我也不瞒您，我现正处在副营三年的瓶颈期，要是能到基层锻炼，增加个主官经历，所有问题就可以全都解决了。”

焦权思忖了一会儿道：“要不你打个申请，我给你报下试试看？”

罗文选一听，更是激动得眼泪都快下来了。这一晚他的情绪像过山车一样起起落落的，只见他郑重地站起身道：“焦政委，我真的很想去一线救援！这也是我当初选择成为一个消防兵的动力！”

焦权饶有兴致地：“哦？”

“救人民于水深火热之中，一直是我的理想！”罗文选激情满满地说。当然，这可能也的确是罗文选的真心话，毕竟每个男孩子都曾有一个英雄梦。

焦权笑着道，“好好好！”说着站起身来。罗文选马上也跟着知趣地朝门口走去。

二人走到门口，焦权拍了拍罗文选的肩膀，意味深长地说：“小罗啊，你也要体谅张政委，唉……处在他那个位置，坚持活成一股清流不容易。”随后，焦权半开玩笑半严肃地补充道：“我们不都应该爱护、拥护这样的党的好干部吗？”

罗文选惭愧地说：“是是是，焦政委说得对。”

焦权看了眼桌上的苹果，道：“那这水果？”

罗文选窘迫的：“您留下，您留下。”

焦权略一思索道：“那就只能留这个。”他说着将酒塞回到罗文选手里。罗文选迟疑了一下，但转念就愉快地接了。

罗文选走后，焦权一提苹果袋子，赫然发现袋子下压的银行卡。而这张银行卡，迄今焦权也没给罗文选还回来，所以，罗文选有理由相信自己是焦副政委的人，而今马卫代理指导员身份一公开，罗文选相信未来还有更多可能……

想到这儿，罗文选从正义路支队机关到正义路特勤站的这不足1000米的路，走得就更是脚下生了风。

看到阎昊昆的车开进院里来，岗哨打开自动门。只听“刺啦”一声，阎昊昆却将车停在大门口，急吼吼地朝岗哨喊：“大门出事儿了？他人呢？他怎么样了？”

岗哨摇摇头汇报道：“队长，我不知道具体情况，我已经连站两岗了，也没人来替我。”后面的话，估计阎昊昆都没听见，因为他直接发动车子，急火火地开进了院子。

此时罗文选已经走到特勤站院里了，看到阎昊昆的车子，朝他走了过去。

阎昊昆车子一停，罗文选适时地帮阎昊昆拉开车门，阎昊昆急匆匆跳下车来，欲走。

罗文选喊他一声：“昊昆！”

“等会儿说！”阎昊昆应着朝办公楼里走去。罗文选挥着两条小短腿，一路小跑着也跟了上去。

阎昊昆一进走廊，看到曹亮亮，问道：“马瘫呢？”

曹亮亮一看阎昊昆黑个脸，嗫嗫地答道：“马指，洗澡去了。”

阎昊昆一听，马上又折返身，朝洗澡间奔去。

此时罗文选再次追上来，跟后面喊道：“昊昆，昊昆！机关领导说……”阎昊昆站定不耐烦地打断他：“你等我一会儿成吗，罗文选？”

阎昊昆说完径直朝洗澡间走了，罗文选嘴半张半合噎在原地。估计也就阎王爷敢这么“虐”上级机关，而且还是分管他们中队的队务科小干部。

出警回来到现在一直有事儿，还没顾上洗澡的马卫，身上黏得早就受不了了。

此时，马卫面对着墙，背对着门，一个人洗得正舒爽得很。阎昊昆猛不防地冲进来，一把扳住马卫的肩给转了过来。马卫大惊，摸了一把脸上的水，才看清是穿着衣服的阎昊昆。他再低头一看自己光着，竟然下意识地伸手去捂自己下身。

阎昊昆开口便骂："我就休息一天，你就把大门给整没了？"

"你说的什么乱七八糟？"马卫说着像鱼一样哧溜从阎昊昆手里挣脱出来。阎昊昆又要上手，但马卫光着，他也不好抓，拉扯半天，终于把马卫掩到墙角，自己却反倒淋在了水龙头下。于是，阎昊昆生气地转身出了洗澡间。只见他怒气冲冲地进了更衣室，将马卫衣服拿了，又回到澡堂子里，扔给他。命令道："穿上衣服，光着没地儿抓！"

马卫简直哭笑不得，无奈地接了自己的衣服抱在怀里道："我说阎王爷，你能不能先了解清楚情况再说？"

阎昊昆想了一下，嘴硬地扔下一句："也行！那你不准动，在这儿等着！"说完扬长而去。

马卫无奈地把衣服搁窗台上，继续洗。

阎昊昆再次急火火地穿过走廊时，罗文选再次迎上去，正要开口。阎昊昆马上说："罗文选，你再稍等一下啊，马上，马上啊。"

阎昊昆推开医务室的门，竟然是一片欢声笑语。大家看他进来，都跟他打招呼："阎头儿……"

阎昊昆一眼就看到门新科躺在床上，除了头上包扎着一圈儿纱布，吊着水，其他看起来，跟没事人儿似的，也透着一脸兴奋和他打招呼。说着门新科欲坐起来，但显得有些困难，旁边的李治扶了一把，门新科才坐起身。

阎昊昆一脸疑惑地瞪着他。门新科秒懂，不好意思地解释道："闹了个乌龙，闹了个乌龙。"

原来现场煤气罐爆炸时，那个他们正在进行艰难破拆的顽固的老式防盗门，还护了他们一把。当时煤气罐一炸，老式门朝他们拍了过来，而门新科护犊子惯了，嘴里喊着，"后撤！"身体却如同老鹰抓小鸡儿般展开双臂，背对着门板，将李治他们护在身后。于是，门板的力量直接将门新科等人拍飞了出去。门新科当即被拍晕了过去，而那门板则立在楼梯道上，仍旧坚挺地为他们抵挡着后续飞来的各种物渣。至于门新科一身血，是那只宠物兔子被炸得四分五裂的血，只是当时大家看他晕死了过去，混乱中没人注意到门新科身上的血是带着几撮白毛的。

"那你不接电话，我以为你死了，吓死老子了。"阎昊昆说着就轻轻地上手给了门新科一拳。

门新科哎哟着撒娇说疼，阎昊昆就乐了。门新科补充道："我是没事儿，但手机被毁了啊，我上哪儿接电话去。"

阎昊昆："亮亮一会儿回去打个报告，让马瘫批去，这手机因公受伤，公费出。"

众人一听，高兴得很。阎昊昆手机突然响了，阎昊昆看了一眼，对着大伙道："哎哟，忘了，罗文选还在外面等我呢，那我先走了……"

正欲走的阎昊昆，又不放心地问门新科："脑袋查没查？"

门新科："查了，不打紧，轻微脑震荡，养两天就成。"

阎昊昆走得着急，并没发现包蕊蕊正一个人躲在卫生间里打游戏。

罗文选和阎昊昆并排走在训练场上，兜着圈用脚步丈量着训练场。随后双双不约而同地停了下来。罗文选感慨道：“还真别说，几个区支队那么多站，也就咱正义路特勤站才有这场地，能开展这么大型的比武。”

“王化营站不是今年拓展装修了吗？”阎昊昆问道。

“装是装了，不过这届比武他们还赶不上，咱还是主场，所以，今年连坐四连冠就看你的了。”罗文选说着拍了拍阎昊昆肩膀。

阎昊昆：“最近这帮小子胖了，喘上了，明天开始加训！”

罗文选轻松地道：“来得及，还有一个多月时间呢。”

阎昊昆礼节性地笑了笑，也不再说什么，二人开始顺着大操场往回走，可能腿长占优势吧，阎昊昆明显比罗文选走得快。

罗文选小跑着跟了上来，试探性地问：“最近跟马卫……”

阎昊昆反应很快，打断他，很官方地敷衍道：“挺好！”

罗文选讪讪地：“哦，挺好就好。”迟疑了好一会儿，罗文选又缓缓地道：“其实，换个角度想，这个马卫来了也挺好，正好可以减轻一下你的负担。他没来前，你每天过得那是啥日子，24 小时连轴转。不然对象也不能跟你吹啊。”

阎昊昆一听这话，停下来一本正经地更正道：“是我跟她吹的，不是她跟我吹的。”

“咳，知道！我还不知道你？是因为爱她才主动和她吹的吧。”

阎昊昆听到罗文选这话，明显怔了一下，心情复杂地看着罗文选。罗文选又道：“能骗过别人，你能骗过我这个老兵啊？你难道不是因为担心有天自己被挂在墙上，才甩了娄小楼吗？”

阎昊昆苦笑道：“呵呵，没想到在这个大院里，懂我的人，竟然是你。”

罗文选吞吐道：“……其实，我和你一样……”

阎昊昆不解地望着他。罗文选尴尬地说：“呃，我不是说谈恋爱的事儿，我是说前段时间咱俩……”

罗文选说到这儿，不好意思地停了一下，才又继续道：“咱俩竞争指导员的这个事吧……”

阎昊昆似并不想谈这个话题，淡淡地“嗯”了一声，没再回应，但罗文选今天这节奏似乎一定要说。“昊昆，你也知道，我也没什么可瞒你的，马卫没来前，咱俩争指导员一职。我知道我不是你对手，但这指导员若落在你头上，我罗文选输得是心服口服，明明白白！但落到这个马卫手里，我也不服！”

阎昊昆一听似重新认识了罗文选，竟然破天荒在罗文选肩膀上拍了拍道：“谢谢，谢谢你这么看重我！”随后，转身大步走开。罗文选却待在原地，冲阎昊昆的背影喊道：“昊昆，你还有机会。”

阎昊昆一听这话，果然停下步子，站定了。他觉得这个罗文选今天简直是话多，真是不能给好脸啊。于是，阎昊昆转回身，半是调侃半是讥讽地道：“罗文选，你是在逗我玩吗？马卫命令都下了，你说我还有机会？怎么，把他推火里去啊？”

罗文选也不计较阎昊昆这态度，他走近阎昊昆，正色道：“上级机关给马卫下的，是……代理指导员的命令。”

阎昊昆听后，一脸震惊。似乎这就能解释为什么之前要那么大张旗鼓地“官宣”马卫任正义路指导员，却当场并没有发任命文件的原因了。之前阎昊昆一直想当然地以为，只因为他是转隶改制第一个来正义路的，应该就是点仪式感罢了，现在看来，事情远没有想象的那么简单。想到这儿阎昊昆不由得在心里冷笑，看来这个马卫还真如传言中所说，后台够硬啊！

追上来的罗文选继续补充道："昊昆，你也知道，代理指导员的考验期至少要个一年半载甚至更久，才有可能转正。在转正前，一切皆有可能啊！"

阎昊昆沉默半晌，突然激动地问罗文选："此话当真？"

罗文选压低声音："我下午刚把他的命令交给焦政委，这是份机密文件，昊昆，你可别说是我跟你说的啊！"

阎昊昆在原地呆钝一会儿，然后朝罗文选说了句"我知道了"，随后拔腿就跑。

罗文选挥着小短腿在后面边追边喊："哎哎，昊昆，你等等，还有一个事儿，机关督察组今天有可能过来，你们小心一点。"

阎昊昆头也不回地："我知道了，谢了。"

罗文选看着阎昊昆开车风驰电掣地驶出特勤站。他转身悠悠地走在回支队的路上，甚至也远远看到了马卫，但他也没跟马卫多句嘴，说督察组今天有可能要来的事儿。

阎昊昆边开门边往里边喊道："妈，妈，我爸呢？"没人应他，阎昊昆纳闷地又喊了几嗓子，他妈的声音才从厨房里传出来，告诉他爸在楼上书房呢。

不用问，肯定又是炒菜油烟机声音开太大，他家这个破抽油烟机一开起来，跟一台拖拉机开过来一样，阎昊昆早就想换个油烟机，但他妈就是不同意，说是这个还没坏，阎昊昆只好作罢，只是此时的阎昊昆，根本顾不上这破抽油烟机的事儿。他疾步朝二楼书房走去。阎家是一套小复式，装修得简洁干脆，家里看上去也很少有冗余的东西。

疾步上楼的阎昊昆，走到了书房门口却明显放缓了步子。只见他站定，抬头挺胸，长吁了一口气，才郑重地敲起了门。但等了好一会儿，里面并没有人应，阎昊昆疑惑着小心翼翼地推门而入。

张圆政委正在写毛笔字，眼皮都没带撩一下，似乎一点儿都没被影响，仍旧稳稳落笔在写。突然闯入的阎昊昆尴尬地站在地上，不知如何是好。半晌，一直以来都感觉被轻视的阎昊昆，突然愤怒得像个孩子一样，一把将张圆笔下的宣纸扯起，张圆毫无防备，宣纸带倒了墨盘，墨汁瞬间洋洋洒洒地泼散开来，张圆的脸上也未能幸免。脸上的墨迹让张圆政委看上去更像老虎了……

他气得嘴唇颤抖着："阎昊昆，你太过分了！"

"您不过分吗？为什么我屡次追问您，您都骗我说，马卫已经坐实了指导员之职，我再无机会争取？"

张圆沉默。阎昊昆最恨的就是张圆这种沉默。

阎昊昆暴躁地继续质问道："看看这些年，您都帮过我些什么？您就知道各种打压我！您明明知道我比别人做得更好！您也明明知道我才是正义路特勤站指导员的不二人选！"

听到这儿，张圆轻蔑道："你是吗？"张圆适才缓缓放下手中的笔，从旁边抽了一张纸巾，粗糙地抹了一把脸。

"你的性子像火一样，容易冲动！当年要不是你太冲动，太冒进，决策失误，大门脸上怎么会落下疤？你让我如何放心你？放心你带着我的战斗员们去火里水里拼命？！”

阎昊昆一听张圆这话，顿时像泄了气的皮球，一脸害怕与可怜，已经陷入那段情绪里……

而张圆并没有关注到儿子可怜的神情，继续激昂道：“一个合格的指导员，他不但能带队友去战斗，也能把每个战斗员给我活着带回来！”

阎昊昆已经听不见父亲在说什么了，在他脑海里燃起一团熊熊燃烧的火焰！他和门新科二人正各抱一条水枪，像两个门神一样，站在某个厨房门后，二人眼神里似乎也喷着熊熊的小火苗。只见他二人对视一眼，阎昊昆点了点头。门新科上手拉开了门，阎昊昆第一次战术规避了火苗的反扑，开枪扫射，却没想到门后面挂着的一排原本已摇摇欲坠的食用油桶突然掉落，油浇在火上，火势瞬间抛高，滚滚而来！门新科迅速跳往阎昊昆站的右门，将他挡在身后，火苗唰地就冲门新科正面流过……

阎昊昆哭着拍打着门新科身上的火，但事后门新科左脸还是留下一道明显的伤痕，而这伤疤落在门新科的脸上，也落在了阎昊昆的心里。

虽然这也是门、阎二人生死至交的见证，但却也成了阎昊昆心里永远的痛！因为那也是自尊心极强的阎昊昆心底抹不掉的耻辱。

因为，对一个优秀的救援选手来说，罹患创伤后应激障碍的原因，往往不是他们遭遇了什么，而是他们眼睁睁看着自己做不了什么。

……

沉默，沉默，戳到痛处的沉默。

片刻，阎昊昆软弱无力地欲往外走。走到门口，他几乎祈求似的回头问张圆："那么，您能告诉我，到底是谁调来这个马卫的？"

张圆："我！"

阎昊昆一听简直被气惨了。他绝望道："马卫到底是您什么人？"

张圆却又沉默着，不应对。而此刻，阎昊昆这只气鼓鼓的河豚，终于炸了，挑衅地说："您不说是吧？呵呵呵，我知道了，难不成真是如传言中所说的……他是你和外面的女人……生的私生子吗？"

"啪"的一声，阎昊昆话音刚落，脸上结结实实地挨了张圆一记重重的耳光。

一直在门外偷听的阎语，听见这声响亮耳光，本能地捂了一下胸口，欲推门进来。不想里面却传出儿子阎昊昆哈哈哈的大笑声。她疑惑着停了下来，把耳朵紧紧地贴在门上。

阎昊昆左脸已经肿了起来，不得不说张政委出手的速度和力道，丝毫不减当年。

而阎昊昆直到笑出两行热泪，才收住笑。随后坚硬地用手擦了泪，走到墙边，按了一下类似机关的按钮，房顶滑轮瞬间"唰唰"降下两条结实的绳索……

第七章

张圆和阎昊昆父子二人眼神复杂地盯着横在他俩面前这两条光洁的绳索。这显然是利用废救援缓降器改的。

阎昊昆冷笑道：“您看看您的杰作，您从小为了教育我，在自家房顶上安了这个，呵呵呵……”

“小时候，我只要做错事，就被您绑在这儿，吊起来打。长大后，我所有人生路，都是您安排的，入学、当兵、进消防，我不敢忤逆你，生怕走错一小步。”

“知道的人，以为我爹是政委，我阎昊昆不知道跟着沾了多少光！只有我自己心里最清楚，我吃了多少苦！”

说到这儿阎昊昆停了一下，但紧接着他喊出了压抑近20年的血泪控诉：“我连是你儿子的事儿，都不能公开说！”

阎昊昆已经完全控制不住自己的情绪，这条硬汉的眼泪终于在脸上无声地肆虐开来。

门外的阎语，也已经泪流满面，肩膀连带着门把手上的手都在微微颤抖。

张圆却依旧沉默。

阎昊昆缓了缓，继续道：“您知道我为什么打小就喜欢小楼吗?

因为她家特别有家庭氛围！她爸爸特护着她。满正义路支队的人，谁不知道火调老娄，为了阻止娄小楼干火调，甚至可以护到没有原则的地步，三番几次来机关闹！我虽然不支持他闹，但我理解一个父亲对女儿的爱！”

阎昊昆说完长吁一口气，接着道：“可我还从来没见过……世上竟然有您这样的爹，每次在您儿子想走的路上，妥妥地搬上一块大石头，挡住他的去路。”

阎昊昆的情绪又开始激动起来，脸上的线条也变得生硬、冷漠。

“张圆！张政委！您或许是一个合格的政委，但您绝不是一个合格的父亲！”

紧接着，阎昊昆激动地吼出：“我没有你这样的爸爸！”随后摔门而出。

出了门一瞬间，阎昊昆的眼泪奔涌而下。阎语想要拦住儿子，跟在后面一直追着阎昊昆，哭着喊：“昊昆、昊昆、昊昆啊，你要理解你爸爸……”

阎昊昆一言不发上车，动作连贯地发动车子，绝尘而去。

看着儿子绝尘而去，阎语心碎了一地。那一刻，她怀疑自己当年的选择是否错了……

当年的阎语是一所中学的语文老师。20 世纪 60 年代出生的阎语，到了豆蔻年华恋爱年纪时，是学校的校花，更是思想先锋，发誓一定要将自由恋爱进行到底。于是，自由地恋上当时驻地武警消防部队小干部，勇敢正义的张圆。

没想到阎语的父亲，也就是阎昊昆的外公，深知一个军嫂的不易，不同意唯一的女儿嫁给随时有可能随军漂泊的张圆。于是设置了一个大障碍，提出不论生男生女一定算老阎家的后，没想到张圆当年为爱也挺勇敢，干脆利索地同意了。这也是后来导致阎昊昆的童年几乎都在姥姥家度过的原因。在那里阎昊昆与他的跟屁虫娄小楼，好到睡一床被子，8 岁的阎昊昆与 5 岁的娄小楼早早就“私订终身”了。

当然，这也是阎昊昆作为张圆的儿子，之所以不姓张，随母姓阎的原因。但这并不能避免作为张圆唯一的儿子，阎昊昆长成和他父亲一样正直、硬气、有血性的钢铁直男。

所以，当 7 岁的阎昊昆被硬生生接回城里上小学，直到 18 岁阎昊昆成年参军，阎昊昆对这一步一步被父亲安排的人生，唯一的反抗就是：你不是不想要我这个儿子吗？那你也不用在部队系统内说我是你儿子。这样的提议，也正合张圆的意，也因着阎昊昆随母姓，所以，鲜有人知道阎昊昆是张圆政委的儿子。

阎昊昆漫无目的地开着车，脑袋里一片空白，只有眼泪无声地在脸颊不停滑落，直到模糊了视线。阎昊昆面前的夜，今天晚上单单给他一个人下了一场雨，让他看不清前路……

车速慢了下来，阎昊昆打开双闪，把车停在路边。良久，趴在方向盘上，双肩耸动……

这一夜注定是个不平静的夜晚，就连阎昊昆身后的正义路特勤站也不平静。

22:00，正义路特勤站战斗班的小伙子们像往常一样都休息了。但年轻力壮的小伙子就算白天出几趟警，又哪有这么早能睡着的，难免有一两个小声聊天的，也有偷摸着看手机的。但哪个看手机的也没有像包蕊蕊这样，连须带尾的蒙在被子里。从被子外面看，一抽一抽地动，很是诡异……

22:30，正义路特勤站大门疑疑惑惑地开了一条小缝，今晚当值的岗哨王连江探头探脑看着外面，似乎来了几辆车，但车灯都关了，黑咕隆咚的。王连江正疑惑呢，头车摇下车窗，王连江这才看清来人戴着白色“督察”帽子，立马按了开门的遥控器，与此同时拿出电台正要报……

车里的人简短地命令道：“不要通知。”

“是！”岗哨王连江说着尴尬地垂下手，连带手里的电台。

一排车黑咕隆咚，悄然驶进正义路特勤站院区。车里下人的时候，餐厅门口地上的黑狗短促地叫了声，但很快就被收买了，趴地上开始吃火腿。

直到走廊传来特别的脚步声，门新科突然警觉地坐了起来。旋即门新科喊道：“快，藏手机，检查的来了！”门新科话音刚落，门就被突然推开，涌进来五六个身着与他们一样的制服，但白头盔上“督察”二字却又将他们明显地区别开来……

其中一个督察组干部命令道：“全体起立，站到地上。”

大家动作麻利，很快站好了。这时，刚还在院子里的黑色拉布拉多，也从门缝溜进来，竟然对着督察组的人伸舌头。门新科在心里暗骂：“叛徒。”

督察组的人，当着大家的面儿，开始快速翻查内务。翻出李治的面膜，问了问，又还给他，又翻出几包零食，也没问什么，直接放回原处了。

包蕊蕊站在后排，人不停地抖。前排门新科伸过去手悄悄捏了他一下。不想包蕊蕊会错了意，竟然趁机把手机放在门新科掌心里。门新科震惊之余，是一副坏了的表情。他原本只想安抚他一下，不想这货将此时已变成手雷的手机放到他手里。但门新科也不能不接着啊，他开始寻找机会，趁督察组翻查的工夫，一点一点往窗边移。瞅准机会的门新科，突然将手机奋力朝身后的窗外扔了出去，督察组人回头看了一眼，问："你干吗？"

"呃，没事儿，我不小心把床碰了一下。"好在门新科撒的谎并没有被识破，督察组的人，又开始继续翻查其他内务。

就在众人以为化险为夷时，这时卧在地上的黑狗，突然朝外冲了出去……

众人懵圈之际，黑狗嘴里叼着手机奔回来，并且轻轻放在地上，摇着尾巴一脸等夸的表情。

阎昊昆此刻正跟娄小楼在正义路特勤站附近简陋的小酒馆里喝酒，已经喝成个混蛋了，醉态明显。他咋咋呼呼地说着他要退出消防队伍！

娄小楼一听却不以为意地笑了笑道："我才不相信呢，你这种人，舍得离开？哼，人都说铁打的营盘流水的兵；可你就算把营盘砸了，你骨子里还是个消防兵！"

"再说，这营盘你也算是给砸了啊，消防部队不都改制了吗？我记得改制前，你也闹情绪来着，说什么脱了军装没感觉了，现在你不也抱着火焰蓝的制服同样不撒手？"娄小楼说着还不断拿白眼翻阎昊昆，阎昊昆也不跟她争辩。

再说那些牢骚，的确也是改制前他自个儿发的。一开始阎昊昆的确接受不了脱掉那身穿了多年的戎装，心里总觉得空落落的。其实，改制前也不止他一个人心里这么想，甚至现在也有怀念过去的人。但没关系啊，没有过去的历史，如何展望未来？就像今天的阎昊昆，当他看到转隶改制的益处陆续显现出来，不也在不知不觉中爱上了这一抹蓝，如同当初爱那一抹绿一般真挚吗？

可此时此刻，阎昊昆却言不由衷地跟娄小楼说道："离队申请我都写好了。"

"来真的？"娄小楼惊讶地问。

阎昊昆点点头。

"理由呢？"

"没理由，就是对这个世界绝望了。"阎昊昆说着将杯里酒，一口干了。

娄小楼严肃地问阎昊昆："不对啊，阎昊昆，到底出什么事儿了？这不是你阎王爷的作风啊？你的风格，不一向是大路不平，你来铲；大树不正，你来砍吗？"

阎昊昆并不接这茬儿，却突然认真地问娄小楼："小楼，你怀疑过你是从哪儿来的吗？"

"啊？"娄小楼被问得一脸懵圈。

"我的意思，你确信你爸是你爸、你妈是你妈吗？"

娄小楼一听差点笑喷在阎昊昆脸上……

恰在此时，罗文选和他的老乡也走进小店，罗文选当然也听到了。他顿时来了兴致，因为阎昊昆接下来说的是，"我怀疑，我不是我爸亲生的。"

娄小楼小手一挥道："我一点儿都不怀疑！就你小时候，你爸打你那惨样儿，要不是亲生的，不能打这么狠！"

阎昊昆白她一眼："滚！都啥时候了，还开玩笑！"

他二人对话间，罗文选已经带着老乡，进了另一个小隔段，而且并没有打扰阎昊昆他们。在罗文选看来这就是小男生和小女生打情骂俏，他也知趣地不当那个电灯泡。

娄小楼吃喝了半天，似乎才一副恍然大悟的样子："哦，感情说这半天，这是又跟你爸怄气呢，不就是个破指导员的事儿吗？"

隔壁的罗文选听到这儿警觉地竖起耳朵，忍不住嘟囔一句："他爸是谁呢？难不成也是消防系统的？"

对面老乡疑惑地问罗文选："谁爸？"

罗文选把手放嘴上"嘘"了一下，老乡闭了嘴。娄小楼声音清晰地传过来："你啊，都这么大人了，也不反省一下自己小时候得有多皮，你不挨打，打谁？"

阎昊昆不服气地："我咋皮了？"

"你还不皮？你拿桃子给我吃，你不洗，你偷偷拿我妈秋衣擦！我妈穿上秋衣后，差点儿痒痒死。"阎昊昆听了，自己"扑哧"先乐了。隔壁的罗文选也乐了，等半天不见那俩人再说指导员的事，正好菜也上来了，就招呼老乡赶紧吃。

张圆政委回到卧室，发现阎老师眼睛红得跟兔子似的，正蹲那儿收拾行李箱。张圆不解地问："阎老师，你这干吗呢？"

阎语没好气地："回娘家！"

张圆乐了："都快到当婆婆的年纪了，还回娘家啊？""行了，时候不早了，睡吧。你大晚上回去，还不把你那 80 岁的老母亲给吓晕过去？"

阎语一听，突然像个小姑娘一样失声哭了出来："你就欺负我们娘俩吧！"说着上了床，生气地甩了个后背给张圆。

张圆叹了口气，在床的另一侧躺了下来，给阎语掖了一下被角，随后关了床边的灯。但实际上二人都没睡着，在黑暗里睁着俩大眼睛。

片刻，阎语突然坐起，愤愤地道："我说老张你是不是真的老了？你过去不是只讲人情不讲原则的人啊？你不能因为那小马的爷爷，曾经和老头子参加过越战，又帮老头子挡过枪，你就把小马从偏远地区调来，那对吴昆或者对其他人也都不公平吧？"

张圆低沉却中气十足的声音从黑暗中传来："我调马卫来，不是因为这个！是消防转隶改制的工作需要！"张圆话音刚落，阎语"叭"的一声开了灯，不甘示弱地说："你甭跟我整那官方的！难不成真的是因为外面的传言？"

张圆一听这话，也生气了，转过身来，激动地道："阎老师，注意素质！"

这一句对斯文的阎老师极其管用，只见阎语气呼呼地再次躺下了，只是这次二人相距更远了，不大个双人床，远到可以塞进去第三个人儿。

沉默半晌，张圆缓缓道："本来工作上的事儿，我也不想跟你说，你每天也够累的……我第一次见马卫就是川藏线上那次隧道救援，那个时候我根本不知道马卫就是马四方的孙子……"

黑暗中，一向绷着个脸的张老虎给阎老师讲起那次隧道救援，脸部的线条渐渐柔和起来……

而黑暗中的阎语，不知不觉中把身子转了过来。末了，张圆动情道："人们总以为马卫这孩子救起的是我的政治生涯。可是和他救起隧道内 29 条活生生的人命比，我的政治生涯算个屁！"

黑暗中的阎语没说话，但帮张圆掖了掖被角。

深夜的小酒馆，罗文选看到娄小楼搀扶着喝多了的阎昊昆往外走，赶忙起身追了过去。

阎昊昆和娄小楼两人在出租车前拉扯、争执，互相都要把对方先送回家。这时罗文选上前扶住阎昊昆，道："小楼，我带昊昆回去，你先走吧，到家给昊昆发个信儿。"

娄小楼听罗文选这么说，点了点头，坐进车里。看着娄小楼坐出租车走了，喝得身子站不直歪歪扭扭的阎昊昆还拿出手机拍了一张车牌照片。

随后，阎昊昆再次被罗文选扶回小酒馆。阎昊昆跑去吧台结账，却被告知罗文选已经替他买过了，而他要转钱给罗文选时，罗文选当然不肯收。反倒再次热情地带着阎昊昆朝他和老乡之前坐的小隔段走去，还隐晦地告诉阎昊昆，他这个老乡是总队机关人事科的……

阎昊昆没太明白这和自己有什么关系，待他二人回到座位，却发现罗文选那个人事科的老乡，已经喝得趴桌子上了。看到他们进来，强撑起眼皮看了一眼，又趴下睡着了。罗文选尴尬地喊服务员又拿了一个杯子，杯子上来罗文选斟满酒后递给阎昊昆。

阎昊昆也不推辞接了过来，咕咚咕咚一口就干了。看来阎昊昆今天是彻底放飞了，因为他太想忘记今天了，他甚至想忘记他奉献了 9 年的正义路特勤站这个事实。其中在正义路当干部的 6 年，阎昊昆不休假的时候，没沾过一滴酒。他一天 24 小时处在待命状态，他怕沾了一滴酒，逢上出警，会给他这“一身行头”抹黑。

罗文选却兴致很浓地说：“你知道吗？马卫原来不是总队老大马三源的侄子，是咱支队张圆政委的人儿……”罗文选说着用眼神示意老乡，意思这消息来自总队机关人事科的老乡，那可信度自然更高了。

阎昊昆听了，撂了一句气话：“对，是他亲儿子！”

罗文选震惊不已，呆钝半晌，突然一拍桌子，道：“真有这可能啊。你知道吗？我早就听说张政委家是军人世家，他有个儿子，也在部队服役，但在哪个部队服役，就没人知道了。原来就在眼皮子底下啊！灯下黑啊，怪不得，怪不得。”

阎昊昆看他这样，冷哼一声，也不搭理他，自顾自倒酒喝酒，心下却愤恨地想，“哼，谁爱当那个张老虎的儿子谁当去，反正老子不当了。”

其实，明眼人都能看出来阎昊昆本是说的一句气话，只因之前那些关于马卫的来历被传得神乎其神的传说，罗文选这儿忍不住翻腾着、思忖着，种种蛛丝马迹表明，这事儿太有可能了！

“哎，不对啊，昊昆，可马卫为什么姓马不姓张啊？难不成还有儿子跟爸不是一个姓的？”罗文选似自言自语，也不期待阎昊昆给他什么答案。他也了解阎昊昆这个人，不屑于这些事。

不料阎昊昆坚定地答道：“有！”阎昊昆说完，狠狠地将一大杯酒灌进肚子里。

阎昊昆说的不过是自己的故事罢了，只是没想到，罗文选却演绎出另一个版本。

第二天一大早，马卫就到支队张政委那儿领了一顿剋。

“上级通知了检查，你们站在干什么？怎么能让督察组查到战斗员在偷玩手机，还打游戏？”

马卫一听张政委说上级通知过，一脸懵圈，刚想说他没接到，但话未出口，他似想起了什么，转而道：“对不起，张政委，昨天事儿太多了，我给忙忘了。”

张圆生气道：“别跟我说对不起！我们职业特殊，不容许有‘对不起’三个字出现！如果都像你这样平常要求就稀松凑合，上了火场，那就有可能是一条条鲜活的生命在你、我面前消失！”

马卫不敢再辩解，老实站那儿挨批。张圆看他这样，语气缓了一点道：“马卫啊，你要记着，干消防永远别说对不起！”这回马卫挺胸抬头答道：“是！张政委！”

张圆朝他挥了挥手：“回去好好整顿一下你们的纪律！”

“是！政委！”马卫说完，低头欲退出。身后却传来张圆小声嘟囔：“都来多久了，还不能适应！”

马卫当然听到了，一脸的愧色，脸唰地一下子红到耳根。他正要开门出去，张政委却又道：“哦，对了，过段时间的比武，可不能再有失误了！这个考核无论对正义路特勤站还是对你个人，都很重要。这是转隶改制以来第一场大型比武考核，我希望正义路特勤站仍然能保持过去的高标准。”

“当然……这也对你由代理指导员转正有着决定性的影响。”

“是，张政委，我明白！”

张政委又认真地看了看马卫道：“我在正义区支队代职的时间也快结束了，你的步子迈得大一点。”

马卫："是，张政委。"

马卫恭敬地退了出去，将门带上。不料，刚一回身差点儿和罗文选撞个满怀。罗文选扬扬手里的材料，意思他是来给领导送汇报材料。罗文选似敏锐地觉察到马卫一脸丧，小声地打探道："老虎发威了？怎么回事儿啊？"

马卫叹口气道："昨晚上我们站战斗员包蕊蕊打游戏被稽查组查到了。"

罗文选一听这个，猛拍自己脑袋："哎哟，我去，怪我啊！"

马卫疑惑地盯着他，罗文选速速将马卫拉到楼道。如此这般跟他耳语了一番，末了，罗文选还透着一脸怪不好意思的表情，说道："马指啊，你看，我也没想到昊昆他……"

马卫听得云里雾里的，更加疑惑了。罗文选扮作惋惜状，迅速将马卫拉到僻静处，才又一副不想告诉马卫的样子，吞吐道："哎，我是……哎，我是没想到昊昆，没跟你说督察组要来的事儿。你看，我要早知道这样，我应该再给你打个电话来着。哎，怪我，怪我，我是真没想到你们俩的矛盾……已经……"

马卫打断他："你通知了阎昊昆？"

罗文选点点头。马卫听他这么说完，转身疾步走了。

罗文选意味深长地望了一眼马卫的背影，他不但觉得锅已成功甩出，他还觉得，鹬蚌相争下去，总有一天他这个渔翁会得利。

马卫来正义路特勤站小半年了，其间这帮"小怪兽"捉弄他的花招是不断升级，马卫也在不断提高自己打怪升级的技能。但马卫从没像今天一样，把不高兴写满一脸。只见他一脸生气，疾步朝训练场走去。

大家正在训练，副站长陈文锋带训，似乎感觉到马卫气色不对，停了下来。

马卫问道："阎站长呢？"

大家互相看看。陈文锋道："应该在他宿舍吧，今早上也没见他去吃饭。"

马卫极力克制着情绪，"哦"了一声，转身欲走，却一眼扫到队伍第一排的李治。马卫的心态突然就有点炸，他冲李治嚷道："李治，你的头发，我说了多少遍了，你怎么还没理？"

李治和门新科互相对视一眼后，双方确认过眼神，明白了这货一定是因为昨晚那事儿，被领导剋了，不爽，故意找碴儿的。因为他说了一嘴，就走了，并没等李治回应。

马卫敲了敲阎昊昆宿舍的门，没人应，马卫推开门，阎昊昆迷迷糊糊地被吵醒，一脸不高兴地看了马卫一眼，把被子直接拉头上，继续蒙头睡。马卫一看更火了，上去把被子扯了一半，阎昊昆上半身就暴露在外了。这阎昊昆哪能忍啊，他生气地坐起，火乎乎地道："抽什么疯啊！一大早的。"

"阎队！阎站长！现在是工作时间。"

阎昊昆一听火更大了，理不直气也壮地道："工作时间怎么了？你咋不说别人睡觉时间我还出警呢！还不能偷个懒儿了？我们消防员也是人，又不是工具人！再说我一中队长，昨晚喝多了，还不能晚起一会儿了？你当我 7 岁小孩啊？"

"你喝酒了？跟领导请假备案了吗？"马卫一本正经地问道。

"备了。"阎昊昆说着跳下床，伸手抓了一件二股筋白背心套身上，照样掩饰不住有型的腹肌。看马卫还在地上站着，阎昊昆阴阳怪气地道：“马大指导员，你这是来叫我起床的呀？”

马卫真是被气蒙了，适才想起自己是干吗来了，质问道：“为什么罗文选告诉你督察组要来，你却不告诉我，让我在领导面前出丑？你是不是以为那样，你就多有面儿似的？你还有没有点儿集体荣誉感？”

阎昊昆一听这话，心想：坏了！怎么把这事儿给整忘了，但嘴上说出的却是：“对，我就是喜欢看你丑态百出的样子，怎么？不服啊？”

马卫被气得是直咬后槽牙，缓了缓，正色道：“阎昊昆，我告诉你！你可以瞧不上我，私下里咱俩怎么着都行，但请你不要影响我们站里的正常工作！”马卫说完生气地走了。

阎昊昆看着马卫的背影消失，喃喃道：“哼！要不是气忘了，我能不说吗？切！”

其实，此刻阎昊昆心里懊悔得要命，但他这张嘴就是言不由衷。他揉着太阳穴，在抽屉里一顿翻找，想要找两片止痛药，昨天晚上实在喝多了，脑袋到现在都感觉蒙蒙的。

这时候警铃骤然响起，紧接着电台传来：

一指两水一泡一破拆准备出警，一指两水一泡一破拆准备出警……

阎昊昆扔下药盒，撒腿就朝消防车库跑去，一秒都不带迟疑地直接套上战斗服就出警了。恐怕他早忘了自己昨晚喝醉后，口是心非地说那番“要退出消防队”的豪言壮语了。

毕竟，出警的时候他依然跑得第一快。

开晚饭前，战斗员们列队唱开饭歌《红红的警营红红的我》：

红红的警营红红的车，红红的青春，红红的我。多少次训练场上我们汗如雨落，多少回默默坚守，我们坦然执着，牢记使命奋勇拼搏……

歌毕，马卫朝队伍走过来，李治看他过来，悄无声息地站到最后一排。马卫似乎看也没看他一眼，直接道：“跟大家说个事儿，明天片区组织小学生来站里参观，大家一定看紧一点儿，小朋友好动，别出什么差池。”

“立正、稍息，向右转！开饭。”队伍刚要开动，马卫又道：“李治出列，原地留下。”

除李治外，大家列队离开，门新科人往餐厅走，忍不住担心地回头看了李治一眼。

“知道我要跟你说什么吧？”

李治自带抵抗情绪，张嘴就来：“你是干部不假，但我也有人权！现在都 21 世纪了！再说我的头发也不算长。”

“嘴上功夫倒挺溜！说完了？”

李治傲娇地“嗯”了一声。

马卫也不计较他这态度，缓缓地道：“后勤的甄松调来我们一线战斗班，我把他安排到你们战斗一班，我和你们门班也打过招呼了。

你不是业务很优秀吗，又是副班长，以后好好带带他。”

李治反应强烈：“我不同意，我不要甄松这样的㞞货！”

马卫悠悠地道：“他㞞不怕，你不㞞就行！”

李治仍旧倔强地梗着，不说话。马卫语调温柔些了：“行了，别闹脾气，早上是我不对，不该当着大家面说你。一会儿吃过饭，把头发剪了。你要再不剪，我可亲手给你剪了啊！”

马卫说完转身朝餐厅走去，可他走出了几步，发现李治并没有跟上来。马卫回头一看，李治还愤愤地站在原地。马卫哑然失笑道：“几个意思？也要绝食啊？”

李治傲娇地瞪着他。

马卫站在不远处，朝他招招手：“来，先开饭，开完饭咱俩缓压室喝会儿茶！谈一谈！”

李治愤愤道：“人权都没有，有什么好谈的！”

“呵呵，行，没问题！给你人权，平等对话。先吃饭！吃完饭咱俩再谈人权！”

吃饭的时候，李治幽怨地质问门新科：“你为啥同意甄松那㞞货来咱们班呢？”

门新科白他一眼：“这事儿我们有得选吗？我们不也不乐意那个马瘫来吗？”

的确如此，所以，他二人只能朝不远处坐着的马卫翻白眼。

“他要和我谈心。”李治又小声地汇报。

门新科：“不就是理短点吗？干吗因为这种小事儿和他置气呢？迟早不都得理嘛！”

“哼，我气的不是这事儿，我是不喜欢那喂猪小子‘真㞞’分来咱班！咱班可是优秀的战斗班，他一来那还不得给咱抹黑了？”

这会儿门新科已经吃完起身了，遂又俯身附李治耳边道：“那你给他训优秀了呀！”

李治心想，这门新科的话和马卫怎么就如出一了辙呢。正欲说点什么，门新科却又俯身小声提醒他：“那个马瘫来请你喝茶了，你小心点儿！”

李治一抬头，就看到马卫正从不远处朝他走来。于是他飞快地跟门新科小声说了句：“放心，我没事儿，玩马瘫的方式有千万种呢。”

一进心理缓压室，马卫一屁股坐到沙发上，又指了指对面沙发，示意李治也坐。李治不屑地仍旧靠墙站着，一动不动，似乎并没有坐的打算。

“坐吧，不是要平等对话吗？”

李治还是不坐，马卫看着李治执拗的小眼神，有点想笑，但他转念一想，自个儿从沙发上起身，和李治一样站到墙角。随后问李治：“现在平等了吗？”李治不说话，但看眼神是满意了。

“那说吧！”

李治还是一言不发。

马卫耐心地说：“为什么不理发？至少给我个理由吧？不过，别说你是中队颜王，就不理发了啊。颜王可是能经得起毛寸头考验的！”

马卫看着李治还不开口，直接问道：“是不是就是接受不了我这个指导员，跟我这儿示威呢，是吧？”

李治心想，哼！知道就好，但嘴巴却像软铝密封过仍旧紧紧闭起。内心早已起伏澎湃的李治，其实早已打定主意，今天我就是一句话也不说！我让你谈心，我就不跟你谈，我看你今天能把我谈成啥！

马卫这儿自言自语了半天，也就猜到李治这孩子的心思了。心里边那个火劲儿，就有点按捺不住了。想来，马卫也不过是比李治大五六岁的“90后”大男孩儿，但位置架这儿，他似乎只能拉长了、拍扁了，努力往大长。可来正义路特勤站也小半年了，马卫觉得自己的耐心就像弹簧一样，被这帮熊孩子使劲拉啊拉，就快给彻底拉展，失去弹性了。

“呵，不说是吧？那我们就这么站着！站到你什么时候想说话为止！”马卫这么想着，语气就不好了。

“立正！”马卫口令一出，李治也下意识地立正。

于是两个人都笔直地站在墙角，站成了一道风景。

时间一分一秒过去了，眼瞅着夜色越来越浓，这俩人却还在那儿站着。

文书曹亮亮突然推门进来，看到这状态，吓得悄然关门退出，边退边喃喃道：“哦，没事儿，马指，我没事儿。”

曹亮亮出门不大一会儿，又有人推门而入，当马卫看到这人是阎昊昆后，突然就爆发了，冲阎昊昆嚷嚷道：“看你带的好兵！”

阎昊昆这次反倒没火，可能心里觉得之前的事儿自己理亏吧。只见他上上下下打量着这俩人，随后大咧咧地道：“不就剪个头发吗？有什么好难的！”阎昊昆随即接通电台道：“亮亮，送来缓压室一把推子。”

李治一听大惊失色，道：“阎头儿……”

马卫一看这样也缓和道：“行了，大晚上的，人，你带回去，发，明天再理。”马卫说完，转身走了。

马卫一出门，李治得意地扑哧笑了。阎昊昆上前踹了李治屁股一脚，道："笑！笑毛啊你！"

李治撒娇："阎～头儿！人家真的不想理嘛……再说这也没多长嘛！"

"STOP！别叫我阎头儿，我没你这样的兵！"

李治幽怨地道："阎头儿……"

李治回到战斗班宿舍，看到甄松正坐在自己床铺上，自己的快餐也在一边，立马炸了，着急上火地一把将甄松拉起来，推搡到老远，气得语无伦次："你……你……你是不是反了？你个养猪的，敢坐我的床？"

李治说着唰唰地将看上去仍旧一尘不染的床单扯起来，嫌弃地扔盆子里。不明就里的甄松委屈地抱紧自己的小被子，嗫嚅道："李班副，我……我不养猪了啊。"

李治气急败坏道："哼！就算你不养猪了，也浑身上下永远都冒着一股子猪粪味儿！"

众人看着也都不敢吱声，因为他们知道这触了李治的底线。李治这个有洁癖的处女座，你平常可能剜他块肉他也未必会喊疼，但你敢坐他的床，那简直是比杀他都难受。

甄松委屈的眼泪在眼眶里打着转儿。半小时前他通过食堂的后窗户，偷偷帮李治取外卖，结果让副站长陈文锋给逮了个正着。为了不暴露李治，他当着陈文锋的面，将快递单吞了。把陈文锋差点儿惊倒，说他是抗日神剧看多了。随后，也没再追问这事儿，让他拿着快餐回去了……

李治在甄松面前换床单的手快速翻飞，甄松看得眼花缭乱，心里也很缭乱。他没想到来战斗班报道的第一天，竟是这样的战斗。

战斗班的门敞开着，门新科其实站在门口有一阵了，但大伙儿目光都集中在李治和甄松身上，没人发现他。直到门新科一屁股坐到李治新换好的床单上，还邀请甄松也过来坐，说着将甄松强行拉过来与他排排坐。

众人皆惊。李治更是惊恐到不能自已，嘴张老大，却只说出两个字：门班……

“嫌我们臭，是吧？那好说。”门新科说着起身又去李治的柜子里，拿了李治的祖马龙香水，对着床和人一顿狂喷，大家无一幸免，个个变得香喷喷。

李治急着追门新科：“门班，使不得使不得，那可是祖马龙。”

门新科：“立正！”大家听到口令，马上动起来，站成了一排。门新科瞅了一眼，看杜子杰还贴着张面膜，气不打一处来，上手就给揭了，顺手扔垃圾桶里。

“你看看你们，哪里还有消防员的样子？贴这玩意儿干吗？都是李治教的吧？”李治嘴张了张，想说什么，又咽了下去。

门新科剜了李治一眼道：“你不服是吧？”

李治迟疑片刻，抬头硬气地回道：“是！”

“我们是消防员不假，但没有规定消防员不能贴面膜啊！而且我们经常出现在烟熏火烤的救援现场，事后做个面部护理怎么了？谁说消防员就应该活成糙汉子了？”

门新科冷笑道：“那你的意思，我们还得跟上级打个报告，把面膜当成消防员的专用物资，让国家派发给我们？”

欧阳奇奇的机灵，反应的点老是节奏有点错位。他听门新科这么一说，没等李治说话呢，他喜出望外道："门班你说的是真的吗？"

门新科气急败坏道："真你个屁！你是真傻还是假傻？我告诉你们，以后不要在我面前贴面膜！如果让我看见一次，就给你们扔一次！"

随后，门新科缓缓补充道："还有，最重要的！我再强调一遍！甄松，不管他之前是打哪儿来的，加入我们战斗班，他就是我们战斗班的一员，也是我门新科的人，下次你们要再欺负他，我绝不会轻饶你们的！"

门新科："立正，稍息，解散！"

"解散"二字刚出口，甄松就落荒而逃。门新科幽怨地看了李治一眼，追了出去。

洗漱间的甄松，看到门新科进来，将更多的水撩在自己的脸上，掩饰着泪水。

门新科一开始也并没有打搅他，而是往里走进卫生间，打开每个隔断看了一眼，确认没人，出来又将洗漱间的门关了，才道："甄松啊，我知道你心思敏感又细腻，但是，你既然要加入战斗班，就要想办法融进来。"

甄松窘迫地说："可是，门班，不是我不想，但李班副他们几个，好像是真的不喜欢我……"

"你又不是人民币，干吗让他们都喜欢你？"

门新科继续叨叨："其实，李治人挺好，也挺正直的，他就是有点儿洁癖，有点事儿多！"

"哎，富裕家庭成长起来的孩子，没受过什么苦，自我惯了。"

甄松不说话，像个孩子一样无助地绞着手指头。门新科掏出一支烟，也不点着而是放在鼻子下闻了闻，道：“马指说过一句话，我觉得挺有道理的。他说，男孩子们在一起，培养点钝感力没坏处。”门新科说着自嘲地笑了笑，“其实我压根不知道马指讲的‘钝感力’是个啥玩意儿。他们这种大学毕业进消防的干部，就爱拽那些没用的文词儿。我琢磨着就是皮糙肉厚点呗，你说是不是？”

甄松一听，单纯地笑了。

“你啊你，真是个傻孩子，以前我们那么对你，你为什么还替李治背锅？当着陈队的面把快递单吃了？”

甄松脸一红，道：“我没吃，压舌头下面，陈队走了，我就吐出来了。”

“还算机智。”

甄松嘀咕了好一会儿，说道：“其实，马指在我进战斗班前，就跟我说了，进了战斗班，我们就是一个集体，要互相帮助，互相爱护，这样你的队友才会在火场上跟你一条心，同心协力一起走出危险。”

“对。这回这个酸秀才说得没错，走，回去睡觉吧！”门新科说着起身，甄松也乖巧地跟在门新科后面，二人朝战斗班宿舍走了回去。

门新科这人就是这样，活得简单、率真，真性情，从同意甄松加入战斗班那刻起，他就已经忘记前嫌，将甄松当成了自己人，并且暗暗发誓，让甄松摆脱“真尿”这个绰号。

这一夜难得的平静，一夜无警，战斗员们都睡得很香。

大概凌晨一点多的样子，李治所在的战斗一班的门，突然“吱呀”一声轻响，开了一条小缝。紧接着闪进来一条黑影，黑影还戴着个黑口罩，分辨不出是谁。

只见黑影似乎也辨识了一会儿，才朝李治的床铺走去。然后，黑影俯下身，站在李治床头，诡异地摸索着、比画了半天。随后一顿“咔嚓咔嚓”的操作……

不一会儿，黑影就起身离开。黑影将门一开，借着走廊灯光打进来的亮光，看到黑影手里拿着一把寒光闪闪的剪刀，而地上乱七八糟落了一地头发。

夜再次陷入平静，仿佛什么也没有发生过。

第八章

这天早上大家不是被晨号喊醒的，而是被李治杀猪般的号叫给吓醒的。

众人紧张地看向他，就看到李治的头发，横一缕竖一缕的，乱成鸡窝，而地上一地碎发，众人震惊、懵圈，不明所以。这时角落里的一个悠悠声音道："莫不是鬼剃头？"

可不，这一提醒，整个战斗班的宿舍一下子炸锅了，都围着李治七嘴八舌表示关切，也有憋不住笑了的。一个一笑一下子一串全都笑了。的确，李治现在这个发型是挺搞笑的……

之前只是摸到，这会儿李治才在大家簇拥下，急慌慌地打开手机一照，突然"哇"的一嗓子，就"哭晕"在床上。只见李治像个鸵鸟一样屁股露在外头，用被子包住头，在被子里干号……

一直冷眼观察的门新科，此时过来一把把李治从被子里拽出来，面朝大家厉声道："谁干的？"

李治眼睛通红地看向大家，大家互相看看又都摇摇头。门新科目光怒视着扫了大家一圈，落到新来的甄松身上，但很快移走。甄松却已被这一瞥吓得本能地往后缩了缩，小声辩解道："不是我。"李治愤愤道："谅你也不敢，养猪的要敢这么干，就不是'真㞞'了！"甄松不再说话了，退到角落里站着。

门新科："行了，一个大男人哭唧唧的，干啥呢！洗漱、开饭！吃了饭理个光头去！"大家这才动起来各自散去，李治还磨叽着，门新科将专用的蓝色脸盆塞李治手里，李治便磨蹭着朝外走去。

其实，此时不光是李治，就连大伙儿都在心里认为李治这头八成是马卫剪的。因为马卫看李治这"刺头"，不顺眼也不是一天两天了。

马卫、阎昊昆等干部正在吃饭，李治突然闯进来，头发就那么吓人地立着，站在马卫面前，冲他嚷道："卑鄙小人！说好今天理，为什么半夜偷偷剪了我头发！"

马卫看到李治的模样也吓了一跳。众干部也愣了，想笑又觉得不对，一时气氛有点儿尴尬。

这时阎昊昆上来一把扯了李治，道："来，李治，你给我过来！"李治被阎昊昆扯着一边往外走，一边擦着委屈的眼泪。

阎昊昆将李治拉到洗漱间的大镜子前坐下来。李治幽怨地看着镜子里的自己，在阎昊昆锋利的电推子下，李治凌乱的头发正一点一点儿往下落。

阎昊昆边推边絮叨："啊？我是不是把你们一个个都给惯坏了？马瘫他再不济也是你的领导。你在餐厅当着那么多人面骂他，找死啊？"

李治愤愤地翻了阎昊昆一个白眼儿，也不说话。阎昊昆继续道："再说了不就理个破发嘛，至于急赤白脸成这样吗？"

李治愤愤道："发，可以理，但不带大晚上跑宿舍偷偷理的！"阎昊昆一听扑哧笑了："我干的！"

李治先是一愣，但他继而笃定地道："哼，原来阎头儿也学会了这套！”

“你小子什么意思？我学会了哪套？”

李治冷哼一声：“为了和谐，替领导顶包呗！”

这话令阎昊昆反应很激烈：“你小子给我闭嘴！那个马瘫算我领导吗？”

李治知道阎昊昆生气了，不再吱声。半晌他又忍不住弱弱地问道：“阎头儿，真的是你剪的吗？”

没等阎昊昆回话，报警警报响了，电台传来：

破拆车准备出警，新源商场一层有一儿童被卡；破拆车准备出警，新源商场一层有一儿童被卡……

理了一半儿发的李治，迅速将身上的理发罩衫扔给阎昊昆，说了句：“我们车出！”

阎昊昆举着个空电推子，看着一头乱发跑远的李治，露出一脸老父般怜爱的神情，自言自语道：“原来出警就可以治愈啊，早说嘛！”

消防员抱着破拆工具匆忙跑进商场，人群激动地喊：“消防员来了，消防员来了……”并且立马让出一条通道……

老远就听到小孩子号啕大哭声，孩子妈也在旁边急得直哭。商场的负责人也很紧张，在一边不断不得要领地安慰。

李治他们到现场一看，是一个六七岁的男孩子，脑袋居然夹在商场一个U型大锁里，U型锁还锁着两扇门，真不知这熊孩子咋钻进去的。

好在那孩子看到消防员出现在眼前，似乎充满好奇，脸上还挂着泪，倒是不再大声号了。结果娃妈心疼地问："宝儿，还疼吗？"娃妈这一问，孩子似想起了什么，"哇"的一声又号起来了。带队的陈文锋副队长，给李治使了个眼色，赶紧上前把孩子妈妈带到一边安抚情绪。

李治靠近小男孩，边查看边大声道："哎哟，宝贝儿啊，你挺厉害啊！只有我想不到，没有你卡不到啊！"

孩子一听这话止住了哭声，一个鼻涕泡委屈地从鼻子里钻出来。李治自然地掏出手纸，轻轻给孩子擦了。动作自然，一点儿看不出是有洁癖的处女座小哥。

"来，你给叔叔讲讲你是怎么钻进去的？"李治温柔地问道。

小男孩用手比画着，开始磕磕绊绊地给李治说，李治一边笑着和孩子互动，一边和队友们开始准备破拆环境。李治用手比画了一下，高度差不多了，回头对身后队友小声道："准备破拆！"结果小男孩一听这话，嘴一扁，又准备哭。

李治赶紧道："哎，你刚跟我说你叫王宇程，是吧？王宇程，你都这么厉害了，还哭啊？"

那个叫王宇程的小男孩想哭又被夸得不好意思哭出来，嘴一扁一扁……

"别害怕，叔叔马上就救你出来。"

"接下来，叔叔要摸你的脖子和脸，碰到哪儿，你要疼的话，就说话，好吗？"

小男孩儿还是有点害怕，但他忍着点点头。被陈副队（副站长）带离几步远的孩子妈，伸长脖子张望，忍不住叫道："宇程宝贝……"

陈副队一听，干脆直接站在母亲和孩子中间。无论是陈队还是李治，根据以往经验都明白，有时候孩子妈妈的情绪控制不住，会让孩子的情绪更失控。

李治拿出彩笔，边在锁上画上红线，边安慰孩子："别怕啊，消防员叔叔是来帮助你的。"

随后李治蹲下来，认真地看着小男孩，说："叔叔们要开始破拆了，破拆工具声音可能有点大，我用耳塞把你耳朵塞上。你不要害怕，更不要哭，叔叔会在旁边一直保护你，好吗？"

男孩子点点头，遂又不放心地问："叔叔，你能打过灭霸吗？"

李治思忖了一下道："硬怼的话，可能有点儿怼不过常态灭霸，但我可以让乌木喉利用灭霸之子塞恩封印了灭霸！就像这个锁，叔叔用手肯定破不开，但这个小号液压剪切钳却是威力无比呢……"

李治说着小心翼翼地拿起液压剪切钳，对准红线，同时向旁边队友使了个眼色。队友将戴手套的一只手垫在小男孩的脸上，另一只手为小男孩儿扶着防护罩（小孩子头卡进去，不能全部戴上防护罩）。

这种状态下切割，即使威力无比的液压剪切钳，李治也不敢使蛮劲儿，时间稍长一点，孩子忍不住扭动身子，似乎越来越不安静，围观的人群也都十分紧张。尤其是孩子的妈妈，抱着陈副队一条胳膊，身子却已经整个瘫软在他身上了……

李治小声喊了一直在旁边站着的甄松。甄松虽没参与破拆，却也和李治一样已是一头汗。一是战斗服又厚又不透气；二是甄松敏感的小心思里，觉得自己帮不上忙，心下也着急。所以，李治示意他拿着矿泉冰水辅助降温的时候，甄松立马照着做。而且甄松是个聪明孩子，他学着李治的样子，悄悄安慰孩子，他伸出手拉住小男孩儿的小手。

李治一点一点认真剪，头上的汗不停往下淌，他下意识地就将头盔摘了，顺手放到地上。群众看到李治乱七八糟的头发，愣了一下，但谁都没笑，反倒透露出很尊敬的眼神。人群中有人小声议论："哦，原来是理了一半儿发，就跑出来出警了。"

"这消防员看着年龄也不大，好辛苦、好可怜……"

李治所有的注意力全部放在了孩子身上，专注到早忘记了早晨那"鬼剃头"的一幕。

几分钟后，听得一声暗沉的响声，锁终于被剪开了，小男孩被成功解救，小男孩妈妈飞奔过来，抱起小男孩又哭又亲的……

直到消防员们收拾好现场，开始往外走，小男孩挣脱妈妈的怀抱，朝李治他们跑过来。面前的小男孩突然举起手歪扭地给李治敬了个礼："叔叔，我长大也要当消防员。"

李治蹲下来，轻轻捏了一下熊孩子的脸，郑重地道："好，我等你长大！"

大家拖着疲惫的身躯回来了，李治尤其累，战斗服也没脱，头盔一摘，一屁股坐在消防车库的地上。因为回来的路上，又被调去另一现场，不换气的连续作战，令战斗员们都感觉很疲惫。

甄松讨好地冲李治走过来，给他递了瓶"肥宅乐"。李治慵懒地接了，人却仍旧在地上瘫着。甄松看了看他的头发，想提醒他一下，但又怕惹毛他，一副欲言又止的样子。

这时其他出警的战斗员也回到车库脱战斗服，看到地上的李治，都哈哈大笑起来。郑海玉边笑边问："李治，你那头发是理过的吗？"

李治这才猛然想起什么，从地上一骨碌跳起来，跑到门厅整装镜前，前后左右照了半天。果然头发是关键啊，这剃了一半的头发，加上出汗，又被头盔压的，把李治的颜值差点儿拉成负数。李治简直气坏了，生气地暴走回车库，三下五除二将身上的战斗服脱下，挂到固有的位置。放好后，他刚要转身走，瞥见架子上头盔和装备服上“马卫”的名字，气就不打一处来。

李治看着马卫的名字足有半分钟，随后偷偷抱起马卫的战斗服，鬼祟地朝外走去……

是夜，被阎昊昆剃成光头的李治，若无其事地和大家一起洗澡。一群小男生互相扔肥泡沫子打闹，你踢我一脚我踹你一脚的。不知道死活的包蕊蕊，贱兮兮地在李治头上摸了一把，和他开玩笑：“治哥，你这灯泡得有 250 瓦吧？”

李治马上就恼了，一脚就把包蕊蕊给踹趴在洗澡间地上。众人大笑，包蕊蕊爬起来，红着脸道：“不就开个玩笑嘛，至于这样吗？”李治狠狠剜他一眼，不搭理他。

警报响起，澡堂子里立马安静，倾听叫谁的车……

云梯车、照明车准备出警！现场：农科路农科院有人跳塔；云梯车、照明车准备出警！现场：农科路农科院有人跳塔；云梯车、照明车明准备出警……

一拨光屁股小伙儿，几乎秒跑光了。杜子杰顶着一头一身泡沫，嘴里喊着：“靠！我们车出！”慢了半拍。

李治幸灾乐祸地哈哈大笑道：“恭喜你们的澡又白洗了。”不料，李治话音刚落，报警铃声再次响起，电台传来：

一指一水一破拆，准备出警，南菜园街道22号楼发生火灾；一水一指一破拆，准备出警，南菜园街道22号楼发生火灾……

“我也白洗了。”李治骂咧地抓了条短裤，上身裸着就朝车库奔去。

马卫冲到自己的装备处找半天，愣是没找到消防裤，只套着个战斗服，朝众人喊：“谁穿错衣服了？”众战斗员互相看看，都摇摇头。

阎昊昆边往外跑，边对马卫道：“你出的跳塔，不穿战斗服应该问题不大！”

马卫一想也是，于是，连上身战斗服也脱了，直接短裤短袖跳上消防车。

6 辆消防车出了正义路特勤站，很快就兵分两路。

跳塔男所在塔架正好在农科院一片试验田内，消防车只能停在试验田外，消防员们只能跑步前进。看热闹的人们七嘴八舌地议论着跳塔者的故事，有说失恋了、有说失业的，看到消防员跑过来，都举起手机拍，一副嘻嘻哈哈事不关己的样子。更有甚者居然说，等半天也不跳，浪费大家的时间……

消防员们到场后动作迅速地拉起警戒线，把这些七嘴八舌的群众疏散开，铺好气垫，以防不测。此时，跳塔人已经爬得老高了，几乎看不见影儿了。马卫用喊话器问他还好吗。结果跳塔人黯然地说他的人生已经没希望了，叫消防员不要管他，随他去吧。

马卫心想，能不管吗？守护这一方水土，他们的原则是：有警必出，闻警即动。可这种情况吧，还不好轻举妄动，毕竟一个不小心刺激到对方，就会适得其反。相关的劝服专家还在处置另一场事故，一时半会儿估计到不了场，马卫只能硬着头皮试试了。他通过喊话器告诉跳塔者，你不跳还有多种可能，你跳了人生才没有希望了。

跳塔人情绪虽激愤，也算讲究，回答马卫，他已经把多种可能都试了，才决定要跳的。马卫一听，对方能和他对话，这情况还比较好，不过，还没等他组织好语言呢，对方却说，你们不用为我浪费时间了，我已经想好告别这个世界了。

马卫一听，急忙表示："我们就是为人民服务的！你有什么要帮忙的，你说说看，我看能不能帮到你。"

"你帮不了！"

这时外围了解情况的王长军跑过来，跟马卫汇报，该男子的确是被女友绿了，更惨的是女友还以他的名义，借了不少网络贷，被追债的逼得没办法，才选择跳塔的。马卫最怕这种陷入困境一心求死没诉求的情况，比较麻烦。和几个队友商量了后，马卫决定自己从后面悄悄上塔营救，王长军配合，让耿杰在下面和他聊天，分散注意力。只有 20 岁的耿杰忍不住弱弱地问："那指导员，我说点什么？"

"闲聊你不会啊？不过，千万别刺激他啊！"看耿杰一脸发蒙，马卫又补充道，"实在不行从网上搜点励志的鸡汤也成。"马卫说着就要攀爬，王长军看他穿着半袖 T 恤，说："马指，要不我上吧！"

"还是我来吧，劝阻失恋我比你们有经验。"

马卫这边开始嗖嗖往上爬的时候，门新科他们那边正带领搜救人员紧张搜救，一家一家地敲门。消防员们的声音不断在走廊重复：

“房间里还有没有人？我们是消防救援人员，来接大家撤离的！房间里还有没有人？我们是消防救援人员，来接大家撤离的！”而先前幸运跑下楼的群众有披着被子的，有光着脚的，但也不耽误拿着手机各种拍，甚至还有忙不迭地发朋友圈的……

强劲水柱直接从地面打水炮到八层，将呼呼的火苗朝窗里打回去，郑海玉等人抱着水带从后面抄楼梯进行内攻；阎昊昆和李治，正怀抱救援绳急火火地朝楼顶跑去……

九楼阳台内一个瘦弱的小女孩，脏兮兮的，被困在空调架上，吓得直哭。在她身后是防盗钢窗，阎昊昆一时无法判断她是从哪层掉下来的，但破门破窗显然来不及了，和物业确认顶楼可以上去后，阎昊昆准备采取索降救援……

而此时伴随着耿杰磕磕绊绊的鸡汤文，马卫已经嗖嗖爬老高了，他额头渗出了汗，蚊虫也让他不胜其扰……

“人生再难也别放弃，只要放弃一次，就会滋生放弃习惯，那么原本可以解决的问题也会变成无法解决的问题。”

“通往幸福的路有多条，你一定要多试试。”

在夜幕笼罩下繁华都市中心的一块试验田里，听一个消防员大声朗读鸡汤，起先还浮躁的人们，竟然渐渐安静了下来。马卫爬到离跳塔男不远处，正要开口规观，跳塔男先发现了他，情绪激动：“你别过来！你再过来，我就跳下去！”

“别，我不动，你别跳！”马卫说话间，已将腰间的救援绳打结锚定在塔上，遂又试探道：“你看，咱们都是男人，有什么事儿你跟我说说。”

跳塔男这回倒没什么过激的反应，但他团缩在架子上，不说话。

蚊虫倒是毫不客气对着马卫一阵叮咬，马卫不得不抽空拍打。马卫灵机一动：“兄弟，这上面蚊子太多了，要不我们下去说？”

跳塔男回道：“你别骗我了，我下去了，你还能让我上来吗？”

“能，你想爬哪儿就爬哪儿，但你别爬这儿行吗？我都快被蚊子吃了。”

不想跳塔男道：“那我就跳了，你也不用被蚊子咬了！你们消防员也挺辛苦的！”

跳塔男说着欲起身，马卫急喊：“等等！”

跳塔男被马卫这一声喊，又蹲回架子，马卫松了口气，他决定换个策略。从他和男人对话中，他发现这人应该心地比较善良，不止一次表达过不想麻烦消防员们。于是，马卫心一横道：“要不，我给你科普一下跳塔这种死法的可行性，你再跳，好吗？”

跳塔男疑惑不解。马卫一本正经地道：“你看，按你这个跳法，下去后……头会先着地，脑浆会溅得四散开来。”

男人脸色略难看。马卫一看似乎挺奏效，继续道：“你说，你死就算了，你非要死这么难看吗？”不想，跳塔男一听这话，突然激动起来：“死都死了，还管什么好看难看？再说，要不是因为难看，也不会被绿了！”

“我去！”马卫忍不住在心里骂自己，捅了个马蜂窝，赶紧找补道，“行！就算你不在意，下面那么多人，有妇女儿童的，你吓着她们怎么办？”

“我都要死了，你还要我为这些人着想吗？她、她们！谁为我着想过？”

“你自己都不为你自己着想，不爱自己，你打算让哪个女人爱你？

一个女人把你骗了，你就跳下去找死吗？你不好好爱自己，遇到的渣女更多呢，难道你每次都要死吗？你以为你一生够死几遍啊？”

跳塔男被马卫这么一怼，似乎倒有所迟疑。马卫明白不能再耗了，他得果断行动，时间长了，别说体力不支，恐怕自己这短裤短袖会被蚊子给吃了。跳塔男虽是长衣长袖，暴露的地方也被叮咬得够呛，像个猴子一样来回抓。

马卫判断着距离，将系在自己腰间的救援绳松开，打算往长延一点。他尽量动作轻柔地往跳塔男身边靠近，边挪边和他对话：“我看你比我还小，‘95后’吧？你现在跳下去，难过的是你爸妈，不会是那个骗你陷入网络贷的女人！”

不料，跳塔男听了这话，竟然低沉哀呼了一声，吓马卫一跳，还没等马卫反应，跳塔男突又画风突变：“那你要人家怎么办？真的是不想活了，没有她就活不下去了。”

马卫对跳塔男这画风转变足足惊停半秒，转而道：“咳，我也刚失恋，我不照样活着吗？还得救你！”

跳塔男犹疑地问马卫：“也是被绿了？”

马卫叹口气：“嗯，差不多吧，人家结婚了，新郎不是我。”

马卫正为自己随口瞎编的故事得意时，跳塔男悠悠地来了一句：“那哥们儿，你比我惨啊，要不……咱俩一起跳？”

马卫一听差点儿吐血，刚巧后背处有多只蚊子咬，马卫本能地转身去拍，不曾想用力过大，意外的一个趔趄，从后倒仰了下去……

与此同时，正义路特勤站负责的另一救援现场，已经上了楼顶的阎昊昆和郑海玉，已将救生缓降器，固定锚点安装好。阎昊站此时正站在顶楼平台边缘，准备下降救援。他对着平台上的郑海玉比了一个“OK”的手势。郑海玉放松调速器，阎昊昆乘着救援绳动作顺利地滑了下去。阎昊昆稳稳地停在距九楼阳台小女孩不远的位置，熟练地在身后一卡，救援绳精确地停在与小女孩平行处。

小女孩看到阎昊昆，哭着哭着就笑了……

阎昊昆伸出坚定的手，将小女孩抱过来，又用救援绳将小女孩儿和自己绑在一起。他对着电台道：“降！”平台上的郑海玉再次调整，阎昊昆抱着被困小姑娘从九楼匀速下滑……

落地的瞬间，人群爆发出一阵阵掌声，赞叹道：“漂亮！”

而马卫则在大家一片惊呼声中，单手抓住救援绳，惊险地停在半空中。

众人脸朝上，嘴都惊得张得大大的，看着在半空中打转的马卫……

救援绳的打转速度终于慢下来，马卫凌空弓起上半身，终于将腰间的绳索抓在手中。救援绳再次打转，人们发出惊呼，但这一次救援绳停下来后，人们看到马卫正徒手攀爬着这根救援绳，爬一点卷一点，直至抓到塔架。塔架上马卫抓过之处留下多处血手印。

娄小楼他们火调科进场时，刚好看到阎昊昆完美的救援落地。她由衷地发出赞叹！

当然，在业务上，娄小楼从没质疑过阎昊昆的能力。但这并不表示，在爱情上，她也如此选择。

这场火灾的事故原因调查，也很简单。就是八楼一位单身住户，躺床上玩手机，手机另一头连着充电线。他聊得正嗨，突然毫无征兆

“轰”的一声炸裂声，紧接着火花四溅，引燃床上床品，火势秒被抛高。而九楼的小姑娘，是十楼的，被家里大人反锁在家，她得知楼内起火时，爬上了窗户求生，所幸，摔在了九楼的钢窗上，否则后果不堪设想。

说来边玩手机边充电的习惯，几乎我们每个人都有。事后，防火科也将此类案例做成视频在网上进行宣传。毕竟，有些看似微小的不良习惯，可能会导致你的明天和意外不知哪个先来。

而对于马卫和阎昊昆而言，同样是救援，阎昊昆收获了一片赞声，马卫收到了来自领导和广大网民的一个“吨”位的批评，还得了个留观处分。

虽然马卫掉下去后，把跳塔男吓得灰溜溜从塔上爬了下来，但在这个网络年代，马卫当天晚上就跟坐火箭似的被网友们送上了头条。而那一夜，似乎整个世界都在质疑马卫救援失误，连马卫也在质疑自己。

可是只有一个人对他毫不怀疑，那就是娄小楼。娄小楼当初被拒后，嘴上说着无所谓，但手上做的却是，“我爱你，与你无关的事。”她几乎将马卫加入消防队后，能找到的救援视频都看了一遍。她相信马卫的救援实力。她也不会因为马卫的这次失误，就对他的好感度减分。相反，她很想在此时此刻陪在他身边。但娄小楼把以上意思，整理删减了好几遍，给马卫发了个“小作文”微信后，却如同发到火场里一样，最终化为一片灰烬，没收到马卫的任何回应。

娄小楼不知道，若不是焦权副政委那顿“温柔的批评”，马卫差点儿递交退出申请。那几天情绪低落的马卫不知怎的，老想起耿杰那晚上读的鸡汤，“通往幸福的路有多条，你一定要多试试。”

“要不就多试试？”看着焦权副政委生气地走来走去的时候，马卫心里不是没这么想过。

一向温和的焦权气急败坏道：“你怎么搞的？救援这么多年，怎么会犯这么低级的错误？”

“对不起，焦政委！”

焦权大手一挥：“消防队里不讲对不起，救援的时候更不允许我们有失误！我们时刻处置的都是真实场景，来不得半点儿虚招！”

还真是张圆政委的老搭档，和张圆政委说的话如出一辙。马卫心想，但他转念一想，他们说得确有道理啊，他竟无言以对，只能低头受着。

焦权继续骂道：“你太让人失望了。一个消防员，战斗服也不穿就出现场！”

焦副政委可能真的太生气了，末了还小声补刀：“小地方作风！”

这句话当然是有失焦政委风度的，毕竟这就有点人身攻击的意思，但马卫此时却觉得他越骂得狠，自己心里还能稍微舒服点儿。

半晌，焦权似乎觉得自己有些过了，坐了下来，缓了缓道：“怎么穿半裤半袖就出现场了？是不是那帮小子偷偷整你？”

一直没说话的马卫，这回反应倒快：“没有的事儿。战斗服洗了，没干。我当时着急，一想反正是跳塔，也不是火灾，穿不穿的应该也影响不大。没想到塔下是一片试验田呢。”

战斗服洗没洗，马卫心里当然知道。而且他当天晚上出警回来，战斗服像自个儿长了腿一样，又稳稳地在他名字下挂着了。马卫没看监控，所以，并不知道是李治出警回来后悄悄放到马卫名字下的格子里。但马卫始终相信，这帮孩子只是恶作剧而已。

焦权看着马卫露出的胳膊上，蚊子叮的包一团一团的，手心里的伤还很明显，眼神变得柔和了些。

“身上有事儿没？”

马卫摇摇头：“没有，就蹭破点皮，不碍事儿。”

“听说你大小现场都出？”

“嗯，想尽快熟悉情况。”

焦权赞许点头，语重心长地道：“马卫啊，在我们队伍正经历历史上最大的一次转隶改制的时候，你能迎难而上，任这个正义路的指导员，我知道你压力很大，但这正是组织对你的信任！我们改制，不光是硬编制的三改三定，更是科技上的软着陆！”

“我们的救援队伍，以后要继续保证，保护、救援老百姓的同时，更要保存救援队伍的实力，争取做到不伤亡，少损失！国家救援队，需要你这样的高精尖科技人才来带头！组织上把全市消防第一中队交到你手里，就是希望你给全国救援队伍带个好头。”焦权越说越激昂……

“你不要辜负了组织对你的信任！”

马卫立马挺胸抬头道：“是！焦政委！请组织放心！”

焦权副政委这番肺腑之言，的确让马卫一下子清醒了。情绪低落的时候，我们的确需要一剂“兴奋剂”。或许在没有同感的人来看，这就是一场宏大的叙事，但在一个消防员心里，这是一种消防精神的传承，也是我国 120 年消防史，“老带新”“帮传带”的老传统。[1]

出了焦副政委的门，马卫突然想起了，耿杰那晚上读的鸡汤里的

---

① 第一支消防队始于公元 1898 年。——作者注

另一句话："人生再难也别放弃，因为只要放弃一次，就会滋生放弃的习惯，那么原本可以解决的问题也会变成无法解决的问题。"

看来换个角度看世界，就会发现新世界。

李治探头探脑地来到马卫宿舍门口，看到马卫穿着半裤背心，背对着门口，正坐床上各种挠。

"你找我？"

马卫回头看到李治站宿舍门口，示意他进来，李治犹豫不前……

"来呀，进来帮我上药啊！"

李治这才走进来，接过马卫手里的止痒水，马卫将二股筋背心往上搂，露出了后背。还真是触目惊心啊，大红包一个摞一个，外加几处擦伤。李治脸上掠过一丝惊讶，但他一句话也不说，默默地帮马卫擦。马卫也不说话，两个男生就这么默默擦了半天，直到把马卫上半身都擦个遍，李治才停了下来。但他并没有走，马卫以为没擦完，仍旧背对着他等着……

良久，不见动静。马卫一回头，发现李治低头戳那儿站着不动弹，马卫正要开口问他，李治倒孩子气地质问他："谁叫你来正义路特勤站的？"

马卫淡淡地说："服从组织安排……"

"少给我来那套虚的，要不走后门，你怎么从偏远地区调来这第一中队的？你坐航母来的啊？"

马卫被李治给逗笑了。李治不管不顾地继续道："全市哪个中队的干部，不想来正义路当指导员？正义路是特别容易出成绩的中队！"

"是啊，你说得没错，但正义路也是特别容易出丑的地方啊。我不是已经被送上头条了吗？”

李治立马想到了自己偷藏马卫战斗服的事儿，不说话了。马卫起身套了件衣服道：“我怎么来的不重要，重要的是，我能不能胜任正义路这个指导员，不是吗？”

李治白他一眼：“知道就好。”

“那没事儿，我先走了。”李治说着夺门而出。

马卫冲李治背影喊道：“那你给我点时间啊，看一看，再下结论也不迟啊！”

李治停顿了一下，头也不回地走了，但马卫相信他听进去了。

的确，李治心里非常懊悔这件事情，他的确是瞧不上马卫。其实，因为马卫的“突兀空降”，整个正义路特勤站也没几个能瞧得上他的。这帮孩子当初对阎昊昆硬汉气质有多膜拜，对马卫的“马瘫”气质就有多抵抗。但作为一个职业消防员，李治藏战斗服的初心，本来只是想捉弄马卫一下，绝不想真的耽误救援。

原来他把战斗服放在指挥车后排座位下，他本来想着等马卫快到现场时，打电话告诉其他队友，让他们转告马卫。可没想到两场现场报警时间相差不到几秒，他当时一忙，就忘了这事儿。而马卫宁愿天天跟在总队新闻处发言人后面给群众道歉，挨领导骂，也没说出战斗服的真相，让李治的内心更加不好受。

一脸官司的李治，回到战斗班宿舍，还没进门，就听到战斗员们正在说马卫。

一个说：“那货就是个逗比，救人自己摔下来了，也是没谁了。”

另一个道：“这别说咱正义路了，这是刷新了整个消防救援史啊！”

说着大家还一阵哄堂大笑。

“笑什么笑啊！有什么好笑的？这把锅底黑没抹你们脸上吗？你们不是正义路特勤的吗？”大家一抬头，看到站在门口的李治黑着脸，就默默散了。

第九章

不过，比起马卫偶然“刷新”消防救援史，正义路特勤战斗班消防员们的日常，更多的是被甄松的好心给“玩坏了”。包括用洗涤灵擦地，将出警的队员们成串成串地摔滑出去，好在这帮小子反应迅速，爬起来捂着疼痛的屁股继续登车。

这种事儿不胜枚举，最后到了一天不出几次，大伙都觉得有点寂寞了。

尽管有门新科的袒护，但甄松天天被罚上千个俯卧撑，那也是家常便饭。你还别说，正是在这种锤炼下，甄松这小子身板变得结实多了，渐渐出警也能得几句夸了。每当这时，甄松无比激动，开饭时候，主动跟大家分享出警现场经历，若再碰上个队友多嘴问句啥，甄松更是不厌其烦地给人家描述细节，尽管刚开始他跟的那些警，大多数是救猫、救狗、救小浣熊或者给被困老人开门的普通警，但在甄松眼里也够给他的英雄梦添上浓墨重彩的一笔了，只不过有时候尺度把握不好，笔墨难免下得有点重。

这天，阎昊昆武断地给门新科放了假，并且交代李治一定要将门新科好好打扮一番。显然，这是阎昊昆又给门新科张罗相亲了，自己一个单身小伙子，为了留下革命兄弟，也是够努力的，天天磨着阎老师给门新科介绍对象。说白了，阎昊昆就不想门新科退出消防队伍，想办法留住他，想着他若在这个城市结婚生子了，那他自然就会留下了。

门新科着便装坐在凳子上，对面一个专门给举镜子的，李治正给他前后左右各种捯饬。什么洗脸扑、粉刺针，轮番上阵，疼得门新科龇牙咧嘴地乱动，李治一看又命人固定门新科的头。门新科骂咧着，这玩意儿比上火场还熬人，但也忍了。但当李治拿出面膜，欲往门新科脸上贴时，门新科坚定躲闪道："不行，不行，这玩意儿我不弄！"可不是，怕打脸呗。

李治冷冷地说："不弄也得弄！这可是阎头儿下的死命令，让我必须把你捯饬明白了！你敢不听阎头儿的？要不我现在就打电话给他？"

门新科果然吃这套，心里正度量之际，"吧唧"，李治熟练地将一张面膜完美地盖在了门新科脸上。

人家别的细皮嫩肉的小鲜肉，贴面膜吧也不违和，但这硬汉门新科的面膜脸，看上去与他的气质还真是不搭。门新科也感觉不爽，感觉全脸刺挠，像蚂蚁爬过一样难受，不住地问李治，还没到时间？还没到时间吗？

面膜时间没到，警报铃声倒先响了起来，电台里重复：

破拆车准备出警！现场甜水园摘马蜂窝！破拆车准备出警！现场甜水园拆蜂窝！破拆车准备出警……

门新科趁机将面膜一揭，"这周我备破拆！"扔给李治，拔腿就跑……

李治手里拿块面膜皮，喊道：“你干吗去？阎头儿不是已经给你批假了吗？”

门新科头也不回地道：“我还是去看一眼吧。”

李治不甘心地追到消防车库，说：“门班，我替你去！”

门新科朝后挥了挥手，意思是不用，人就已经跳上消防车。车里的战斗员有些意外，异口同声问他，你不是相亲去了吗？

“嗯，我去看看吧，摘马蜂窝虽说不是什么大事儿，但还是比较棘手的。现场离我一会儿要去的地方也不远，我在旁边给你们指导下，完事儿我就直接去了。”

国人众多，公园摘马蜂窝也不缺少群众围观。伸长脖子在大老远紧张地看热闹。郑海玉和甄松穿戴着摘蜂窝专用的防蜂服。郑海玉打前站，先喷杀虫剂，然后甄松准备好袋子，趁马蜂昏迷的时候套起来，赶紧摘了扔。二人分工协商好后，小心翼翼地踩梯子向马蜂窝靠近……

“老姨母”门新科站在不远处，一脸不放心，叮嘱道：“甄松，你罩的时候小心一点儿，喷完杀虫剂，还会有一些活着的马蜂。”

甄松应着：“我知道了，门班，放心吧，你没穿防护服，站远点儿。”

门新科嘴上应着，脚却没动，仍是满脸忧心地看着甄松和郑海玉。郑海玉也算是队里资历颇深的老战斗员了，战斗三班班长，平常操作很稳，但今天这个马蜂窝所处的位置，在犄角旮旯里。郑海玉试了好几次，找不到一个全开的角度，夕阳下，马蜂飞来飞去，很不友好，防蜂服不怎么透气，郑海玉汗已经下来了。

门新科看得直着急，“海玉，要不你下来，把防蜂服给我，我上去弄。”

“门班，你别折腾了，我看这个角度差不多了！我要喷了，你也赶紧躲远点儿吧，小心被蜇到。”门新科还是没动窝，仍旧抻长脖子看着，同时也焦急地看了眼自己手机的时间，心里想着离约会时间差不多了，可别迟到了。

随着“刺啦刺啦”几声，郑海玉大喊：“甄松快摘！”甄松慌乱地上去就要捂，手伸上去刚套起，他的防护服上面就爬满了半死不活的马蜂。其实，这些根本扎不进去的，但甄松第一次见这情形，紧张得声音都变了，“海哥……这怎么办啊？”

郑海玉和门新科异口同声：“别捧着了，快扔啊！”门新科说着着急地往前凑了几步，恰好这时甄松将蜂窝袋子抛了出去，蜂窝袋子没绑好，摔了门新科一脸。

就听得惨叫声连连，三脸懵圈。片刻之后，门新科的脸已经肿成猪头。

一脸肿胀的门新科，窘迫地受着众人奇怪的眼光走进咖啡厅，找了一个角落坐了下来。看得出来，他浑身不自在，手里来回地搓着一杯白开水，在他对面是点好的一杯热气腾腾的咖啡。

不大一会儿，一个圆圆脸女生，着急地寻觅着走了进来。当她看到角落里的门新科，一脸疑惑地放慢了步子，心想就算按图索骥（对照片）也不能偏差这么大啊？这个图 P 得太狠了吧？

这时门新科起身主动冲她挥了挥手。圆圆脸才疑惑着、犹豫着朝他走了过来。但圆圆脸并没有落座，门新科指手画脚地解释了半天，最后连圆圆脸的名字都没换来。末了，圆圆脸倒还算不失礼貌地道了个别：我先走了，那就辛苦您专门跑一趟了。圆圆脸姑娘说完转身离开。门新科起身想喊，但终是像泄了气的皮球，一屁股坐了下来。

他盯着桌上的收费单据。那款名叫什么乱七八糟森林的黑咖啡 38 元，圆圆脸却一口未沾，门新科于是拿过来，猛地一口干了。一口下去，门新科一脸便秘表情，但吐又不能吐，只能强行咽下。门新科自言自语："这啥破玩意儿，这么难喝，还卖这么贵！"

门新科相亲失败的消息，比他本人更早到达正义路特勤站。尽管他想要从消防车库里溜回去，但消防门一开，门后陡然戳着个黑脸"阎王爷"。阎昊昆又像拎包一样，拎着门新科后脖领子，将他扯到 10 号消防车库。

刚一进去，立马开喷："我说大门，你怎么回事儿？你不想去相亲就直说，干吗恶心人家？"

"你出现场就出现场吧，明明知道车上只有两套防蜂服，你还站跟前儿？把自己搞成这个熊样儿，还去相亲？"

"可是……眼看着时间来不及了，我……我总不能放人鸽子吧？那不更不好吗？"门新科嗫嗫辩解道。

"嗯，现在是好了，人家把阎老师说了一顿，说什么给她女儿介绍一个猪八戒，是小瞧她家女儿，小瞧她全家人！"

"对不起，真的是很对不起阎阿姨，改天我亲自上门给阎阿姨道歉。"

"甭跟我整那没用的，你对得起自己就行！"

阎昊昆说完气愤地扔下门新科，朝外走去。边走还边骂咧咧道："哼，怪不得他们背地里叫你弹簧，你还果然谈一个黄一个！"

门新科一脸委屈，大胖脸讪讪着，直到阎昊昆消失了，他才准备离开。一转身，墙角消防车后，却暗戳戳地冒出个甄松。甄松好像比挨罚的门新科还尴尬，透着一脸不好意思，解释道："我……我早就在这儿了，你和阎头儿进来时，我来不及……出……出去。"

"没事儿！阎头儿骂你那是爱你，他要不骂你，那才坏了。"

甄松一听，赞同地点点头，随后像变戏法一样，从身后拿出几个热气腾腾的包子。

门新科一看，感动地说："你帮我留饭了？"

甄松点点头，"司务长他们知道你去相亲，以为你在外面吃了大餐，没给你留饭……对不起，门班。"

门新科接过包子，咬了一口，大咧咧地道："没事儿，就我这张破脸，蜜蜂不蜇也相不成。"

尽管门新科宽慰甄松，但甄松心里还是觉得歉意得很。而这次事件后，甄松"真冧"的绰号，果然摘掉了，因为大家又开始叫他"小坑"了。因为坑队友嘛，他排正义路第一名。

不过，天天出事故现场的正义路特勤站，从来不缺少故事。甄松这点儿坑队友的小故事，很快就被他喜欢的指导员马卫盖过去了。

一年一度的系统比武考核如约而至，正义路特勤站的大训练场已经变成一个大型比武考核现场。主席台上坐满了总队、各支队领导干部。传说中的首长马三源亲临现场，宣布了 2019 年秋季比武正式开始！

一人两盘水带连接、400 米救人疏散物资、100 米消防障碍、楼层垂直进攻打靶、泡沫管枪灭油池火、桌面推演等项目，个个精彩纷呈，战斗员们个个挥汗如雨。领导们在主席台上也坐不住了，张圆和焦权带着一群领导，各个考核现场来回地视察。看到电子显示屏显示，正义路特勤站比分排名相对靠前时，张圆的高兴之情溢于言表。

同行首长马三源和气地问："正义路特勤站的指导员马卫，就是前阵子从偏远地区调上来接吕德江班儿的吧？"当得到确认后，首长又由衷地道："不错，新旧指导员衔接得挺好，看样子没掉队！"

随后，首长兴致不减道："走，我们去看看百米负重跑！"

于是，领导们一行又朝百米负重场地走去。一路大伙儿笑说，看来今年全系统比武第一名，又要被正义路特勤站收入囊中了啊。这要收了，就四连冠了。

领导们的到来，让现场氛围更加紧张。百米负重跑道是临时的备战跑道，同时可以容纳 12 人起跑。起点处预备起跑的战斗员们，身穿战斗服，背空呼、脚着消防靴、脚下放着两盘水带。这一身装备穿戴整齐了，近 60 斤重。

正义路特勤站第一梯队参加的有门新科、李治、郑海玉三人。门新科看上去似乎有点儿紧张，回头看了一眼站在他身后右侧跑道外的阎昊昆。

罗文选正带人对装备做最后的确认检查。只见他们看看空呼压力表，检查一下靴头、靴底、水带等，各个环节都确认了一遍，他才朝首长跑过去，敬个礼："报告首长，装备检查完毕，确认无误，可以开始！"

首长马三源宣布："开始！"发令枪"啪"地打响，门新科等人秒弹了出去……

不得不说罗文选这个人很会察言观色，看到首长等人来观战，临时机灵地增加了报告环节。而阎昊昆在他们搞那些繁文缛节时，就已经跑到终点处等待了。此时，他拳头下意识地攥得紧紧的，急切地望着他熟悉的门新科等人。

门新科、李治、郑海玉三人起初的确是领先的，但随着离终点越来越近，就显出被其他站的战斗员超越的迹象。但未到终点，门新科仍旧铆足劲追赶，直到报表员大声读出："张宇 14 秒、陈季礼 14.5 秒、门新科 15 秒、李治 15.5 秒、高展 16 秒……"王化营消防救援站的战斗员们群起欢呼时，大家才反应过来发生了什么。

报表员刚全部报完，阎昊昆生气地质问："那帮小子是没开气跑？还是表坏了？我们中队的人不可能跑出这个成绩来！"

报表员回说："没坏，都是比赛前刚校过的！"

起点线的马卫最先感觉百米外的气氛异常，朝终点跑过去。首长虽然不好意思立马起身，但也不解地朝那边张望着。罗文选会意，马上恭敬地也跑了过去。

片刻后，罗文选跑回来汇报："报告首长和各位领导，百米负重的第一名和第二名由王化营救援站夺得。"这话一出，张圆和焦权的脸色，明显有些不太好看了。

罗文选又补充道："正义路特勤站阎站长不服，正和报表员……"

这回没等罗文选说完，张圆已经略显失态蹭地站了起来，焦权一看，马上朝罗文选挥了挥手道："哦，知道了，小罗，不要耽误事儿，通知大家比武继续。"

发令枪再次响起，第二梯队的战斗员们秒弹了出去。

马卫好不容易将阎昊昆扯出人圈，阎昊昆就狠狠甩开他，瞥了马卫一眼，道："瞅你来这里半年干的好事儿，为了赢得他们一点好感，稳住你这指导员的位置，每次我一加训，你就假惺惺地出来当好人，心疼他们。现在好了，跑成这个熊样儿！”

马卫小声辩解道：“昊昆，这是两回事儿，我是觉得我们消防员平时出警就很紧张了，所以，我倡导训练生活稍轻松一点，也是有科学依据的……再说……这个成绩也很优秀啊！”

“优秀？你对优秀的定义是不是有什么误会啊？还有……以后别再跟我说你那套什么革新带队理念，科学练兵！你看看今天的成绩，你革新个屁，你割了我们正义路特勤站用血和汗浇灌出来的荣誉！你没来之前，我们正义路特勤站连坐三年比武冠军，现在硬生生被你拉下了水！”

阎昊昆说完气鼓鼓地离开，而马卫已无力辩解，再说有什么好辩解的，难道阎昊昆说的不是事实吗？

是夜，马卫一个人坐在训练场台阶上，训练场已经空无一人，只有他面前几条百米负重跑的白色跑道。马卫木然地盯着这几条白线出神，他明白这次的“转正”肯定是无望了，但究竟是谁给自己“转正”的路上扔了块石头呢？

也许在外人看来，首当其冲他该怀疑的人当是阎昊昆，但马卫对阎昊昆丝毫不怀疑。甚至在某种程度上，他对阎昊昆有种惺惺相惜之情。

突然，马卫似想起了什么，只见马卫起身，自己掐着秒表开始跑。他跑了第一遍，又一脸狐疑地跑了第二遍，再跑一遍，然后，他一脸狐疑地疾步走了。

马卫走后，训练场再次变得空无一人，但不大一会儿，又走来一个人影。人影走近了，原来是阎昊昆。只见阎昊昆怀里抱着两大团卷尺，走到跑道一头，将尺子一头用一块石头固定住，开始一段一段量这条白线。阎昊昆撅着屁股在操场上折腾半天，量到最后发现跑道是101米。

阎昊昆："我去，怪不得。"

阎昊昆不放心，马上又拿出另一盒尺子，又照着刚才办法，量了一遍，还是101米。这回，阎昊昆连卷尺都没拿，转身就跑。

领导们正吃饭间，阎昊昆突兀地推门而入，大家举着筷子的手，一时都停在半空……

张圆看到这么无礼闯进来的竟然又是这个阎昊昆，厌恶之情溢在脸上。但介于总队领导在，他仍旧耐着性子问："阎昊昆，你有事儿啊？"

阎昊昆响亮地答道："报告首长，报告各位领导，我对今天的百米负重成绩有异议，我请求百米负重重新比！"

阎昊昆话音刚落，张圆重重地将手里的水杯，放到桌上道："胡闹！"领导们一时面面相觑，场面有些尴尬。而且总队领导马三源不发话，大家都不好表态。当然，马三源是为数不多知道阎昊昆和张圆之间关系的人之一，所以也能理解。

仍旧是一贯情商在线的焦权，递了个台阶，给张、阎父子二人，想让阎昊昆赶紧下。于是，他温和地道："阎昊昆同志啊，你有异议也可以，我们明天再议，今天比一天了，领导们也累了。"

哪料阎昊昆根本不接茬儿，执拗地说："不行，现在必须跟我走一趟，否则明天就没有证据了。"

焦权无力地还想再说点什么，马三源用手势压了压。饶有兴致地问阎昊昆："证据？什么证据？"

阎昊昆不卑不亢："请首长屈尊跟我去趟训练场，您就明白了。"

张圆彻底被这个浑小子激怒了，小声却严厉地道："阎昊昆！"

自从上次说了断绝关系，他们父子二人还没见过面，但这父子关系却也不是你说断就能断的。他觉得这个儿子，简直是太无法无天了。果然，阎昊昆听见张圆喊他，也不看张圆，而是继续执拗地盯着总队老大马三源。

马三源思忖片刻，宽容地笑笑："走，那……我们几个……就跟阎站长去看一看。正好我吃太饱了，也想出去散个步。你们正义路这个伙食搞得还是挺不错的。"

听马三源这么说，焦权马上接："那听首长的。"

一阵桌椅板凳声，10 多个人都陆续离席……

在一圈领导们的围观注视下，阎昊昆拿着一团卷尺，罗文选殷勤地帮忙扯着另一端。阎、罗二人于是就在众目睽睽下，开始量这条跑道。一截一截的，当终于量到终点的时候，米尺显示整整 100 米，不多不少。

这个结果狠狠打在阎昊昆脸上，张圆当场拂袖而去，众领导也讪讪地散去。

等领导们散去后，阎昊昆突然上前一把提住罗文选的领口，恶狠狠地瞪着罗文选："是不是你搞的鬼？"

罗文选被抻得呼吸有些困难，艰难地说："……不是我！昊昆，你什么意思，我搞什么了？"

个子占明显优势的阎昊昆，几乎把罗文选提离地面，怒视着罗文选道："所有比武装备，都是你们部门负责保障的，你今天必须跟我说清楚，那一米线哪儿去了？"

罗文选挣扎着，吞吞吐吐道："昊昆，你别犯浑！我不知道你在说什么。"

"你确定你不知道？"

罗文选点头如捣蒜。阎昊昆盯着罗文选那张脸，看了半天，半晌，像扔条死鱼一样把罗文选扔在地上，撂下一句："罗文选，你等着，我会找到证据的！"随后，消失在黑夜里。

阎昊昆走出去老远了，罗文选才心有余悸地擦擦头上的汗，嘴里喃喃道："真是个阎王爷！"继而冷笑着"呸"了一口，清了清嗓子。

但罗文选很快皱起眉头，他知道这事儿还没完。他不怕阎昊昆这个直来直去的，他反倒担心马卫。

因为就在半小时前，他刚把领导安妥好了，跑去操场打算截掉那一米白线时，却发现已经有个身影在操场了。罗文选当时吓得魂飞魄散，因为他给阎昊昆留了发现的时间，就是想利用他脾气暴躁，故意让他闹领导的，但此时操场这个身影显然不是阎昊昆，他要干什么？罗文选躲到树后面观察着，待那人影走近却意外地发现是马卫。而当马卫走远后，罗文选一量跑道，发现马卫刚才干的正是他自己想干的事，马卫处理了那条多出来的一米线！这可把罗文选惊坏了，这个马卫，他为什么要这么做呢？罗文选想不通，想不通就担心，但担心也不能找马卫明着问，那一问相当于承认是自己搞的鬼。

罗文选不敢问，一身正气的阎昊昆却是敢的。正在宿舍准备脱衣服睡觉的马卫，裤子刚脱到半道，门突然被撞开，马卫动作迅速地提上裤子，转头一看是阎昊昆，气呼呼道："搞毛啊，你怎么老是不敲门？”

“是你没插门！”阎昊昆真是理不直气也壮。

马卫恼怒道：“睡在站里，都是一帮大老爷们，我插的什么门，万一有事儿怎么办？”

“那不就结了，都是大老爷们，你有什么好怕的！再说你留门，不就怕出事儿吗，现在出事了，我怎么就不能直接进来了？”

马卫一听忙问阎昊昆，“出什么事了？哪个队员出事了？”并且紧张地拿了上衣，动作迅速地就往身上套。

阎昊昆悠悠道：“他们没出事儿！我！是我搞不明白，几个消防站用的是同一条跑道，那百米线多出的一米，有什么意义呢？”

“呵！你还没搞明白啊？那就砸了领导的饭局，带领导去现场看证据？”

“对，我本来就是想证明这次百米负重比赛是有瑕疵的，才能跟组织上申请重新比赛！”

马卫不无讥讽地说：“那你申请到了吗？”

阎昊昆愤愤地说：“你还问我？我去找领导的这几分钟，那条线就凭空消失了！”

“倒是你，你那个时候躲在哪儿呢？你怎么不去帮我看住呢！你别忘了，不管是代理的还是正式的，现在你才是正义路特勤站的指导员！”

马卫听到这儿又将外套脱下，慵懒地去铺床，淡淡地说：“我不知道什么一米线，也不知道它是消失了，还是原来就没有。”

阎昊昆一听这话，生气地上手就将马卫刚铺好的床一把给掀乱了，吼道：“那面对这个成绩和所有战斗员的委屈，你就打算洗洗睡了？”

“今天这都被你折腾到快 12 点了，我不睡还要干吗？”

阎昊昆上来扯着马卫道：“走，和我去找那一米线去！”

马卫甩开阎昊昆的手，道：“上哪儿找去，我给你画去？再说你自己不也很清楚，不管是 100 米，还是 101 米，所有战斗员用的都是同一跑道！那就不可能是百米线的问题。你要说是装备有问题还有可能！”

不料，正是马卫后面无意补这一句，让阎昊昆情绪激动起来。

“我去，对啊！一定是装备作假啊！”

“我可没说啊。”马卫说着顺势躺到床上，故意道，“哎哟，累死了……”

阎昊昆才不管这个，将马卫拖起来，随手抓了马卫的衣服，扔马卫身上道：“赶紧，穿衣服，现在就和我去装备室！”

看上去阎昊昆为这个发现很是激动。他叨叨着：“我算是明白了！感情那一米线的作用是为了掩饰装备作假啊！我去，够阴的啊！”

马卫自知失言，慢腾腾一边穿衣服，一边不急不缓地说：“我那个就是个泛指，不是说哪个装备作假，再说百米线也算装备啊。”

“甭废话，赶紧地跟我走！”阎昊昆说着强行将马卫拖走……

此时，装备室内两个黑影正紧张忙乱着，一个一个给空呼回充空气，原来此前战斗员背负的空呼空气重量有差异。但因为负责查验的人是罗文选，他既查过了，现场也不可能再有人去确认这种事情。毕竟这事儿在以前从未发生过。

借着月光，看到罗文选额头渗出细密紧张的汗珠，罗歆宇更是手抖得厉害。

装备室外，阎昊昆在前，马卫拖拉地走在后面。阎昊昆忍不住回头讥讽道："我说马瘫，就你这两步螃蟹步，我都怀疑你以前那二等功是怎么立的，难不成这也能走后门？"

马卫白了他一眼，不说话，当然夜太黑，阎昊昆是看不见的。不过，阎昊昆也绝对忍受不了马瘫这个走法的，直接折回来，粗暴地扯了马卫的胳膊，拖着他走。

眼见马、阎二人离装备室越来越近。装备室内的罗文选和罗歆宇二人仍旧手忙脚乱地正一个个充好，归置到原位。

罗歆宇小声地说："叔，为啥偏这么着急回充空呼呢？"

"再不装回去，我看阎王爷就该想到这儿了。"

罗歆宇还要问什么，罗文选突然警觉道："有人来了！"

装备室外，阎昊昆的手已放到装备室门把手上，传来一阵门把手转动声。罗歆宇几乎吓尿，声音颤抖地小声问："叔，怎么办？"

装备室内的气氛瞬间凝固！

装备室外的阎昊昆拧了几圈，却拧不开，阎昊昆暴脾气又上来了，火呼呼道："这帮孙子，天天检查装备，难道不检查装备室的门锁吗？"

马卫淡淡地道："你这开门，跟暴力拆解差不多，要坏也是你弄坏的。"

阎昊昆拧着门锁，似乎想到了什么，"不对，里面有人！"阎昊昆立马一手撑门，另一手准备用力拉拽。

"嗵"的一声，门没拉开，警报却突然在安静的夜空拉响。紧接着电台来回紧迫循环：

一指两水一泡一破拆一照明准备出警！现场：龙湖路龙湖大学实验室发生爆炸起火；一指两水一泡一破拆一照明准备出警！现场：龙湖路龙湖大学实验室发生爆炸起火……

装备室里的罗文选刚松了一口气，结果罗歆宇本能地跳跃起来，喊道："我们车出警！"罗文选一副如临大敌的样子飞扑过来，将罗歆宇压在身下……

半晌，罗歆宇被压得眼泪都快出来了，嚅嚅道："叔，我得去，调这么多车，肯定事儿不小。"

此时装备室外的阎昊昆和马卫早已跑远了。因为作为一名职业消防员，天大的事儿，也比不上现场大，再大的恩怨，在生死救援面前，都可以化为乌有。

等罗歆宇从装备室跑到车库，只看到一辆辆消防车已经从车库呼啸而出。

第十章

正如罗歆宇所料到的，事儿果然不小。正义路特勤站还未到场，远远就看到黑烟朝上翻滚着，火势较大。显然，这不是一个消防站的力量就够的，马卫迅速向上级汇报请求调派增援。

起火的是大学实验楼，近500平方米，一层堆满了化学物质镁粉，更可怕的是实验室外停放着一个集装箱，也是各类化学物质，校方说是刚拉回来，还没来得及卸。浓烟和大火弥漫了整个校区，马卫和阎昊昆急议，迅速组织两个搜救组，先进行被困人员搜救，剩下的战斗员组成快速灭火组，连接地下消火栓，迅速从外围控制、堵截火势向其他建筑物蔓延。

镁粉在水枪打下去后，会加速燃烧，白色泡沫回流到消防员腿上、身上。随着给水力度增大，地面很快积起半尺高的像雪一样的白沫子。

马阎二人急议后，迅速调整救援方案，指挥更熟悉情况的驻在校外小型消防站的战斗员进行搜救疏散群众，其他队员则分成四个攻坚组，围着实验室多支枪轮番上阵围攻。就在正义路特勤站36个救援队员苦苦支撑时，火场文书欧阳奇奇急报，卢支队长和焦政委到了。紧接着消防车的呜咽声起，总部调派了10支中队上百名救援力量赶赴现场进行处置。

卢支队长和焦副政委，集合马卫、阎昊昆等人的汇报，根据现场火情，立即成立临时指挥部，对参战力量进行了重新部署，明确快速掩埋，加速燃烧镁粉，并且协调应急办进行沙土调配的灭火方案。

打增援的指战员们一样动作迅速，很快投入战斗。上百名消防指战员，站在半尺高的“雪”地里，水柱从四面八方一齐浇上去，很是壮观。镁粉堆也不甘示弱，燃起熊熊烈火。战斗员们抱着水枪，一轮一轮给，镁粉物质太多，回流泡沫越来越高，地上已是雪白一片。马卫和阎昊昆也轮番提水枪上阵，让战斗员们来回得换口气。换气的空当，400M 内部电台不断传来马卫和阎昊昆的警告声：注意安全，小心滑倒。

攻坚组门新科、李治等三人，负责这个庞大的集装箱破拆。门新科和李治两人轮流抱着无齿锯破拆，王长军则在后面用水枪降温保护，他二人就在这“人工雨”里进行作业。不过，门新科这个爱操心的老姨母，就算不轮他上的时候，他也严密注视着集装箱体。就在快要破拆开时，门新科示意李治退后，他来拆。门新科是担心，一旦破拆开，大量空气涌入，有可能引发爆炸。这种危险动作，门新科是不会交给队友来做的。门新科抱着破拆机，奋力做最后的攻坚。破拆不但是个技术活，更是个力气活，只见面罩下门新科脸上那条疤也跟着无齿锯一起抖动着……

李治和王长军亦紧张地一人抱着条水枪，立在外门的左右两侧，随时准备发射……

随着“砰”的一声，众人紧张到极点，但等了一下，集装箱的门竟然没有打开，可门新科已经感到热流从门缝泄出。这个时候就需要队友间极默契的配合了。门新科因为还抱着破拆器械，只能退后，李治和王长军将水枪放到不远处的空地上，小心地合力抓住门把手。二人看着对方准备好了，同时点点头，合力拉开集装箱门，巨大的火苗“呼”地一下子扑了出来……

李治和王长军双双就地驴打滚，准确地滚到水枪位置，翻身起来的同时拾起水枪就开扫。而门新科此时已把破拆机放到安全地带，也持了把水枪，三人默契成组，正面进攻，强势压迫。

阎昊昆等人作为主攻力量，已经连续奋战多时，疲惫地支撑着，战斗员们来回轮流换班，喘息一阵。回流泡沫终于从差不多到膝盖位置，现在只能到消防靴了，阎昊昆靠近窗户观察里面的镁粉堆，也快燃尽了。与总指挥部沟通上报后，总指挥部果断下达破拆门窗，进行沙土填埋指令。

上百名战斗员瞬间又化身为实力“搬砖人”，调运来的沙土，消防员们是一袋一袋扛进实验室的。前面队友搬动时，总有几个队友在后面负责水枪掩护，毕竟化学物质不具备稳定性。

各梯队力量，互相协助，灭得正酣。总指挥部接到群众举报：实验室旁的锅炉房有人被困，正义路特勤站当即领命前去查看，马卫带李治、甄松等一行三人，组成搜救组前去侦察。

这是二层楼那么高的锅炉房，从外面看似乎没太大异常，门外挂着大锁头锁着，里面并不像有人的样子，马卫他们拍门、用喊话器喊了半天，也没有人回应。这时马卫看到屋顶大烟囱里有几缕青烟缓缓地往外涌，打算上去看看，拉梯一搭，李治率先要上，被马卫制止了。马卫知道，明火好搞，就怕暗流涌动！马卫让他俩在地面等，他带了测温仪和水枪上去了。马卫上了屋顶后，发现根本没人，只有一个大烟囱冒着缕缕青烟。害怕有什么闪失，马卫先用水枪打压，试探着脚下的着力点，才小心翼翼地朝大烟囱走过去，测温仪刚一靠近烟囱，仪表温度马上爆表，马卫反复测试了一下，结果都是如此。

而此时被马卫命令站地面待命的李治、甄松两个小脑袋早就爬上来，站在屋顶边上小心观察着。

李治忍不住建议道："温度高是不是靠近锅炉的原因？"李治说着还想往前试着察看，马卫朝他俩挥挥手，他俩再次退回到边上。马卫也来到边上，他打电话联系学校保卫处，看能不能拿到钥匙，但起火的事情搞得兵荒马乱，找了一圈，没找到拿钥匙的人。时间不容耽误，马卫速度调集破拆组队员。马卫在通过电台部署时，李治命令甄松站边上，他也和马卫一样，来回用测温仪测试温度，用水枪打压房顶承重力过后，才靠近烟囱，试图用水枪降温。马卫侧目时也看到了，但李治也是一名优秀的老战斗员了，他的处理方式没什么不合规矩的，马卫也没当回事儿。

马卫看到郑海玉抱着破拆工具跑得飞快，很快就到拉梯下了，他赶紧蹲下来帮忙接。就在马卫刚接住郑海玉手里的破拆工具时，身后意外传来"轰"的一声巨响，马卫当即被抛了出去，但他始终紧紧抱着 10 多公斤重的破拆工具，不至于掉下去砸到郑海玉……

爆炸过后，房顶上出现个大窟窿，而李治和甄松都不见了……

另一侧负责实验室救援的阎昊昆等队友，听到爆炸声没命地朝这边狂奔过来……

跌落在地的李治，感觉身子沉重得要命。他试着动了一下，各器官的感觉似乎才一点一点醒过来，李治这才赫然发现自己背上趴着一个人，正是甄松。李治一抬头一股浓稠的液体滴到脸上，他着急地推喊着甄松，甄松毫无反应。李治赶紧就地打了半滚，轻轻将甄松放下来。李治打开战斗服的胸灯，这才看清甄松脸上黑灰和着血往下流。李治瞬间就泪奔了，他记得爆炸声响时，甄松朝他扑了过来，将他全须全尾压在身下。

此时，李治早忘记自己的洁癖了，他一边给甄松擦脸上的黑灰，一边哭着喊他。而李治的电台摔在离他不远处的浓烟里幽幽地闪着绿光，电台里传来各方队友的呼叫声：李治，收到回答；李班副，收到回答；治哥收到回答……

就在郑海玉和拖着伤腿的马卫奋力破拆锅炉房门锁时，一个背着工具袋的男人，火急火燎地朝他们一边飞奔一边喊，“不要开门，锅炉坏了……”

阎昊昆这时已经跟队友跑过来了，他愤怒地朝来人吼道：“你早干吗去了，炸都炸了！一边儿待着去！”锅炉工似乎这才弄清楚眼前的状况，嚅嚅地退出人群。

原来是正在维修锅炉的锅炉工，在维修锅炉时发现缺少配件，又担心有人进去发生意外，直接将锅炉房锁了。

锅炉房门一被破拆开，阎昊昆和门新科立马冲进去进行搜救，后面队员马上水枪保护。水落在甄松脸上，甄松竟然醒了过来，睁眼看到李治半跪在他面前，他粲然一笑。先前还挂满泪珠的李治，突然恼羞成怒地冲水枪队员吼道：“没看到人吗？水枪还往人脸上打？”

甄松是队友用担架抬出来的，李治除了脏点，应该完好无损，还跟着担架跑。

门新科从锅炉房急着冲过来，扶着担架趴在甄松跟前急喊道：“甄松，你还好吗？你哪里疼吗？”

甄松弱弱地回道："门班，我挺好，哪儿也不疼。"甄松似乎是疼过头了，也没有意识到自己哪儿不对。甄松就这样一路被抬着，经过队友们担忧和难过的脸，他还竭力挤出一丝惨白的笑容，安慰大家。

这笑容让马卫顿时眼泪就下来了。就连一向刚硬的阎昊昆看着，眼眶也湿润了。

甄松被抬上救护车的一瞬间，看到旁边抬他的李治一脸黑灰。他缓缓抬起手，要帮一向爱干净的李治擦脸。李治心里真是难过死了，体贴地将脸贴过去，甄松擦掉李治额头那块明显的黑，似乎终于轻松了。他冲李治粲然一笑，道："治哥，我不㞞了吧？"

李治愣了一下。

看着救护车呜咽而去，李治突然放声大哭，追着救护车哭喊道："甄松！你不㞞，你是条汉子！"

全体泪奔。

马卫擦擦脸上的汗，也许是泪，抬头正好与阎昊昆对视，二人点头，异口同声地对着电台命令道："跟我来！"

正义路特勤站到场的全部救援力量，报复性地对锅炉房展开灭杀。

随后，他们又与大部队会合，继续对起火实验楼进行抢险处置，为了防止活跃的化学物质复燃，对现场进行沙土全覆盖。

这场救援一直持续了 11 个小时。事故原因，是学生进行垃圾渗滤液污水处理科研实验时引发的。

尽管学校锅炉只有 1.5 兆帕，而且只是部分管段爆炸，但遗憾的是甄松后背几乎全部烫伤，伤及内里，经过两天两夜全力抢救，还是没能留住年轻的生命。

甄松同志的遗体告别仪式那天，甄松一身火焰蓝静静地躺在棺木里。

“送别救援英雄甄松”的黑色条幅下，是甄松一张天真无邪的笑脸照。

正义路特勤站全体指战员着同款火焰蓝制服，庄严、肃穆地站在台下。

一对已经哭倒在地的中年夫妇，哭泣声已经嘶哑无力，近乎听不见了。在他们二位中间一岿然不动的老者，静静地坐在中间，不哭也不闹，此人便是甄爷爷了。

正义路特勤站的兄弟们强忍着眼泪，将手中的鲜花轻轻地放在甄松身边……

当首长宣布，“全体指战员向英勇的甄松同志致敬”时，他们再也忍不住了，全场悲恸……

全体指战员有序地站成两排。门新科和李治等 8 人，抬着甄松的棺木走出。

就在走到灵车时，马卫喊口令：“立正！”8 个人立即身姿挺拔地站定。

马卫再喊口令：“向后转！”随后无力地道：“再带甄松看看正义路的院子吧，别忘了去猪圈看看。”

马卫说完，眼泪再也抑制不住，奔涌而出，随后转身疾步离开。

门新科、李治等队友，抬着甄松，在正义路院子里缓缓地走了一圈，全体指战员有序地自发跟在后面。

当甄松的棺木被抬到猪圈时，猪像是有感知一样，都抬起头静静地看着棺木。随后，棺木被抬上灵车，阎昊昆等人跟着上了车。

马卫一个人在自己办公室里哭得稀里哗啦。此刻，他恨自己当初为什么要答应甄松来战斗班的请求……

李治在黑暗中鬼祟地往猪圈这边走的时候，远远发现黑暗中闪着一个烟头忽明忽暗的，他疑惑地站住了。

“过来啊，戳那儿干吗！”黑影问他。

“门班？”

门新科“嗯”了一声，李治走过来，乖巧地挨着门新科坐了下来。

门新科递给李治一支烟，从不吸烟的李治，愣了一下，还是接了过来，门新科给他点上。作为一个抽烟新手，刚吸进去一口，李治就咳嗽不已，眼泪都掉下来了。情感的闸门一旦被打开，就开始放肆流淌，继而变成号啕大哭。这哭声引得门新科也很烦躁，上去就给了李治一巴掌，道：“你一个大男人，哭什么哭！”

可话一出口，门新科自己也哽咽了。两个男人就这么一边抽烟一边抽泣，在黑暗中哭泣了半天。

半晌，不约而同地互相看看，看着看着，二人突然对打起来。

门新科边打边骂：“你还有脸在这儿哭，你骂过甄松多少次㞞货？”

李治也不甘示弱：“你别把自己摘得多干净，你又不是没骂过甄松㞞货。”

“还有，要不是因为你，我干吗那么讨厌甄松！我那么讨厌他，他却在关键时刻救我！”

“甭跟我扯那没用的，快给甄松道歉！道歉！道歉！”门新科吼道。

可这二人打着打着，竟变成了互相搀扶。因为此时的两个人内心都悲痛地自责不已，已经伤心得立不起来了。

哭累了，闹累了，二人泪眼蒙眬地看着对方。

李治难过道：“门班，要么你扇我耳光吧？我骂了多少个甄松尿货，你就扇我多少个。”

门新科点头：“行，那你也得扇我。”李治：“好。”

李治说着将脸支好，门新科狠狠地把手举高，但李治等了半晌，门新科的手却没有落下来。李治哭着道：“门班，你打啊，你为什么还不动手？”

门新科无力地垂下手，道：“若是以甄松的名义，他绝不可能扇我们！”

“好，那我自己来。”李治说完自己左右开弓，直扇了自己十几个耳光，扇得脸蛋红肿……

门新科哽咽地拉住他，“治啊！别闹了，甄松一定希望我们好好活着！去救援更多的人！”

月色皎洁，门新科和李治已经不见了。猪圈里只留下无辜的大白猪，而那两头曾被甄松命名过的大白猪身上，分别写着：门新科大混蛋、李治大混蛋！

这一夜，注定是个不眠夜。床头贴着甄松名字的铺位，已经没人了。但他的被服却整齐地在月光下，闪耀着棱角。战斗班的宿舍静悄悄的，静得能听见彼此小心翼翼的翻身声音。大家都没睡着，却谁也不肯打破这沉默。

门新科闭着眼睛，似假寐，李治将自己连头带尾包在被子里，也不知道睡着没有。

夜越来越深，也不知过了多久，月亮已钻入云层。大家的呼吸声似乎均匀起来，貌似都已进入梦乡。突然一个声音大叫道："我不想死，我不想死！"

门新科反应迅速，立即从床上翻身起来，打开手机电筒一照，原来是包蕊蕊做噩梦了。众人也都被惊醒，惊恐地看着眼前。门新科气不打一处来，伸脚踹了包蕊蕊一下。"包子，你搞毛线啊，老子刚睡着。"

包蕊蕊似乎懵了一会儿，翻身起来，看看四周，再看看身边的战斗员们，似乎平静了一点。但紧接着包蕊蕊又瞥见了甄松的空铺，怔了一下，突然"哇"的一声哭起来了，边哭边说："门班，我要退出消防，我不想当消防员了，我怕……我怕啊……"

此后，接连几日，战斗一班那原本就脆弱的夜，都被包蕊蕊的噩梦撕得稀碎。本来甄松的离开，就已让整个正义路特勤站笼罩在阴霾之下了，包蕊蕊又天天折腾，肯定也是不行。

阎昊昆的倔劲儿又上来了，"我就不信邪了！"此后，阎昊昆天天出警，趟趟出警，都拉着包蕊蕊一起出，一对一带他。可无奈再强的"王者"，也扶不起一个"青铜"。

马卫和阎昊昆据理力争，让他带队不要这么简单粗暴！阎昊昆失去队友甄松的痛，一股脑发在马卫身上，二人在大操场又干了一架。打架中间，一份文件从衣服兜里掉出来，阎昊昆捡起一看是"请调令”，立马开启骂街模式：“马瘫你就是个‘尿包’！这时候你当逃兵？你早干吗去了？那个张老虎调你来正义路的时候，你怎么不拒绝呢？你以为正义路的老大好当啊？现在队友正需要你的时候，你想逃？你做到你宣誓的‘换装不换心！永葆消防救援精神’了吗？”

不得不说，比起娄小楼默默发微信、送奶茶那些温柔的小体贴，阎昊昆这种迎头痛骂，更见效。打也打了，骂也骂了，二人似乎都泄下去火了。傲娇的阎昊昆，最终接受了马卫的意见，同意送包蕊蕊去专业心理机构进行创伤后应激干预治疗。

可还没等送包蕊蕊去治疗呢，包蕊蕊的爹就携老包家全家老少 19 口及 6 辆路虎声势浩大地组团来了，强烈要求接包蕊蕊回家。

这阵仗，完全验证了包蕊蕊出生时，尿不湿底下垫着 6 处煤窑的段子，可能不是个段子……

支队小会议室里塞得满满当当的，除了马卫、阎昊昆，还有罗文选和于智慧等人，再加上包蕊蕊和他家人，快 30 个人了。

包蕊蕊穿消防作训服，坐在穿着各种颜色服装的家人中间，很是显眼。只见他头低着，不敢看他对面的指导员马卫和站长阎昊昆。此前，其实马卫已经和包父谈判了好几轮，无奈包老爹是油盐不进，好说歹说谈不拢，这才将矛盾上交到支队。

此时的会议室，看上去塞得满满当当的，但气氛却不是很热烈，只有文书曹亮亮在轻手轻脚地给大家倒茶添水。

马卫：“包叔，您先喝点茶，稍等一下，我们焦政委马上就过来。

被称作包叔的人此时黑着个脸，礼节性地点了点头，也不喝。

焦权一看就是刚下会，匆忙而来。伴随着包蕊蕊这是我祖祖、这是我爸、我大姑、我二姑、我三姑……的介绍，焦权和蔼可亲地与包家 19 口人一一握手、打招呼后，适才坐了下来。

焦权笑着道："家长们真是辛苦了，从山西远道开车过来看孩子，先喝点水。"

包家 80 岁的老祖，头发虽已花白，但梳得一丝不苟，没有一根乱的，穿着老式对襟灰褂，一看就是大户人家出身的小姐。老祖微微点头颔首地回道："领导辛苦！"随后包家其他人随着老太太如此附和。

焦权心想，包父虽看着像个没文化的粗人，但看包父的老母亲，这应该是一家有礼有节之人。

寒暄过后，包父直接地道："领导，我知道您很忙，咱开门见山！"

焦权点头道："好！"

包父未开口，倒先激动起身道："领导，您也看见了，我们这一大家子人，来了 6 个男性，只有我一个人姓包，另外五家五个男性，都是外姓人。而再下一辈，也就是我儿包蕊蕊这辈儿，不单是没人姓包，就算姓了也没用，因为又是 5 个丫头片子，只有包蕊蕊这一棵独苗。"

焦权笑着打哈哈："哦，那是蛮珍贵的。"

包父丝毫不被打乱，继续按自己的逻辑说了下去："这也是包蕊蕊为啥叫这么一个女孩子名字的原因。他还在娘胎时，我们就请五台山的大师算过了。大师说我老包家这辈子无儿了。所以他祖祖就给当时还在肚子里的'重孙女'起名叫蕊蕊，结果生出来一看是带把儿的。全家人激动的心情，可想而知！"

顿了一下，包父郑重地道：“但我们家族研究讨论开了好几天会，最后决定还是用了包蕊蕊这个女孩子的名字。既然大师说过包家命里无子，那用个女孩儿名字，也算是避祸吧。”

“哦，哦，哦，包蕊蕊这名字这么来的啊，挺好！理解，理解。”焦权和颜悦色地说。

包父喜出望外道：“那领导您也理解我要接走包蕊蕊的事儿吧？”

焦权迟疑着，下意识地用手指敲击了一下桌面。

这时阎昊昆突然问道：“那您当初把他送来干吗？”

一直盯着焦权的包父，愣了一下，这才回头打量了一下阎昊昆。

包蕊蕊小声地给父亲介绍：“我们阎站长。”

包父一听姓阎，心里就有数了。来了这几天，虽没见过这个阎站长，但阎站长的绰号“阎王爷”，他倒是早有耳闻了。

包父于是姿态略显傲慢地说：“阎站长是吧？既然您这么问，那我也就直言不讳了！还请各位领导多担待。”说着像个江湖义士，向焦权、马卫等方向拱了拱手，又回过脸来，直视着阎昊昆，一字一顿道：“我送包蕊蕊来部队，当初是想让包蕊蕊戒除网瘾的，不是让他来送死的！”包父这话一出，气氛明显降温。包父却以为是自己的气场震翻了全场，继续傲慢地道：“不然我这么多钱，怎么花得完？怎么花得完？你说呢，小阎站长？”

阎昊昆腾地站起来，怼道：“感情您把消防队当托儿所啊？消防队是你说来就来，说走就走的地方吗？”

坐在阎昊昆旁边的马卫，在桌子下死死钳住了阎昊昆的手，没让阎昊昆的拳头拿到台面上来。包蕊蕊也不好意思地扯着父亲的衣角拉他坐下。

焦权若有所思了半晌，打着官腔道："哦……这个情况啊，我了解了……"焦权说话间似不经意地朝马卫看了一眼。

于是，马卫突兀地起身打断焦权，面露难色地道："焦政委，站里有急……"

焦权马上点点头，示意他赶紧去。

马卫转身跟包家 19 口点头致歉道："包叔，您和我们焦政委谈，我们站里有紧急情况要处理，我和阎站长就先走一步了。"

阎昊昆十分不情愿地被马卫扯走了。

阎昊昆气得像个螃蟹，一出门便甩开马卫，怒气冲冲地道："这也太不讲理了吧？就允许家属这么无理取闹？"

马卫无奈地道："不允许又能怎么样？你又不是不知道，我们每个消防员都是大熊猫，我们冲锋陷阵已经是在负重前行了。心理素质差一点的，遇上身边活生生的队友离开，家里人跟着有点小情绪也很正常啊，我们能像对待敌人一样对待他们身后的家人吗？"

阎昊昆沉默良久，悲怆地道："也不是不理解，可是真正该闹的人，不应该是甄老爷子吗？"

"是啊，当初甄老爷子分兵的时候那一通闹，领导们都以为这回甄松离开了，一定不好交代，结果甄老爷子只拿了甄松的烈士奖章，抚恤金都托支队捐给曾在救援中致伤残的消防员了。""哎！甄老爷子是有大爱的人啊！"马卫由衷地感叹道。

阎昊昆听着也很感动，马卫看他情绪平静了一些，缓缓地道："不过，我也理解包蕊蕊的家人。"

阎昊昆又何尝不理解呢？二人不再说话，不约而同地看向远处的消防塔，消防塔架上的“119”鲜红明亮，成了每个消防人迷茫时指引方向的灯塔。

良久。

“有烟吗？”阎昊昆问道。可没等马卫回他，他又道：“算了，你又不抽烟，当我没问。”

马卫没说话，却拿出一包烟，递给阎昊昆。阎昊昆疑惑。马卫解释道：“娄小楼给我的，她说这阵子也许我会用得着。”

阎昊昆阴阳怪气地说：“还真是体贴。”

两个平常都不抽烟的人，这会儿却装模作样地抽起这份寂寞。任由烟头忽明忽暗地闪着，却没人说话。

阎昊昆将最后一口烟圈吐完，将烟蒂狠狠摁在地上，道：“你也看到了，自从甄松走后，队里已经悄无声息地被上面领导调走两个战斗员了。”

“唉，是我对不住甄松啊！甄松有心救队友，而我却救不起甄松。”

说到这儿，二人再次陷入沉默。马、阎二人的对话，也像这烟一样吞吞吐吐的……

半晌，马卫盯着阎昊昆道：“让包蕊蕊走吧，我也不想看到甄松的悲剧再上演了。”

阎昊昆一听像个二踢脚一样，突然又炸了：“走？走什么走，往哪儿走？我们这些人哪个不是甄松？你不是，还是我不是？我们正义路特勤站平均年龄 22 岁，哪个家里还有哥哥或者弟弟传宗接代啊？啊！你倒是给我数数看，这比例占到多少？”

“是，你说得没错。我们这一届的奥特曼几乎全是独生子，而且近几年，也都差不多这样儿啊。”

阎昊昆赌气地说：“你知道就好。如果仅仅是因为这个理由，不断地放人走，那消防队成什么了？”

马卫并没有正面回答他，却动情地道：“虽然很多时候觉得救起群众，是一件特别特别自豪的事，但当救不起队友的时候，我也会心灰意冷啊。”

“我知道，作为正义路特勤站的指导员，我现在的表现是有点儿差强人意。我心里也明白，这样的意外并非消防队的常态，但昊昆你能给我点儿时间吗？”

阎昊昆不再说话，他起身拍拍屁股上的灰尘，也不管灰尘眯了马卫的眼，扬长而去。走出去老远，阎昊昆头也不回地道：“马瘫，你倒是走快点儿啊！”

马卫一听，赶紧也起身拍拍屁股上的灰尘追了上去。恐怕这只“毒蝎”的一语双关，也就马卫这个“敌人”才能听懂吧。

为了研究包蕊蕊去留问题，第二天支队党委班子成员，又紧急召集了一个会议。卢支队长、焦权、罗文选、马卫、阎昊昆等人都在，气氛显得有点儿严肃。

焦权道：“那大家举手表决吧！”

“同意包蕊蕊退出消防队伍的举手。”

焦权自己和卢支队长首先举起了手，在座的一看也都跟着举起了手。阎昊昆最后一个举起手来道：“包蕊蕊可以走，没问题，但必须到期后再走。”

焦权：“对，我和卢支队长也都是这个意见。”随后焦权将目光看向马卫。

马卫旋即表态道："行！那我试试再做做包蕊蕊家长的工作吧。"

马卫话音刚落，门突然大开，包父不管不顾地冲了进来，手上还拎着一个大麻袋。众目睽睽下，只见包父"哗啦啦"将一麻袋钞票倒在桌上，言简意赅地道："现在、马上、立即给包蕊蕊办理退出手续。"

场面豪气，令人震惊。毕竟手机支付的年月，大家很难见到这么多现金，不过现金支付的年代，恐怕也鲜有人见到一麻袋这么多钱的。大家面面相觑，不知如何是好，最后都将目光看向领导。焦权脸色难堪，沉默着，很克制的样子。但是阎昊昆却是克制不住的，尤其是看着领导们都毫无反应，假装"维稳"时……

阎昊昆腾地起身，抱起桌上的大红票子，就开始狂砸乱扔！一打打红票子，扔得包父满头满身。

阎昊昆边砸边骂："你以为消防队是你们家开的托儿所？你想来就来，你想走就走？你以为你有两个臭钱就了不起了，就可以把我们这些干部当成是你儿子的超级保姆了？"

或许是包父挑了这帮人的底，惹了众怒，众领导冷漠地看着没人说话，也没人制止阎昊昆，任由他胡闹。

钱从包父头上身上滚落下来，撒落了一地……

阎昊昆将正义路的花名册推到包父面前，一边狠狠地翻给他看，一边愤愤地道："看在包子的面上，我叫您声包叔！您自己看看，我们哪个不是爹生妈养的？我们哪个不是'90后''00后'，我们哪个又不怕死？哪个又不是独生子？可是灾难面前，总有人要往前冲吧？我们不上，难道让您上吗？"

阎昊昆这番话，说得在场的所有人为之动容，眼圈通红。其实，作为领导干部，心里也不好受。甄松走了明明心里也想落泪大哭，但却为了“局面稳定”只能在孩子们面前一直撑着，此情此景大家都在默默地擦拭眼角，气氛变得异常凝重。此时任何语言都显得多余了。

挤得满满当当的会议室，一时陷入沉默。突然“扑通”一声打破了这沉默……

众人惊见包父泪眼婆娑地跪在大家面前，老泪纵横地说：“放我儿走吧，我求求你们了。”

第十一章

阎昊昆黑着个脸，坐在自己工位上。马卫坐在隔壁的工位上，正对着电脑整包蕊蕊的退出报告。

马卫办公桌上的电话响了起来。马卫刚接起，对面张圆的声音清晰地传了过来：“我张圆！包蕊蕊不能走，要走的话，档案背处分走！”

马卫：“是。”

“我知道了，张政委，好的，明白，张政委，是！我明白！”

马卫挂了电话，仍旧是一头紧张。阎昊昆幸灾乐祸地看着马卫，一副早就知道是这结果的样子。

“张政委的意思是包老爹阵仗这么大过来，这几天又把事情闹得这么大，上面的意思是坚决不同意包蕊蕊现在走。”

阎昊昆冷哼一声。

“我看……要不就把包蕊蕊先调离战斗班，放到后勤岗吧？怎么也让他坚持完这几个月啊！不能让他档案里背着处分走啊。”

阎昊昆没好气地说：“你跟我说这顶屁用，你去跟那个顽固不化的包老爹说去啊？”

马卫无奈地起身道：“这个提议，他应该没什么难度了吧？他家里无非就是怕包蕊蕊上一线救援出事儿！我们把他调到后勤岗，也算是最大的让步了！”

阎昊昆冷哼一声：“难说，你去试试吧！反正我已经被拉进黑名单了，我也就不给他老人家添堵了。”

“那我过去了。”马卫说着起身朝外走去。

没想到包父对马卫提出的解决方案根本不买账，还说既然已经撕破脸了，那他就更不能留儿子包蕊蕊在消防队了。因为，他担心万一他们家人一走，马卫他们就会往死里整他儿——包蕊蕊。

无论马卫如何解释、保证，包老爹就是油盐不进。口干舌燥的马卫，强忍着心里的怒气，耐着性子道：“包叔，请您放心！我以一个共产党员的名誉担保，我会把包蕊蕊调到后勤岗，直到年底退出，安全给您送回家！”

包家一看就是调整过战略方针了，不再一家 19 口全上阵了，这天派出的是 6 人代表。这 6 人互相看看，互相使着眼色，暗戳戳地交换着意见。最后包父总结道：“行，那我们家就留一个人，轮流陪着包蕊蕊，直到退出那天。这期间产生的费用我们自个儿出！”

马卫简直气得肺都要炸了，他突然一句话也不想多说了。

缓了一会儿，马卫铿锵有力地喊道：“包蕊蕊！”

包蕊蕊下意识起身道：“到。”

马卫：“出列！”包蕊蕊刚要往外走，被包父一把扯住。

包父瞪着马卫道：“从现在起，我不会让包蕊蕊离开我半步的！”

在包蕊蕊被包父囚禁在身边两天后的一个雨夜，正义路特勤站上空突然响起尖锐的警报声，紧接着电台广播：

一指两水一抢险一照明准备出警，现场：南溪地桥下发生洪涝事故；一指两水一抢险一照明准备出警，现场：南溪地桥下发生洪涝事故。

听到警报声，睡梦中包蕊蕊条件反射般从床上跳起来，就朝外跑去。这是作为一个消防员的本能反应，但包老爹没睡着的时候，包蕊蕊有这种反应也没用。只在这种深夜，人的本能意识才决定了他的行动。

雨大得不像话，阎昊昆正要登车，马卫扯住他道：“我出现场，你送包子去做心理应激干预！”看阎昊昆还在迟疑，马卫急急地道：“这都耗几天了，好不容易得来这个机会！”

阎昊昆看了看马卫身后的包蕊蕊，跳下消防车。阎昊昆认真严肃地问包蕊蕊：“包子，我问你！你是想回家，还是想继续留队！”

包蕊蕊嚅嚅地道：“阎头，这几天我也想过了，我想留下来！克服出警障碍，做一个真正的消防员！”

阎昊昆点点头。

马卫跳上指挥车，巨大的消防车启动。隔着消防车大玻璃，马卫和阎昊昆二人互相比了一个“OK”的手势。

包父睡梦中突然一个激灵也醒了。他下意识摸了一下身边，空的。包父立马跳起来，同时打开房间灯，果然包蕊蕊不见了。包父急了，穿着短裤和背心就跑了出去。

包父几乎将正义路特勤站翻了个遍，但都没找到包蕊蕊的身影。当他得知消防员大部分去抢险救援了，更不干了，一个200斤的胖子堵在消防站门前，在雨里水泥地上打滚耍泼，闹着非要去现场找儿子，不管陈文锋怎么解释，他就是不相信包蕊蕊被阎昊昆带去医院做心理干预了。

陈文锋无奈，只能通过电台汇报给马卫，正在紧张救援的马卫，做出一个大胆决定，叫人将包老爹带到救援现场。

现场情况十分紧急，暴雨导致南溪地立交桥发生洪涝灾害，水位线超过预警，小轿车的车顶已经完全没在水里。被困群众正争先恐后朝旁边一辆已经快站满人的公交车顶爬去，挤来挤去，不慎掉进水里的大有人在，哭爹喊娘地喊“救命……”

马卫用喊话器大声疾呼：“大家不要乱动，我们是消防救援人员，请相信我们，我们马上接你们出去！大家不要乱动，我们是消防救援人员，请相信我们，我们马上接你们出去！”

门新科、李治等急先锋，率先发现桥下车太多，皮划艇划不了，汇报给马卫。

马卫看着眼前暴雨如注和焦急慌乱的人群，果断对着电台命令道：“下人桥！”

文书曹亮亮和欧阳奇奇已经夹裹着包父，站在立交桥最高点。包父却还想急切地要找出路下去。曹亮亮连忙制止：“我们指导员说了，您只能在桥上看。”说着递给包父一个望远镜，包父接过来，拿着望远镜急切地在人群中寻找包蕊蕊的身影……

望远镜里是一片身着橙色抢险服的身影，马卫打头，门新科收尾，大家一个抱紧另一个的腰，连成一串，瞬间平铺出一条赤黄色小桥。而两边岸上，则各站两名消防员，拉起消防救援绳，做了两条简单的临时扶手。剩下的两名战斗员，则负责来回运送老弱病残，年轻的男士则独自踩着人桥走过……

包父在望远镜里，看着群众脚下那些坚实的“桥墩”，坚毅不屈的神情，看着看着眼眶就湿润了，视线有点儿模糊。他没有找到自己的儿子，但哪个又不是父母的儿子……

包父擦了擦一脸雨水（泪水），不好意思地推着旁边的曹亮亮，“去呀去呀，你们也快去帮忙啊！没看到人手不够嘛！”

曹亮亮不无担心地看着包父。

包父催促道：“放心，我不闹了，我虽然也帮不上什么忙，但我能保证再不给你们添麻烦了！你们赶紧下去帮忙吧。”

俩孩子互相看看，立马跑下去，投入到紧张的救援中。

第二天，6 辆路虎整齐划一排成一长串，在正义路特勤站的路边停靠着。

包父动情地握住马卫的手，歉疚地说：“对不住了，马指导员，给您添麻烦了，都怪我这人思想觉悟太低了……”

“包叔，没事儿，您理解了就好。”马卫真诚地道。

包父松开马卫的手，又看看马卫身边站着的冷冰冰的阎昊昆。包父迟疑了一下，坚定地伸出手。阎昊昆也愣了一下，迟疑了一会儿，两个大男人才将手握在一起。包父热烈地摇着阎昊昆的手：“对不住了，小阎站长。”

阎昊昆这人就受不了好听的。包父这话说得让他也不好意思了，脸一红道：“小事儿一桩，您想通就好。”

包父严肃地点点头，突然往后撤了两步，给马、阎二人深深地鞠了一个 90 度的躬，“那包蕊蕊就拜托二位了。”

马卫、阎昊昆也被包老爹这突如其来的仪式感给整蒙了，愣了一下，二人旋即弯腰回礼，异口同声道："放心吧！"

包父得到这个满意的答复，转身头也不回地疾步登车。此刻，包父内心充满悲壮，像前晚那些救援英雄。他甚至都没看一眼训练队伍里一直眼巴巴地瞅着他的包蕊蕊。

一排排路虎旋即启动。片刻，几辆车同时短促地鸣笛致意，随后雄赳赳地驶出正义路特勤站。

目送包老爹满意离去，马卫长吁一口气，跟阎昊昆感叹道："哎呀，总算解决了。"可他一回头，哪还有阎昊昆人影儿，再一看，阎昊昆早就施施然朝着训练场走了。

马卫一脸宠溺地看着阎昊昆刚正不阿的背影，喃喃道："这个阎王爷……"

"你不会是同性恋吧？"马卫一听这话，吓了一跳，一回头看到娄小楼不知道什么时候站到他身边，本能地还往远处躲了一下。脸一红道："你说的什么话？你这个小同志，思想咋那么……那么……"

"你是想说我思想复杂吗？"娄小楼反问道。

马卫就没见过这么直接胆大的女孩子，有点儿慌乱："我……我不是……"

娄小楼一看他那样子就乐了。马卫更加不自在了，找了个借口，说还有事儿，就想溜。

"等等！"娄小楼这么一喊，马卫只能站住，回过头疑惑地看着娄小楼。

"你那么怕我吗？我是老虎啊，我能吃了你啊！"

"我……真有事儿……"话一出口，马卫也觉得自己有点儿那个了……

抬头正视着娄小楼道："娄小楼同志，你是昊昆的女朋友……"

娄小楼生气地打断他："前女友！前女友！"

马卫："那也不行。"

娄小楼着急道："我和阎昊昆，那就是胡闹，不作数的。"

马卫一本正经地说："娄小楼同志，请问你还有事儿没？没有的话，我还有工作要做。"马卫说完转身就走，把娄小楼扔下，气到原地爆炸。

其实，面对娄小楼这么长时间的攻心战，马卫心里也不是一点儿涟漪也没得，但阎昊昆是娄小楼前男友这个问题，的确是个问题！何况，在马卫看来娄小楼这样年轻、爱冲动的女孩子，无论是喜欢自己还是喜欢火调工作，可能都属于爱消防服胜过消防人的一时头脑发热。

不承想，马卫去值班室绕了一圈子，回到办公室，发现娄小楼已经等在办公室了。没等马卫开口，娄小楼拿出手提电脑打开，一本正经道："那马指，我们总能谈谈前天晚上那场小货车自燃案的现场救援情况吧？那个现场是你出的吧？"

马卫看了看办公室其他同事，对娄小楼道："我们一楼小会议室聊吧。"马卫说着拿了工作笔记，已经前面走了。娄小楼赶紧把打开的电脑合上，丢盔弃甲般跟了上去……

别看马卫平常温柔，拒绝起女生可真是干脆得有点儿残忍，原则性超强啊。

就见马卫非常官方地坐在娄小楼对面，并且透着极大的客气给娄小楼拿了瓶矿泉水放在桌上。

娄小楼当然明白，客气意味着距离。

“我们开始吧，你想了解什么情况？”马卫直奔主题。娄小楼强装镇定道：“我想问一下，你们在救援现场有没有看到车里放置有易燃易爆品，比如杀虫剂、酒精或者喷雾类的空气清新剂等？”

马卫简短干脆地回答：“没有。”

“那锂电池呢？”

马卫奇怪道：“敢情您火调的人，在事故现场没找到可能致使车体燃烧的催化剂，然后你来问救援的人见到这种东西没？大小姐，您是火调专业毕业的吗？这东西就算是见到了，也早就烧得不成样了，你觉得哪个消防员能在全力救援的情况下，帮你捡出来？”

果然女人一爱了，智商就成了负数。娄小楼这个问题伪装得显然不够好，何况马卫就算不是火调的人，也是专业消防人，多少也懂得一点。娄小楼当面被揭穿，那种小直女的傻劲就出来了。她突然站起来，生气道：“对，我就是想和你谈谈我的前男友阎昊昆。”

“我不想听。”

马卫说完就往会议室外走，娄小楼因为靠近门的位置，三步并二步地跨过去，用身体将门挡住。这下子马卫就像守着个刺猬，不敢上手了。娄小楼脸憋得通红道：“你今天听也得听，不听也得听！”

“我就不听。”到底还是没有太多恋爱经验的年轻男孩子，再加上最近气不顺，马卫直接就和娄小楼杠上了。娄小楼大眼睛扑闪扑闪地，眼看就要哭了，骤然响起的报警铃声将二人解救了，也算给了尴尬的娄小楼一个台阶。

不料，这个不知死活的马卫临出门前，还给娄小楼补了一刀：“我看你还是和阎昊昆般配，你们俩表达爱的方式，都相当暴力！”

果然，马卫一出门，娄小楼委屈地“哇”就哭了出来。

可不是吗？从小被宠坏了的丫头，参加工作后，又分到这个几乎全是男性的世界里。因着自己开朗、热情的性格，是正义路特勤站全体小伙伴公认的亲和力很高的女神。如今这女神被虐成这个鬼样子，能不哭吗？

消防车正要启动，马卫大长腿一迈，就跳到后排坐下了。阎昊昆一脸疑惑道：“就是个小警，你这是干吗去啊？用得着我们俩都去吗？”

马卫也不说话，朝司机陈桐挥手，示意他开车。陈桐看了一眼副驾的阎昊昆，阎昊昆点了个头，陈桐发动了消防车。

阎昊昆说的这个小警，马卫也是有稍许了解的。虽说是个小警，但也算正义路特勤站辖区的“老”警了。报警人大家都熟，都叫他老顾头。每年正义路特勤站，都得为这个老顾头出好几回警，平均一个月一趟都算少的，有时候甚至三天他报两回，关键不是报的假警，是真需要帮助，那消防队也拿他没办法。

相伴这么多年来，虽没发生什么大事故，但小危害不断，成了正义路的老大难，没人能解他的缠，也就阎王爷才能给唬住，每次出警都得是连吓唬带哄地折腾个溜够，才能给弄回去。

其实，类似老顾头这样的，片区还有个独居老人王奶奶，跟老顾头有得一拼。那王奶奶是有事儿没事就爱闹自杀。所以，正义路特勤站的战斗员们把这俩称为“陪护式出警”。不过，自从有了正义路下辖小型消防站的战斗员隔三岔五去陪聊，这个王奶奶现在好多了。可这个老顾头，邻居们都说他精神不太正常，还是隔三岔五地闹腾。

这次也一样，到了现场马卫也没当回事儿，跟阎昊昆打了一声招呼，他要去附近小型站转一圈。其实，有点儿慌张的马卫，只是想逃离娄小楼这波攻势罢了。

阎昊昆单手拎个灭火器，就和包蕊蕊朝这片棚户区深处走去。棚户区到处写着“拆迁”的字样，消防车自然是开不进来的。但这棚户区却存活多年了，就因为夹杂在附近繁华的商业中心里，地价溢高，拆迁补偿一直谈不拢，就被搁置了下来。但这儿基础设备老化，存在多种事故隐患，成了正义路辖区的老大难。

看到消防队员过来，焦急上火的群众争先恐后汇报情况，“你们可算是来了……快点吧，今天这是要坏事儿啊！”又有群众道：“每个月总来这么几次，这可让人受不了啊。”

可不是吗，头发凌乱，衣衫不整的老顾头，正手拿打火机，在房顶上掀油毡，试图点呢，一边点一边还发出一阵阵的傻笑。

人群焦急地直朝他吼：“老顾头啊，你不能点啊，这拆迁款还没协商妥啊！你现在点了，那不正好帮了那帮无良开发商吗？”

阎昊昆踩拉梯上了屋顶，才发现粗壮的老顾头今天脚边还放着一把钉耙。这老顾头呢，以前是工厂老机床工，身体结实有劲儿，这也是邻居们烦他却又不敢惹他的原因。

“哎哟，顾大爷，今儿这是又新增了道具啊！哪儿买的啊？质量看着不错啊！”阎昊昆轻松地问道。

老顾头看到阎昊昆也不意外，还招呼道：“你来了？”

“你报警，我能不来吗？别点了，这屋顶上温度已经够高的了，热得慌。”

老顾头头也不抬地："等一下，我还没点着。"

阎昊昆脸色一沉："老顾头，你别给我装疯卖傻的，你点！你点一个试试，你敢点！我就连你一起灭了。"老顾头看着阎昊昆拿个灭火器，一副要开喷的样子，迟疑着停下了手。

阎昊昆看他这样，也缓了下来："来，过来坐下说说吧，今天这是又怎么了？是不是姑娘又来找你要钱了？"阎昊昆说着自己先坐了下来，老顾头并不上他的当，杵那儿不动，也不知心里在那儿琢磨啥呢。

阎昊昆老出他的警，知道这个老顾头就是孤寡老人闹关心，想跟人聊聊天。时间一长，俩人倒也聊得还算和谐。

"我说你女儿顾晓兰老问你要钱，是不是遭遇什么'杀猪盘'了？你得好好问问她去。不过，杀猪盘这种事儿我们消防管不了，你得报警，打 110 啊，别打错了啊！"

老顾头反应了一会儿，瞪了阎昊昆一眼："你才是猪。"

阎昊昆一听，哈哈大笑："顾大爷，您这不挺明白的吗？"

阎昊昆在房顶上陪聊时，马卫已经在小型站检查转悠了一圈子，却不见阎昊昆喊他搭车回去，心想这阎王爷是故意撂下他，自个儿回队了。出了小型站，马卫正要打车回去，但一转念又给司机陈桐打去个电话，才得知那俩还耗着呢。马卫就有点担心，疾步朝阎昊昆他们这边走了过来。

话说阎昊昆在这大太阳底下，也跟房顶上的老顾头聊半天儿了，他真是有点儿扛不住了。"顾大爷，您看今天差不多了吧？"阎昊昆小心地和顾大爷商量着，顺手将小伙伴扔上来的矿泉水体贴地拧开盖，递给老顾头。

“不，我不喝，你们想毒死我！”

阎昊昆二话不说，喝了一大口，再递给顾大爷。顾大爷这才小心地接过去喝了，一边喝一边还偷眼观察着阎昊昆。

阎昊昆以为这老顾头也差不多了，就有点儿松懈了。因为每次接了阎昊昆的水，喝完也就随他下屋顶了。这时阎昊昆兜里的手机响了，阎昊昆伸手到兜里一掏，顾大爷眼睛一亮，突然奔向旁边扔着的钉耙。阎昊昆立马警觉，急奔上前抢，但钉耙离顾大爷很近，顾大爷居然机敏地抢到了手，还在那儿得意地哈哈大笑，做出欲攻击姿势。

阎昊昆立马将手中的灭火器冲着顾大爷，哄着他道：“敌不动，你不能动！”

顾大爷听话地点点头。

阎昊昆手里举着灭火器，用头夹着手机，在电话里跟对方布置了一下工作。

不大一会儿，阎昊昆挂了电话，跟顾大爷商量口吻道：“顾大爷，咱今天就闹到这儿呗，你看这么大的太阳，你可怜可怜我呗？”

顾大爷不为所动。

马卫到了一看，这俩人还在屋顶上聊天呢，问包蕊蕊：“这都快两小时了，就在大太阳底下站着，这不得中暑吗？”

包蕊蕊用手挡着太阳直射光，皱皱眉头道：“没办法，每次都得闹到顾大爷没力气折腾了，才能弄回去。今天也不知道咋回事儿，这已经快 3 个小时了。”

马卫转着周边观察了一下地形，又跟包蕊蕊拿了缓降绳，二人将拉梯悄咪咪地搬到后面，马卫轻手轻脚地从顾大爷身后上了屋顶。阎昊昆看到马卫手里的缓降绳，二人相视一眼，就懂了。顾大爷也是贼精，不时左看右看，眼看马卫就要伸出结好的绳套了，顾大爷却猛地回头，吓得马卫缩了回来，赶紧蹲在顾大爷身后掩护。阎昊昆怕马卫被发现，急喊："顾大爷，顾大爷您往这儿看！"

顾大爷一愣，看向阎昊昆，但他并无异常，顾大爷又要转回身去。阎昊昆急中生智突然又扭又跳来了一曲《小苹果》。阎昊昆边唱边跳："你是我的小呀小苹果啊，怎么爱你也不嫌多，红红的小脸儿温暖我心窝……"

顾大爷一听，老脸就还真红了。马卫趁机往上一套，随后后撤一下，准备拉紧绳索，结果顾大爷已回身飞起钉耙朝马卫挥来，眼看着钉耙就朝马卫飞来，马卫又不敢松绳，怕把顾大爷摔下去，只能小幅度躲闪。正跳舞的阎昊昆，慌乱中，急忙改了步伐，嘴里还唱着歌，就朝顾大爷扑了上去……

阎昊昆这一扑，原本冲马卫正面当头的钉齿，从马卫的耳朵呼啸而过，马卫瞬间就被打了个耳洞，顿时血流如注，阎昊昆和老顾头则双双滚落房顶。

大家严肃地坐在支队会议室内，马卫耳朵包着一团大大的纱布。阎昊昆露肉的地方，全都是擦伤。会议室门敞开着，似乎还在等什么人。

片刻，罗文选急匆匆进来，汇报道："焦政委，医院那边结果出来了，老顾头的左腿骨折了。"

焦权一听叹了口气，一副惹上麻烦的表情道："唉，阎昊昆，你太冲动了。"

阎昊昆梗着脖子道："那就任由老顾头伤我们的人吗？"

"我们受伤，总比群众受伤好交代吧？"

阎昊昆一听这话，噌地起身道："你们领导是好交代了，那我们该如何对得起队友，对得起自己？我就看不惯你们上层领导这种论调，国家培养一个合格的消防员多不容易，凭什么我们就该为这些人去送死？我们也是人，我们也是血肉之躯，救援没问题，赴死也没问题，但作死的时候，麻烦能别捎上我们吗？"

阎昊昆说完气呼呼地甩门就走。焦权尴尬道："这……这个阎王爷，这脾气也太……急了。"

不料，马卫随后也起身，悠悠地道："焦政委，我同意阎昊昆同志的发言。"

焦权一脸惊讶。马卫又补充道："焦政委，要是没有其他事，我就先回站了。"马卫说完恭敬地退出去了。

他二人走后，焦权敲击着桌面道："你，你们，你们这是反了啊！"

罗文选小心地说："焦政委，那您看……"

焦权似乎才回过神来，调整一下，很快恢复常态，道："你出面尽量和那个老顾头家属协商解决，还有总队那边要不过问的话，先不要报上去。"

罗文选恭顺地道："是，焦政委，我知道了。"

罗文选说完正欲离开，焦权却又道："小罗，你还是准备一个汇报材料吧，万一事情闹大上面要，也好有个准备。"

"是，焦政委。"

"……那个……一定要写清楚事实，包括这几年正义路为这个老顾头一个人出警的次数！你去跟正义路特勤站里的现场文书查调一下准确数据。”

罗文选：“好的，我明白，您放心，焦政委，我们是正当防卫。”

焦权无力地挥了挥手，叹了口气，才起身忧心忡忡地离开会议室。罗文选目送焦权的背影，心里却愤愤地想，“若是换个人，没准儿那指导员和队长（站长）就被推出去了，哼，护犊子护到这份儿上，迟早会有好戏看的！”

阎昊昆宿舍门敞开着，阎昊昆正在整理内务。马卫手上拿着云南白药气雾剂走了进来，随意地问：“怎么样啊你？”阎昊昆气呼呼地说：“死不了。”

马卫把药递给阎昊昆，阎昊昆看了一眼，也不接，一脸不在乎地说：“不喷那玩意儿。”马卫也不管他说什么，顺手就把药放到桌角。

阎昊昆正色道：“马瘫，你别误会啊！别以为我对你多好似的，当时那情况，不管那老顾头打的是谁，我都会那么做。”

“我知道啊。”马卫又悠悠地补充道，“我也是给我们中队长送药啊，又不是给你阎昊昆送。”

马卫说完还瞥了阎昊昆一眼，转身出门走了。阎昊昆鼻子里冷哼一声，但马卫人一走，阎昊昆抓起桌上的药，一顿狂喷。

哎，真是个口是心非的宝宝。

罗文选在来正义路特勤站前，特意给马卫打了电话，说了诉求，同时也委婉地打探了一下，得到阎昊昆出警的消息，他才赶紧蹦跶过来。

自从上次比武正义路失守四连冠后，罗文选见到阎昊昆就想绕着走。幸好这段时间事儿多，阎昊昆也顾不上搭理他。但罗文选心里明白，这阎昊昆就是个雷，迟早会爆。当然，他也明白，时过境迁，就算他再炸，也炸不出证据了。难不成他能闻出今天空呼里的压缩空气和三个月前的味道不一样？可是，尽管罗文选理智上明白阎昊昆他不能，但从情感上来说，他也不太想遇见这个阎王爷。

按说罗文选在支队队务科工作，说白了算是传说中“机关的”，但这条在阎王爷这儿行不通。罗文选本人也不知道怎么的，总觉得见面矮阎昊昆三分，可能就是传说中的气场吧。

罗文选这么琢磨着没几分钟就走到了，结果一进中队办公室，情况和他了解到的恰恰相反：马卫不在，而阎昊昆一看就是刚出警回来，战斗服还没脱，正在办公室训人呢，嫌弃刚出警的战斗员杜子杰系绳结打得不够妥当。

罗文选硬着头皮讪讪地打了声招呼，阎昊昆也没搭理他，搞得罗文选是走也不是，不走也别扭。好在阎昊昆很快骂完了，随后将一团绳子扔杜子杰怀里，“跟你们李班学学去，他结打得好！你今天学不会，从明天起操场全你扫。”

杜子杰嚅嚅领命而去。阎昊昆这才看了一眼罗文选，对着工位前的欧阳奇奇道：“奇奇，那个罗文选要老顾头出警记录，你配合给找找看。”

罗文选心想这是马卫出去前给交代好的。忙不迭道谢：“谢了，那昊昆你忙你的。”阎昊昆当没听见，直接朝消防库走去，去脱战斗服。

马卫的确是给阎昊昆交代过了，坐在出现场的消防车里，给阎昊昆电话交代，且不止交代了配合罗文选工作这事儿，还再三叮嘱阎昊昆，事情已经过去那么长时间了，不要再和罗文选闹了，并一再保证，以后他再不插嘴阎昊昆训练的事儿。阎昊昆当时正在出警回来的路上，火大得很，给马卫发了一通莫名其妙的火。

但阎昊昆这么着发一通火，马卫反倒放心了。来正义路特勤站这么久了，几乎和阎昊昆天天 24 小时搅和在一起，他也多少摸清了阎昊昆的脾气秉性。这阎王爷骂你，那说明他会照这个办，他要不办，都懒得搭理你。

然而，随着马卫对阎昊昆越了解，他就越心疼他。马卫多多少少学习了一点心理学皮毛，他知道阎昊昆这样的性子，其实多少受严厉的军人家庭的影响，有点儿缺爱，而他自身也缺少爱的能力，表达爱或者善意的时候，总不能正向表达，总是带刀飞翔。了解他的人，能体味他的“好”，但不了解他的人，很容易就给阎昊昆扣上暴脾气的帽子。

其实，这也正是阎昊昆与正义路指导员一职失之交臂的原因。阎昊昆这样的性格在一线救援兄弟们心里，是勇敢、担当的真英雄，但在领导眼里，他虽然业务能力强，却是个脾气暴躁不服管理的刺儿头，你说哪个领导愿意捧着这么个刺猬在手里呢？

马卫这天出的是一场普通居民楼火警，虽然起火住户全部过火了，但灭得利索痛快，屋里也没有群众被困。而娄小楼她们火调科关于这场火灾调查，也很快得出结论。原因是房主吃过晚饭出去遛弯时，将电动车放在屋里充电，起火的正是这玩意儿。

这种电动车搁家里充电，电瓶引发火灾事故近几年屡屡上榜，防火科不断加大宣传力度，但仍有民众心存侥幸。

这应该就是所谓“幸存者偏差效应”作怪吧。比如，我们天天看着朋友圈的朋友很有钱、很努力的样子，错误地以为自己也是他们中的一员；又比如，你在回家路上或者新闻里看到火灾等，觉得那只是新闻，离你很远，可能永远与你无关。但如果你也曾把充电器放床头给手机充电，也曾把电动车搬屋里或者楼道充电，那么你的意外也有可能比你的明天先来……

对于一个看过太多生死的消防员来说，也许命运的无常才是生命的常态吧。

马卫他们很快清理了现场，刚准备撤。这时火调人姜大利找到马卫跟他说，有事情要他帮忙，还非要拉马卫在旁边的小馆子随便吃点什么。马卫一开始肯定是推脱，并诚恳表示姜科长想请他帮什么忙，只要能做到的，不吃饭也能帮。

但姜大利却执意要吃，说正好是周末了，在外面吃个便饭放松一下。姜科长怎么说也是支队的领导，话说这份儿上，马卫再拒绝似乎也不合适了。于是，马卫和队友交代了一番，钻进消防车里将身上的战斗服脱掉，又找了瓶矿泉水，简单地把自己脸、手冲了一下，随姜科长去了。

当然，大家也都是同道中人，又刚出完现场，也没整那些花里胡哨的，酒是不敢点的，菜也朴素。姜大利却是一直热情招呼马卫。娄小楼当然也在，但她今天表现得像个摆设，没怎么说话。也难怪，此前马卫那么直接拒绝人家，不搭理他也正常。马卫刚开始还有点儿尴尬，但看娄小楼大吃大喝一副毫不在意的样子，马卫也就放松下来了。

而姜大利找马卫的理由，是听说马卫是北航机械自动化专业毕业的，想当然认为理科一定牛了，想让他给女儿辅导一下数学作业。其实，这不过就是个借口罢了。姜大利当然知道马卫这种职业，24 小时待命，哪有时间给女儿辅导作业！若不是被火调老娄逼着，姜大利还真干不出这事儿。

火调老娄干了多年火调，深知这火调工作的不容易。经常要在燃烧过的现场泡很长时间，虽有工作装备，但有时候为了近距离、“零触感”寻找并感受“物证”，长期下来自然会吸入不少有害气体。尤其是他自己在火调一线多年，导致肺部、嗓子均有不同程度的损伤，说话的时候总像鹅一样，隔段时间就毫无征兆地突兀地“哦”一声。

就是这样为火调奉献了自己“工作一生”的老娄，现在反倒成了女儿娄小楼干火调最大的反对者，但女儿的执着，让他终于明白反对无效。他就天天磨这个姜大利，姜大利真是不堪其扰，为了转移矛盾，脱口而出：“你还是别管你女儿的工作了，你女儿恐怕不只要继续干火调，还打算给你整回一在火线救援的消防员呢。”

果然，姜大利这一招，成功地将老娄的注意力转移了。

老娄麻溜地回家找闺女去了。

据说老娄和小娄当晚展开激烈的口舌“火拼”，打了个平手。但娄小楼第二天愤愤地找姜科算出卖她的账。姜大利自知理亏，就答应了帮娄小楼攒这个局，嘴里却不住地叨叨，“这叫什么事儿……”

马卫显然是被蒙在鼓里的那个，还认真地盘算了一下时间，最后跟姜科长商量，要不就是周末调休的时候，或许他还能抽出一点儿时间。姜大利自是十分感谢，不过，就算马卫答应了，姜大利也并不打算真麻烦马卫，毕竟，今天这局，姜大利受不了娄小楼磨他才攒的。所以，饭刚吃到一半儿，姜大利的手机很合时宜地响了起来，姜大利躲到一边接了一会儿电话。随后回到桌前，坐也没坐，急火火地嘱咐马卫，一会儿一定把娄小楼送回家，他家里有点儿急事，他先走了，账他也结了。说完，也顾不上回应马卫问他出什么事了，挥了挥手，不带走一片云彩，人就消失了。

留下一脸懵圈的马卫，也有点儿担心姜科，但他也不敢问娄小楼。娄小楼也不看他，低头边吃边说："你吃你的，不用担心他，姜科就是到了回家的点了。"

娄小楼这么一说，马卫更疑惑。娄小楼简短地道："家有悍妇。"

"哦——"马卫松了口气。他刚拿起筷子，准备吃菜，娄小楼突然从椅子上"哧溜"滑了下去，马卫吓了一跳，匆忙过去扶。马卫还奇怪地看看桌上的饭菜，因为娄小楼那个样子，实在太像菜里有毒了。饭店其他桌的人，也奇怪地看向他们，服务员吓得不轻，赶紧也跑了过来。结果瘫坐在地上的娄小楼却附在马卫耳边小声道："我喝多了。"

马卫听着一脸震惊，这才拿起桌上娄小楼刚才一直大口喝的矿泉水瓶，闻了闻，立马明白了。

"胡闹！"马卫说得小声却有力，随后他将娄小楼扶到椅子上，并向众人表示："没事儿，没事儿了，你们继续吃你们的吧。"

等围观人群和服务员迟疑地散去，马卫小声问娄小楼："还能走吗？"娄小楼摇摇头。

马卫看着二人身上还穿着作训服，一筹莫展。想了一会儿，马卫突然出其不意地将娄小楼一把扛起，扔在肩上，并顺手将娄小楼喝剩下的那半瓶“矿泉水”揣进裤兜，三步并二步就跨出餐厅。等众人反应过来，马卫早扛着娄小楼出了饭店门。

“到底腿长有优势！”娄小楼抱着一棵树，一脸花痴样子盯着眼前帅气的马卫道。

马卫一本正经道：“娄小楼同志，你扶好树，我去那边叫车。”

娄小楼含糊不清地说：“树它就要动，怪我咯！”

原来马卫怕招人围观，直接把人扛到偏僻处，这肯定不好打车了。马卫安顿好娄小楼，正准备前去打车，娄小楼上来一把抓住马卫，“你别走！”

马卫挣扎着：“娄小楼同志，你能不能注意点影响！我们可都穿着制服呢。”

娄小楼一听难受地皱着眉道：“我现在晕得厉害，坐不了车，你把我强行打包在车上，一定会吐人家一车的。”

“那你想怎么办？”

娄小楼可怜巴巴地看着马卫：“你陪我走回去。”看马卫没说话，娄小楼难过地说：“或者，你自己打车走，我没事儿，我自己能回去。”娄小楼说着七歪八扭往前走。

“一个小姑娘，喝不了酒，你喝个什么劲儿呢？”

“失恋了。”娄小楼头也不回地怼道。

一下子把马卫给怼哑了，站在原地半天没动。缓了一会儿，马卫紧走两步，追了上来，绕到娄小楼面前。

“娄小楼，我问你，你要能保证走直了，对得住你身上这身衣服，我就陪你走回去，你要这么东倒西歪地走，你就把这身衣服脱了走！”

娄小楼简直快被这个不解风情的马卫给气晕厥了。她赌气道："马指导员，您可以喊口令了，我现在就走正步给你看！"娄小楼说着真的在前面踢着正步走，马卫也意识到自己有点儿过分了，默不作声，跟在娄小楼身后，二人不远不近保持着一米的距离。

走了快半小时，这个马卫还是老实地跟在娄小楼屁股后头。娄小楼悲壮地一个人走在前面，眼泪早就趁着夜色吧嗒吧嗒不停地掉。娄小楼在哭她爱的人就走在身后，与她不足一米，但此刻却有种咫尺天涯的感觉；她也哭自己可怜的爱情，恐怕还没发生就挂了。

当他们走进正义路辖区曾经出警过的老顾头住的胡同口时，马卫终于忍不住，好奇地问："你家也住这儿啊？"

娄小楼就是不理他，也不回答，噌噌噌地走在前面，心里却愤愤地想，"你不是只在乎消防员形象吗？"马卫看她不作声，也不追问，无奈地跟在她身后继续走。

二人正走着，突然胡同里叫嚣着蹿出一条大狗，朝着走在前面的娄小楼冲过来。娄小楼当即吓得哇哇大叫，人也愣在原地动不了。马卫反应很快，一步跨上前，将娄小楼一把拉到自己身后。大狗被突然蹿上来的马卫给吓得"刹住了车"，原地狂吠并不扑上来。紧接着胡同里乱成一片，有个上了年纪的女人叫喊着，"着火了，着火了！"披头散发地赤着脚在胡同里跑。

马卫警觉地四处看了一下，并没有看见明火。但他立马将喝了酒的娄小楼一把抱起，放在旁边一截小墙上，嘱咐道："你在这儿别动，我去看一下！"

马卫随后冲女人叫喊的方向跑过去，狗愣了一下，也跟着马卫跑了。马卫边跑边大声喊："我是消防队的，哪儿着火了？"那老阿姨听到"消防队的"，立马折返回来，给马卫哭诉着，她想翻新一下自己的棉被，却不知怎么的不小心就给点着了……

马卫按老阿姨指引，跑进小院，却发现一片漆黑。老阿姨告诉他，断电和起火同时发生的。马卫初步判断应该是电路老化、短路引发的事故。他让老阿姨靠后，并嘱咐她劝阻看热闹的群众不要靠近，以免发生危险。

随后马卫直接拨通阎昊昆手机："我马卫，王园那片拆迁棚又起火了，赶紧派大水车和照明车来。顺便跟总台报备一下。"

此时的马卫身边什么装备也没有，可他明白灭火的最佳时机就是起火三分钟内。于是，他问清老阿姨厨房的位置，打开手机电筒，冲了进去。火苗在马卫一拉开门的瞬间往外反扑了一下，马卫巧妙地躲过直接闪进屋内。屋里的火刚刚开始燃着，火势虽凶，烟并不大。马卫随手抓起一个盆，打开自来水，盛水灭……

马卫一个人正热火朝天地灭火呢，却发现对面也泼来一盆水，一抬头发现是娄小楼。接下来二人就像比赛似的，一顿狂泼，你一盆我一盆地往棉被上浇。此刻，倒也看不出娄小楼的半点醉态了。围观群众先前还害怕，听话地在院墙外隔岸观火，但后来看到马卫和娄小楼两个人救援，也纷纷从自家拿来脸盆水桶等加入扑救行列。在大家共同努力下，明火很快就被扑灭。

马卫担心死灰复燃，朝群众喊："谁家有棉被？愿不愿意拿一床出来？"人群里有人热情地喊："我家有，我愿意。"不一会儿有人拿过来一床棉被。马卫抱了棉被，匆匆冲进厨房，将棉被浸在水里，全部打湿后，抱着重了很多的湿答答的棉被出来，指挥娄小楼："你抓那个角。”

娄小楼马上会意，跑过来和他合力抓着棉被，二人欲合力将棉被盖到燃过的灰烬堆上。马卫又对端着水盆做准备的群众道：“我扔上去棉被后，你们马上就把水浇上去！”

群众忙不迭点头。于群众来说，是第一次参加这种救援，心中激动又紧张。此时集体拯救别人的英雄荣誉感，让他们一个个看上去闪着神圣与坚定的高光！

马卫喊：“一、二、三！”随着棉被被马卫用力抛出去，马卫这边力气大，发力不均，意外地把娄小楼带倒在棉被上，娄小楼被连人带棉被直接给扔灰堆里，而群众的水盆也纷纷浇下，娄小楼瞬间就被淋成个落汤鸡……

马卫将娄小楼从灰堆里抱出来，放到院外空地上。才看清娄小楼被从头浇到脚，脸上的黑灰与水混合成黑水滴，正顺着脸颊往下淌。马卫定定地看着娄小楼此刻就跟卖火柴的小女孩似的，突然就乐了，马卫一笑，娄小楼“哇”的就哭了……

马卫这下子尴尬了，开始各种翻兜，结果翻半天一张纸巾也没翻出来。马卫歉意地说，“不好意思，没带纸巾。”娄小楼却是眼含热泪，可怜兮兮地盯着马卫那修长的手，马卫也看看自己的手，迟疑了半天，才伸出手，但抬到一半，又尴尬地放了下去。娄小楼真是被这个马卫给急死了，抓起马卫的手放自己脸上。马卫总算开窍了一回，开始试着用手轻轻拭去娄小楼脸上的脏泪珠……

没人知道，就那么一刻，马卫突然在心里认定了娄小楼就是一名合格的消防员的妻子。

那一刻，也正被带队赶来增援的阎昊昆看在眼里。

阎昊昆一闪神，怀里抱着的一盘水带自然弹开，直接滚了出去，滚到马卫和娄小楼脚下……

第十二章

如果说之前这场三人行鸡飞狗跳的爱情，娄小楼还属于追马卫而不得，阎昊昆看着还不那么受刺激，可眼瞅着两人就要双宿双飞了，那阎昊昆可就浑身不得劲儿了。又开启了有事儿没事儿就找马卫的碴儿，一时间两人像俩 3 岁小朋友，把正义路特勤站搞成个大型幼儿园。

这天马卫在办公室小声地和阎昊昆商量，能不能这个周末让他先休，他想请娄小楼吃顿饭。不想阎昊昆大声拒绝："不行！"办公室里大家正低头做自己的事儿，听阎昊昆突然这么大声，都不由得往马卫和阎昊昆这边看了一眼，但很快这帮孩子都低下头，假装自己不存在。毕竟，这气氛也不是一天两天了，他们早就有经验了。

紧接着阎昊昆大声补充道："我不是不同意你休，我不同意你和娄小楼单独吃饭！要去我也去！"

"可队里总得留人吧？"

这时陈文锋悠悠起身道："马指，阎站，你们俩都去，吃饭也就两小时的事儿，我盯着。"

阎昊昆得意地说："好啊！那辛苦文锋了。"说完还坏坏地看看马卫。

1995年出生的副站长陈文锋，不知道的人还以为他是真的情商低呢。其实不然，只不过他内心站队肯定是阎昊昆了。其实，不止陈文锋这样，正义路特勤站大家都这么认为，在他们心里能配得上支队平民女神娄小楼的，只有他们勇敢无敌的阎站长（中队长）。而迟来的马卫显然是“第三者”了，他们才不管阎昊昆和娄小楼是否真的分手了，在他们看来，阎昊昆和娄小楼“两口子”只是闹了点小别扭罢了。而且在这帮小伙子心里，阎昊昆和娄小楼是他们对一个消防员完美婚姻的全部想象。

马卫刚得了点好感，因为和娄小楼关系往前走了这么一小步，恐怕又被败光了。

这家餐厅的座位是小卡座，马卫坐在娄小楼和阎昊昆对面，气氛比较诡异。

娄小楼一边用手拨弄着散开的长发，一边小心翼翼地小口吃着。她身边的阎昊昆小声数落她：“披头散发的吃什么火锅。”

不远处的服务员听到这话，体贴地递给娄小楼一根皮筋。娄小楼谢过后，将头发随意地扎到脑后。果然，头发扎起后，感觉清爽多了。娄小楼拿起筷子就到锅里夹起一鱼块，结果阎昊昆立马伸出筷子半道把鱼给拦截住，道：“还没熟呢！”娄小楼夹的一块鱼“吧嗒”就掉进汤里，而对面正低头吃饭的马卫，没防备被溅起的汤烫了一下，本能后撤了一下。

娄小楼尴尬地看着阎昊昆，马卫却看向娄小楼问：“你们俩没烫到吧？”娄小楼摇摇头。马卫看了一眼阎昊昆也没说什么，用公筷给娄小楼碗里夹了许多菜，娄小楼小声道谢后，埋头开始吃。

阎昊昆刚吃了两口，突然又放下筷子，一脸不高兴地打量着娄小楼。娄小楼被看得直发毛，疑惑地问阎昊昆：“我牙上有菜叶子？”

“你今天这是穿的啥？你发什么神经啊？自打你出娘胎你穿过这玩意儿吗？瞎作什么呢！脱了，赶紧给我脱了！”阎昊昆说着还扯了扯娄小楼的裙子。

娄小楼捂着自己被提歪的领口，臊得一脸通红，“阎昊昆你别胡闹，你放手！”

“给我脱了去！”

本来他俩刚开始闹的时候，马卫一直低头默默地吃，但此时，马卫实在是听不下去了。他抬起头道：“阎昊昆，你到底要干吗？这地儿你让她怎么脱衣服啊？”

阎昊昆剜了马卫一眼，随后像个孩子似的，把刚才马卫夹给娄小楼的菜，直接倒自己碗里，赌气地道：“她不爱吃这些。”说着自己给娄小楼重新夹了很多肉到碗里。

娄小楼生气地说：“阎昊昆，你能不能别闹了？”娄小楼这么一说完，阎昊昆不说话了，娄小楼以为他安稳了，也开始低头吃饭。

但阎昊昆心里其实憋了一肚子气。阎昊昆能受得了千万人不理解，但他最受不了娄小楼的误解。此时的娄小楼没读懂阎昊昆背后闹的是什么，阎昊昆“爱的表达”就会更加码！果然，阎昊昆突然恶作剧地将娄小楼头发上的皮筋一把扯掉，娄小楼的长发猛不防散落在她面前的汤碗里，瞬间头发上沾的全是油。

娄小楼气得眼泪已经掉下来了，对着阎昊昆“你、你”了半天，没再说下去，而是起身哭着朝卫生间跑了。马卫叹了口气，跟阎昊昆说：“你还不去看看？”

其实，马卫本想第一时间去追娄小楼，但偏是此时他看懂了阎昊昆闹的背后，是对娄小楼难以割舍的感情。而性格使然，马卫就有点“让”的意思了。不想阎昊昆嘴硬道：“我才懒得管她呢！”

马卫认真地盯着他：“那你不要后悔！”

“我的字典里没有后悔两个字。”

马卫听阎昊昆这么说，起身朝卫生间走去。此时的阎昊昆心里恨不能抽自己几个耳光，是谁给了他一张言不由衷的嘴？但表面上看，阎昊昆依旧是一脸不在乎，看都不看马卫一眼，埋头吃东西。可他扒拉菜的速度越来越快，一点辣椒油不小心突然溅到阎昊昆的眼睛里，阎昊昆最后的倔强终于被打趴下了……

阎昊昆红着眼起身，朝洗手间走去。

不得不说，马卫如果心里接受了，行动上还蛮暖心的，竟然主动给娄小楼吹头发。

阎昊昆走到卫生间入口，看到马卫正拿着吹风机给娄小楼吹头发，立马整个人都不好了，有种著作权被人侵犯的感觉。因为这事儿，阎昊昆他打小就做啊。马卫撩动起娄小楼的长发，每一根都像箭一样戳痛阎昊昆的回忆……

娄妈拧着娄小楼耳朵，将浑身脏兮兮、头发也黏着泥的娄小楼边骂边往院子外拎。娄妈气恼地说：“有你这样的女娃吗？怎么能跳河里围鱼去呢，你看看你哪有点儿女孩子的样儿！”

娄妈一边骂着，一边将盆里盛满水，准备给娄小楼冲头发。正在气头上的娄妈，力道也就不轻了，娄小楼被扯得哇哇乱叫。娄妈一边洗头，一边数落娄小楼，大人一天忙得跟陀螺似的，你就不能让人省点心吗？

娄妈正要再盛水，小小的阎昊昆却不知啥时候来的，已经盛好水，双手捧举着个水舀子。娄妈刚要接过来，阎昊昆却请求道：“娄阿姨，我给小楼冲吧？”娄妈看看这个小小的男子汉，“好吧，那谢谢昊昆了。”

娄妈进屋后，阎昊昆开始细心、小心地给娄小楼用水冲洗头发上的泥……

洗好后，6 岁的娄小楼一头湿漉漉的头发，乖巧地坐在小板凳上等着 9 岁的阎昊昆给她吹头发。不得要领的阎昊昆笨拙地拿着吹风机，相当不熟练，小心地站在另一只小板凳上，给娄小楼吹头发。

娄小楼却极其放心，两只手绞着橡皮筋玩。阎昊昆不断地问娄小楼：“疼不疼？”

“不疼啊。”娄小楼仍旧专门地绞着橡皮筋说。

阎昊昆：“疼你说话啊。”

娄小楼应一声，就想转头，毕竟小孩子坐不住。阎昊昆却压住她的头道：“不要乱动，小心烫到。”娄小楼执拗地要转头，阎昊昆只好停下来。娄小楼转过头来，一脸憧憬地问：“昊昆哥哥，我长大后，你会娶我吗？”

已经上小学的阎昊昆脸瞬间红了，抿着嘴不说话。娄小楼却认真地继续追问他。阎昊昆想了一会儿，小胸脯一挺道：“好，等你长大，我就娶你！”

那时候，黄昏的斜阳打在两个小孩子身上，仿佛一辈子的幸福已然放在眼前。

……

马卫手上吹风机停了，“好了。”阎昊昆猛然醒悟过来，从过去回到现在。

娄小楼："谢谢你。"

就在娄小楼和马卫二人转身准备回餐桌之际，阎昊昆迅速转身离开。等马卫和娄小楼回到之前他们的卡座，阎昊昆已经不见了。正在他二人猜测阎昊昆是不是去了卫生间时，马卫手机进来一条微信：站里有事儿，我先回了，吃完饭把小楼安全送回家。

车速极快，车载音乐开得超级大声，车窗户大开着，风一吹，泪水还是从阎昊昆脸颊滑落。车载音乐应景地唱出阎昊昆的心声：年少初遇藏在我心里，多年不减你深情……

往事成排成排地涌进来。

为了参加娄小楼的毕业典礼，阎昊昆连续三个月没休，就是为了多攒几天假。但当阎昊昆赶到学校，毕业典礼貌似已经结束了，娄小楼正和一群同学纷纷将手中的书本抛出……

阎昊昆一直在不远处的树影下，一脸温情地看着她。一身特正式的戎装礼服，闪着耀眼的光芒。

娄小楼终于发现了阎昊昆，热情地朝他跑过来，并且直接跳进他怀里，上手就把阎昊昆头敲了一下，道："讨厌，又迟到！毕业典礼都结束了！"

阎昊昆歉意的："飞机延时起飞，我……"

娄小楼这才跳到地上，上上下下打量着阎昊昆，打断他："哼，穿这么好看顶什么用？反正毕业典礼已经错过了。"

阎昊昆急忙道："有用啊，还有一个仪式没错过啊！"

"什么仪式？"

阎昊昆似乎鼓了会儿勇气，突然单膝跪下，从兜里掏出戒指，道：“你今天大学毕业了，我们结婚吧？”娄小楼愣了一下，转而哈哈大笑，笑得前仰后合的……

这时，远处的同学似乎发现了这边的异样。同学们八卦地议论着，好像有人跟小楼求婚哦，我们去看看，于是，一票人呼啦啦地跑过来，将他俩围在中间。

娄小楼一看，紧张起来，收住了笑，小声地道：“阎昊昆你别闹，你快收起来。”

阎昊昆执拗地说：“小楼，我是认真的。”

而一群女生看起来比娄小楼更兴奋：“哇，国家发的哦，果然帅哦！”

突然有同学喊出，“在一起！”大伙儿立马跟着一起搞节奏，此起彼伏地“在一起，在一起，在一起……”喊起来。

娄小楼有些慌乱，而阎昊昆一脸倔强。娄小楼定了定神，俯下身凑到阎昊昆耳边，在旁人看来更像是亲吻，并且将戒指接下。围观人群瞬间响起热烈的掌声。而在这热烈的掌声里，没人听见，娄小楼耳语的是：阎昊昆，收下戒指，不是表示同意，只是你这么好面子，我不想让你难堪！

“为什么拒绝呢？”马卫好奇地问娄小楼。全然忘记之前自己还斩钉截铁地表示，不要听娄小楼和阎昊昆的爱情故事。娄小楼一本正经地看着他，答非所问道：“打脸打得这么快啊？”

“啊？什么啊？”

娄小楼笑了，也不愿意再挤对他，只是接着刚才讲的继续道：

“我和阎昊昆从小一起长大，小时候还经常睡一个被窝……”

说到这儿娄小楼脸红了一下，才继续道：“我和他彼此间是如此熟悉，熟悉到没有那种，怎么说呢，哎，我也不好形容，就是我一直觉得他是我的家人、亲人。”

其实，马卫问的这个问题，当年的阎昊昆当然更想知道答案。

“说好长大后娶你的哦？”阎昊昆问娄小楼。

“我不想长大！”

阎昊昆：“你无理取闹！”

娄小楼突然站定，阎昊昆差点儿撞她身上。娄小楼霸道地对他说：“来！把手伸出来！”阎昊昆疑惑着：“干吗？”但还是弱弱伸了出来，娄小楼一把抓自己手里。“有感觉吗？是不是像左手摸右手？”没等阎昊昆反应，娄小楼甩开他的手，扬长而去。

而阎昊昆手里多出了刚才求爱时的那枚戒指。

马卫听完后，悠悠地问：“那你们俩就是没谈啊？何来的前男友前女友一说？”

娄小楼苦笑道：“谈了。阎昊昆那种人，他想要什么，你必须答应，不然他能各种作。后来被他作得没办法，就答应了。”

马卫似乎略有失落地“哦”了一声。

“不过，很快他自己可能也觉得无趣了吧，主动提出和我分手了。”

娄小楼说着尴尬地笑笑。“其实，到现在我也不知道他为什么突然又要分手，问了很多次，他说谈了没有‘放’着好。”

马卫又轻“哦”一声。

娄小楼对他这种反应，实在是火大得很，直接吼道：“你老哦哦的，饿什么饿呢？你没吃饱吗？你的呢？我的感情生活可是全交代了。”

男生一般很容易被女生这种一连串质问给整懵圈，不知道该回答哪个，只好老实巴交地按顺序回答，“我……吃饱了……”

娄小楼气呼呼的：“我不是问这个。”

马卫：“哦。”

这回这“哦”字一出口，立马招来娄小楼一顿白眼。马卫赶紧说道：“我……我没怎么谈过恋爱……”娄小楼不相信似的看着他。马卫赶紧补充道：“那个……上高中的时候，有女同学主动找我，但我那时候就知道高考、打篮球；大学学的是机械工程自动化专业，班里只有 6 个女生，好像就没有女生再跟我表白过了……”

娄小楼一听这话，生生被马卫给气笑了，“你等女生跟你表白啊？”马卫不好意思地挠挠头。

娄小楼突然站定认真地说：“我还是觉得我俩挺合适的，要不咱俩试试？”

马卫一听，尴尬地喃喃道：“你……你怎么总是这么突然？”

马卫这话再次伤了娄小楼的自尊，娄小楼急急地道：“好了，你不用说了，我知道答案了。”娄小楼说完落荒而逃，扔下一脸懵圈的马卫。

她不知道马卫此刻心里也是一片荒芜，就像被敌人千军万马的铁蹄踏过，可都没看清敌人长啥样，敌人就已经逃之夭夭了……

其实，对于马卫这样没正经谈过恋爱的男生，更不懂女孩子此刻的心思。

女生一旦真爱了，就会变勇敢，但女孩子若勇敢地跨出第一步，男生却一步不走，那女生就会变得敏感，甚至变得不自信。

往日踌躇满志的娄小楼，曾在正义路特勤站“集体难过”时，默默给马卫发关怀微信，以及挖空心思在网上找一些搞笑段子发给他，想要缓解他郁闷的心情。可马卫那时候回微信的节奏呢，就是轮回，但那个时候的娄小楼，一再给马卫找借口，想他一定是太难过了，才不想理她。

可今天再次表白被拒，所有的理由原来都是错觉。此刻，娄小楼感觉全世界都抛弃了她。就算她在正义区支队被尊为“平民女神”，收到了正义区小队友最多的零食，也不能填平总被马卫拒绝的荒坑……

第二天打篮球时间，阎昊昆不让其他战斗员上场，他和马卫两人占着正义路特勤站篮球场，展开一对一对决。

起初打得还算和谐，越往后打得越上火，篮球的对抗，直接变成了身体的对抗。队友们一看也急了，不料，阎昊昆直接命令所有人：“向后转，不准看！”队友们听话地向后转过去。

被围着的马卫和阎昊昆在小圈子里，仍然争抢得激烈。

“马卫，你混蛋！你为什么要接了娄小楼？”

马卫不甘示弱：“因为我觉得她是个好女孩儿，而且是特别能理解消防员的女生。”

阎昊昆咬牙切齿地回怼道：“她对我这么了解，他爹也是老消防，她当然理解消防员了！但我不管你怎么想，反正我不同意你们在一起！而且永远也不可能同意！”

“阎昊昆，你能不能成熟一点？你已经和她分手了。或者如果你还是放不下，我们可以公平竞争！”

阎昊昆一听马卫这话，非常不讲“球德”上去就给了马卫一脚，骂道：“你把娄小楼当什么？当个赌注吗？马卫，我跟你说，娄小楼是我的亲人、家人，我不准你伤害她，我也绝不允许你这种人追她！”

阎昊昆说着又激动地上来抻住马卫的领子。马卫被他提得呼吸略艰难，磕磕绊绊，“阎昊昆，你能不能学着好好说话？”

阎昊昆狠狠地瞪他一眼，松手的瞬间将马卫怀里的篮球抢了过来。眼瞅着阎昊昆要把球投出去了，马卫立马上来抢，却扑了空，但用力过猛，把阎昊昆推倒在地上，马卫也跟着踉跄摔倒，两人翻起来，互相对视了一眼，就动起手来了。不过，他俩这哪里是在打架，分明就是在掰手腕，而且不是用手腕掰，是用身体在掰。

门新科一看氛围不对，悄咪咪地指挥大家散成个圈，背对着将马、阎二人围在中间，这帮小伙子，干这些遮领导耳目的事情擅长得很。而那俩货，较着劲儿，一会儿阎昊昆扳倒马卫在上面，一会儿马卫再把阎昊昆压身下。两人在地上滚来滚去，头上身上汗水和着泥，一会儿俩人就滚成两只泥猴。

队友们想转身，又不敢转身，但也都偷眼瞅，所以，直到罗文选挥着小短腿冲进人圈，大家才反应过来。

罗文选急火火地叫道：“别打了，出事儿了！”

马卫和阎昊昆一脸黑灰，停了下来，疑惑地看着罗文选。罗文选没等他二人问，急火火地道：“赶紧的，焦政委喊你俩过去，那老顾头女儿顾晓兰要起诉你们！”

马卫和阎昊昆互相看看，放开了彼此，打扫身上的灰。队友们已经七嘴八舌嚷了起来：凭毛线啊？一年救他 10 多次，还救出毛病了？

马卫稳了稳，道：“大家先别吵吵，我们去了解一下情况再说。”

马卫和阎昊昆转身正要走，罗文选看着他二人这尊容，建议道：“要不还是洗洗去吧？毕竟见领导，而且还有外人……这样不太好吧。”

马卫和阎昊昆互相看看，的确全身滚得像两只灰耗子。于是，一前一后进了洗漱间。拧开水龙头，简单直接地把头和脸放水龙头下面冲。二人又都是一样的短发毛寸，一打湿，居然都根根竖着。两个洗完了，像是刚从水里捞出来的鸭子一样，也不擦，而是甩，关键两人都是恶意满满地给对方甩了一身水。

当天谈判进行到晚上 11 点，也未达成协议，因为老顾头女儿顾晓兰提出让消防队赔偿 75 万元赔偿金。而阎昊昆在被叫去了解情况不久后，就出警去了。不然，他听见这个天价赔偿，估计三观都会被震得稀碎，又得像个二踢脚一样炸了。救援救出这么高的赔偿金，也是没谁了。当然消防队也不能答应这么无理的要求。

没想到，第二天正是下班高峰期，人流众多。老顾头女儿“装备精良”直接躺在正义路特勤站大门外。身下垫着防潮垫、馒头夹着老干妈、旁边用木杆拉着横幅，横幅上写着：救人变害人，无良消防队。

尽管门岗一再劝诫，来往的行人，还是偷偷举着手机拍照。

这一幕刚巧被出现场回来的阎昊昆看到，暴脾气瞬间就被点燃。阎昊昆三步并二步上去就要撕了那条幅。顾家女儿显然早有防备，抱着木杆不撒手，大吼大叫：“大家快来看啊，消防队的打人了，消防队的打人了。”

阎昊昆到底力气大，从顾晓兰手里夺过条幅，双手一折，那根杆就成两半，直接扔旁边垃圾桶。

阎昊昆严厉地说：“我限你秒离开，不然我就报警了。”

阎昊昆以为话说到这种程度，她就明白了，说完转身就要走，不想坐在地上的顾晓兰却突然上去抱住阎昊昆的大腿不撒手。还一把将自己胸前衣扣扯开，号叫撒泼：“快来看啊，消防队的性骚扰啊！”

顿时围观的路人多了起来，拿着手机开始胡乱拍！岗哨那句，“请大家不要拍照，禁止拍照”早被淹没。而阎昊昆这个直男，被顾晓兰抱住腿挣不脱，一时又急又气又窘迫，又不敢用力挣，怕拉伤她，被骚得脸红得不得了。

“放开。”

“不放。”

“你信不信我能把你送派出所去？”

顾家女儿无耻地说：“你信不信我能告你性骚扰？”

“无耻！”

这时接到通知的罗文选匆匆奔过来，“顾女士，您这是干什么？我们的赔偿还在协商中，您这样，我们还怎么协商？”

顾晓兰抱着阎昊昆大腿不撒手：“没什么好协商的，价我出了，你们给就是。”

罗文选这人平常不显山不露水，今儿也被气得够呛。他忍不住回怼道：“您那不是出价，您那是敲诈！”

“我不管！反正我就要那么多！”

正僵持间，马卫跑过来大声道：“人是我伤的，你要赔偿，我们可以商量，但你再这么胡闹，我们只能到派出所商量了。”

顾晓兰一看来人是昨天一直负责谈判到最后的马卫，立马放开阎昊昆，跳起来就扯住马卫胳膊，道：“原来你才是真凶啊！”

马卫其实也是刚出警回来，听到消息才赶来的。

他严厉地对顾晓兰道：“松手！”

顾晓兰就是不放手。

马卫耐心地劝解：“你想要赔偿呢，我们上办公室谈。你不想要呢，咱们就在这儿闹。你要嫌不热闹，我再给叫俩记者来！”

顾晓兰迟疑了一下，一想觉得也差不多了，毕竟她造势的目的也只是想要钱。于是，她放开马卫，随即跟着马卫及罗文选朝办公室走去。

阎昊昆阎王爷，仿佛长这么大还是第一次受这种奇耻大辱。等顾晓兰被马卫他们带走后，他不停地用力拍自己身上的灰，仿佛刚才那个已经从他身上抖落掉的女人，此刻还在他身上黏着。

阎昊昆边拍边喃喃自语道：“这个世上竟然有这种奇葩？”

又是熬到了快 12 点，马卫派了车才勉强将顾晓兰送走。阎昊昆呢，当然也没睡，顾晓兰前脚一走，后脚他就进了会议室。马卫将情况简单说了一下，二人一致得出结论，看来这个顾晓兰明摆着只想要钱，而不想商量。

马卫疲惫地叹气道：“睡觉去吧，累死我了，今晚是过去了，估计明天还得来，跟个胶皮糖似的。”

没等顾晓兰来呢，一大早阎昊昆跟马卫交代了一嘴，说他有急事要出去一趟，开了自己的车就风驰电掣地驶出了正义路特勤站。都是常活动的片区范围，没开多久，阎昊昆就到了医院。只见着便装的阎昊昆疾步朝骨科走去，刚走到护士台，小护士们就眉开眼笑地迎上来，与他打招呼："哎呀呀，小阎队长啊，听说你变成站长了。"阎昊昆一本正经地回应："一样一样，都是干活的，就是改制换了个称呼而已。"

小护士："今天怎么有空过来啊？"

阎昊昆："来看病人啊。"

护士："来看老顾头吧？"

阎昊昆点点头。另外一个护士一听，马上抱怨道："哎哟，腿脚早好得差不多了，你们消防队赶紧把人给弄走吧，这个老顾头真能作。"

阎昊昆小声地说："快了。不过，需要你们帮点忙。"

小护士疑惑不解，阎昊昆凑近她们，几个脑袋密谋了一会儿。其中一个小护士，蹲下身子从下面柜子里拿出一件白大褂和一只医用口罩。末了，还一脸花痴状叮嘱阎昊昆："别让我们护士长撞见哦。"

阎昊昆回了她一个"OK"的手势，拿了衣服就朝旁边卫生间拐了进去。

小护士还一直望着阎昊昆的背影发呆。旁边护士打趣道："你男神早走了，还不快换衣服接班。"小护士一脸红晕地笑了笑，一头钻进里屋。

这个小护士叫白茹，1994 年出生，崇拜军人，在她看来消防改制不改制对她来说不打紧，反正在她眼里，阎昊昆就是她心里完美的军人形象。只是，对于白茹后来三番五次的表白，阎昊昆也如符合白茹对“军人”想象的拒绝一样，就一个字，“不！”当然这是后话了。

但能果断对美女明确说“不”的男生，绝对是三观端正、背景纯良的好男人，因为在这个情感泛滥的年代，哪个鱼塘不养几条小鱼儿呢。只是，一个人的人品，恰恰都隐藏在这个“不”字后面。

阎昊昆再从卫生间出来时，已经穿上了白大褂，戴起口罩，推着轮椅朝老顾头病房走去。以推老顾头出门晒太阳的名义，没费吹灰之力就将老顾头骗出来了。

一路上老顾头高兴得差点从轮椅上站起来，直夸赞：“哎呀，太好了。你们现在这三甲医院服务真好啊，都快赶上五星级宾馆了。”

阎昊昆嗯嗯啊啊地应付着，推着老顾头一直往医院北区走去，越走人越少。老顾头渐渐觉得有些不对劲了，回头问道：“您这是要带我上哪儿散步去，咱们是不是走得太远了？”

阎昊昆低沉地道：“到了。”

老顾头一脸疑惑：“这是哪儿啊？”

阎昊昆用手指了指前面的不远处，就看到写着“太平间”三个字。老顾头当然也识字，一看急了：“你干吗带我来这儿啊？你是谁？”

这时，阎昊昆将老顾头轮椅转到正面，脸对着他，摘下口罩。老顾头认出了他，惊恐地道：“阎队长？！”

阎昊昆也恢复往常的混不吝样子，说道：“顾大爷啊，咱俩再唠唠？”阎昊昆边说边给顾大爷包紧小被子。顾大爷却是一脸惊恐状……

阎昊昆要的就是这效果，也不搭理他，自顾自地开讲了。

“顾大爷啊，我在这个中队 9 年了，带队也 6 年了，从我还是副队长的时候，就出您的警，现在我都出成站长了。这 6 年来，您老人家装疯卖傻，不包括慌报出的空警，有效出警不说月月出，平均三个月，您也总得折腾我们两回吧？顾大爷，您是真当我们这消防队是给您一个人开的啊？”

阎昊昆越说越激动，同时一脸阴森森地一点一点靠近老顾头。老顾头慌了，紧张地问：“阎，阎队长你想干什么？”

阎昊昆阴个脸：“我想为您再出最后一趟警！”

老顾头大惊：“阎队长，你别胡来！你信不信，我找你们领导投诉你去？”

“信啊，你女儿已经闹到支队了，说你不但骨折了，你还因此而精神失常了，问我们要 70 多万元的精神赔偿呢！”

老顾头弱弱地说：“那你还……”

阎昊昆点点头：“嗯，所以啊，我让你没有机会投诉啊。”

阎昊昆说着将口罩戴起，将老顾头轮椅推起，快到飞起，朝太平间方向飞奔。老顾头是吓得两手紧紧拽着扶手，惊慌失措地说：“阎队长……阎队长，你不能胡来，医院到处都有监控。”

阎昊昆得意地大笑道：“没事儿，之前检查消防设备时，我顺带替他们把监控也检查了一下。”

阎昊昆继续加速。

老顾头惊恐万丈。

眼瞅着就快到太平间门口了，老顾头突然从轮椅上矫健地跳下去，一溜烟跑了。边跑边狂喊：“救命啊，有人要谋杀我；救命啊，有人要谋杀我！”

阎昊昆拿着手机对着老顾头的背影一顿狂拍。看着小视频里的顾大爷，阎昊昆得意地说：“这不但能走，跑起来也挺溜儿嘛！”

第十三章

阎昊昆像没事儿人一样，大剌剌走进焦权的办公室，看到马卫和罗文选已经在了，互相点了个头。焦权貌似刚看完老顾头的视频，黑个脸，阎昊昆就知道等待他的肯定不是鲜花和掌声了。其实，对这种结果阎昊昆之前就想到了，只是没想到有些事情，一旦发生了，走向就完全不由你一个人控制了。

阎昊昆讪讪凑到焦权身边坐下问："怎么样焦政委？这下有证据证明老顾头是讹咱正义路特勤站了吧？"

"嗯，是有证据了。所以，他不住院了，他改住派出所了。"

"啊！"阎昊昆差点儿惊得跳起来。

焦权没好气地说："啊什么啊？这不你干的好事儿吗？他现在说消防队的人威胁他的人身安全，企图要杀人灭口，请求人民警察来保护他。"

阎昊昆简直被气得哭笑不得，一不小心飙出句脏话："我去！还能要点脸不？"

焦权摆了摆手道："行了，我叫你来，不是听你吐槽的，要不是片区孙所长和我还有点交情，把这事儿压下来，先报给我，估计你小子又要挨处分了！"

阎昊昆梗着脖子，起身道："凭什么！"焦权瞪他一眼，阎昊昆乖乖坐了下来。焦权是恨铁不成钢地戳了戳阎昊昆的脑袋："行了，你回去吧，我叫你来，就是通知你，以后这事儿，你不准再插手，让罗文选和马卫他俩商量着办。"

"哼，你以为我乐意插手啊，我还懒得管呢！我倒要看看他俩怎么联起手来坑正义路特勤。"阎昊昆说完愤愤地走了。

留下三人面面相觑，互相对看一眼，开始了正经讨论。

焦权道："这样，既然已经曝光了，这事儿就捂不住，咱们救援是有失误，但这失误不至于值70万！罗文选你下午跟宣传那边对接一下，让他们主动把这个事儿报道一下，给群众一个交代。"

焦权又转向马卫："马卫，你和防火科火调部门的同志对接一下，他们调查经验丰富，看看能不能配合深入了解一下老顾头家的情况。"

马、罗二人分别应道："是。"

然而，世事难料，正义路特勤站才行走在正义维权的路上，在这个网络横行的年代，老顾头的女儿顾晓兰已经先行接触了一些媒体记者。趁着夜色，一篇讨伐消防队的《是救援还是谋杀？》战斗檄文，在网络上开始发酵。而炮制这些文章的人，他们称自己为记者，被委以向我们（大众）这些"门外汉"客观阐述这个世界的责任。但为了博取眼球和流量，他们却又先入为主，想当然地站到看上去貌似弱势群体的一方。

在那篇战斗檄文里，老顾头是离异多年的鳏夫，有轻微精神分裂症，导致邻居不爱，甚至狗猫嫌弃，而他的孩子们都为了生活疲于奔命。所以，老顾头遇到困难时，只能报警寻找帮助，起初正义路特勤站的确是曾帮助过他，但正因此，才对他怀恨在心，才借"救援之机”进行打击报复，甚至还要“杀他灭口”……

这篇名为《是救援还是谋杀？》的文章一经问世，转载量惊人，像坐了火箭一样，很快被送上头条。下面评论更是一边倒的骂声一片，“国家养着你们，竟然干这种事？”就算有类似“人家不是说了吗，就是吓唬他一下，是这个老顾头做得不对，太作了！”这种微弱的声音为消防队辩解，但很快就被“难道那不是他们应当应分的事儿吗？不然，不然花我们纳税人的钱干吗？”这些论调取得了压倒性的胜利。

将个别特殊事件的矛头或者责任推给社会或某个政府职能部门，是键盘侠们“英武无敌”的“正义”表现。加拿大作家乔丹·彼得森曾在他的《人生十二法则》中写道：把人类的一切堕落，不加批判地归咎于社会也不是一种好的选择，这只会把事情置于不可改变的境地，却起不到任何帮助。而且这种想法无异于异想天开。如果社会是堕落的，但身处其中的个体却不是堕落的，那么所有的堕落从何而来，又是如何传播的？

这天早餐，大家食欲都不太好，餐厅气氛压抑。司小胖照着抖音做出来的枣糕，受到了空前冷落，让司小胖都怀疑自己短暂的做饭人生了。

文书曹亮亮突然冒失地跑进来，打破这沉闷，他急慌慌地汇报：“马指，阎头，顾晓兰又带着一堆人，堵在我们中队大门口了！”

阎昊昆一听，气不打一处来，扔下碗筷，顺手就操了个灭火器，气冲冲往外冲。马卫一看急了，冲门口队友吼道：“拦住阎队！”

司小胖等人立马堵住通道。

“让开！我看你们谁敢拦？告诉你们，你们今天谁敢拦老子，老子就先灭了谁！”队员们不向前，却也不退后。马卫踩着桌子，三步并二步跳到阎昊昆面前截在他面前，道：“阎昊昆，你就别裹乱了行吗？”马卫一急，说出这句口不择言的话，令阎昊昆更生气了，“我裹乱？我作为一个消防救援站站长，连自己站里消防员都保护不了，何谈保护片区群众？”

“昊昆，你糊涂了不是，这是人民内部矛盾，又不是敌我矛盾，你带个灭火器出去，这不是灭火，这是火上浇油！”

“你甭跟我这儿废话，浇油还是灭火，我今天认了，你们都别出去，出了事儿，我一个人扛着，我就不相信这个邪能压正！”阎昊昆说完转身朝后门方向跑，队友不敢拦，自动散开。马卫一急，再次跳上桌子飞奔，突然从高处扑跳出去，把阎昊昆从背后扑倒在地。

马卫几乎是祈求：“阎王爷，你不能出去。”被压在身下的阎昊昆胡乱扑腾着，骂咧着：“马瘫，你放开我，不然老子真动手了。”马卫更奋力地压制着阎昊昆道：“又不是没动过，你动呗。”

二人折腾间，马卫朝身后的门新科喊：“去拿救援绳。”马卫知道，只有门新科敢拿，也只有门新科才敢绑这个阎王爷，尽管门新科不愿意，但马卫相信他的大局观。

门新科果然跑出去拿绳了，阎昊昆却炸了，乱踢乱蹬。马卫拼尽全力，就把他压在地上。阎昊昆：“马瘫你混蛋你！你对外做舔狗，对内搞镇压！”

这会儿马卫不管阎昊昆骂他啥，也不说话，憋着劲，就把阎昊昆压得死死的，就不让他动。门新科拿来了缓降绳，阎昊昆挣扎着不让绑，再加上队员们根本不忍真的动手。于是，就变成马、阎二人撕扯着，从餐厅到走廊地上，滚成两只泥猴……

门新科终还是做了一个艰难的决定，只见他说了句：“阎头儿，对不住了！”就将阎昊昆双手从后面绑了。但阎昊昆还在挣扎，不过，门新科一动手，队友们这下子都明白绑了是为阎昊昆好，于是，合力将阎昊昆拿下。

被自己队友拿下的阎昊昆，非常丧地放弃抵抗，四肢着地直接平躺在地上，悲愤地道：“太窝囊了，干了这么多年消防，我从没想到有一天负重前行的包裹里还会有这种不堪承受之重！”

这一次，硬气的阎昊昆也流下了眼泪……

马卫听到这话，往外走的背影，也愣住了，但稍一定神，他大步地朝正义路特勤站大门口走去……

正义路特勤站大门口则聚集着以顾晓兰为首的一大票情绪激昂的群众。他们一边骂着脏话，一边向门里抛烂菜叶子、臭鸡蛋。消防队员们则组成人墙，拦着她们不让进，身上被扔得乱七八糟、黄黄绿绿的……

围观的人群越来越多，大家都举着手机拍照，看热闹。顾晓兰看到人越聚集越多，更加慷慨激昂起来，像个正向人群撒播的布道者，大声疾呼：“就是这个消防队，太没人性了，救援时把我爸一条腿弄折了，不给赔偿还吓唬我爸。”

群众纷纷拱火，“太过分了吧？”

“国家花钱是养消防队的，不是养大爷的。”

“对，叫他们领导出来给个说法！”

“领导呢？怎么还不出来，都是缩头乌龟吗？”

马卫刚跑过来，顾晓兰抓起一个大鹅蛋，狠狠朝他砸了过来。值岗的杜子杰露出紧张的小眼神，想要阻挡，显然为时已晚。不想，马卫头一偏，从容地将鹅蛋稳稳地接在手里。顾晓兰急了又抓，纸箱里已经空了。于是，她气急败坏地嚷嚷道："就是他，成天骗我谈，谈了快一个月也谈不成。"

群众一听这话也围拢上来，激愤地叫道："你们身为消防队，出现救援失误，不赔钱，还敢威胁老百姓？"马卫看着挡着大门的队员们浑身上下被扔得乱七八糟，强压着怒火小声吩咐他们，先去洗洗去。但队员们却迟疑着，马卫又给了一个坚定的眼神，队员们不无担心地慢慢往后退着。

马卫一个人顶上来站到门中间，也许马卫过于坚定的态度震慑了她们，顾晓兰等人并没有冲进来。

"顾女士，你要谈，就请进，然后我们文明地坐下谈。"

顾晓兰扯着嗓子喊道："我们已经谈过好几轮了，没什么好谈的了。我最多给你们抹个零头，70万，一分也不能少。"

"那我今天就明确告诉你，你一分也拿不到。至于你父亲之前住院的费用，我们已经垫付过了。"

顾晓兰一听这话，和她的群众义愤地互相看看，一触即发的样子……

马卫不搭理她，拨了片区民警电话："您好，我是正义路特勤站指导员马卫，我们门口有人破坏国家公共财产，殴打国家救援人员，麻烦你们出个警。"

"嗯，大概10多个人，是需要多派点儿警力。"

这时"群众"中有人开始往后溜，顾晓兰急了："哎，你们干吗去？”

一个声音嗫嗫地道：“你说，他们不敢报警的。”

不大一会儿，这些所谓的“群众”，开始三五成群地组团要溜，将真正的看客们给整蒙了。顾晓兰一看急了，焦急地去拽，边扯边道：“哎，你们给我站住了，我可是给你们戏头付了钱的，戏还没演完呢！”

这场闹剧结束后，顾晓兰消停了几天。但正义路特勤站却一天没消停过，每到深夜，就响起警铃，而这来自深夜的“问候”，大部分是老顾头报的警，而正义路特勤站也不能看到是老顾头的出警单不出，因为我们消防队伍秉承的原则，有警必出，闻警必动！何况老顾头他报的也不是假警，他是真点火啊，只是掐着节奏点，算准时间点，等消防员快到场才点。

马卫和阎昊昆商量优化了好几种出警方案，但熬了几天下来，正义路特勤站大部分队友，原来的单眼皮变双眼皮，原来的双眼皮干脆变成了三眼皮。

这期间娄小楼也紧锣密鼓地穿梭在老顾头片区，利用她女性身份的优势，跟邻居大妈们很快成了朋友，展开各种打探。终于在娄小楼学会了某养生大妈的僵尸广场舞后，问出了真相。

原来媒体采访前，老顾头的女儿顾晓兰就朝邻居们许诺，要是从消防队要到赔偿金就会给大家分。当然，大家也并不是多想分钱，但大家却不敢得罪一直风评不好的顾晓兰。何况顾晓兰还威胁她们说，要是她们敢胡乱说话，保不齐她爸老顾头哪天真发起神经来，就把这房子点着了，到时候分拆迁款的时候，恐怕就只有地皮钱了。再加上，老顾头事实上也的确过得很惨，只是在这件事情上，或许并不值得同情。依老邻居们的说法，都是老顾头自已种的因，结出这种果，也是活该了。

原来老顾头这次离婚，已是二婚了。而顾晓兰是老顾头去世的前妻留下的，他还有个小儿子，几年前就出国了，因为这个同父异母的姐姐太过跋扈。加之，当年再婚后的老顾头总觉得女儿顾晓兰早早没了妈，对她特别偏爱，反倒对再婚妻子生的儿子，差那么点儿意思，儿子就更不愿意回来了。

老顾头这样的不公道自然把顾晓兰给宠坏了。长大后的顾晓兰也不工作，也不出嫁，哦，也可能她这样的习养已经不好嫁，反正事实就是在家里啃老，啃得还挺理直气壮、挺奢华的。平常一个人住在租的楼房里，把老顾头一人儿丢在这个小平房耗着等拆迁。听说这个女儿，虐后妈更是一套一套的，时间长了后妈就和老顾头离了，此后就传出老顾头有了精神病，但到底有没有谁也不知道。顾晓兰又花钱大手大脚习惯了，根本改不了。据说老顾头原来家底不错，早年就为儿女置下的两套房，好像都被她败光了。

娄小楼将了解到的情况如实汇报后，负责宣传的部门，将澄清的文章发到网上……

当晚深夜 2 点，正义路特勤站的警铃再次响起。睡梦中的阎昊昆穿着小裤头冲进电话室，问值班员："拿来报警单，是不是又是老顾头家的？"

电话室的队友们默默地点点头，递上出警单。

"我去！……太阳照射他家仙人板子的，有完没完了，这一晚上报几次假警了？"阎昊昆这会儿刚发完牢骚，马卫也赶过来。他看着单子道："关键不是假警，陈文锋上趟回来说看到我们的人一到，老顾头就真点火！"

阎昊昆："你的意思，就拿他没办法了吗？"

"头疼。容我想想！"马卫说着走出电话室。

"你……就这么走了？"

马卫回头打着哈欠道："那还怎么着？趁天没亮透，你抓紧时间回去补个觉吧。我看看去。"

"睡不着，我也去！"阎昊昆说着跟上来。

二人第一次和谐友好地登上了同一辆消防车。

当马卫和阎昊昆等人一到现场就发现不对劲，远远望见似有大面积烟雾升起，二人立即跳下车。马卫："坏了，真着了！赶紧洒水带！"

马卫和阎昊昆前面跑，战斗员们在后面顺着消防车进不去的胡同飞快地洒进来……

马卫和阎昊昆推开小院门，正逢顾晓兰披头散发冲出来。哭喊着："快快快，你们快去救我爸，我抱不动他。"

阎昊昆和马卫顾不上顾晓兰，拉下防护面罩冲了过去，结果直接吃了个闭门羹。站得老远的顾晓兰才告诉他们，门从里面被她爸老顾头插上了。马、阎二人，看这也就是普通木门，双双对视一眼，同步踹了上去，门被踹开，火苗反扑了一下，二人巧妙后撤躲过。随后二人再一起攻回来，隔着一团火，就看到老顾头神情淡定地躺在床上，身上的棉被都着火了，他倒纹丝不动。

马卫冲电台喊："给水！"

马卫指挥间，阎昊昆已经跳过面前的火堆，跑到老顾头床前，阎昊昆伸手就拉老顾头，但老顾头非但一动没动，还用另一只手死扣着床，把阎昊昆闪了一下。眼前火势汹涌，阎昊昆焦急于施救，老顾头却死死扒着床。马卫发现异常，也借助水枪保护，从火堆上跳了过去。俩人一边床头把一个，默契地一齐使劲，猛地一下子就将老顾头架了起来，合力将老顾头拖了出来……

马卫和曹亮亮代表正义路特勤站去医院看望老顾头时，老顾头全身上下包着纱布。只要看到病房有人来，他就激动得手舞足蹈地大呼小叫，"告诉你们一个秘密，你们知道吗？火是我女儿顾晓兰放的，是她要烧死我。"

案子并不复杂，但火调的结果还是颇费了些周折，在姜大利和娄小楼等火调人细致、耐心的努力下，总算还原出了事件真相。当然也正是这样的曲折，才让姜大利不再觉得娄小楼只是个刚毕业的"麻烦愣头青"了，貌似正在成长为一名合格的火调员……

这是一起人为纵火案，案件随后移交给了刑警队，"纵火人"顾晓兰也很快被缉拿归案。

事情真相令人唏嘘不已。原来顾晓兰早就无意间染上了网络赌博，欠了一屁股的高利贷，天天都被人逼迫催款，一直在等老屋拆迁款下来能解救自己，但老屋却迟迟不动迁。这个时候正好发生了老顾头被消防救援时摔折了腿，顾晓兰就想着趁机讹消防队一把。但老顾头承蒙消防员多年照顾，其实心里并不想这么做，但又不想女儿天天被人逼债，就随了女儿，但心里又有些对消防队过意不去，难免就会数落女儿。末了，总会来一句，与其这样活着，不如让他痛快地死了算了。

起火的前一天，顾晓兰去给老顾头送食用油，顺带“领钱儿”。

老顾头嫌女儿送他的都是快过保质期的。父女俩再次吵起来，顾晓兰一气之下，将整桶油踢倒在地，还撂下气话，与其天天报警折腾消防队，不如就假戏真做呗。顾晓兰心里明白，老顾头不会假戏真做，因为他舍不得政府发放的一个月大几千的退休金。他没了，这钱也就没了，而他的女儿顾晓兰就没饭吃了。但顾晓兰不知道的是，老顾头真的是活腻歪了，但活腻歪的老顾头，还想给女儿顾晓兰做最后一件事。

于是，顾晓兰送完油的第二天，老顾头又打电话叫女儿过来取钱。平常顾晓兰可懒得来这么勤，每个月老顾头发工资来一趟，那已经是顶天儿了。

那天，顾晓兰一进屋，一股子恶心。地上仍旧油渍麻花的，前一天被踢翻的油还在地上，乱七八糟的纸箱片也扔得一地。顾晓兰忍不住指责老顾头，“我说爸，您见天的没事儿，就不能把这屋拾掇拾掇！”

老顾头没好气地道：“我收拾干净了，谁还相信我有神经病？”顾晓兰看在钱的分儿上，今天也不愿意跟他多纠缠。她心里还好奇，这不昨天才发了工资，今天这老顾头又来让她拿的哪一出钱？没想到这回老顾头从床下掏出大包钞票，差不多将近 10 万。顾晓兰喜出望外，问她爸是不是拆迁款。但没等老顾头回她，她就自问自答说，不能够！也是啊，拆迁款要真是这仨瓜俩枣的，开发商也不会拆不起了。顾晓兰也顾不得那么多，高兴地一边抽烟，一边数钱……

这会儿老顾头拖着还没好利索的腿，在地上窸窸窣窣地点起了半截香，顾晓兰也没当回事儿，以为是自己说老顾头屋里臭才点的。不过，也正是这半截香，让这起“纵火案”的现场，变得扑朔迷离，当然这是后话了。

当顾晓兰得知这些钱是老顾头跟原单位把今年剩下的几个月退休金全都要出来时，惊讶地问：“他们就给你了？”

老顾头自嘲道：“谁愿意和我一个神经病计较。”

可不是嘛，这种老国企的退休金是国家社保通过单位账户下放给个人的，不存在什么提前预支这样的操作，但单位想着多一事不如少一事，不想招惹老顾头这种连消防队也要告的人，也就提前垫付给他，打发他走了。

等女儿数完钱了，老顾头难得语重心长地劝诫女儿道：“晓兰啊，你别赌了，有这些钱再加上我死后的死亡赔偿金，也够你过完下半生了，前半辈子就算爸欠你的。”顾晓兰一下子拿了这么多钱，兴高采烈地也没注意老顾头说这些话的情绪。末了，顾晓兰习惯性地将烟屁股扔在地上，转身朝外走去……

烟头扔在前一天洒的油上，火苗很快点了起来。尔后老顾头却又将点完香一直还捏在手里的打火机打着，扔了上去。天天玩火的老顾头，这次真玩着了。

顾晓兰听见异响，一回头火苗已经蹿起老高。顾晓兰疯狂喊叫着爸、爸、爸……奔过去，想拉老顾头，但老顾头双手紧紧把着床，叫女儿不要管他，自己跑。火势越来越大，顾晓兰拉拽不动老顾头，急得直跺脚，但眼看着火将蹿到门口。老顾头起身用力将女儿推出门外，并将门从里面插上。

顾晓兰这才哭号着拨打了119……

那一刻，不知道顾晓兰心里可曾后悔过，曾被她用菜叶子和臭鸡蛋羞辱过的这帮蓝（男）孩子们……

而作为一个消防战斗员，只要战斗服一上身，他们秒变救人民于水火之中的战斗侠，世界恩怨情仇一概退后！

而火灾现场老顾头又是点香、又是扔火机这些动作，给娄小楼她们后期的火调工作带来了极大的麻烦。调查中发现现场既有半截香的灰烬，又有过滤嘴香烟燃尽的焦油残留物，还有一只打火机残骸。确定哪个是第一起火源，对顾晓兰的量刑是关键性的一步。当然最终我们火调人拨开了层层迷雾，确定了烟头是第一引燃物。顾晓兰本意并非是想“纵火烧父”，但也理应为她无意间引发的这起纵火事故，受到法律的严惩。

历时近 3 个月，这场闹剧终于落下帷幕，但这个事件影响实在太恶劣了。

事情发生后，正义区支队也向上级汇报，后期又跟住建委等部门协商、协调，希望能督促他们尽快解决这片老大难区的拆迁问题。

当然，那是领导们的事情了，马卫和阎昊昆这些一线指挥员还插不上手呢。他俩能管好自个儿正义路特勤站就不错了。

为了扫除此次事件留在这帮“小蓝朋友”心里的阴影，马卫和阎昊昆专门为此开了一个会。毕竟像顾晓兰这样的是个特例，更多的人民群众还是爱消防员的。

正义路特勤站大门口的公共视频里，经常会拍到一些大爷、大妈们将亲手做的食物，悄悄放在门岗，小姑娘们拿着鲜花大胆来求消防员微信的。

最有意思的是，一个七八岁的小男生，像个偷东西的“小毛贼”一样，摸着墙根想要溜进正义路特勤站大门，结果不小心摔了一跤，手里的大桃儿砸了一身，哭得惨兮兮的，抱起来好一顿哄，才说出他是来哄消防员叔叔的……

历数完这些人民群众的“光荣业绩”，大家都禁不住要嘚瑟起来，毕竟做消防员这些年，谁还没被人民群众“厚爱”过呢！

最后马卫缓缓地道：“我加入消防这些年，的确偶尔会发生这种因为救援发生意外，不但得不到群众的理解，有时候可能还会受到谩骂的情况。我也怀疑过，迷茫过……但每当大多数被救起的群众，由衷地对我说‘谢谢’的时候，那一刻，堵在我心里的梗，就全部消解了。我觉得自己做的这一切都是值得的。”

会议室由衷地响起一片掌声。

这何尝不是每一位消防员之所以能一直负重前行的动力啊！

因为，于每个消防救援人员来说，“英雄行为”是他们的常态，而不是例外。

就在与正义路特勤站这47个“奥特曼”，几乎超越“996”，全天近24小时待一起的“相爱相杀相伴”中，马卫来正义路也快一年了。队友们好像渐渐被他这种和风细雨式的慢条斯理的语速带温和了。领导们当然也看在眼里，恰逢干部岗位调整时节，焦权于是就想着给马卫摘掉这代理指导员的帽子了……

马卫同学最近也的确表现不错，不知不觉中，背地里喊他“马瘫”的小伙伴也越来越少了。

马卫按正常程序打了个申请后，也觉得“转正”这事儿只等批了。

谁承想，造化就是这么弄人。马卫的正式指导员任命还没批复，却传来一个惊人的消息，张圆政委突然被总队纪检调查。按理说张圆政委被调查，就算影响阎昊昆，也不能影响马卫啊。但张政委被调查的原因，正是有人向总队机关纪检部门匿名举报马卫是张圆的私生子，且二人存在行贿受贿的勾当。

在那间支队家属招待所的小屋里，马卫的通信工具全部上交，接受来自“专项工作组”几个完全陌生的同志不断的反复盘问。这些问题中，包括马卫与张圆是如何相识的，第一次见面是什么时间、什么地点，以及他和张圆政委之前有什么渊源等。而这些问题看上去毫无攻击性，就像回忆一场甜蜜的初恋……

但在马卫将问题答案：第一次相识于川藏救援线，救援当晚回去和张政委得以同桌吃饭，自己写的一篇高原救援技术操作文章，也受到了政委的夸赞等细节，复述了不下三遍时，马卫也开始像那几个调查组的同志一样，怀疑自己到底和张圆政委有没有其他源渊了。难道这就是张圆政委不远千里将自己调来的原因？

也许，事实有时候就这么简单，只是此刻怀疑自己的马卫，忘记了自己北航名校毕业的身份，这才是如今国家救援队对人才求贤若渴的姿态。

而对于那张存有10万元的银行卡，更是子虚乌有的事情，马卫对此坚决不认，因为他压根没做这事儿。正是由于马卫的不承认，专项调查组的同志暂将马卫定为顽固抵抗。于是，马卫在被问讯了近一天时间后，身体是解放了，但职务同时也解放了，暂被停职反省。第二天一早，罗文选就以机关干部下沉到基层锻炼的名义，下到了正义路特勤站，代理指导员一职。

如果说此前阎昊昆瞧不上马卫，那或许还只有瞧不上，但瞧不上罗文选，却是打心眼里看不上，上来就想甩给他一句：道不同不相为谋。但是相不相谋是小事，还得一起上现场不是？

尤其是憋着好久要来一线救援的罗文选，那对现场是有 200% 的热情的，只要警报一响，他立马就跑，跑得之快，妥妥抢了阎昊昆在正义路特勤站第一快的位置。若不是天气太热，恐怕罗文选连这身厚重的战斗服也不想从身上脱下来。

“对手”的更换以及老头子被带走，阎昊昆似乎对输赢一下子失去了兴趣，任由罗文选折腾。有时候看罗文选登车了，他干脆守站。反正不是重大事故，也用不着指导员和站长（中队长）双双都出警的，正常情况下留一个主官守站，以防其他意外情况发生，才是常态。但阎昊昆都会谨慎交代与罗文选一起出值的副站长，小心“看护”罗文选。毕竟罗文选除了当兵那几年，这几年也没再更新实战救援经验。

至于张圆被带去哪里，没有任何消息，就连一向与他形影不离的焦权也不知道。这种不被知情的感觉，让阎昊昆相当不爽。

这天，总台调了正义路特勤站 7 辆消防车前去打增援。以阎昊昆经验判断这事儿当然不能小，顾不上讨厌罗文选，阎昊昆先罗文选一步，麻利地跳上指挥车。罗文选看着自己这两天常坐的位置被抢，麻溜地倒腾着小短腿，朝后车跑去。要说，罗文选虽然人不讨喜，但对一线救援这份忠诚与热情，还是挺真诚的。

某储能电站发生火灾，锂离子电池超负荷诱发爆炸，现场黑烟像巨浪一样腾空而起。指挥中心调派了 10 多个消防站 40 多辆消防车近

200 名指战员到场处置。经过两个多小时奋战，明火才被扑灭。

战斗员们开始排查歼灭余火，大家都小心翼翼地站在建筑边上，进行作业。

其实，此前罗文选心里也明白自己救援经验不足，出现场时还是蛮虚心地向一些经验丰富的老战斗员请教，但这天罗文选大概是被指战员们英勇的氛围所感染了，以为自己也可以像他们那样熟练地飞天遁地。一个没注意也蹿到顶上，操把水枪扫得欢，但他还是轻率了，因为他对脚上踩点的判断，可不及一个天天实操的战斗员那样准确。他以为坚如磐石的钢结构，突然在他脚下断裂！罗文选一声惊呼，就掉落下去。好在罗文选反应还算机敏，求生欲强，死命抓住断了的钢架一头。厂房虽然不算高，但下面是刚熊熊燃过的灰烬，这掉下去，把他化了也不是没有可能。

离罗文选最近的门新科反应迅速，正要动作，阎昊昆用眼神制止了他。阎昊昆可能不到 0.0001 秒的迟疑，却足以让罗文选感觉到有一个世纪那么长，绝望到以为阎昊昆要“复仇”，弃他而去了……

第十四章

其实救援罗文选全程可能都没超过 20 秒。阎昊昆找准了切实的落脚点，将救援绳打好结，降了下去，吓得满头大汗的罗文选被稳稳地拽了上来。

马卫接到复职通知的时候，上级领导并没有告诉他是清白的还是不清白的，但马卫却始终认为自己就是清白的。至于他是张圆私生子这种谣言，在阎昊昆开了一张“你爹是你爹”的证明材料后，自然不攻而破了。毕竟，只是个误会而已。

再说，也怪不得人家“专调组”的同志，谁让你家儿子不跟老子姓的？只是这样一来，阎昊昆是张圆政委的亲生儿子这事儿，再也瞒不下去了。这可真是个令人震惊的八卦，但这个八卦自从传出后，张圆政委再没在正义路特勤站露过面了。有人说他被抓了，毕竟 10 万元的贿赂款，还没有一个正解；也有人说他调到别的支队了，毕竟系统内有些不成文的避嫌规定，“父子兵”“兄弟兵”一类近亲，不能在同一个支队。但没有人为这些说法给个正解，包括他的亲生儿子阎昊昆也解不了。

阎昊昆虽然身份公开了，但公开的时间似乎并不那么合时宜，也许在别人看来阎昊昆可能和以前不一样了，不过，对阎昊昆本人来说，没有任何变化。他与父亲张圆的沟通仍然是不畅的，他们之间的消息全凭阎语老师从中搭桥、传递，自然黏合度也不是很高。

而马卫则“完美”地错过了这次干部调职，仍旧是一枚代理指导员。至于罗文选则没羞没臊地结束了“干部下沉”，尽管有诸多不舍，但他似乎不太那么遗憾了。毕竟，他也曾点亮过……

副站长苏澄的归队，缓解了不少正义路出警的压力，也给最近情绪低落的正义路特勤站添了一抹亮色。

尤其是一直和他关系甚好的门新科，刚出警回来，发现在消防车库转悠的苏澄，激动得马上邀请苏澄一起洗澡。不过，澡还没洗呢，报警铃声又响了。门新科又套起脱了一半的战斗服，撂下一句“回来说”就跑没影儿了……

生于1988年的苏澄，是正义路特勤站的“老人”了，也是队里唯一的已婚大叔。当兵出身，后考学再深造，如今毕业后，参加完岗前培训，和刘皓月等新队员，像个“新人”一样，又回到了正义路特勤。

苏澄探头探脑地在走廊里寻觅着，却没看到阎昊昆的身影。听见办公室有声音，苏澄走过去，正准备推开办公室门，就听见里面传来很大的吵吵声。

“张扬英勇得不到表扬就算了，你还罚他抄《灭火救援安全条例》100遍？你是没能力整整你的人，就是想有事儿没事儿整我的人是吧？”

嗯，这是阎昊昆的声音，苏澄太熟悉不过了。接着另一个慢条斯理的声音传到苏澄耳朵里，“什么你的人我的人，大家不都是正义路特勤站的人，都是国家的人吗？”

这应该就是新来的指导员马卫了吧，苏澄这么想着，继续往下听。阎昊昆急吼吼的声音传出来："你别跟我玩文字游戏！你也别尽搞这些表面文章！哎，我问你，难道火灾是按你家的安全条例和救援手册发生的吗？"

"对，火灾是不按我们的条例发生，但是对于很多消防战斗员来说，一个操作失误，就有可能留下永久的伤痕！"阎昊昆一听马卫这话，敏感的脑海里闪过他决策失误，导致大门脸上留疤的情景。

门外的苏澄听到这儿，也忍不住叹了口气。

果然，阎昊昆的火，呼的一下蹿上来："马瘫，你什么意思？说什么呢？"

苏澄赶紧悄悄关上门，溜了，洗澡保命去了。

一堆人就算没穿衣服光着洗澡，苏澄的辨识度也蛮高的，因为他的肤色显然比别人黑了不止一个色号。门新科一进澡堂子，就看到这个背影，开心地上去拍了一把，笑着道："我就知道是你，别人没你这么黑！"

苏澄回头看到是门新科，喜出望外地说："嘿，这么快？"

"一个跳立交桥的，没跳，我们没到现场呢，就返回来了。"

门新科："见过阎头了？"

苏澄支吾着嗯啊也没细说，门新科也没在意。两人又聊了一通闲话，直到洗澡间人都走得差不多了，苏澄压低声音颇有深意地问门新科："阎头儿没接上指导员，没闹？"

门新科掩饰着点头，"嗯"了一声。随即热络地要求给苏澄搓背，让苏澄给他分享在学校有意思的事儿，问苏澄有没有漂亮女学员。

苏澄一本正经道："女生有，漂亮的不多。"

“切，有你也不敢看，看了嫂子不得把你眼睛给挖了？”

“那你还问我？去！”苏澄说着，就朝门新科光屁股上踹了一脚，二人嬉笑着打闹了一会儿，才停下继续洗起来。男人的快乐就这么简单，有时候可能跟二哈的欢乐一样纯朴。

“不过，真有一件特逗的事儿，我跟你说说啊！我们临毕业的时候，有个女生提出我们消防人对另一半和家庭照顾得太少，尤其不理解女性生育之苦，就和当地医院提出，让男生们都去体验一下生育之苦，为以后能好好爱老婆做准备……”

单身狗多年的门新科，听得放光，兴致满满的。苏澄继续道：“谁能想到那个跟我一起试验的哥们儿，才疼到七度就疼得哭爹喊娘的，机器就停了。不过，挺有意思，后来我跟那货成了哥们儿，也算是一起体验过生孩子的好兄弟了。”

门新科听到这儿，哈哈直乐。

阎昊昆却坐在自己工位前，一脸怒气。坐他隔壁的马卫把文件递给他，他理都不理。马卫用文件碰了碰他胳膊，阎昊昆白了马卫一眼，还把胳膊缩了回去。

马卫哭笑不得：“阎站长，这个得你签字。”

阎昊昆傲娇地说：“签就签，碰我干吗？放那儿！”

“行行行，好好好。”马卫应着，把文件给他放办公桌边上。马卫退回自己工位，对着电脑自言自语道：“哎，有些人啊，外表挺高冷，内心怕不是个小公举吧？动不动就气成河豚。”

马卫话音刚落，猛不防连人带转椅被阎昊昆一脚给踹了出去，边踹边骂：“你叨叨个毛线呀！”结果马卫特搞笑地乘着转椅打转的时候，阎昊昆没绷住，也直接笑场了。办公室的其他人，一看阎昊昆笑了，才把起初憋着的笑，全都释放了出来。

一帮年轻的男孩子，原来也可以笑得花枝乱颤，这么好看的。

当然，苏澄的回来，也预示着要退出救援队伍的老队员们，离队的日子越来越近了。阎昊昆明显情绪不太高了，尤其在他得知怎么也留不住门新科的时候。

其实，当初得知门新科要走的消息，阎昊昆当然又把马卫撅了一顿，甚至去找焦权副政委。后来得知门新科的退出是自己的选择，并非“香皂”事件遗留的后遗症，他最终还是接受了这个现实。

其实，门新科同样也难以割舍。门新科是典型的忠犬型性格，心性特别单纯，爱憎分明，有什么事儿，直接挂脸上。当年阎昊昆将他从水里救起，似乎只一眼就误了终身，决定忠于阎王爷一生。

门新科文化水平虽不高，但好强，什么都想亲力亲为，力求做到最好，严于律己，却又宽以待队友，可以说是相当护犊子了，每次带队友出现场总是帮着这个护着那个的。在家排行老大，在家时就承担着“老大”的角色，身上就有“严父”影子，兼有“慈母”心，这也是他最终选择退出热爱的消防事业的主要原因。

门新科这人其实略有些悲壮的英雄情怀。他骨子里的传统思想，让他爱担当，也敢担当，甚至担上不属于自己的那一份，迎难而上。对大家（国家）、对小家都是如此。

而随着离别的日子越来越近，最让他放心不下的当然是阎昊昆了。没事时也总和苏澄絮叨。他不放心马、阎二人见天这么剑拔弩张的，让苏澄帮忙想想办法，看能不能在他走前，给这俩人给和了。

这天，苏澄被他缠得没办法了，灵机一动说："不如也让他们一起'生回孩子'，没准儿会成铁哥们儿呢。"门新科一听，这办法貌似可行，一拍即合。

不过，苏澄到底是已婚人士，看问题比较周全，让门新科再去把娄小楼也找上，让她参与进来。其实，他回来这段时间，也听到了不少八卦。苏澄判断，现在这个问题关键早已不再是争指导员这个导火索了，症结可能在娄小楼身上。

门新科一听，也十分赞同。于是，当下去找了娄小楼，如此这般地说了一番。娄小楼呢，当然巴不得马、阎二人能和谐共处。于是，立马联系了片区医院，邀正义路特勤站所有男孩子去体验一把"生育之苦"。反正迟早他们也用得着，提前预防一下，也是我消的一贯作风。据传这事儿，后来还被其他中队广为推举，姑且不论。

且说被蒙在鼓里的马卫和阎昊昆和大家排队等待这从未体验过的新奇和刺激，娄小楼也煞有介事地和护士们配合默契地照名单点名。当然，马卫和阎昊昆的排名她们是做手脚故意排一起的。

接下来大家被俩俩分组，一脸懵圈地被送进体验室，余下的则不明所以，更是一脸懵圈地等在走廊。不大一会儿，里面就传来杀猪般的号叫。片刻之后，先前进去的两名战斗员一前一后捂着肚子，一脸酸爽地贴着墙角出来了。等在后面的战斗员吓得够呛，交头接耳地问："生孩子那么疼吗？"没人正面回答他们，只摆摆手，溜了。

如此反复了几对后，阎昊昆终于耐不住了。他喊道："娄小楼，你过来！"

娄小楼走到阎昊昆面前，说："很快就轮到你了。"

“我不是问你这个，我是说你到底在搞什么鬼？里面到底是个什么仪器？为什么他们都扶着墙出来？”

娄小楼挑衅地：“怎么？你怕了？”

“怕你大头鬼！”

“哼，不怕你就进去，就是让你们这帮男人，提前体验一下女性生育之痛的机器！”

阎昊昆：“我体验什么？我连老婆也没有！”

娄小楼白他一眼：“又不是永远没有！”

这时前台护士喊着“阎昊昆、马卫！”打断了他们二人斗嘴。

马卫和阎昊昆一进去，就被眼前这个不认识的类似做核磁的巨大机器唬住了，站在原地，不知道该如何动作。这玩意儿学名叫分娩体验仪，模仿孩子出生时女人的痛苦程度，目的是让男人也能感同身受。

护士命令道：“躺上去，一边一个！”阎、马二人对视一眼，还是一脸疑惑地照做了。二人分别小心翼翼地左右两边各自躺下来，在他们中间是一块玻璃隔板。

护士看他俩躺好，进一步解释道：“我们机器的痛感是根据孕妇生孩子时的痛感，一度一度增加的，受不了的时候，你们可以喊停。但这台机器，一停两边就同时停了。也就是另一个人如果耐受度高的话，可能还没有体验到痛感呢，就停了。明白了吗？”

阎昊昆和马卫简短地回道：“明白。”

护士道：“那我就开始了。”护士说着上手在仪器上开始操作，一度、二度、三度……边增加边问他们二人，可否有痛感，二人都答没有，还好。护士觉得他们的身体素质到底比普通人好点，就和他二人商量直接加大力度。没等马卫说话，阎昊昆抢先说了没问题。当护士加到七度的时候，马卫忍不住皱了一下眉头。阎昊昆其实也有感觉，但他硬挺着，眉头都不带皱一下的。护士又加了一度，加完后护士有点不放心左看看右看看，但两边却都没太大的动静。

护士解释道：“一般孕妇生孩子的痛感大都在七到九度左右，你们俩还能坚持，可能是时间短的原因，毕竟有的孕妇生孩子要生几个小时，甚至更久。你们俩还要不要再加点力度？”

阎昊昆：“加！”

护士旋即将档位提到九档，马卫忍不住：“去！”

阎昊昆却冒着汗笑着道：“马指，你别喊停啊，我还想体验一下高难度呢。”

马卫脸憋得通红，不吱声。

阎昊昆转头问护士：“护士，最高多少度，直接推上去。多停一会儿。”

护士看了看右边的马卫，似乎还行，直接将按钮推在十二度。就听马卫“嗷”的一嗓子。护士紧张地问：“要停吗？”

阎昊昆：“不要停！”但护士还是担心地看看马卫，阎昊昆却直接对护士道：“请您出去一下！”

护士犹豫了一下，想起娄小楼之前的交代，还是出去了。一出门，她立马找到娄小楼告诉她，阎昊昆让把机器推到最高档位，会不会出事儿？不料，娄小楼大咧咧地，告诉她没事儿，就当让他俩真实地体验一回女人怀孕生子的痛。

马卫这边已经豆大的汗珠顺着脸颊往外冒，疼得龇牙咧嘴地道：“阎昊昆你何必干这种杀敌一千，自损七百五的事儿？”

阎昊昆不说话，得意地冷笑。

“我就不相信，你一点都不疼？”

“疼啊！但看你更疼，我就很开省（心）啊。”

马卫孱弱地道：“你又不是不知道，大门的走与留，真的不是你我能左右的。”阎昊昆轻佻地说：“知道啊，你连你自己转正都左右不了，我也没指望你左右他，但说到底你没力推大门啊！以你是张圆政委的关系户，保个门新科不是举手之劳？”

马卫苦笑道：“我倒觉得以你和张政委的关系，更好保！”

阎昊昆生气地：“闭嘴！我和他没关系！”

两人都不再说话了，但似乎不骂架，疼痛的感觉更甚。于是，这回马卫悠悠地先挑起战争。“整个消防系统，都说你阎昊昆是硬汉，我怎么觉得你像个小女人似的？”

“我怎么就小女人了？”阎昊昆气得火冒三丈，却也动弹不得。

马卫脸色惨白地笑着道：“你看看你，喜欢生气、吃醋，脾气说来就来，这不是小姑娘使性子，这是什么？”

阎昊昆气得脸红成猪肝色，“马瘫！你等着！”

马卫惨兮兮虚弱地说道：“阎王爷啊，你再整我，我等不上你打我，恐怕就 over 了！”马卫已经开始抖了。他有气无力地说：“昊昆啊，叫护士吧，我真的撑不住了……我总算知道我妈生我时有多辛苦了。”

马卫说着眼角溢出了眼泪，随后眼一闭，竟把自己给疼晕过去了。

阎昊昆听着不对劲，着急喊他：“马瘫？马瘫？”另一面没任何动静，阎昊昆：“去，你不会这么脆弱吧？”马卫还是没反应。

这下子阎昊昆急了，大声呼叫道：“护士，护士！快来啊！”

苏、门二人此次主张的和谐大计就这么惨败了，阎、马二人没打起来，是疼得没力气打罢了。倒是阎昊昆出来后被娄小楼一顿胖揍，边揍边骂，生孩子这事儿，弄不好是真会出人命的。

苏澄的归来，虽没如愿缓解马卫和阎昊昆的紧张关系，不过，倒缓解了正义路特勤站的出警压力。

苏澄这人性格超级乐观、皮实，再加上是当兵出身的干部，乐意和兵们打成一片。在正义路特勤站待时间久一点的老队员都知道，苏澄在办公室待不住，非常热爱出警。不出警的时候也不喜欢在办公室，就喜欢悄咪咪地在战斗班宿舍偷偷和队友们“吃鸡”。对于工作上汇报材料这种事，一定得马卫和阎昊昆追在屁股后头撵，才有可能坐在电脑前。但一不留神，他就替大学毕业后进消防的陈文锋换值，替陈文锋出现场，让陈文锋帮他弄材料。所以，苏澄归队没多久，居然创下正义路特勤站单人出警率月度最高纪录。当然，好多奇葩警在他那儿也最多，什么救猫救狗救小浣熊，甚至有次还救了只小老虎。

那是一个晚上，已经很晚了，接到群众报警，说是某小区树上有猫被困。这种警处理起来一般比较简单，苏澄也比较体贴队员们，出发前还将门新科按被窝里，让他继续睡，他带了两名战斗员就去了。

到了现场，苏澄才发现这俩积极分子，一个是刚下队没多久的“00后”理论选手刘皓月，另一个是下队也才一年多的杜子杰。一问这俩孩子都不会爬树。苏澄一想，那只能他这老胳膊老腿的大叔爬了。

说是老胳膊老腿，当然是正义路特勤站年纪最长的苏澄自黑罢了。当年由一个士兵成长起来的苏澄，平常说话慢言缓语的，特别稳，但真干活却又特别狠。俩孩子还在望树兴叹呢，苏澄已经拿着抓猫网嗖嗖爬老高了。

苏澄这个时候慢下节奏来，他知道猫这动物，你得小心翼翼地靠近。话说今天这猫也有点太过淡定，全程看着苏澄慢慢靠近，大尾巴一甩一甩的，压根儿没当一回事儿。

离猫差不多 3 米的样子，苏澄找了一个树杈子把身子稳住，准备拿猫网套猫。他这才抬头看猫，先前树杈叶子挡着，看不太清，苏澄这下终于看清了，这猫显然比平常大很多啊。苏澄一开始还问树下那个报警群众，这是什么品种的猫这么大?

树下群众开始没听清苏澄的话，正凑过来问树下那俩小的，你们领导刚说的啥？苏澄却已然反应过来，这哪里是猫啊，分明就是一只老虎啊。

树下那俩人还在一问一答，学“他说什么猫那么大”，“大啊，大，可能是缅因猫吧，那珍贵啰。”

树上的苏澄已经吓得屁滚尿流，几乎是从树上滚下来的，但他“滚”的时候，也没忘记对着电台小声道：“快带群众撤，是老虎！”他怕声大了，惊动老虎。所幸这是一只吃饱了从动物园偷偷溜达出来散步的小老虎。再加上京城动物园的老虎见多识广，经常接受群众围观，所以，压根儿没把苏澄他们的观望当回事儿。

最后瑟瑟发抖的苏澄和他的队友们躲在树丛后，用颤抖的声音上报了动森等部门，又调了增援，跟着折腾了好几个小时，才把这只淘气的小老虎请回家。

这回没等乐于和大家分享的苏澄给大家分享呢，刘皓月已经把苏队见到老虎差点儿吓尿的事迹，传遍了整个正义路特勤站。到了午餐时分，正义区支队的同仁也传为笑谈了，苏澄莫名其妙就成了正义路特勤站的搞笑担当。

苏澄裸着半个背，正在晒衣房收衣服。健康的小麦色皮肤，跟金城武年轻时有一拼。刚出警回来的门新科拎着一大桶群众送的大绿茶，挤了进来，充满关切地问候苏澄被老虎闹得咋样。

苏澄白他一眼，就知道他醉翁之意不在酒，接过门新科已经拧开盖的饮料大大喝了一口道："大门，你这爱操心的毛病，是母胎SOLO吧？再说他俩大男人，还能咋样？闹几天就好了。你这成天追我屁股后头算咋回事儿！"

门新科着急道："切，几天？马指来了多久，他俩就已经闹了多久了。"

苏澄一听，似有些意外，"哦，那是气性挺大的。"末了，苏澄疑惑道："我看他俩出现场，配合还挺默契的啊！"

"那不废话吗？出现场还闹个人矛盾，那还算是个合格的消防员吗？一个优秀的有职业素养的消防员，哪个在现场不是彼此的眼和耳？对方一个动作和眼神，就知道水枪该打哪儿！"门新科理所当然地说。

苏澄："也是，咱们这些人都一样，闹多大的矛盾，也大不过现场。"

苏澄认真地想了想，收衣服的同时，顺手往身上套了件 T 恤，悠悠地道："要说辙，也不是没有。"

"有你就快说啊？"门新科催促道。苏澄像个哲学家似的语重心长地道："其实上次那个策略也不是不行，只是忽略了，咱们长期干救援，一起出现场太多了，司空见惯了，所以，他俩才会对一起经历生孩子这事儿无感。我觉得呢，最好的办法是……"

苏澄说到这儿，故意停顿了一下，搞得门新科着急上火地追问他。苏澄才拿腔捏调神神秘秘地道："我觉得他俩得一起干点坏事！"

门新科一听，大惊："啊？干什么坏事儿？"

苏澄又是一通指手画脚解释道："其实，这个也不一定就是指坏事儿，哎……怎么跟你说呢？就是那个意思，比如一起干点什么丢人事儿，从此两个人拥有一个共同秘密，为了守护住这个共同的秘密，那么俩人自然就会有所顾忌，也就那个了……是不是？"

门新科似懂非懂地点头道："哦，我大概明白你说的意思了，但问题是让他俩干点啥呢？总不能违法乱纪吧？"

苏澄黑眼球机灵地转了几圈，凑到门新科耳边耳语了几句。听得门新科一脸惊讶，末了又不无担心地说："可万一让那啥的扫黄打非给抓了咋办？"

"又不是真干什么！抓啥？行了，我来帮你安排，正好我有一同学就干这营生的！你只要能把那俩货约到一起，这才是最难的！"

门新科一听最难的这个，小得意的眼神："这个我有办法。"

门新科说着激动地拍了苏澄一把，道："谢谢苏队，不愧是聪明智慧的苏副站，我就知道找你总没错！"

"哼！就那绿茶盖里扣出的这谢谢啊？"

“不能够，事成之后，定大餐相报！”门新科说完，跑了，边跑边冲后面苏澄道，“我先洗澡去了，出警回来一身臭汗，还没顾上洗呢！”

马卫从出租车下来，呈现在他面前的是一家很高大上的夜总会，心里还有点儿埋怨这个门新科，整这玩意儿干吗？正想给门新科打个电话说他几句。服务生看到了马卫，立马热情地迎过来，体贴地问他是不是马先生。得到证实后，服务生殷勤地请马卫进去，说是门先生已经安排好了。

马卫充满疑虑地被服务生带到了606包厢。一进606包厢，里面空无一人，但包厢内豪放的《送战友》歌曲在回荡着。只这一首歌，马卫决定啥也不说了，哎，门新科都要离队了，就让他嘚瑟一回呗。

服务生暧昧地说：“您先坐，节目马上就来。”

马卫礼貌地点了点头，随手拿起桌上的干果啃起来。桌上的食物、饮料、酒品也都备得挺齐的，仿佛原来就在这儿生长着。

没两分钟，阎昊昆也被另一个服务生带到了606包厢门口，阎昊昆关门时一震，可能是使得时间久了，门牌上的一个6倒挂变成了9。而包厢里音乐正劲，马卫和阎昊昆根本没听到。服务生已经忙着去招呼其他客人，也没注意到。

与此同时，几个贵妇被前呼后拥着走进了这家高大上夜总会的609。一看就是老顾户了，贵妇只对服务生说了句，老三样，服务生就一副全明白的样子，便去准备了。

阎昊昆和马卫的手机都在桌上放着，马卫死死盯着，但平常繁忙的手机，此刻任他俩谁的手机也一声不响。阎昊昆一个人默默地喝着酒，马卫却抱着一瓶饮料喝。还真别说，俩人还是第一次在这么密闭的包厢里待着，气氛有点儿诡异。马卫似自言自语道："这个门新科，到底几个意思？不是喊我们来道别的吗？"

"他不会来了。"

阎昊昆的回答，让马卫更加疑惑了。阎昊昆："他这是专门为咱俩做的局。"

马卫恍然大悟，起身道："哦，那你喝吧，咱俩这局，队里也能组，我先回去值班。"

阎昊昆大声命令道："坐下！"

马卫疑惑着，站着没动。

阎昊昆喝了口酒，冷笑道："呵，你以为我愿意跟你喝啊，我是不想负了大门的心意。我知道他是离队前不放心我！不放心我们俩成天踢来踢去的！"阎昊昆顿了一下，又继续道："你不喝也行，你好歹待一会儿再回，你现在回队，不是负了大门好意吗？"

马卫一听，的确也是，于是他坐了下来。阎昊昆顺手给他倒满酒，推到他面前。马卫纠结地端起，又放下道："算了，还是你喝，咱俩都喝的话，万一队（站）里有事儿怎么办？"

阎昊昆："苏澄和陈文锋不都在队里嘛！"

马卫："那要是有大事儿，咋办？"

阎昊昆鄙夷地看他一眼，将马卫面前的满杯酒，拿过来举起道："瞅你那屄样儿！马瘫，你看着点儿，这杯我替你喝了，咱俩的恩怨就结到这儿！"

马卫一听这话，高兴地将阎昊昆手里的酒杯抢过来，讪讪地道：

“那这杯不用你替，我就喝一杯没事儿！”

马卫拿过来，就往自己肚子里倒。结果他刚把酒倒肚子里，阎昊昆却悠悠地道：“你别高兴太早，我这是为了门新科能安心离队，等他走了，我再收拾你！”

说完阎昊昆也举起自己的酒杯，正要喝，门被突兀地推开，紧接着进来俩白白净净，浑身散发着貌似可口奶油味儿的男生。

四个人看到彼此，都愣了一下。来的俩人回头看了眼门牌“609”没错，旋即很有职业素养的堆上一脸甜蜜的笑，叫着“哥哥们”好，就朝马卫和阎昊昆扑过来……

马卫和阎昊昆惊恐地互相对视一眼，异口同声道：“这也是大门安排的？”

随后马、阎二人双双争先恐后地逃了……

门新科的头快低到脚面上了，戳在阎昊昆面前，听凭他训。

“啊，大门，你这是在搞什么啊？你到底几个意思啊？让我和马瘫去唱歌、喝酒就算了，我了解你的苦心，行，我从了！啊，然后，你还给我们安排俩少爷？大门，你够潮的啊？你这乱七八糟的是跟谁学的？”

“啊……我看你这是要走了，就放飞了？思想就松懈了是吧？”

大门偷眼看他，见阎昊昆越说越来劲儿……

“我说大门，你也是老战斗员了，这一天到晚脑袋里琢磨个啥劲儿呢？”

门新科委屈地嚅嚅辩解道：“阎头儿，这真的不是我安排的，我……我也不知道怎么会变成那样，我……”

苏澄这时探头探脑地夹门缝里讪笑着："阎头儿……"

阎昊昆瞪他一眼："有事儿赶紧说，没事儿滚！我这儿忙着呢！"

"有事儿，有事儿……"苏澄说着，讪讪地挤进来："其实……这个事儿，不关大门的事儿，那个会所是我一同学开的……"

阎昊昆听到这儿，打断他道："原来是你小子搞的啊，我就说大门不可能这么阴我！"

阎昊昆说着愤愤地瞪着苏澄，苏澄后退着道："是是是，都是我出的馊主意！但阎头儿你要相信我，我真没让会所给你们安排'少爷'。"

阎昊昆生气道："那俩不男不女的东西是哪儿来的？"

苏澄赶紧举起手机道："我同学刚给我打电话来说，是不小心弄错了，那俩货走错房间了，所以，才闹出这笑话……原本安排的是女的来着！"

不料，阎昊昆一听女的，更生气："女的？女的更不行了！"

门新科和苏澄一听，一脸惊恐！阎昊昆一看他俩误会了，气得直跳脚，骂道："哎，我说苏澄，你也算是'老'干部了，你这不是腐蚀党的干部吗？"

苏澄始终讪笑着解释："别生气，阎头儿，我知道你俩的人品，我知道你俩不会真做什么。我这么做，不就是为了帮大门吗？他想让你和马指之间……从此有了对方的把柄和秘密，你们不就不那个了吗……"

"滚！还我俩之间的把柄和秘密！你可真敢想啊！"阎昊昆说着将二人推出心理缓压室，一人屁股上又赏了一脚。不过，倒是给他自己先踢开个道，阎昊昆自个儿先出门走了，边走边道："大门，你去查一下那个会所是哪个片区的，给防火科的吕科汇报一下，查查他们的消防设施是不是齐全、规整。”

苏澄一听急着追上来，求饶道：“阎头儿，阎头儿……兄弟，不是，你是我哥！亲哥啊……你不能这么坑兄弟啊！”

第十五章

阎昊昆和门新科两人，在正义路特勤站院子里走来走去，已经好几圈了。但看着阎昊昆还是兴致盎然的样子，拿着个新手机一直拍，拍每个战斗员，甚至正义路特勤站里的一草一木。门新科则一直在他旁边耐心看着他、等他，好像要离队的人是阎昊昆。

门新科："新买的手机？"阎昊昆点头，仍旧专注地各种拍，连和门新科说话也心不在焉的。

二人断断续续在院子里走走停停。门新科不禁感叹道："我觉得一年一年的，时间过得真快啊。"阎昊昆"嗯"了一声，又将双手举高，手机对准高空的消防塔架，拍"119"那几个鲜红的大字。

门新科似鼓了一下勇气，才缓缓地道："阎头儿，其实……我觉得马指那个人真的不坏……"

阎昊昆眼睛仍旧停在镜头里的事物上，头也不回地道："大门，我知道你想说啥，我们和好了，我不和他闹了。"

门新科喜出望外："真的？阎头，你没开玩笑？"

阎昊昆停下来，认真地盯着门新科道："你能不能别搞得像我的老姨母似的？"

门新科不好意思地笑笑："唉……我就是担心你这脾气。"

阎昊昆悠悠地来了一句："行啦，生活中，你担心的事情不会发生，发生的事情都是你没料到的。"

门新科一听这话，愣了一下，摸摸自己后脑勺，反应了半天，自言自语道："好像还真是这么回事儿！"

"哎，阎头儿你什么时候变得这么……这么深刻了？"

阎昊昆白他一眼道："切！难道在你眼里我一直很浅薄？"

"不，不，不，绝对不是。"

阎昊昆看门新科紧张成那样，笑了。随后阎昊昆将手机郑重地递给门新科，道："行了，不逗你了。给，送你的！"

门新科却极力往外推着手机，拒绝着："不，不……"

"不什么不！拿着！我阎昊昆私人送你的，跟站里无关！"阎昊昆说着将刚才拍照的手机强硬地摁到门新科怀里。

门新科感动得喃喃地道："原来……原来你都是给我拍的……"

整个正义路特勤站院子里弥漫着离别的气氛，电台里单曲循环的《送战友》音乐让伤感氛围更浓。门新科和另外几个一起离队的老战斗员，胸戴大红花，身着摘掉肩章的制服，笔挺地站成一排，站出了一个战斗员最庄严的姿势。

全体指战员分列两边。

马卫宣口令："立正、稍息。"

整齐划一的脚步挪动声。

马卫："敬礼！"

所有指战员向门新科等人敬礼，此时大家眼眶都已经开始湿润了……

马卫："礼毕！"

马卫："立正、向左向右看齐！"

马卫："齐步走！"

大家有节奏的步伐，配着喧闹的锣鼓声，全站队友目送着门新科他们几人，朝门口的大巴车走去，但这人群里却独缺了阎昊昆。

门新科几个人站在大巴下面。

马卫口令："登车！"

离队的战斗员们才恋恋不舍地陆续地登上了大巴，每个人都在即将进入大巴的一刻，朝身后的中队大院深情地回望一眼。门新科最后一个登车，他和马卫互敬了个礼。

但门新科却还磨蹭着，朝中队看……

"别等了，大门，上车吧，昊昆应该不出来了，他说他受不了这个。"

此刻，阎昊昆正站在二楼办公室窗前看着大门，只是他眼前的世界已经模糊一片。他迅速转过身背对着窗外，喃喃自语道："保重啊，大门。"话一出口，就已经哭成狗，"对不起啊，大门。"

站在大巴踏板上的门新科终还是收回眼神，却突然从踏板上跳下来，郑重地给马卫鞠了一躬。"对不起，马指，您刚来的时候……"

马卫用手势制止了他，意思是不用说，他都懂。门新科却又急切地道："马指，那阎头儿脾气不好，您多担待！"

马卫点点头，随即拍拍门新科肩膀："放心吧！对了，你去看过甄爷爷后，给我来个电话，看看他还需要点什么，缺什么，我们能做点什么。"

门新科郑重地点点头，这才缓缓地将一只脚踏上踏板，却又回头恋恋不舍地朝二楼窗户深深地望了一眼，最后双脚全部提离地面，站到踏板上。

就在此时，警铃拉响，电台随后传来：

> 一指两水一泡准备出警，一指两水一泡准备出警！现场：厂园路273号临街餐厅起火；一指两水一泡准备出警，一指两水一泡准备出警！现场：厂园路273号临街餐厅起火……

门新科似乎找到了停留的理由，立马扔掉手中的行李，就像疯了一样朝消防车库奔去。而办公室内的阎昊昆抹了一把脸上泪痕，也匆匆朝消防车库奔去。

马卫看着门新科跑得没影了，挥手示意大巴司机先走，文书曹亮亮体贴地将门新科的行李收拢起来，放到岗厅。

大家心里都明白，门新科还是舍不得，那就让他参加这消防生涯的最后一次救援吧。

阎昊昆竭力控制着情绪，坐在副驾，神情严肃，平静，看不出刚哭过。司机陈桐努了好几次嘴，才道："阎头儿，门班也跟来了，在后车上。"阎昊昆内心早就翻江倒海了，却只是轻轻"哦"了一声。

历史总是惊人地相似，起火的地点又是临街餐厅。

阎昊昆和门新科到达现场后，根据现场情况，交换了意见，阎昊昆很快部署了救援方案，攻坚组、搜救组同时展开行动。临街，无占道情况，大水车短距正面发挥威力，巨大水柱强有力地扫过去，外面火势马上偃旗息鼓，变成一股黑烟。阎昊昆看已将外围火势打压下去，马上命内攻组前门正面攻入。

阎昊昆又绕过去查看后面情况。他从小区后门绕过去，门新科等队友也已经到了。门新科脱了手套，用手背轻触了一下厨房后门，很快拿开。门新科："温度还行，我们现在破门？"

多么熟悉的场景，但如今的阎昊昆已不再是当年那个贪功冒进的毛头小干部了。他与负责内攻的李治通电，证实里面没问题后，才做出破后门的决定。

阎、门二人不约而同地双双站在门两侧，互相意味深长地对视一眼，门新科仍旧抢先将手放门上，阎昊昆真是拿这个老姨母没办法。不过，门新科这回失算了，这厨房后门是从里开的，阎昊昆一脚就给踹开了……

火苗如当年一样，遇空气会反扑，只是今天已确认过门后不再有油桶了。二人战术规避动作，避开火苗因为空气流通朝外猛扑的势头，待火苗回落后，门新科等人的高压水枪已经打了过去……

40 分钟后，消防员们战斗过的现场，只留下一片灰烬。

阎昊昆呆呆地站在满是黑水的地上，李治来到阎昊昆面前，他都没发现。李治喊了好几声"阎头儿"，阎昊昆这才反应过来。阎昊昆尴尬地问："哦，现场都检查过了？没有余火了吧？"

李治点点头："检查过了，没问题。"

阎昊昆四处张望着，似乎在寻找什么。李治马上道："哦，门班说他要赶火车，坐头车先归队了。"

阎昊昆失落地回道："哦。"紧接着道："那收队吧。"

阎昊昆早早地就一个人坐在指挥车里，盯着窗外战斗员们卷水带，往消防车上收拾各种工具出神……

他不由得又想起当年那场餐厅火灾。平常阎昊昆都是克制自己不去想，因为那是他内心深处最不愿意直面的痛。

当年阎昊昆还是副队长，现场指挥员是前指导员吕德江，当时餐厅火势比今天的更大。就在大家灭得正欢的时候，餐厅老板说，厨房里还有两个煤气罐子。

吕德江忍不住骂娘，说刚才不是数过，说全抱出来了吗？咋又冒出俩？老板却辩解称他太紧张没数明白！敢打敢拼的阎昊昆马上自告奋勇领命而去，而他的死忠粉门新科自是选择与他共进退。但当时那个餐厅的后厨与前厅只有窗口链接，后厨只有后门，内攻组一时无法探明厨房后门情况，吕指电台指示让等等看，年轻冒进的阎昊昆用手试温后，判断问题不大，没等吕指命令，贸然与门新科破了餐厅后门，之后就遭遇了那几桶花生油……

战斗员们突然呼啦啦地打开车门上来，打断了阎昊昆的思绪。阎昊昆揉了揉眼睛，掩饰道："交接好了？"

李治："嗯，都交接清楚了，娄姐姐她们也进场了。"

消防车启动，阎昊昆没再说话。但他却在心里说了一句："大门，我对不起你啊，都怪我当年太贪功、冒进，给你脸上留了一道永远也抹不去的疤。"

而此时已经登上退队专列的门新科，似有感应似的，他在心里说的却是："谢谢你，阎头儿！让我的青春没有虚度！"

正是退伍（退队）季，因迟走落单的门新科并不孤单。有很多其他部队来送战友的战士。门新科骄傲地挺挺胸前的大红花，朝车下认识的不认识的战友们使劲地挥手，对方亦热情挥手。

车上车下此起彼伏声：“再见，保重！再见，保重，多保重！”

此后几天阎昊昆像是霜打过的茄子，除了报警警铃能给他注入活力，好像他突然就进了一个情绪低落期，直到战斗班的罗歆宇突然被送上头条。

要说正义路特勤站的全体指战员们，也都是在罗歆宇被送上头条后，才得知头条那个“徒手救娃英雄”原来就是罗歆宇。

一帮战斗员立马将有些害羞的罗歆宇举高高，策划着等领导们睡了，偷偷叫串儿为他庆祝。不过，等他们去餐厅开饭，才知道指导员马卫早就让司小胖做了准备，食堂一水的都是山东胶州海鲜，全是按罗歆宇老家氛围给安排的……

大家吃着喝着，让罗歆宇讲讲细节。

事情是这样的，那天罗歆宇请假外出，想给妈妈买件羽绒服。老家山东农村冬天没有暖气，很是难挨。罗歆宇想着好久没外出了，计划买完后，再在外面大吃一顿，但大城市的羽绒服显然比他预想的贵得多，给妈妈买完羽绒服后，罗歆宇又有点儿舍不得吃大餐了，就一瓶矿泉水配个干面包把自个儿打发了，他边啃边等公交。

此时正值下班高峰期，疲惫的人流很快就在罗歆宇身后排起了长队。大家伸脖子瞪眼的，可是来的都不是等的那班，你等的那班公交总是迟迟不来。就在这不知不觉的等待中，面包已经下肚了。这时隐约中罗歆宇似乎听见有人喊“救命”……

职业习惯让他立马警觉起来，他四处张望。这时队尾有个声音道：“哎，好像那边有人跳楼哎……”众人一听，都将头扭过去看。此时公交车恰好进站，人群呼啦一下朝前挤，本身站在前面的罗歆宇，却抽身逆着人流往外跑。他边跑边扒拉人群：“对不起，请让一下，让我过去！”

好不容易挣脱人流，罗歆宇立马像兔子一样朝出事的楼房跑过去。这才看清，这哪里是跳楼啊，只见临街的居民楼，一个上了年纪的老奶奶哭号着，手里死死抓着一个孩子的脚脖子，大声地呼救！而孩子则头朝下，哭得撕心裂肺的。

罗歆宇赶紧了解了一下情况，得知家里只有这个老奶奶和孙子，老奶奶在阳台上抓着孙子，也不可能进屋里帮其他人开门。家属也通知了，警也报了，但警察也不可能秒到啊。

可这小男孩倒吊着，号啕大哭，脸憋得通红。罗歆宇意识到不能再等下去了，他观察着周围情况，火速在脑袋里盘算着：这是一幢老式的统建楼，好多后增的燃气管道等基础设施都露在外面，老奶奶所在的楼层是四楼，当罗歆宇看到三楼有个空调柜，他有了主意。

罗歆宇朝上大喊：“奶奶，您再坚持一下，我马上就上来。”

就见罗歆宇三步并二步跑过去，抓住管道，嗖嗖地飞快朝上爬。

群众看到，觉得这孩子有救了，都充满希冀地感叹：“这小伙子厉害！”

罗歆宇很快爬到了三楼空调柜机处，他试着踩虚实承重。楼下的群众也都紧张地看着罗歆宇在试探，也有人举着手机一直在全程拍摄。但是，三楼没安防盗窗户，罗歆宇没抓到稳妥的抓手，他来回试探，并安慰老人：“奶奶，您先坚持一下，我站稳了，您再松手！”

老奶奶是一脸泪水地点头，而此时孩子倒吊的时间有点长了，哭得已经上气不接下气了。楼下的群众搞不清楚状况，急着吼道：“你怎么还不接过来啊！那老人快撑不住了。”但玻璃上毫无抓取的东西，罗歆宇也快急哭了，他此时想，要是出门时带条救援绳就好了。但想象不能解决问题，消防工作培养的就是动手能力。罗歆宇朝远处望了一下，警察、消防都还没影儿呢，他决定铤而走险。

只见罗歆宇正试图直起身，就在他刚触到孩子的头，还没找到着力点时，老奶奶哭着道：“孩子啊，我不行了，我胳膊有毛病……”

说着老奶奶手一松，就晕倒在阳台内。站立未稳的罗歆宇手上突然多了几十斤重的小孩，更加摇摇欲坠。千钧一发之际，突然三楼窗户被人朝里打开，罗歆宇立马将手伸进去一手抓紧窗框，另一只手紧抱孩子，稳稳地立在空调架上。

此时，楼下群众一看孩子已经安全，顿时响起热烈的掌声。由于角度问题，群众并不知晓三楼窗户是怎么突然打开的，还以为是罗歆宇推开的。当然所有那些将罗歆宇送上头条的报道，亦没有对这个窗户有半分笔墨，也就是没有人知道这个细节。而罗歆宇的注意力都在孩子身上，当时也没看清开窗户的人长啥样，只记得他好像戴着黑口罩。

这些报道出来后，罗歆宇甚至一度怀疑自己是不是看错了，这个人到底有没有存在过？也许是出于一个男孩子的虚荣心，或者说爱面子的心态吧，罗歆宇在给大家讲时，也就隐去了这个“黑口罩”的细枝末节。

只是没想到这一隐，竟成了他心底的隐痛。

几天后，老奶奶出院了，出院当天就在家人的帮助下，循着网友们在网络挖出来的线索，携着全家老少带着各色水果和锦旗来到正义路特勤站。

这老奶奶看着眼前一个个也就二十来岁正值青春的少年，真是欢喜得不得了，殷勤地要认罗歆宇当孙子，幸好儿媳制止才让罗歆宇不那么尴尬。原来老奶奶是帮小儿媳带孙子，那天孙子睡着了，她下楼买菜的工夫，回来发现孙儿就爬窗户找大人了。所幸，她回去得及时，抓住孙儿一只脚，更幸运的是正好让请假外出的罗歆宇碰到了。

马卫和罗歆宇鞠了好几躬，才算送走了老奶奶一家。因为告别时老奶奶站在正义路特勤站的门口，不断给年轻的马卫和罗歆宇鞠躬，他二人只能不断回礼。直到老奶奶走出老远了，马卫感叹道："哎哟，妈呀这热情，快烫死我了。"

罗歆宇腼腆地笑笑，好像没什么太大波澜。马卫拍了一把罗歆宇的肩膀道："你小子，表现得有点儿高冷啊？怎么还害羞啊？"

罗歆宇又是不好意思地笑了笑。

这时就听到罗文选大老远地吼："大侄子！"

罗文选这一吼，听得马卫和几个战斗员都疑惑着你看看我，我看看你，不知道他喊谁。罗文选这时已经大步流星走到跟前了，上手就重重拍了一下罗歆宇的肩膀，道："大侄子，这回你厉害了！"

罗歆宇尴尬着不知如何回应。不过，罗文选也顾不上等他回应，很快就朝马卫走过去打招呼，"马指！"

马卫一脸疑惑："歆宇，是你侄子？"

罗文选得意地点头，"是啊，亲的，如假包换。"

马卫一时有点摸不着头脑。队里这 47 名队员的来龙去脉马卫是知道的，而且他好像记得罗文选以前跟自己说过罗歆宇是他老乡啊！马卫还想着，一个村里出来的都姓罗也没什么好奇的，但现在……

罗文选兴冲冲打断了马卫的神思："对了，咱们管片共建小学，知道了罗歆宇'徒手救娃'这事儿，想让他去做个报告。"没等马卫说话，一直默默走在他俩后面的罗歆宇激动地说："我不想去！"罗文选一听这话，回头瞪了侄子一眼。

马卫一看是这情况，委婉地答道："成啊，好事儿啊，你看歆宇什么时候想去，让他和他们班长郑海玉打声招呼，排好班就成。"

罗文选："谢谢马指配合！"

马卫："应该的，也是为我们正义路特勤站宣传嘛！那您这边要没事儿的话，我先上去了，领导那边给我派了点儿活。"

罗文选今天心情超好，动作也多了起来，拱拱手道："你忙你的，马指。不用管我，我就跟我大侄子随便聊两句。"

马卫回到办公室坐在电脑前，心里有种说不来的感觉。忍不住跟旁边的阎昊昆叨叨："罗歆宇是罗文选的亲侄子？"

阎昊昆淡淡地反问他："你不知道啊？"

"刚知道。我好像记得他上次和我说是老乡，难不成我记错了？"

阎昊昆不以为然地道："没错啊，亲侄子肯定出自一个故乡啊。"

马卫看阎昊昆又淘气，就不再理他了。阎昊昆倒是一个人继续道："还不是因为系统有个直系亲属不能在同一个支队的规定嘛，他也就自个儿掩耳盗铃，领导们也都知道，也就当个特例照顾一下呗。再说，罗歆宇不是一直想考学，学习也不错，走了回来未见得还分回咱正义路啊。"

马卫若有所思道："哦，你这么说我想起来了，他上次还跑过来拜托我，要是罗歆宇考学通过了，希望我不要卡罗歆宇。"

马卫说着无奈地笑了笑，又道："你说罗文选这人怎么想的啊？这都什么年代了，国家都倡导科技消防，我为什么要卡罗歆宇呢？这人真是有意思。"

"嘿！不容易啊，马瘫！从你嘴里听到说别人坏话，真是不容易啊！"

马卫脸一下红了："怎么就成坏话了？就是讨论一下干部思想进步问题。"

阎昊昆半开玩笑地道："哎哟，我去，你这辩白起来也'灰常'之不要脸啊！"

马卫别他一眼："一边去，我要整材料了。"

两人于是不再说话，各在各的电脑前，整些没完没了的各种材料。

半晌，阎昊昆突然郑重地道："我告诉你马瘫，罗文选这个人，我一直觉得阴森森的，你还是提防着点好。上次'装备作假'那事儿，我给他记着呢。这段时间破事儿实在太多了，都没顾上理他这碴儿。"

"你还是省省气力吧，你还能查出去年的装备让人动过手脚不成？再说了上次老顾头的事儿，也多亏罗文选在中间斡旋、扛包。老顾头那尿片给罗文选身上还扔了好几片呢！"

"哼！我不管！对就是对，错就是错，那是原则问题，甭跟我来那套将功抵过。"

而罗歆宇在罗文选劝说下，只能同意去演讲。因为罗文选连演讲材料都给他准备好了，罗歆宇不敢不从。直到晚上熄灯后，罗歆宇还把头蒙被子里背材料呢。

战斗班宿舍已经响起此起彼伏的鼾声，只有罗歆宇的被子，还在黑暗中翻来覆去地动。也不知过了多久，罗歆宇的被子渐渐安静下来，罗歆宇也似进入了梦乡……

那是一个宽敞的大礼堂，台下几百双灵动的小朋友睁着水汪汪的大眼睛，热切地盯着他。罗歆宇身穿火焰蓝制服，胸戴着大红花笔直地站在台上，慷慨激昂地讲着他“徒手救娃”的事迹，台下热烈的掌声响起，人群不断地高呼着：“罗歆宇好样的！罗歆宇徒手救人英雄！罗歆宇好样的！”

热烈的气氛一浪高过一浪，突然礼堂大门被人踹开，一个戴着黑口罩的男子冲进现场。口罩男子大喊道：“罗歆宇，你是个骗子！骗子骗子骗子！”

伴随着耳边“骗子骗子”的叫嚣声，罗歆宇突然从梦里惊醒。

心有余悸的罗歆宇，坐在床上，缓了好一会儿才回过神。再看看周围都还在睡梦中的队友，并没有被吵醒，他才缓缓重又倒在床上，却再也睡不着了。

早晨开饭时间，郑海玉端个饭碗串到马卫他们这一桌，跟马卫和阎昊昆汇报，罗歆宇病了。

“什么病，严重不？”马卫和阎昊昆异口同声问道。郑海玉大咧咧地道：“应该没啥大事，估计就是感冒，我已经让人给他拿了药了。”

“哦，没事儿就好。”马卫说完，回头冲厨房小窗喊，“司小胖啊，给罗歆宇弄碗病号面送过去。”

司小胖的大胖笑脸在厨房小窗口闪了一下，应了句“好嘞！”。

司小胖这人性格温吞吞，唯在做饭这件事情上是真的热爱，又快又好。这不没等大家吃完呢，司小胖已经端个餐盘子，朝餐厅外走了出去。但没过几分钟，司小胖又把面原封不动地端了回来。马卫等人疑惑地看着他，司小胖看有的干部还在吃饭，面露难色。

阎昊昆将碗一放道：“没事，说吧。”

司小胖：“歆宇，好像挺严重的，又吐又拉的……”

“走，看看去。”阎昊昆说着就往外走，可大家还没走出餐厅，报警铃声又响了起来，备车的消防员马上跑了，阎昊昆回头看了一眼马卫，马卫朝他挥了挥手，阎昊昆才朝车库跑去。

马卫去了战斗班宿舍，看到罗歆宇脸色惨白，痛苦地蜷缩在床上。问他哪里不舒服，他支吾着也说不出个所以然。马卫当即用电台叫陈桐备了公务车，送罗歆宇去医院。去医院的路上，马卫跟阎昊昆互通了一下情况，又打电话给罗文选，告诉他罗歆宇病了，让他将原定今天下午的演讲改期。缩在后座的罗歆宇，听到演讲改期，身上的“病”似乎一下子轻多了。

军医在看化验单的时候，罗歆宇仍旧用手捂着肚子，缩成一个小乖巧坐在马卫边上。

马卫倒是很着急，不住地问小军医什么情况。小军医看看罗歆宇，再看看检查单，告诉马卫一个非常不解的情况，那就是 B 超结果无异常。

马卫看看罗歆宇，还是捂着疼痛的肚子，又缠着小军医，继续追问。小军医思忖了片刻道：“血常规还有两项没出来，再等等吧，看是不是吃了什么东西感染了。”

“那用不用先拿点药？止痛？”

小军医当然不会给开药。别说小军医，什么病还不清楚呢，哪个正规医生也不能给开。只给了个建议说，要是实在疼的话，药店买盒布洛芬吧。

马卫只能谢过医生，准备带罗歆宇走。但当罗歆宇已经先他一步开门出去后，小军医却叫住了马卫。

马卫一听这情况，赶紧将也回过身来的罗歆宇打发到外面等他。他疾步返回来，坐到医生面前，紧张地问：“是这孩子得什么病了吗？”

医生一听，知道他是误会了，急忙道：“没、没、没！我是刚看到血常规结果出来了，我初步判断这孩子应该没病。”

马卫更加疑惑了：“那为什么突然的又吐又拉又肚子疼呢？”

小军医并没有正面回答，而是问马卫：“这孩子最近是不是遇到什么事了？”

马卫一听，似有所悟，简单地给医生说了一下。医生也一时没法理解“救人英雄”会导致这么大压力这事儿，委婉地建议马卫带罗歆宇去心理科看看。马卫谢过医生，赶紧出门去找罗歆宇。

马卫刚一出门，电话就响了，是罗文选打来的。罗文选在电话里问马卫他们在哪儿，并告诉马卫他也来医院了。在罗文选执意要求下，二人在医院走廊交接了罗歆宇。马卫当时心想，交给罗文选也好，毕竟孩子应该跟他叔更亲。但走前，他还是忍不住再三叮嘱罗文选，怕罗歆宇晚上还疼，建议他叔侄二人，就先在医院附近住一晚，有情况也可随时采取行动。罗文选拍着胸口向马卫保证，请他放心归队，一切有他在。

其实，马卫不说，罗文选也准备和这个侄子在外面住一晚。但他不会住到医院附近，罗文选作为一个已婚干部，住在正义区支队福利公租房里。公租房虽小，但好歹在这个大都市里也算有一个庇护所了。

罗文选将侄子罗歆宇带回自己家，亲自下厨炒了俩菜，还给侄子倒了杯啤酒，然后叔侄俩推心置腹地聊了聊。不过，一开始只能算是罗文选在动之以情、晓之以理地进行说服工作，罗歆宇除了嗯嗯啊地应着，没什么太大反应。直到罗文选跟他说，上级领导机关准备把他塑造成典型宣传他的“徒手救娃事迹”，还准备给他一个三等功时，罗歆宇急了，突兀地站起身激动地道：“人不是我救的！”

此话一出，罗文选惊得一口肉从嘴里掉出来，落到桌上，紧接着一连串的疑问，排山倒海地朝罗歆宇砸了过来：“怎么回事？那谁救的？那视频是你合成的？”罗歆宇被激动的罗文选的口水喷得直往后撤，半天没说出一个字。

着急上火的罗文选意识到这么着也不妥。于是，他先坐了下来，沉吟了片刻道：“你不跟我讲实情，我也帮不了你啊。”

于是，罗歆宇将那天救援的情况一五一十地给罗文选描述了一遍。

原来那天老奶奶晕过去后，没准备好的罗歆宇接了娃，自己也差点儿连人带娃掉下去。正是突然朝里大开的三楼窗户里的那人，及时伸出双手，帮罗歆宇接了一下，罗歆宇才得以抓紧窗户。不料，看罗歆宇稳了，那人对他比了一个“OK”手势，迅速溜走了。而且由于角度问题，以及那人黑衣黑帽黑口罩，又来无影去无踪的，当时楼下的群众，甚至上传到网上的视频都没有拍到这个黑影。

罗文选听完，沉默了一会儿，但片刻之后，罗文选又精神抖擞了起来。

罗文选语重心长地说：“歆宇啊，你听我说，没有那个戴黑口罩的人意外出现，你当时也的确是在实施救援行动，对不对？”

罗歆宇疑惑地点点头。

“而那个人在你接孩子时，助你一臂之力就跑了，也就是说戴黑口罩的人，当时是被你挡着的，楼下的群众应该是没有看到的……”

对这一点，罗歆宇不置可否。罗文选看他没反应，思忖了一会儿，又正色道：“歆宇，叔跟你说，去学校演讲的事儿，叔能推掉，但整个消防系统的表彰大会眼看就要开了，你的三等功肯定没跑了！现在我、你，还有你们马指，乃至整个正义路特勤站都是被架在火上烤的鹅，所以，你千万不能说出去，绝对不能说，要把这事儿永远烂在肚子里！”

罗歆宇嗫嚅道：“可是叔，我担心……”

罗文选斩钉截铁地说：“没什么好担心的，叔判断……这个黑衣人，他当时鬼鬼祟祟的，指不定正在干什么见不得人的勾当。要不然现在网络这么发达，你救人的视频新闻满天飞，他不可能看不到。”

罗歆宇还在犹疑着，但罗文选紧接着那句“我听说三等功有可能会给考学加分”，彻底打动了罗歆宇。

生于1998年的罗歆宇，出生在山东一个小县的海边小渔村，家境十分普通，甚至可以说有些贫困。高考第一年发挥失常，没考上好大学，本来想复读，但在罗文选的建议下，当了消防兵（未改制前）。此后的人生路，可以说是全仰仗凭自己能力奋斗出来的小叔——罗文选指点。且小叔罗文选由一个农村小子到了大北京当了干部，那岂止是罗歆宇一个人的榜样，那简直是全村人的希望。所以，像小叔一样考学当干部，也是罗歆宇的奋斗目标。

第十六章

罗歆宇暂时不纠结了，马卫又开始纠结了。其实，当他听了小军医那番话后，就有点儿感觉不对了，但他想不明白，这中间到底有什么差池。

马卫这么来回地琢磨着，一晚上也没想通。按说这是个好事儿啊，歆宇怎么会这么抗拒呢？莫非这事儿不是他做的？想到这儿马卫立马打开网上的救援视频看，但他很快又放弃了，因为这个视频一开始就是媒体和热心人上传的，并不是罗歆宇本人上传的。

马卫正百思不得其解的时候，一杯咖啡放到他桌上，一抬头竟然是娄小楼。

话说娄小楼这攻势也近一年了，马卫却总是忽冷忽热，而且只要见到娄小楼，第一反应仍然是有点儿过激，只不过过激的方向和角度略有不同而已。

于是，马卫条件反射就蹦出一句，“你是来调昨天火灾视频的吗？”

娄小楼若不是个心理强大的姑娘，早被马卫这动不动一番官方问候给折腾退了。不得不说在追马卫这条路上，娄小楼走一大步，马卫向前挪一下脚；但娄小楼胆敢一次走十步，马卫立马退后两步给她看！娄小楼也真是醉了。她没好气地说："我爸想要见见你。"

"啊？"马卫惊得差点儿站起来，"为什么？"马卫慌不择言问道。

娄小楼快被气哭了："你说是为什么？"

马卫吞吞吐吐道："我……哎，你也看到了，最近站里事情比较多。领导早上通知马上要给罗歆宇这样外出……还时刻谨记履行消防救援责任的战斗员开表彰会，可歆宇本人比较抗拒，我这还没理出个头绪……"

娄小楼霸气地："我给你理！"

"别闹，这是工作。"

娄小楼："我也算半个消防人啊！罗歆宇不愿意当典型，肯定有他的原因啊……"

马卫叹口气道："他要肯说，我不就不用在这儿琢磨了吗？"

娄小楼突然道："哎呀，对了，歆宇前两天找过我，问我是不是认识媒体的朋友，看能不能把有关他的帖子帮忙删掉。"

马卫惊讶："为什么？"

"我问了，可他也没说出个所以然，就说不想成为被关注的焦点。"

"你答应帮他了？"

娄小楼自嘲道："我哪有那种能量，就是工作关系，认识一些媒体记者，再说网上那么多转载的视频，你一个一个删啊，能删得过来吗？我后来就安慰了他一下，告诉他删不删其实也无所谓，毕竟现在这个焦虑时代，天天新闻层出不穷，谁还记得你们这些英雄啊！"

马卫："倒也是。"随后，马卫若有所思地道："问题是歆宇为什么这种反应呢，不应该啊，不会是有什么隐情吧？"

“不行，我得找罗文选去。他肯定知道些什么。”马卫说着起身就走，把娄小楼和咖啡撂在原地。

娄小楼气得直跺脚。

马卫来到支队大礼堂，看到罗文选正带着几个人，热火朝天地布置会场。

罗文选也看到了马卫，热情地大声招呼道：“马指来了？有事儿？”

马卫点了一下头。

罗文选：“那稍微等一下啊！我把这个灯挂上。”

马卫等罗文选的工夫，四处瞅了瞅，大礼堂上空五颜六色的气球已经飘起来，罗歆宇先进事迹报告会条幅也挂起来了。事情似乎正莫名其妙地朝着一个他不可控的方向行进着，明明他觉得中间缺少一个什么环节，可事情就像是有只大手在后面推着，停不下来……

罗文选下来后，二人自然地走到礼堂拐角处。

马卫开门见山道：“罗文选，我想跟你聊聊歆宇，我看他这两天压力挺大，对这个表彰会表现得也不太积极，是不是有什么隐情啊？”

罗文选一听，真诚地道：“马指，你多虑了，没事儿，有事儿医生能查不出来吗？再说他肚子不也不疼了吗？”

马卫：“我不光指这个……”

罗文选似恍然大悟道：“哦，懂了！放心吧，马指，之前就是孩子跟家人闹几天别扭而已。”

马卫惊讶：“歆宇跟家里闹别扭了？”

罗文选小短手武断地一挥：“嗨，其实也没啥大事儿，就是可能他跟我哥说想换个手机，家里没同意。也不怕你笑话，我们老罗家底子薄，条件一直不太好。”

马卫一听，似乎一下子释然了。罗文选又安抚道：“放心吧，马指，表彰大会如期举行，这也是你们正义路脸上的光彩啊！”

是啊！问题的症结也找到了，马卫自然松了口气，转身欲离开。罗文选又兴冲冲地告诉他，正义路指战员的宿舍装修提案上级审批下来了，罗文选说这话时言语中透着一股子热乎劲儿……

当然，罗文选看到马卫满意而归，心里的石头也终于落了地。

不过，细心的马卫又去战斗班找罗歆宇了解情况。罗歆宇和罗文选口径是一致的，也交代了是想买个高档的手机，家里不同意，才闹情绪的。得到这个答案，马卫总算把这几天悬着的心放下来了。

然而，偏又来个不省心的，或者说是爱情的力量，抑或娄小楼的专业素养？作为一个火调人，揭开灰烬之下埋没的真相，是娄小楼这些人孜孜不倦的追求。

本来以她正义路“平民女神”的称号，跟这帮一线救援的孩子关系打得火热也正常，所以，罗歆宇跟她说删帖时，她一开始以为就是罗歆宇跟她交流心得体会，也没当回事儿。但当这个事儿成了马卫的困扰时，那她就有动力为马卫排忧解难了。

还真别说，恋爱中的女人个个都是福尔摩斯。娄小楼把有关罗歆宇救人的视频最早上传的那几个版本搜出来，来回比对观看，当然也没发现什么可疑之处。但越是明显的地方，越会漏掉线索。

娄小楼折腾一晚上，没折腾明白，但她并没有放弃。第二天她通过同学找了一个网警技术侦察男。

娄小楼也看不懂技术男的各种捣鼓，反正他在电脑上这么那么的一顿操作，图像竟被放大很多倍，最后拉近、再拉近，终于有个惊人发现：看到孩子身体上还曾出现过一只手，还有半蹲着的一部分黑色帽子或者衣服，无法清晰判断。

发现这个疑点的娄小楼，立即打电话给马卫。马卫听了后，有种大事不妙的感觉！可不，系统的表彰大会就要开始了，如果这一场救援真的有瑕疵，若等到会后再被曝出来，受损的恐怕就不是罗歆宇的个人名誉，而是整个消防救援队伍了。

马卫挂了电话转身就跑，与刚出警回来的阎昊昆撞了个满怀。

“你什么时候站这儿的，吓我一跳。”

马卫急火火问道，却并不想要答案的样子，而是说着疾步往外走去。

阎昊昆看他这么着急，拦住他：“你干亏心事了？”

马卫严肃地说：“别闹！赶紧让开，还是罗歆宇那事儿。”

阎昊昆“哦”了一声，似乎丝毫没觉得问题严重，竟变得慢条斯理起来：“歆宇这孩子救援挺灵的，但性子比较软，他能死扛着不和你交心，一是看不上你……二是……”

已经走出去几步的马卫回头打断他：“都什么时候了，还说这话！二是什么？”

“二是，你没打动他。”

“你这说和没说有什么区别！”马卫生气地出门，阎昊昆朝他背影喊道：“区别就是你不如和他叔罗文选谈谈。我觉得症结应该在罗文选身上，而不在罗歆宇身上。”

马卫当然听见了，也听进去了。于是，他决定先不去找罗歆宇，而是再去找罗文选谈谈。

罗文选这两天布置大礼堂的精力，似乎已经高过了当年布置自己婚礼现场的热情。

马卫一进大礼堂，就发现礼堂已经布置好了，看上去挺热闹的。罗文选正带人进行音响等视频对接设备的最后调试，但马卫顾不上这些花里胡哨的东西，他径直朝罗文选走去。罗文选一转身，看到马卫，有点意外，一脸疑惑，但仍不失礼貌的官方笑容旋即堆上脸。

马卫直言不讳地说："罗文选，我还是想跟你谈一下歆宇的问题。我已经和他谈过了。"

罗文选一听马卫这么说，收起官方笑脸。马卫捕捉到罗文选这一丝动态，决定继续诈下去，反正兵不厌诈，马卫缓慢却又加重语气道："他说……"

罗文选自嘲地冷笑道："呵，我就知道这小子扛不住，都说了是吧？"

马卫点点头。罗文选于是给马卫示意了一个眼神，二人朝大礼堂门外走去。一直走到一个僻静处才停下脚步。

马卫也没想到罗文选这山头这么脆弱，于是，大胆地继续追问："施救现场还有第三人是吧？"

罗文选此时想的却是果然绳还是从细处断，罗歆宇这山头太稀疏了，既然瞒不住了，罗文选反倒放松了，直接承认了："对！"但罗文选马上话锋一转道："可这有什么关系呢？你也不能抹杀罗歆宇参与救人的事实啊？而且他才是主力救援队啊！"

马卫生气地说："是不能抹杀，但你也不能隐瞒事实啊？如果我们开完表彰会，这件事在社会上传开了，我们就会变得很被动！"

罗文选没再说话，表情就像一只等待猎物的秃鹫似的阴着个脸。

马卫由衷地道："罗文选，你是歆宇的叔，我听说他来消防，你明里暗里操了不少心，他听你的！你去给歆宇做做思想工作，让他把实情讲出来吧，三等功我一样会帮他争取。"

罗文选听到这儿，猛然意识到罗歆宇没说，而是这个马卫诈了他。他突然火了："你现在让我怎么说？表彰大会召开在即！"

"这不是还有时间吗！表彰大会周五开！今天才周三，一切还来得及。"

俩人正说着，马卫电话响了，马卫一看来电显示是焦权政委，只好先接了起来。马卫刚接起来，焦权匆匆说了句，现在来趟我办公室，就挂断了。马卫挂了电话，刚想和罗文选说点什么，结果罗文选电话也很快响了，马卫只好先走了。马卫没跑几步，就发现罗文选也跟在后面来了，原来罗文选接到和马卫一模一样的电话。

马卫和罗文选到了焦权办公室，焦权办公室门是敞开的，没等他们敲门，焦权就示意他二人进来，马卫和罗文选俩人尴尬地站在焦权对面。当然，焦权也没有坐，他手忙脚乱好像正在找什么东西。

他一边找一边说话，都顾不上看他俩一眼，"哦，叫你们来是想跟你们商量件事儿，把表彰大会提前到明天吧！"

马卫一急，口不择言："啊，为什么？"

但焦权注意力都在找东西上，并没有留意马卫的反常，反倒兴冲冲地道："张政委今晚回来！"

马卫、罗文选惊讶地异口同声道："张政委今晚要回来？"

焦权这才转回身，面对着他二人"嗯"了一声。接着道："但是周五就得走，上新岗位报到去，我一想正好也借表彰大会这个好时机，送一下张政委。毕竟他对正义路有感情，也一直寄予厚望。"

马卫其实没怎么听进去焦政委后面的话，因为他此时在心里琢磨着，怎么跟焦政委说取消表彰大会这事儿。表彰大会已经准备到这份儿上，连一直没出现的张圆政委都突然出现了，那么焦政委要是知道了，势必也会大发雷霆吧？让他发顿火，马卫倒也能接受，但和盘托出，罗文选叔侄二人的声誉和前程，难免要受点影响了，因为大家最恨弄虚作假这一套。

似乎焦权和罗文选俩人没注意到马卫内心有多纠结。焦权只顾着盘问罗文选会场布置的一些情况！在得到罗文选拍着胸脯“就算改今天也来得及”的保证后，焦政委放心地将罗文选打发走了。

马卫一看只留下他和焦政委二人了，说出真相的好时机来了。马卫正欲张口，焦权却兴奋地凑近他道：“张政委升了！”

焦权说话间已经拿上外套，兴冲冲地朝外走去。兴奋的焦副政委，第一次失去了敏感度，没有发现马卫的情绪并不高，反倒兴致勃勃地拍了拍马卫肩膀，意味深长地告诉他，张政委晋升，他转正指导员这下应该有望了。

马卫还在办公室原地站着，焦权已经先他出了门，回头道：“你出来时，把门给我带上！”

马卫这才反应过来，赶紧追出去。不料，焦权朝他挥挥手道：“总队有个紧急会议，回来再说！”

马卫原地愣了一会儿，似乎想到什么，转身就跑。他甚至都没顾得上探寻张政委是如何从“被调查”对象戏剧性不降反升的。

就像没有无缘无故的爱，也没有无缘无故的晋升。每个人的生长都有一条明确的线路，而每一个人生十字路口，选择正确的朝向，才能保证今后人生道路笔直。

张圆政委被调查表面上源于子虚乌有的马卫是其“私生子”一事儿，何况总队老大马三源了解实情啊，否则马卫也不可能那么快复职。但本着举报必要查证的原则，找张圆政委和马卫了解情况也属必要。何况真正需要解释的是那10万元银行卡的事儿。

至于这张卡，可以说进行了一场非常的奇迹之旅。

当初罗文选要送张政委，张政委断然拒绝，随后焦副政委却收下这张卡。但是焦副政委收到这张卡后之所以没有退回，却是和张圆政委一起商量后的决定。也就是说，张、焦二人对罗文选的工作能力和热情还是认可的，也理解他的情况，对罗文选也是动了怜悯之心，觉得还是不上缴为好，当然也是为了维稳，想着等马卫顺利接任指导员后，退还给罗文选，好好教育他一顿，结了这事儿。没想到正是这张小卡片，成了马卫转正的绊脚石。

罗文选这个人不怎么信任别人，有什么事倒愿意写个“说说”，而且在现在看来是一种相对过时的方式。罗文选将全部密封在QQ说说里，还仅对自己可见。

罗文选爱人呢，一直没什么正式工作。早年娃小的时候，在老家带娃，还不显得时间宽裕。后来娃大了，人一闲，事儿就开始多起来了，一再和罗文选表示要进京来，给他洗衣做饭。而这个罗文选却一直以没准备好为由推脱。其实，就是觉得京城柴米贵，罗文选怕自己应付不来。但时间长了，罗文选的媳妇就觉得这罗文选一定是出轨了。

不过，她可真是想多了，罗文选这样的男人，大概是不会出轨的。倒不是他没有男人的本能，而是他不愿意做这种浪费钱的事儿。但女人这种生物，一旦认定了结果，那就要寻找证据来证实这个结果。

于是，罗文选媳妇费尽心思登录罗文选的 QQ，那里面几乎记录了罗文选从开裆裤时期所受的委屈。媳妇儿没想到自己心目中的“京官”“英雄”竟然受了这么多委屈，看得怒发冲冠，根本想不起有些东西早已时过境迁，更忘记自己寻找证据的初心，圣母心立马无限泛滥，一封匿名检举信，就寄到了总队纪检部门。

在这个连当官也“不容易”的透明年代，这种事儿当然引起了纪检部门的高度重视。所以，张圆就被“请喝茶”了。不过，毕竟没什么直接证据，暂时也只是问讯而已。问讯的结果是：张圆否认了这张卡的存在。

“专项调查组”的同志们，只能将这事儿暂时搁置。再说以系统清流“张老虎”的口碑，还不至于在这张小小的银行卡上就失了党性。

而事实上，这张卡的确在张圆政委手里，而且就在他的办公室。罗文选送给焦副政委的第二天，焦副政委就将这张卡上交给了张圆，但张圆没对调查组说这里面曲里拐弯的事儿，因为他知道说了的话，会让事情变得更复杂。

这一切都是高层领导间暗戳戳地发生的，当然也没必要惊动底下的人。就连罗文选本人迄今都不知道，他家里那个败家娘们儿，早把天给他捅了个窟窿……

其实，马卫被查的当天，先他一步被请到总队喝茶的张圆，在接受完正常问讯后，连夜就到湖北出差了。不巧的是，在张圆办完事情准备返回时，湖北暴发了大规模的疫情，张圆被困武汉。

雷厉风行的张圆当即就在湖北与当地消防一起抗疫。那时候正值春节前夕，消防队伍里有好多探亲回家的小伙伴被困在当地。总队临时成立抗疫指挥部，遂决定所有不能返队的队员，可直接去当地消防救援部队报到，加入抗疫一线。当时正义路特勤站湖北籍的战斗员张扬也在武汉抗疫。只是在这种特殊情况下，他并没有和同留在当地的张圆政委发生过交集。至于张政委到总队政治部任主任，本来也是之前计划内的事情。但一年前张圆政委正要走马上任，正义路特勤支队原政委积劳成疾，突然猝死在自己的工作岗位上。当时恰逢转隶改制之际，军心不稳，张圆于是临危受命，来到正义路特勤支队代职政委。

如今张圆政委疫后归来，居然有点儿时过境迁的意味了……

马卫在餐厅附近追上了罗文选。罗文选如今看见马卫，也像看见阎王爷一样头疼了，但还是随马卫一起朝偏僻处走了过去。罗文选边走边不无讥讽地说："马指，是连饭也不想让我好好吃吗？"

马卫认真地说："罗文选，还有一天的时间，如果你还不让你侄子罗歆宇主动开口的话，那我这个指导员只能代劳，替他去领导那儿认错了，到那个时候这件事情的性质就会变得完全不同了。"

罗文选气急败坏，也就不客气了："马卫，我说你脑子是不是有什么问题啊？罗歆宇是我的侄子没错，但他是你正义路特勤站的战斗员！"

"是，所以，这是个原则问题！不能破！你自己看着办！你不说，我说！"马卫说完转身就走。

罗文选仅愣了一秒，马上追了上来，换副嘴脸道："马指，马指，你等等……”

马卫站定，罗文选追上来后，声音压得更低：“歆宇走到这一步不容易，你也知道，我们老罗家条件不是太好，都是靠自个儿铆足劲儿的努力，才有今天。这可能是这个孩子消防生涯中最接近考学的一次，去年考学他就只差一分啊，我听说有了三等功，会有加分。”

马卫苦口婆心地说：“罗文选，你说的，我都理解，我也希望罗歆宇能上消防救援学院！但是你觉得比起考院校当干部，一个人诚信地走完余生不是更可贵吗？”

“是，是，是！马指，您说的大道理我懂，都没错。但这事儿现在不说出去，我也是在为你考虑啊！”罗文选一看马卫不说话，以为他动心了，继续道：“马指，你想想这事儿到了现在这个程度了，你说出去，对你、对正义路中队又有什么好处？你作为中队的一把手，难辞其咎吧？你一向不是一个特别有大局观念的人吗？”

马卫没想到他会这么想，简直失望透顶，于是冷冷地道：“罗文选，装备作假的事儿我可以既往不咎……但这是两回事儿！”

罗文选的脸唰地一下红了，慌乱地说：“马指，你什么意思？”

马卫盯着他道：“我的意思，你自个儿心里最清楚！”

“还有，我之前就说过，罗歆宇救援行为值得嘉奖，我仍旧会为他争取三等功！”马卫说完扭头便走！

罗文选可怜巴巴的：“马指，你稍等下。”

但这回马卫没搭理他。罗文选急急地边走边发微信，结果他那边一发，马卫这边响了。马卫拿出手机，一看是罗文选的转账信息。于是，马卫站定，等他走过来，马卫没好气地道：“罗文选，你到底在搞什么？”

罗文选可怜地说："你争取，但领导不一定会给。马卫兄弟啊，咱俩虽没在一个现场战斗过，但咱们同属一个支队，也算是'战友'吧？我知道我老罗过去有对不住你的地方，今天你就放我和我侄子一马，我罗文选一定一辈子感激不尽。"

马卫苦笑着摇摇头，然后拿出手机，当着罗文选的面，把罗文选刚发给自己的转账微信对话框删除了。随后郑重地道："罗文选，罗歆宇是个好消防员，你别把他带歪了。"

看着马卫走出去老远的背影，罗文选简直被气惨了，饭也没去食堂里吃，就回了自己办公室。罗文选一回到办公室，就关起门来，拿起桌上的书啊，文件呀，一顿乱砸、乱扔、乱踢，各种骂马卫傻 ×，软硬不吃，油盐不进！

发泄了一通的罗文选一屁股跌坐在椅子里，备感头疼。罗文选就这么坐着，直到夜幕降临，他也没开灯，依然在黑暗里想这事儿。头痛的罗文选，这回可能没顾得上写"说说"了。

也不知过了多久，黑暗中的罗文选突然茅塞顿开。他终于想到个下下策，他想万一马卫明天要找领导汇报这事儿，那自己抢在马卫前面，把这事儿提前告诉焦政委，然后就说是马卫不让歆宇说出真相来！这样我们叔侄俩都解救了！而焦政委为保正义路特勤站的颜面，表彰大会也只能照常开下去！

想到这儿，罗文选觉得这真是好主意，都快忍不住为自己的聪明才智拍手称快了。

想出辙，罗文选马上开了灯，先前一脸忧伤已全部荡尽。他赶紧给侄子罗歆宇发微信：一切照我说的办，你不用担心！

做完这一切，罗文选放心了，他关灯锁门走人。此刻，罗文选无比轻松，因为在他内心里已经逻辑自洽了。反过来，他还在想：马指啊马指啊，你可别怪我心狠，是你逼得我实在没办法！我也是为了集体荣誉！

果然，自私的最高境界，就是相信自己才是最无私的。

罗歆宇尽管是躲在被窝里看他叔这条微信，但好像还是怕别人看到似的，看完后他立马就删了。所谓做贼心虚，也不过如此吧。

突然罗歆宇被子被人掀开，他吓得差点儿跳起来，但一看是班长李治，也不敢发作。对了，忘说了，门新科离队后，李治顺理成章地成了战斗一班的班长。

此时李班长正眯眯地看着罗歆宇，道："你干吗呢？"罗歆宇脸憋得通红弱弱地答道："我什么也没干！"

李治上上下下打量他一番，看他好像的确没干啥，转身面向大伙道："哎，你们有没有发现啊？这货自从成了'徒手救娃'的英雄，就变得不爱说话了。"

"……难道英雄就得是这个范儿的，低调奢华有内涵？"众人都被李治给逗笑了，笑着起哄。

欧阳奇奇不无遗憾地道："嗨，一样是救援，救得好不如救得巧啊！人家歆宇这一救，火了！成了全民英雄！你们都不知道，这两天岗哨那儿一波一波来的小女生，全都是来要罗歆宇微信的。"

众人嬉笑着逗欧阳奇奇："是不是你把自己的微信悄悄给她们了？"

"瞎说，我能做那对不起组织对不起队友的事儿吗？"

罗歆宇却早把自己连头带尾地缩在被子里。李治坐在床上拿着手机当镜子照，挤脸上痘痘，扫了一眼罗歆宇的床铺，对大家道："行了，别闹了，歆宇明天还得演讲，早点睡吧。”

众人意犹未尽七嘴八舌地小声围着欧阳奇奇问，要微信的女生漂不漂亮？干吗的？留下微信没？

李治：“哎，我说你们，有完没完了，出警的时候谁还没被要过微信呢？”

包蕊蕊一听从床上探出半个身子凑过来，问李治：“那治哥给了吗？”

李治傲娇地道：“我能给吗？那是原则问题！”

“那不是原则问题，那是领导不让给的问题！”

“滚！让你再抖机灵！”李治骂咧着就朝包蕊蕊踹了过去，包蕊蕊吓得缩回被子里，连根头发丝儿也没碰到。当然李治也不想真踹他，就是一个小男生维护自己的面子做的一个假动作罢了，大概跟球场运动员做假动作，迷惑敌方队友意思差不多。

正义路特勤站已经进入梦乡，没有警报拉响的时候正义路也是祥和宁静的。但办公室却还亮着灯，马卫一个人在办公室，坐立不安地走来走去，似乎在等什么人。的确，他在等罗歆宇。在罗文选发了微信给罗歆宇后，马卫也给罗歆宇发了一条微信。所以，他在等待罗歆宇的回应，准确地说他等的不是微信回应，而是行动的回应。

战斗班的小伙子们鼾声快赶上报警号一样响亮了，但这并不影响他们踏实的睡眠，长久地不分昼夜的战斗习惯，让他们练就了警报一响就到，出警回来继续睡下半场的素质。但这个晚上，罗歆宇却失眠了……

当所有人都睡了，罗歆宇才从闷热的被子里把头露出来，再次确认大家都睡了，他蹑手蹑脚地从宿舍溜出来，朝马卫办公室走去。办公室里的马卫似乎也感觉到了罗歆宇的脚步，他立马来了精神！但马卫再一细听，却又没了动静。

此时的罗歆宇犹豫地站在办公室门口。他又不合时宜地想起叔的那条后面带着三个感叹号的微信：照我说的办，你不能说出去！！！

罗歆宇转身走了，但他刚走回战斗班宿舍，又折返回来。可怜这娃来回折腾了几趟，也没勇气推开马卫办公室的门，鬼祟地站在门外。

马卫这次确定了门外的脚步在逗留的时候，他三步并二步冲到门口……

第十七章

门一拉开，警报骤然响起，门外的罗歆宇像得了一道特赦令，立马从二楼办公室门口的滑竿直接滑到一楼车库。

伴随着电台“指挥车、大水车、照明车准备出警；指挥车、大水车、照明车准备出警；指挥车、大水车、照明车准备出警……”的播报，罗歆宇跑得连影儿都没了。

此次出现场带队的是苏澄副站长，他坐在消防车里不时地打个哈欠。罗歆宇和另外几个战斗员挨挤着缩在后排。除了罗歆宇睁着大眼睛，其他几个都是睡梦中被叫醒的，他们一个个在消防车上东倒西歪地继续假寐着。

消防车刚到现场，苏澄就发现似乎不对劲儿。前面几个人好像围着一堆火跪着，不像报警群众说的纵火，倒更像是在烧纸。苏澄连忙嘱咐队友，先别洒水带，待他先去了解一下情况。

随后大家原地待命，苏澄和李治朝那几人走了过去。其实消防车停在不远处时，这几个烧纸的群众就看到了，心下还疑惑是哪儿着火了，现在看到消防员冲他们走来，就明白了，明显有些紧张起来。

苏澄：“我们接到群众报警称有人纵火，我们过来看看。”

群众赶紧解释道："没没没！没有！今儿是我家老爷子过世的头七，我们就是给过世的亲人烧点纸钱儿，是这么个念想。"旁边人也解释道："您看，消防员同志，我们这不还带着水呢，我们一烧完就马上用水浇灭了，保证不给政府添麻烦。"群众说着指了指脚下好几个 18 升的大矿泉水桶。

苏澄一看这人家真是准备挺到位的，自个儿都觉悟成朝阳群众了，也就不好再打扰了，嘱咐了几句注意安全，也就收队了。

苏澄边往消防车走，边用电台做情况汇报："K11，K11，正义路特勤站已到过红松路口和井庄交叉的十字路口纵火现场，发现没有人纵火，有人在烧纸，而且防范措施做得很好，请求归队。"

李治一屁股坐进消防车，骂咧咧地抱怨："报警这人想啥呢？这不明摆着烧纸吗？"

苏澄乐观地安抚道："说明群众觉悟高，宁可错杀，也不能漏报。"

李治愤愤地冷哼了一声，再没人说话，毕竟大家也还没睡醒呢。车里静悄悄的，只听得消防车巨大的轰鸣声辗过黑夜。

谁也没想到，消防车刚从桥下掉过头，电台又响了。苏澄接起来，值班员通报："红松路口和井庄交叉的十字路口有人纵火，又报警了！"

这回一向稳重的苏澄也急了："我汇报过总台了呀？不是纵火，是烧纸。再说，这种事儿，我们不能给人呲灭啊！人家自个儿也带着水呢。"

苏澄刚对着电话室一顿炸，马卫的声音从电台对面传过来："苏站啊，再去看看吧。"马卫的声音里也透着些许无奈。

苏澄无奈地："好吧，马指，我明白了！"

巨大的消防车再次从桥下掉头，原路返回。

李治："我去，那人有病吧？能不能掌握一点正确召唤消防员的姿势？这是想搞死我们吗？"

苏澄摊摊手道："我能怎么办？我也很'南'（难）啊！"

众战斗员像小松鼠一样学着苏澄的样子摊摊手，异口同声道："我们也很'南'啊！"

罗歆宇在自己的世界里沉浸着，当他反应过来，只能象征性摊了摊手，也没跟上节奏，搞得他自己挺尴尬。其实大伙都没发现他的异常。

苏澄等人再折返现场后，这回招来的可不是解释了，而是烧纸群众不解的白眼。但苏澄他们也顾不上计较这些，人家二回报警称他们不作为。苏澄这下也只能"作点为"了。于是，他分派战斗员们四个角各守一个。只是不知道消防员们这么守护着，人家那些地下的"亲戚"是否还敢来取这"钱"……

直到烧纸群众走远了，苏澄他们又用灭火器给灰烬呲了一遍，才收队。

第二天，马卫一大早就等在焦权办公室外。

罗文选出现在支队走廊尽头时，一眼看到马卫，吓了一跳，但他很快镇定下来。马卫既然还在焦政委门口站着，那说明焦政委还没有来。罗文选于是蹑手蹑脚地闪身进了自己办公室。一进办公室，他就变得焦躁不安起来，他懊恼地想，马卫来得比他还早，该怎么办？如果马卫先跟焦政委说了，那事情就不好收场了……

“要不要去截一下焦政委？对！”罗文选想到这儿，立马出门。罗文选刚一拉开门，站在走廊里的马卫手机响了，罗文选于是停下脚步，仔细地听……

“不见了？什么意思？什么叫不见了？”马卫接着电话，人就匆匆忙忙跑了。

罗文选大大地松了一口气，看样子肯定是站里出了什么事儿，这可真是太好了，天助我也，罗文选高兴地想，这样一来大家都省事儿了，表彰大会也不用取消了。罗文选心想，毕竟自己也并不想做这个恶人啊！

马卫疾步进了战斗班宿舍，急火火地问：“不见了是什么意思？罗歆宇人上哪儿去了？”李治急忙道：“他早上没出操，我一想昨天晚上他也出警了，就没喊他，可等我开完饭回来，发现他还没起床。我一掀被子，发现被子里根本没人……”

李治说着指引马卫看罗歆宇的床位。此时罗歆宇的被子是被揭开的，但枕头处有一顶帽子，而被子里有一堆堆起的衣服。李治说此前他没掀开被子时，从外面看就像是有人在睡觉。

马卫：“你们找了没有？”

李治：“找了，我们几个人把中队已经翻遍了。”

这时文书曹亮亮跑进来，急火火道：“马指，焦政委让您赶紧带队到支队大礼堂参加表彰大会！”马卫忍不住小声骂了句娘。曹亮亮着急地补充道：“政委还说其他站都到了，就差我们了！”

一群小伙伴们都看着马卫，表彰大会的主角罗歆宇不见了，他们也知道事情的严重性。马卫稍作思考，转身就往外走，边走边吩咐曹亮亮到电话室喊大家列队去开会。李治看着马卫的背影，不无担忧地说："可是……马指，表彰大会主角是罗歆宇啊，怎么办？"马卫没有回答他，因为人已经匆匆出了战斗班宿舍！

片刻，电台传来：

除备车班指战员外，正义路特勤站所有指战员篮球场列队集合！除备车班指战员外，正义路特勤站所有指战员篮球场列队集合！

因为有其他几个消防救援站来的指战员，偌大个支队大礼堂塞得满满当当的。

果然，前段时间"被调查"的张圆政委，此时正春风满面地出现在主席台上。旁边是卢支队长、焦权等领导，大概有七八个领导的样子。于智慧正在台前宣读表彰大会流程……

台上焦权裤兜里的手机却不停地震，他看了一眼来电人是马卫，就摁断了。结果还没等他把手机装回去，马卫电话再次打进来。最后，焦权没办法，只能和旁边的张圆政委耳语几句，朝礼堂外走去。

台下人群中站着的阎昊昆觉得不对，悄然从后门跟了出去。罗文选此时也一直在队伍里寻觅罗歆宇的身影，但却没看到。他也焦急地想出去，但是碍于他在台边立着，也不敢轻举妄动。

焦权一出来看到马卫正在礼堂廊厅等他。没等马卫开口，焦权生气地道："马卫，你不在礼堂里参会，怎么老打电话？有事不能发个微信吗？"马卫也顾不得修饰了，直接道："罗歆宇出席不了表彰大会。"焦权吃惊地问："你说什么？"

"他病了，跟我请假上医院了。"

一向淡定的焦权，一听这话，被气得两眼喷火，忍不住用手指了指马卫："马卫你——"继而气急败坏地压低声音道："你也看到现在是什么情况了，兄弟单位来了一大票，听罗歆宇的徒手救娃先进事迹报告会！现在你告诉我人没了？这人你是怎么带的？我告诉你，我不管他什么病，只要人还活着，你抬也得给我抬过来！"焦权说完转身就走，边走还边愤愤地骂道："太为所欲为了！"

马卫追在后面小声喊："焦政委……"但焦权已重重关上礼堂门。

马卫一筹莫展，阎昊昆悠悠地走过来，冷笑道："呵，纸是包不住火的，你再不说出真相，不单罗歆宇会以逃'兵'论处，你、我可能都是包庇罪。"

"跟你没关系，你赶紧回去继续开会，假装不知道，我相信他能回来。"

"我的正义路特勤站丢了一个人儿，你叫我装不知道？马瘫！你别怪我没提醒你，如果你赌输了，恐怕不止折了一名战斗员，你的前程也折了。"

"我已经退无可退了。先应付表彰大会，散会后，我们分头去找他。"

眼下也只能这样了。马、阎二人刚折返到礼堂门口，正欲开门，听见礼堂音响清晰传出焦权的声音："很遗憾地通知大家，罗歆宇同志突然得了急性阑尾炎，他们的指导员马卫已经将他送去医院了……"

阎昊昆邪笑着："得了，姜还是老的辣！你也已经被表彰大会除名了，不用列席了。"

马卫一听正好，转身就走。"等等！"阎昊昆说着，将车钥匙扔给马卫。“你先去各大车站看看，我等这儿一结束，马上布置人去找。”

马卫感激地点点头，接了车钥匙，疾步离开，阎昊昆再次返回礼堂。

马卫开着阎昊昆的车，着急上火地很快将附近的两个火车站都问了，仍旧无果。他一边开车，一边不时地与阎昊昆微信更新着消息，差点儿追尾。马卫气急败坏地将手机扔在副驾上。做消防员这么多年，由于职业习惯他很少做这些危险动作，但今天实在是令他大为光火，也许是信任崩塌前的焦虑吧。

娄小楼走路风风火火，雷厉风行的。一手拿杯咖啡，一手拎个包，耳朵里塞着耳机。罗歆宇喊她好几声：“娄姐姐，娄姐姐……”娄小楼才站定，四下看看，没发现有熟人。娄小楼心想自己一定是听错了，正欲转身进电梯，罗歆宇鬼祟地从电梯口拐角走出来，站到她面前。

娄小楼十分惊讶，“歆宇？今天不是支队表彰大会吗？这么快结束了？”罗歆宇支吾着说：“娄姐姐……你……能帮我个忙吗？”娄小楼看他那神情，立马懂了。“你等一下啊，我打个电话，跟我们领导请会儿假。”

娄小楼打完电话，随后将罗歆宇带到大厅咖啡馆。听说罗歆宇是偷跑出来的，娄小楼惊得咖啡差点喷出来。

“你们马指和阎队不知道你出来？”

罗歆宇嗫嗫地说：“我没法说，我也不敢说！那么多领导和系统里其他消防站的战斗员都来正义路了，正在礼堂召开表彰大会，我怎么说？我害怕我一露脸，那还不得硬拉到台上被表彰？要是那样了，这个事情就再也没法澄清了！”

娄小楼一听，真是急死人，责怪道：“那你为什么不早点跟你们马指说？”

罗歆宇头戳得低低的，娄不楼一看这样，立马刹车，迅速调整情绪，道：“歆宇，你这样啊，你别害怕，你等一下，我先打个电话，不然你们站里得疯了！”

马卫果然急得像疯了一样，将车停在停车场，扒开汹涌的人流，朝车站派出所跑去。一进门就将工作证放在桌上，然后跟人家一顿连比画带说的，请对方帮他查验罗歆宇购票或车次信息。

偏偏这个时候，马卫电话响了，马卫一看是娄小楼，直接摁断了。对面的娄小楼，也是着急上火地骂道：“这个呆子，一定是急疯了。”娄小楼固执地再打。这回马卫接了起来，但没等娄小楼开口，直接说了句：“我这儿有急事，回头再说。”就要挂，娄小楼一急朝手机简明扼要地喊：“罗歆宇在我这儿！”

马卫一听这话，整个人顿时松了下来。

车站派出所民警小哥也是给力，看马卫接完电话，马上告诉他：“查了，您说的这个罗歆宇，没有买票记录。”马卫擦把汗道：“谢谢，谢谢你们了，人找到了。”民警：“哦，那就好。”

马卫疲惫地拱手道别，两个民警看着马卫的背影道：“这指导员当得也够累的！”“可不，现在娃儿不好带啊！”

娄小楼好心地将记者朋友请来采访了罗歆宇。这次，罗歆宇将事情来龙去脉细细地讲了一遍。

是夜，一篇名为“寻找另一位英雄”的帖子，乘着网络的翅膀肆意飞翔。

心理缓压室里，罗歆宇一脸愧色地坐在马卫面前。

“马指，说出来后，我心里好受多了，但我也没想到网上会有那么多对我的质疑和谩骂……他们说我一开始不说，就是想沽名钓誉……”

马卫安慰道：“歆宇，你先不要管网上那些乱七八糟的言论，只要我们自己无愧于心！”

罗歆宇还是不无担心地道：“可是马指，我还搞砸了表彰大会，政委他们一定会怪我的！”罗歆宇说着将一直抱在怀里的纸袋子，略有不舍地放在桌上，“马指，我把这些还回来了。”

马卫疑惑着打开纸袋，一看正是之前阎昊昆代领回来的表彰会上发的三等功奖章和荣誉证书。“歆宇啊，不要有思想压力，这不就是你的吗？”马卫说着将奖章装回袋子，郑重地递到罗歆宇手里。

“可是……”罗歆宇犹豫着想接又不敢接。

“没事儿，有我呢，你好好休息休息，调整下。”

罗歆宇听马卫这么说，点了点头，起身朝外走去。尽管此时的罗歆宇卸下隐瞒“徒手救娃”的良心包袱，但他又背起了对马卫的歉意。他知道指导员马卫替他扛了什么。心思敏感的罗歆宇往门外走的短短几步路，差点儿把22年人生倒带一遍，恍惚间却又听到马卫对他说：“对了，歆宇，找你们班长补个假条，拿来我签个字。”

听到这句话，罗歆宇再也克制不住了，他明白马指这意思是要扛下自己的“不告而别”是他允许的。罗歆宇本来已经迈出门的脚，又收回来，冲到马卫面前，突然给马卫深深地鞠了一躬，把马卫吓了一跳。

“谢谢你，马指，我真的没想当逃兵，我……对不起你……

我……”

马卫一听这话，故作轻松地调侃道：“歆宇，你这是闹哪样？严重了啊！我理解，当时那种情况，连我也不想面对那个烂摊子。”

“没事儿，去吧。”马卫拍拍罗歆宇的肩膀。

罗歆宇却站在原地没动，仍旧感激涕零地望着马卫，一副欲言又止的样子。

马卫疑惑道：“还有事儿？”罗歆宇鼓了挺长时间的气儿，才突然语速极快地说：“马指，之前春季比武装备作假那事儿，是我和……”

缓压室的门，突然被罗文选推开。罗文选这一次可真是被气得够呛，也顾不得一个小干部的体面了，当着马卫的面，就对侄子罗歆宇一顿数落。马卫一开始隐忍不发，但当罗文选的指责、谩骂，明显带有人身攻击的时候，马卫严厉地制止了罗文选的行为，并毫不客气地将他请出心理缓压室。

罗文选出门时恨铁不成钢般给罗歆宇撂下一句：“以后别叫我叔！我没你这样的侄子！”

这个打小就被全村人给予厚望的“叔”，被他安排了全部人生的侄子听到这话，罗歆宇心里难受得如同不会游泳的人被扔进水里。再加上连日来心理折磨与斗争，罗歆宇在罗文选选择“抛弃”他后，竟然哭了起来。

马卫又是好一番安慰和疏导，才将“溺水”的罗歆宇拉上岸。担心他这两天心理不稳定，再给游回去喽，马卫又让李治和曹亮亮轮班关照他。等忙完这一切，马卫赶到焦权办公室，已经快到下班时间了，但他知道焦政委肯定还没走。

马卫站在焦权办公室门外喊：“报告！”

听到焦权应了“进来”，马卫才推门进去。焦权看到他，嗔怪地看了他一眼，示意他坐，遂又将头低下继续看文件。马卫厚着脸皮走过来，坐下，讪讪地说：“焦政委。”

焦权一看就是怒气未消啊，还耍起了小脾气，冷哼一声道：“哼，你眼里还有我这个政委吗？”

“有！哪敢没有。”焦权白他一眼，嗔怪道：“越来越像那个阎王爷，好的不学！”马卫赔着笑，没再说话。他知道不用说什么了。

焦权放下手中的笔缓缓道：“你啊，看着软，骨子里主意倒正！胆子倒大！什么人你也敢包庇。万一那个战斗员不回来呢？”马卫温柔却坚定地道：“不能够，我的人我了解嘛！”焦权严肃地说：“才来几天，你就了解！以后不准再这么干！”

马卫立马严肃地回道：“是，焦政委！谨遵教训！”

焦权终于眉头舒展了。叹道：“这事儿总算有惊无险地过去了，至于那个罗歆宇……”马卫立马凑上来道：“这么勇敢的徒手救娃的行为，给个三等功不为过吧？”焦权指了指他道：“你啊你。跟那个阎王爷一样，就知道护犊子！”马卫趁机就坡下驴：“那谢谢焦政委宽宏大量。”

焦权冷哼一声道：“哼，不都是我的人吗，我还能怎么样？”

顿了顿，焦权不无遗憾地说：“没见到张政委吧？”

“是啊，我回来他已经走了。”

焦权：“以后就更难见到了，进了核心部门了。”看马卫一脸疑惑，焦权补充道：“总队政治部。”

“不过，张政委没忘记你，你的正式任命这回应该快下来了。”

“谢谢张政委、焦政委关心。”

焦权："你小子，不要辜负了组织的期望就好。回去吧，好好带好正义路特勤站！"

马卫立马起身打了立正，敬个礼答："是，焦政委！不忘初心，牢记使命！"

从支队出来，马卫步履匆匆回到站里办公室，整理各种整不完的汇报材料。

马卫有时候觉得自己就像个带着毕业班的班主任；更像台永动机，一天 24 小时，各式电话不停，没有一点儿自己的时间，就算睡到床上，也不踏实。马卫突然觉得自己太累了，他想家了，想妈妈了，想休个假。

唉，谁还不是个宝宝呢？

马卫这么想着，拿出休假审批单，开始填起来。正填着苏澄进来了，但他没到自己工位，径直朝马卫走了过来。马卫顺手将单子反扣到桌面，"有事儿，苏队？"

苏澄为难地说："我媳妇又闹，不好好吃饭，说是什么产前综合征，我妈让我回去陪两天。"苏澄说着，"哎，马指，我想休几天假。"

"行，那你赶紧回去看看吧。你想什么时候走？"

"肯定是越快越好啊，今晚上我就想走……"

"这么着急啊？"

苏澄摇摇头："哎，女人这种生物，还是你们单身好啊！"

马卫笑了笑道："这样，休假审批单你填了放我这儿，你先走你的，明天，我找领导补签一下。"

苏澄自是感激不尽，立马拱手表示感谢。马卫却又事无巨细安抚一番，让他记得等陈文锋出警回来，跟他协调好，再跟手底下几个备车老班长也安顿一下等等。

咳，这直男带消防队时间久了，大概都会变成婆婆妈妈的老姨母。

苏澄走后，马卫将桌上填了一半的休假审批单扔进垃圾桶里。加完班回到宿舍的马卫，本想给妈妈通个视频，但拨出去才发现已经快12点了，他赶紧掐断了。躺到床上后，他又打开手机浏览了有关罗歆宇事件的帖子。尽管罗歆宇情真意切地说出了事情真相，以及自己的困扰，但那篇《寻找另一位英雄》的文章下仍旧有很多不和谐的声音，有些网友因为罗歆宇本身就是消防员的身份，冷嘲热讽地说这本来就是消防员该干的事，弱化了罗歆宇正在施救的正义之举。

上面领导的意见是这个事情的应对方式是不去理会，毕竟大部分群众和网友是理解和热爱消防员的。马卫担心的倒不是网上这些言论，他更担心罗歆宇。罗歆宇这孩子心思重，怎么才能让罗歆宇不“负重前行”呢?

马卫这么琢磨着，就睡了过去……

凌晨一点多，马卫被一阵急促的手机铃声吵醒，来电是一串陌生手机号，马卫迷迷糊糊地接了起来。电话里一个愤怒女人的声音，像冰雹一样劈头盖脸地砸了过来：“你是苏澄的指导员吗？苏澄死了，你过来给他收尸！”

马卫吓得当即跳下来，追问对方是谁，苏澄到底发生了什么事。对方不答却号啕大哭起来，来回重复那句“来收尸”的话。对方的这种反应，把马卫吓得不轻，马卫以为是失去至亲的反应，几乎吓掉了他刚一手提上来的裤子，脑袋轰的一声就大了。

他不明白晚上走前还好好的人，怎么就死了呢？马卫好不容易问出了地址，胡乱套了衣服，拔腿就跑。一路上，马卫不断拨打苏澄电话，可就是无人接听。短短10多分钟的车程，马卫急得心脏都快蹦出来了，马卫看着手机导航上这个KTV夜总会的地址，他能想到最大的可能就是苏澄跟人打架出事儿了……

想到这些，马卫身上一阵阵发冷，他以为自己只是冷，其实身体已经开始抖了。司机陈桐从没见马指这样过，他默默开着车，不时地偷看马卫一眼。马卫面如死灰，到了夜总会，几乎踉跄着冲进KTV包厢。一开门，就见苏澄哭丧着个脸，当地跪着……

那一刻，马卫竟然如释重负，跪不跪的无所谓，活着就好！接着他全身的力量才顺着腿脚渐渐回转过来，马卫这才打量起包厢内的情况：苏澄跪着，还有七八个男男女女都臊眉耷眼在他后面站成一排。在苏澄对面沙发上，坐着个霸气侧漏的女人，女人还挺着个大肚子。马卫一看这阵仗，有几分明白了。马卫抹了一把脸，调整了一下情绪，正要开口……

苏澄连忙讨好地对那个女人道："媳妇儿，你看这是我领导，马指……"说着，想借着介绍马卫的机会起身，但那个被称作媳妇儿的女人狠狠地瞪了他一眼，苏澄吓得跪回原地。

女人道："领导正好啊，就是让你领导看看，他把你领导成啥样了。"

一男生忍不住弱弱地道："弟妹，你不能这么闹啊，你这不害澄子吗？"

女人一听勃然大怒："我害他？他害我下半生，我还没找他算账呢。这婊子是哪儿来的货色？”被骂作婊子的女生激动得一脸通红道：“你说话能文明一点吗？我已经解释过了，我是苏澄同学，我们也是很多年没见了，今天第一次见，我和他之间，没有什么不干不净的烂事儿。”

女人一听麻溜地跳起，一点儿也不像个孕妇，站在沙发上叉腰便骂：“你他 × 多年没见，一见面就喝交杯酒啊？你够有亲和力的啊！”

那女同学还想说什么，被淹没的马卫，此时终于恢复了元气，忍无可忍地大声呵斥道：“闹够了没有？”

众人哑然。

马卫走到大肚子女人跟前，对女人道：“嫂子，你先跟我回去休息，苏澄的问题我来解决……”

女人气鼓鼓的，站着不动。

马卫看着她肚子劝解道：“嫂子，大人不困，孩子也累了吧？”

女人听他这么说，想了想，霸气地朝外走，出门前狠狠用身体扛了一下之前被骂作“婊子”的女生。那个被骂作“婊子”的女生体型偏瘦，被苏澄媳妇这一扛，差点儿摔倒。而没有得到媳妇儿特赦令的苏澄似乎还有点懵圈，还在地上跪着。马卫出门时，顺势踢了他一脚，他才麻溜地从地上跳起来，嘴里喊着“然然、然然，你等等我”赶紧跟了上来……

第二天早晨，单眼皮帅哥马卫，又变成了双眼皮儿，他食欲也不太好，抱着一碗粥喝。司小胖端着一盘颜色丰富的餐点给马卫看，问他，这样行不行？

马卫看了看，鸡蛋、牛奶、粗粮饼子、面包、干果、湿果都齐活了，忍不住给司小胖点了赞，“挺好的，你送去吧。”

阎昊昆一脸疑问：“我是错过什么了吗？”

马卫叹口气道：“错过得好啊，错过得好。”

阎昊昆更是一脸懵圈，不料马卫又悠悠地来了一句：“别提了，结婚太可怕！”

“我去，马瘫，你受啥刺激了？”

马卫叹口气道：“被苏澄家属闹的……”

不料，阎昊昆听得哈哈大笑。

“你幸灾乐祸个什么劲儿？”

阎昊昆：“我忘提醒你了，苏澄老婆秦然然那是出了名的厉害，还是个醋坛子，以前就在咱中队出了名了。支队好多领导也知道她。听说那年刚结婚才 6 个月，因为苏澄逛街时，夸别的女生好看，就来闹着要离婚，听说焦政委出面都不管用，后来卢支队长出面才给劝下来。”

马卫愤愤地说：“苏澄就不对，昨晚跟我请假说要回家，却跑去参加同学会！他那帮同学更不是东西，喝多了，起哄让苏澄和以前初恋女友喝交杯酒。”

“我去，那这下可坏了，打翻醋坛子了。”不料阎昊昆话锋一转又道，“不过，我也能理解苏澄，这婚结得太压抑了！他老婆平常对苏澄管得太严，苏澄工资一发，全部转老婆卡上。他老婆说他，吃在消防，住在消防，每个月只给 200 块零花钱。哎，一个大男人被剥夺得一点儿自由也没有，要是结婚结成这样，还不如不结。”

“哦，那你的意思，这苏澄还挺不容易？”

阎昊昆将帽子一戴，起身边往外走边道："切，找个消防队的当老公，那女人能容易了？"

马卫盯着阎昊昆的背影，喃喃自语道："也是！你们都不容易，就我容易。"

阎昊昆刚出去，苏澄就讪讪地摸过来了。

马卫狠狠瞪了他一眼，小声问道："你不是晚上回家吗？怎么跑KTV去了。"

苏澄叹口气道："我……唉……这不，平常在队里也没时间出去，回家了更不可能出去了，我就想着正好趁请假回家前，出去透口气！"说着苏澄又凑近道："我跟你说，马指，同学聚会我老不去，我们同学都不认我了……"

马卫冷冷地道："嗯，现在你同学认你了，你老婆不认你了。一晚上没进去门吧？"

苏澄黑着个脸点点头，"这个秦然然本来就脾气不好，怀孕了脾气更大。"

马卫白他一眼道："我就好奇，你去就去吧，嫂子是怎么知道的？"

苏澄叹气道："唉！别提了，有个货，有事没事儿爱发朋友圈，还带定位。"马卫一听哭笑不得，"猪队友了不是？"苏澄深有同感，激动地道："就说嘛，我那几个常来往的同学，那势必是秦然然的监控对象，你等着吧，你这马上也上监控名单了。"

马卫苦笑了一下。

苏澄讪讪地凑近马卫道："要不，马指，一会儿还是你出面？我这也敲不开门啊。"

马卫："活该你！"

马卫什么时候变得跟阎昊昆一样有时候口是心非的，连他自己也不知道。就像正义路的小伙伴们在不知不觉中，对马卫的"相杀"早已变成了"相爱"，他们也浑然不觉，只是因为身在其中已惘然。

嘴上骂着苏澄活该的马卫，在网上搜了一堆的生育知识，照网上搜来的一知半解常识，打发曹亮亮去买了适合孕妇吃的食品。准备好这一切后，马卫敲开家属房的门，但当秦然然看到后面还有苏澄跟着，差点连马卫也给一并推出去。得亏马卫反应机灵，顺手将苏澄推出去的工夫趁机把自己关了进去。

不过，秦然然也没给他好脸色，直接来了个下马威："你结婚了吗？"

马卫老实作答："没有。"秦然然不悦地说："一个未婚小伙子，来解决我俩的婚姻大事儿，这不搞笑吗？叫你们结过婚的领导来！"

马卫不急不躁地给秦然然桌上的水杯倒掉一半儿，又续了一半热的，放到秦然然面前，"嫂子，我是没结婚，这不正想请教嫂子怎么交女朋友吗？来，嫂子先喝口水。"

秦然然没想到这个马卫不按套路来，迟疑了一下，将水接了过来，反问道："谈恋爱遇到问题了？"

马卫点点头。然后，就给秦然然添油加醋地编了一个没时间陪女朋友，女朋友生气不搭理他的故事。眼下，不知道怎么办才好了。这点儿小机灵，其实马卫是从心理学书上学来的，让"敌人"帮个小忙，敌人就有可能变成朋友。

果然一孕傻三年啊，秦然然听得很入戏，听完立马就当起爱情

“砖家”来，兴冲冲地道：“这好哄啊！送礼物啊，女孩子都喜欢浪漫，喜欢意外惊喜，有点儿仪式感的。”

马卫顺着秦然然的话问道：“嗯，嫂子说的有道理，那嫂子……你们女孩子都喜欢什么礼物呢？”

秦然然十分认真地想了想，道：“这个我还真不好说，因人而异，不过，送口红吧，女人永远不嫌口红多一管的。”马卫为难地道：“我听说口红好多个色号呢，这我也不懂。”秦然然想了想，突然她瞥见门口那儿的消防灭火器，激动地道：“对，就那个色号，今年特流行。”

马卫惊讶：“灭火器颜色？”

秦然然点头道：“嗯，阿玛尼新出的色号，我忘了是几号色来着，你去专柜跟柜姐儿问一下，她一准儿知道。”

“哦，谢谢嫂子，那我这就买去。”马卫说完居然、竟然就真走了。

留下秦然然有点丈二和尚摸不着头脑，心想：这人就这么走了？这个马指怕不是个傻子吧？他不是应该来劝自己和苏澄和好的吗？想着想着秦然然就更生气了！哼，果然是直男窝，没一个会哄女人！哼！秦然然气鼓鼓地躺回床上，有点后悔刚把苏澄推出去。转念一想，都怪那个马指，自己就是假装一下罢了，哪料这个傻直男当真了，活该他没有女朋友！

秦然然胡思乱想的时候，马卫和苏澄一起去了隔壁的商场。当他俩打听着摸到了阿玛尼专柜，看着柜台里百个口红壮观地排着队，直接蒙掉了。隔着大口罩，露出四只黑眼睛，你看看我，我看看你。

柜姐儿热情地问道：“先生，需要帮忙吗？想要什么色的？”二人异口同声地互相问："什么色来着？"

马卫抓耳挠腮地想了半天，突然他想起什么，跑开了，留下一脸懵圈的柜姐和苏澄。不大一会儿，马卫跑到商场立柱边，熟练地打开消防柜，抱出个灭火器来，举在惊讶的柜姐面前兴冲冲地道："就这个色！"

第十八章

当晚苏澄凭着这管口红，终于进了家属房的门。而马卫买的那一管口红，依然在他的宿舍抽屉里躺着。

本以为这下已婚大叔苏澄总算能夫妻双双把家还了，谁也没料到，第二天一大早，画风就突变。苏澄抱头鼠窜，秦然然在后面紧追不舍，还顺手抢走了正在扫院子的杜子杰手里的大扫把，把苏澄追得满大院逃窜……

恰巧是早饭开饭前，正义路特勤站全体指战员正在列队唱开饭歌《团结就是力量》：

团结就是力量，团结就是力量，这力量是铁，这力量是钢，比铁还硬，比钢还强……

而秦然然配着这神曲，挥着一个大扫把，追打着苏澄逼问他，买口红的私房钱从哪儿来的。

苏澄一边躲一边安抚秦然然，小心肚子里的孩子，导致挨了好几下。全院小伙子们憋着笑，又都单身没经验，怕伤着秦然然，也不敢上手拦……

马卫和阎昊昆刚从办公室出来，苏澄如同看到救星一样，赶紧奔过来藏在他俩身后，马卫走在前头，没防备，被秦然然当头一扫把。还是阎昊昆反应够迅速，跳开后，旋即抓起一盘水带，用水枪指着秦然然，正义凛然地道：“你这个女人，再敢家暴我们消防队员，我开枪了啊！”

这场闹剧最终还是被一场报警结束了。而这一天正义路特勤站的小伙伴们欢乐地“用水枪也是枪”调侃着彼此的消防生涯。

其实说实话，消防未改制前，每个进部队的男孩子大都有一种扛枪报国的英雄梦。但当他们以为进了消防，就再也不能做这样的梦时，恰在此后消防救援生涯中，渐渐明白，消防队伍才是最贴近人民日常生活的队伍，因为平凡、平常，更显伟大和不可或缺。

娄小楼提个火调箱兴冲冲赶来的时候，并没有赶上这场“闹剧”，但欧阳奇奇鹦鹉学舌讲给她听后，她笑得前仰后合的……

“一点儿也不淑女。”阎昊昆一进门，边脱帽边呲娄小楼。

娄小楼反唇相讥：“哎哟，中国队长，救援回来啦？”

阎昊昆傲娇地冷哼一声。

娄小楼嘴上嗔怪地说：“给你个梯子就爬得没影儿了。”手上却将奶茶递到阎昊昆手里。阎昊昆的小眼神却看向另一杯，像个孩子似的：“我要那杯！”娄小楼拎起马卫桌上那杯给他看，“一模一样，要换吗？”

阎昊昆只好作罢，但他看到娄小楼也没有走的意思，还在那儿跟欧阳奇奇小声地嘀嘀咕咕的，知道她肯定在等马卫，就整个人都不爽了，故意找碴儿道：“奇奇，你是没事儿干吗？在那儿嘀咕啥呢？救援现场视频你上传了吗？”

“阎头儿，我正传呢，还没传完呢。”说着嗫嚅地跑回自己座位，没忘记给娄小楼使个眼色。

娄小楼当然看出来了，拉了一把椅子，坐到阎昊昆面前，盯着他问：“小伙子，你这要搞事情啊？”

“一边待着去！”阎昊昆没好气地说。

娄小楼正要炸毛，马卫推门进来了。她立马变得温顺柔和了，赶紧迎上去，激动地告诉马卫，“另一个救人英雄找到了！是个小偷！”

娄小楼此言一出，大家都惊了。娄小楼于是手舞足蹈地给大家描述了原委。

原来小偷先生一直在暗地里关注着事态发展。当然，他只是关心那天有没有人拍到他这个“第三只手”，庆幸的是所有网上流传的视频，都没有他的影子。但他没想到，罗歆宇会说出真相来，本来一开始看到罗歆宇说出真相，他还挺怨恨他的，但当他看到救娃的罗歆宇被网友骂沽名钓誉时，他有点儿坐不住了。他那天正在三楼行窃，无意间近距离目睹了罗歆宇不顾危险救娃的全过程。当时还蛮受打击的，看上去这个罗歆宇也不过和他一般大小的年纪，可是人家在做什么，他在做什么？

这个事情其实对小偷先生内心冲击十分大，所以，他才肯跳出来承认，他就是帮罗歆宇开窗户并托了娃一把的那个“第三只手”，同时他还是个“三只手”（小偷）。他说，他看了罗歆宇救娃的行为后，日夜寝食难安，现在他决定出来自首，并且他要从此好好做人，同时希望广大网友不要抹黑罗歆宇，因为罗歆宇救起的不只是那个娃，还有他这个小偷！

大家看完小偷先生发的抖音小视频，感慨不已。刚好接到马卫微信，喊他来一趟办公室的罗歆宇，此时，一脚踏进来，他刚问一句：“马指，您找我有事儿？”就猛不防被队友们高高举起，抛向天花板，撞了一鼻子的灰。

原来罗歆宇考学的录取通知书下来了，这次高出消防救援局昆明训练总队录取分数线10多分，根本不用加那战功分。

哎，男人们的庆祝总是这么简单、粗暴。

更粗暴的是，当警铃响起，这帮浑小子，直接将罗歆宇“扔”地上，分分钟全跑了。

得亏罗歆宇也是训练有素的消防小哥，不然估计被救援的就不是群众而是他自己了。

到达事故现场附近，发现道路两侧停放着很多轿车，尽管消防通道没被堵，但巨大的消防车开进社区还是相当困难。幸好起火的楼房在小区边上。马卫和阎昊昆商量迅速调整救援方案，将“外围火力”布置在小区外，用大水车顶的水炮隔院墙进行灭火处置。水炮扫射标准在10～15米，但水炮的后坐力太大，需要两名战斗员站在大水车顶才能把控。

不过，让他们为难的是，疫情防控期间的搜救工作有点难搞。虽然正义路所在辖区并非疫情重灾区，但消防员在挨家挨户搜救群众时，还是遇到了前所未用的阻力。有的群众更是矫枉过正地表示，下去人群密集，有传染的风险，还不如守在楼上，反正消防员也会很快将火扑灭的……

负责搜救的阎昊昆，真是被这些无知的群众气得够呛，一边搜救，一边还得给他们科普火灾常识。在指战员们拼破嗓子喊话，解释火灾在消防员的控制下，或许不会引燃整个建筑物，但烟会蹿满整个建筑物，而大部分火灾里死人，多是烟熏死的，少有烧死的……群众这才十分不情愿地打开门，随消防员们转移到院内空地。阎昊昆担心仍旧有顽固的群众停留在屋内，带人在烟雾弥漫的楼道继续“扫楼”。

而内攻组的王长军站在窗外阳台，正面进攻起火的住房，才发现卧室衣柜等布艺已经起火了，床上竟然还有个男人只穿着小裤衩子，睡得死死的！

王长军迅速将情况报告马卫，原本起火原因就是客厅存放大量酒精引起的火灾，才选择先从窗户进攻，现在通过客厅带男子出来，显然有点儿冒险。马卫观察情况，楼层也不高，决定用 15 米的金属拉梯，将这名被困的群众营救出来。果然是最优营救方案。被困男子一脸懵圈地被消防员从拉梯上背扶下来，可以说是相当幸运了！除了一点擦伤，作为事故的始作俑者，他竟然毫发无损。

马卫跟群众要来床棉被，将男子安置在一边，他们继续展开紧张救援。

男子一脸懵圈，因为他宿醉还未醒。在群众七嘴八舌的议论中，娄小楼听到一个自诩为“创业狗”的悲伤故事。

原来男子是想趁着疫情倒卖点酒精，于是从某网上买来工业酒精，在家里自个儿勾兑。他想得虽然挺美，但当他搞来一系列瓶子及假商标，拿了样品去药店推销时，一连几家都把他拒了。没将他举报，已经算是万幸了。男人眼瞅着自己的发财梦断在客厅这些瓶瓶罐罐里，一时意难平，旋即给自己勾兑了一瓶假酒把自己放倒了。更作的是，家里那么多酒精，居然还敢抽烟，也是喝傻了，醉狗还怕把自己烫到，抽完的烟头直接扔客厅了，幸好邻居朝阳大妈嗅觉好，报警早……

当然，至于真正的起火原因，是否与此时得到的信息相符，还需要娄小楼她们这些火调人事后勘验，那是后话了。

眼下，是一线指战员的主场，娄小楼就算想进现场找那个男子说的小烟屁，也不敢再造次了。所幸，内攻组前后夹击，用泡沫灭火剂将火势死死压制在他家里，因为酒精初期遇水容易四处飞溅，消防员们采用抗融泡沫覆盖的灭火方式。

大家灭得正酣，突然有群众求救说有个女人正抱着孩子翻窗户往下爬，马卫一听真是急死了。尽管一再科普，如果没有专业消防人员指导，不要采取跳楼自救这种方式，可是出警多年来，这种事还真是不少见。毕竟你不能要求群众和消防员一样在遇到这些灾难时，还能淡定地规划部署出逃方案。

马卫看到楼下气垫布好，飞奔着朝楼内跑去。而此时负责搜救的李治正在浓烟弥漫的楼道内，借着头盔灯艰难地破拆门。和他反方向负责搜救的阎昊昆，此时也从另一侧合拢过来，准备帮李治。

李治终于破门成功，门一打开，李治三步并二步冲了过去。女人看见李治，软软说了一句：我不行了……手就松了一下，李治想都没想飞身而出，一手抓住了女人。与此同时，另一只手已将腰间的缓降绳朝门口的暖气管甩了上去，一团缓降绳瞬间朝外抽出……

人们看到李治抱着女人迅速下坠……

楼下群众一阵惊呼，地面的王长军一看降得这么快，疾呼："糟了！"惊恐大叫，"李治！李治！快卡绳！快卡绳！"

正朝出事房间跑的马卫和阎昊昆听见 400M 内部电台的呼喊，同时意识到不妙，急得眼珠要喷火似的，二人从相反方向龇牙瞪眼以极限的速度奔跑过来……

缓降绳果然没挂稳，正从门口的暖气管上飞快地滑出去，二人几乎同时扑上去，两人又是抱又是压地抻住缓降绳。

在一堆人惊恐的眼神下，飞速下滑的李治和女人有惊无险地卡在一楼窗户处。

惊魂未定的人们，停顿了足足有3秒，现场掌声雷动。

而楼上的阎昊昆和马卫两人也才解除警报。然后，他俩陡然发现，此时此刻俩人是连头带尾几乎吻合在一起。俩人的脸，瞬间都红了。阎昊昆马上起身，一脚将马卫踢开，骂咧道："老子的初吻是不是被你糟蹋了？"

随后阎昊昆傲娇地转身出门。

这一次"亲密"接触后，阎昊昆骂了马卫好几天，说担心他有病，说他在现场搜救朝群众喊话时，摘口罩了。马卫没办法，一个人独立小饭桌吃了一周，又做了好几遍核酸检测。所幸这事儿，随着疫情缓解，气氛也不那么诡异了。

马卫这天在办公室，座机响了，一般座机都是系统内公事，他也就很官方地接了起来。不料，电话里竟是娄小楼他爸，从火调科姜大利办公室打来的！老头子在确定是马卫后，直接在电话里就开训了："我女儿追你这么久了，你接不接得住，倒是给个话呀？你这么拖着叫什么事儿？"真是虎女必有虎父，吓得马卫当即被迫答应了。

要说娄小楼这爹，也真是个爹，替女儿出手追男朋友。

马卫挂了电话，就去找阎昊昆协商这周末自己要休周六的事儿，实际上主要是想给阎昊昆汇报一下他和娄小楼的进展，请求阎昊昆同意。马卫了解阎昊昆在娄小楼心里的分量，也能理解这一份打小成长起来的友情。毕竟，一段珍贵的友谊，有时候甚至可以抵过一场婚姻。

阎昊昆这次反应貌似没那么激烈了，或者说至少表面不那么激烈了。阎昊昆只说了一句："马卫，你要么别开始，你要开始，就负责到底！"

但等到周六马卫去拜见未来岳父大人那天，阎昊昆默默承包了正义路特勤站一天的警，陈文锋和苏澄根本插不上手。作为一个消防员，可能最好的疗愈就是救援！

娄妈菜炒得热火朝天，娄小楼在旁边帮忙打下手，剥蒜剥葱。

而一直跳着脚反对女儿娄小楼干火调的娄父，明明是自己请马卫来的，嘴上却还是老大不乐意女儿嫁个消防员，在娄小楼母女二人面前一直绷个脸，却也拎着一大网兜螃蟹"甩"进厨房来。不料，闺女娄小楼一看到螃蟹脸色顿变，"爸，他不能吃海鲜，过敏。"娄父不悦地说："矫情！"

"那我退了去！"娄父说着将那一大网兜精挑细选的一个个还眨巴着大眼睛的大螃蟹，从灶台上拎走了。

娄小楼幽怨地看着父亲的背影，想要去再买点其他食材，担心菜量不够丰盛。娄妈制止了女儿的行为，她太了解自己的枕边人了。果不其然，娄爸爸一下楼，就绷不住了，没多远的路程，他还选择开车去，生怕这螃蟹死在自己手里头。

娄父着急上火地将螃蟹跟老板置换成鸡鸭鹅的时候，马卫已经从市场出来，手里也拎了一大堆东西。马卫依照娄小楼建议，在她家附近市场一家固定的摊点为娄父购置了他爱吃的一种饼。所以，马卫其实与娄父逛的是同一个市场，只是彼此还不认识而已。

马卫左手一包，右手一袋子，拎了满满两手，出了市场站到可泊车的位置等待出租车。马卫伸长脖子张望的时候，就看到不远处的一辆银灰色小轿车，好像正堵在消防通道上。这种事情，马卫岂能容忍。他也不等车了，三步并二步走过去，这车果然正堵在消防通道门口。马卫围着转了一圈，还好车主留了电话。

马卫立马将手里的东西放到机盖上，拨通了车上留的电话，没好气地就是一顿训："菜市场对面小区消防通道停的车是你的吗？赶紧过来挪走！谁让你把车停消防通道的！"

马卫挂了电话，转身欲走，但转念一想，干脆站那儿等一下。片刻工夫，娄父左手一只鸭，右手一只鸡热气腾腾地就跑来了。忙不迭地点头哈腰地道歉道："不好意思，不好意思，我就是着急去附近菜市场用螃蟹换鸡，一时找不到地儿，怕螃蟹死了，临时停一会儿！"

马卫严厉地批评道："临时停也不能停，万一就这一会儿发生火情呢？"

这时围观群众也七嘴八舌地指责娄父，"就是！""上次有个小区发生火灾，不就有人不道德把车停在消防通道上，才耽误消防员进去救人吗？""这种人啊，就是自私，就为自个儿方便！"

娄父本来跑得也着急，当众被这样说就更加窘迫了，被骚得老脸儿红得发紫，像个紫茄子，嗫嚅地道："是是是，我马上开走。"

马卫一看态度挺好，也就不再纠缠了，随后像训小学生一样告诫道："行了，大爷，您赶快挪走吧，就算不是故意，以后也不要再抱这种侥幸心理！记住了没有？"娄父点头如孙子："是，是，小伙子教育得是。"

娄父赶紧把鸡鸭鹅放在后备厢，羞愧难当地钻进了车里，在众人指指点点下红着老脸把车开走了。随后，马卫也拦了一辆出租车，走了。

娄父急匆匆进屋，将东西放到厨房。娄妈忍不住抱怨道：“老娄，你咋走了这么久？这等小马到了还能煮熟吗？”

“甭提了，着急没找到车位，把车停在消防通道一会儿，可能碰上一个太平洋上的警察，可把我逮住一顿训。”娄妈急切地问道：“咋，耽误人家事了？”娄父：“没，要是耽误了，我还能囫囵回来吗？”娄妈：“哦，没耽误训你干吗？”

没等娄父接话，外屋的娄小楼接过话：“不训他训谁？你还行业中人呢！你们平常不注意，抱着侥幸心理，一旦酿成大祸就晚了！”

娄父也顾不上搭理女儿，赶紧收拾起鸡鸭鹅来。女儿娄小楼却又追到厨房对她爹进行继续再教育。末了，还愤愤地来了一句：“爸，不是我说您，就您这觉悟，还想给人家消防队的当岳父！”

娄父边洗鸡边答道：“是是是，我女儿说得对，咱得提高觉悟。不过，眼下当务之急，咱得提高一下厨艺，不然，你那消防队男朋友来了，恐怕要喝西北风了。”说着将占地儿的女儿，用手肘推出厨房。

娄小楼心满意足地回自己房间，开始折腾换衣服，在镜子前各种捯饬。捯饬得太过入神，没听到敲门声，于是，正剁鸡的娄父，着急地举着菜刀、喊着女儿名字，去给未来的女婿开门。

门一开，马卫和娄父都愣了一下，原本开门前，彼此都已在脸上准备好的笑容渐渐消失……

当然没有电视剧里演的那么激烈，马卫最终还是得以进了门。娄小楼得知马卫就是那太平洋上管得宽的警察后，也暗暗叫苦。这老头跟阎昊昆一个星座，有点儿小傲娇，偶尔还有点儿小报复心。果不其然，饭一罢，娄父就叫女儿拿来象棋，欲摆楚河汉界，要马卫陪他下棋。可摆到最后，马卫怎么也找不到自己的车。

单纯的马卫疑惑不解地问："我的车呢？"

娄父意味深长地反问："你有车吗？"

正在收拾餐盘的娄小楼，听了个只言片语的，就提高声音道："少了棋子吗？不可能啊，刚我拿的时候特意看了一下，不缺的啊。你们俩等等，我再去找找看！"

"不用找了，找到了。"娄父说着悠悠地将车摆到马卫棋盘上，稳稳地道，"没车的话……有房也行。"

至此，马卫才恍然大悟，这棋是什么意思，窘迫地红着脸道："不好意思，娄叔，房……暂时也没有……"不过，马卫求生欲很强，又补充道："但是可以申请单位公租房的……"娄父一听，用力地将炮"啪"的一声，打在棋盘中间，来了个当头炮："那你有什么？"

马卫一着急就结巴起来："我……"

娄小楼这时端了水过来，放到她爸面前，接了她爸的话道："有爱啊。"

娄父生气地说："爱能当饭吃？"

"还能当水喝呢。"娄小楼说着，故意将刚给她爹的水杯，端起来自个儿喝光了。这回可把这个老傲娇给气着了，将棋盘子一推，撂了句，"不下了！"起身就回屋了。

当天晚上，马卫回去绞尽脑汁地复了一下盘，还是觉得自己没做错什么。觉得这个老娄同志，作为一个老消防人，不理解他，怕是思想有问题。

于是，马卫立马就去找了文书小天使曹亮亮，让他帮忙把历年来正义路特勤站因为堵占消防通道发生的事故，做了一个视频全辑。无奈这样的案例太多，视频太大。马卫干脆买了个硬盘拷进去，然后，给娄父快递了过去。

娄小楼听说了马卫这个“先进事迹”，差点怀疑人生。她喃喃道：“我怕不是爱上的是个傻子吧？”

不承想，男人的思维还真奇怪，或者说直男的思维吧。这娄父也是老直男，看完这一堆火灾教育视频后，竟想到了马卫的好，并且向马卫再次发出邀请，邀他到家里吃饭。

当然，娄父不是真的不理解马卫，只是接受不了自己在专业方面明知故犯罢了。本来“知错还犯”就让他自己内心感觉很失调了，又被马卫和群众当众数落半天，自然老脸兜不住了，而且这马卫还是自个儿未来的女婿。哎，说白了，其实还是男人自尊心和面子问题。

马卫也是个勤奋的人，觉得自己没车没房就算了，其他方面不能太差啊，遂自告奋勇表示，下次去娄小楼家，他要亲自下厨。饭马卫倒是真会做，但做什么饭，才能收复老岳父的心呢？

阎昊昆的答案是面。打小阎昊昆就常去娄小楼家蹭饭，娄父就教育阎昊昆这种军人家的子弟，难免受父母照拂不多，要早早学会自立，于是，就手把手教会了阎昊昆做面条，而面条正是老娄的最爱。

阎昊昆是什么时候由娄小楼和马卫爱情路上一块绊脚石，变成一块垫路石，恐怕连他自己也说不清……

爱有很多种，让爱的人幸福应该是最悲壮的一种吧。

可能唯有每个救援现场，才最解阎昊昆心底对娄小楼那份最深沉的爱吧。毕竟，阎昊昆为了眼前这个“平民女神”，一路走来，曾拒绝了太多的可能，凭实力把自己单身到今天。

马卫自从听了阎昊昆的建议，就开始天天跟着司务长司小胖学习做面。

这可坑苦了大家，每个战斗员出警回来，马卫就热情地端上一碗自己做的加餐面，连一向爱吃面的山西人包蕊蕊也快吃吐了。包蕊蕊可怜地说：“马指，你再给我吃面条，我都快变成一根软面条了！”

马卫只好端着那碗面，回到自己座位。阎昊昆看马卫那个㞞样，就乐了，拿过来吃了。完了还抹抹嘴道：“就这水平，别说一个山西岳父，怕你连个山东岳父也搞不赢。”

马卫一看有戏，追上阎昊昆，缠着问：“怎么办？”

最后，马卫用“终生”为阎昊昆买单请火锅，换到了阎昊昆这个“做面大师”的指点。

阎昊昆果然挺像模像样，双手灵巧地在宽大的面案上翻飞。一边做面，一边也不耽误教学。阎昊昆说得头头是道：“面要和得筋道，才算成功了一半儿，最重要的是卤！再好的面，如果卤没味道，就如同画龙没点睛。”

“所以，现在去把土豆切成黄豆大小的丁。”

马卫一听，赶紧领命而去，乖乖地去切丁。这活儿对马卫来说有点儿太过精细。下刀前，先对着比画了半天，切出一堆充其量可以叫作土豆块的东西，离丁还差好几条街。

阎昊昆鄙夷地道：“就你这样，还敢夸下海口去给未来岳父做面条？我看你是想换岳父了。”马卫急了：“不是你出的馊主意让我通过收服岳父的胃，来收服岳父的心吗？”阎昊昆冷笑道：“我哪知道你是个绣花枕头。”

“阎昊昆，你……”

阎昊昆：“你什么你！赶紧切。我们消防员可是除了孩子不会生，啥都会干的。”马卫像个幽怨的小媳妇，嘟囔道：“司务长说我这几天进步还是可以的。”

阎昊昆用鼻子一哼道：“马瘫啊，你是真傻呢，还是真傻呢？”

马卫不解地看着他。

“您是中队老大！平常有事没事的就因为个伙食问题，K 司小胖一顿，他还敢说你不好听的吗？”

“阎昊昆，不带这样的啊！”

“怎么？实话不爱听啊？”

阎昊昆冷哼一声，与马卫拌嘴间，已将面条切好，各种拌菜也利索地准备停当。随后认真地道：“你要对娄小楼真有诚意，别想糊弄她爹那块老姜，就你现在这水平，连我都糊弄不过去。”马卫虔诚地问道：“那怎么办？话都说出去了，总不能再说我不会吧？”阎昊昆指着地上那半袋子土豆，“今晚上先把那半袋子土豆切成丝，练练刀工，至少让人家看上去你不是临时抱佛脚。”

马卫：“得令！”

阎昊昆的面已经出锅了，马卫凑过来闻了闻，忍不住赞叹道：“闻着味儿不错啊！”马卫兴冲冲去拿筷子，不想刚拿过来筷子，阎昊昆就从他手里抽走了，“诺，案板上还有面，想吃自己煮去！”

“那这个是给谁的？”

阎昊昆端了面朝外走去，边走边道：“冯明生日面。”

其实，阎昊昆的这个传统马卫是听说过的。阎昊昆在正义路中队带队 6 年，不管哪个战斗员生日，也不管当天阎昊昆出警多晚回来，都会亲手给自己手底下过生日的兄弟煮一碗长寿面。

那是作为一名消防员对另一名消防员，最想说的话：长寿健康，活着回来。

这天早晨正义路特勤站的早餐食谱是这样的：清炒土豆丝、凉拌土豆丝、酸辣土豆丝、油炸土豆丝……

大家看着这一桌子土豆丝，面面相觑。都想从司务长司小胖脸上探寻出答案，但司小胖来回匆忙而隐晦。毫不知情的欧阳奇奇终是憋不住了，一脸疑惑地问大家：“哎，是不是土豆丝最近出了什么新梗？我还不知道？”

众人一听，都没憋住笑，阎昊昆冲着马卫邪笑着。结果这个不知死活的“00 后”刘皓月，凭着自己的消防知识竞答第一，各种理论也摆得头头是道的，立马就着土豆丝开喷了，从土豆丝前生后世，一直讲到前一天杜子杰出警把自己脚砸了，拐了一大遛弯，最后得出结论，马指为什么吃土豆丝，可能是失恋了……

这下子，马卫火了，起身道：“一个土豆丝能有什么梗，买多了，你们努力帮忙吃完就好了，哪儿那么多废话！”

众人都不敢再吱声了，默默吃着各种土豆丝。

马卫白了阎昊昆一眼，跟个怨妇似的小声道：“你就好好坑我吧。”

嘴上说着是坑，但马卫还是在“坑里”继续待着切了好几天土豆丝，终于把战斗员们都快吃吐了，马卫也差不多出师了，展示技能的日子也快到了。并且为了保持水准，马卫决定将自己常用的面粉和擀面杖一并带上。

但作为一个帮人类处理意外的专业救援队员，意外在他们生活里其实是常态。

周末，换好便装准备出发的马卫，临了突然出了一个跳天桥的现场。本来也不是非得马卫不可，但这天邪门的是，三警齐报，留队一个指挥员防止意外是惯例，马卫只能提枪上阵了。阎昊昆照顾他，让他去处理看起来最简单的警。马卫也将自己见岳父的装备全都带上消防车，准备出完现场，就直接打车走。

的确马卫这个警情，处理起来最“干净”一些，警察也已经先消防而到，正在劝解跳桥人。马卫他们与民警配合，很快将跳桥人解救了下来。但说起来简单的事情，其实也处理了一个多小时，马卫弄完一看时间不早了，打了车就走。

三环的堵是不分上班还是下班时间的。马卫坐在车里，急得够呛，半天挪了不足 500 米，看到前面的地铁站，马卫果断让司机就近停车。

车子一停，马卫朝地铁奔去。没想到安检拦住了马卫，举着他那根包得严严实实的“木棒子”研究。最后得出一个令马卫沮丧的结论：这东西不能带进地铁。

马卫急忙解释，这不是凶器，就是一根擀面杖。安检小男生一看就不做饭，将信将疑地问马卫，擀面杖有这么长的？

马卫说，我们中队人多。说到这儿马卫突然想起什么，赶紧翻出证件，给小哥看。安检小哥哥小姐姐们，翻看了他的证件后，得知是消防员，态度好了很多。和蔼可亲地问："那你带擀面杖干吗？"

"我……哎呀，这个很难说清楚。就……就是我要去给未来的岳父擀面条用的。"安检小哥一听恍然大悟道："这不说得挺清楚嘛，不就是讨好岳父吗？哎，不对，你岳父家没有擀面杖啊？"马卫急忙解释："有啊，但正常人家的没有这么大个啊，只有小的，我用着不得劲儿。"

小哥哥小姐姐们互相对视一眼，最后将马卫放行，并告诫他下不为例！马卫道谢后，也顾不上再包起擀面杖，拿了擀面杖在众人惊异的眼光里，就狂奔下地铁……

马卫鼻翼冒汗，敲娄小楼家的门，娄父打开门，双手抱胸，傲慢地看着他，问他几点了。

马卫慌乱地一紧张道："对不起，爸……"叫完觉得喊错了，刚想改口，娄父震怒："谁是你爸！你哪像个消防员，连点时间观念也没有。这要着火等你救，早挂了，还有得救吗？啊？说好几点来做饭的？"

"说的 5 点。"马卫老实回答。

"那你看现在几点了？"娄父说着指着客厅里的挂钟……

娄妈这时从里屋跑过来，热情地招呼着："小马来了啊？堵车了吗？"说着就把马卫拉进屋里。马卫嗫嗫地答道："人员不够，出门前出了趟警……"娄妈笑着道："我就说嘛，这孩子不会无缘无故迟到。"

马卫进到屋里，却发现桌上已经摆好了饭菜，更是尴尬。娄父骄傲得像头公鸡："我做的，老北京炸酱面，你吃吃看。"

娄父说着将装得满满一盆面的盆子，直接推到马卫面前，马卫看着这“面碗”有点吃惊。

这时娄小楼端着饮料出来了：“爸，这也太多了吧，这猪也吃不下去啊！”

娄父狠狠瞪了娄小楼一眼，娄小楼不敢再吱声了。马卫：“没事儿，我能吃得下去。”

真是操碎了老父亲的心啊，老娄同志这是老一代的想法，认为吃得下、吃得多，表示身体好。那你身体好，才能照顾我女儿啊。这幸福的考验，马卫怎么着也得考过关啊。

只见马卫抱着这个盆子，开始吃面，先还大口大口地吃得欢快，越往后吃起来就越艰难了，但他还得演出吃嘛嘛香的感觉来……

第十九章

好在这一番大家没跟着白折腾。老娄这个老革命，非常官方地通知马卫，经过整晚的深思熟虑，马卫初审验收合格，希望马卫再接再厉。马卫如释重负，第一时间就把这个好消息分享给阎昊昆，还告诉他自己吃面条快吃吐了。

阎昊昆马上拿起手边 400M 内部电台，接通司务长：“司小胖啊，明天的早餐老北京炸酱面！”不明真相的司小胖，迅速通过电台，回应道：“得令！队长！”

马卫听见面条这食谱，仿佛胃就已经不舒服了，骂道：“阎昊昆，你个混蛋！”

阎昊昆毛巾往肩上一搭，潇洒地拿了脸盆往澡堂子走去，边走边道：“天天上班当好人，当英雄，怎么？周末我还不能当会儿混蛋了？”

马卫气到原地爆炸，真是个让人又爱又恨的阎王爷啊！把自己的人欺负哭，是阎昊昆这只大天蝎表达爱的一种方式。毕竟，属于阎昊昆的暖，也是独一无二的，高冷的外表下，早就默默地把事情安排得妥妥的。第二天，当大家都吃炸酱面的时候，司小胖意味深长地给马卫上了一碗蛋炒饭。

马卫正吃着饭，刚出警回来的刘皓月气鼓鼓地站他旁边，没等他问呢，刘皓月道：“指导员，我想跟你谈谈！”

马卫不禁哑然失笑道：“好啊，你稍等一下，我把这口饭吃完了。”马卫说完看了眼还穿着战斗服的刘皓月问：“你刚跟你们李班长出现场了吧？你也没吃吧，你先去吃，我等你。”刘皓月气鼓鼓地道：“不用吃，我气饱了。”

马卫看着这孩子，气成个鼓鼓囊囊的河豚，三下五除二扒拉干净饭，起身说了句：“走，心理缓压室谈去。”

马卫这些年带这些激进的小朋友也总结出经验了，那就是稳和缓。马卫一进缓压室，煮上老白茶，问刘皓月：“老家吉林的吧？白茶喝吧？”

“领导请客，我啥都行。”

马卫一听差点儿笑喷，缓了缓道：“那坐下说呗？心理缓压室，就是用来缓压的嘛，不要那么紧张，随便坐。”

刘皓月这才直挺挺坐下来。

马卫饶有兴致地问：“想跟我谈什么呢？”

刘皓月迟疑了一下，突然激动地站起身道：“李班头，他欺负我。”

马卫一脸疑惑地看着他。

“他出现场不让我进现场，还踹我……”

马卫沉吟片刻，道：“他为什么踹你，你说说看？”

事情原委是这样的，早上 7 点接到一老人报警，说是出去扔垃圾，将孩子反锁在屋内了，怕孩子起床后，打不开门会发生意外，更紧急的是炉子上还煮着鸡蛋，这情况呢，显然等不及儿女前来送钥匙了。在征得老人同意后，李治立即开始破拆，并且让跟班实习的刘皓月备好水枪，以防万一里面着火。

李治抱着破拆工具，拆得是满头大汗。这个爱显摆的刘皓月像个指挥员一样，在旁边不停地说着。“对，就这样，你再靠上一点！30度角就行。”“破拆角度很重要，对，就这样度数卡死了，通常一下子就能开。”

刘皓月说这些，李治当然明白，依李治这脾气，心里早就炸毛了，但因为正在救援，他一直忍着。刘皓月却还以为自己说得很对，继续不停唠叨。

这时门“砰”的一声开了。李治正要上手轻推，刘皓月却像个“战士”一样抱着水带，直接就往里冲。李治一急，直接上去狠狠一脚给刘皓月踹出去老远。刘皓月差点儿滚下楼梯，幸好旁边队员扶住了他。

马卫听完后，给刘皓月倒了杯茶，道：“你们班长踹你是不对，但你好像还没搞明白他为啥踹你，是吧？”刘皓月梗着脖子道：“我知道，他不就是怕一开门，火苗遇空气会反扑吗？这书里都讲过，但是我们基本上已经确定里面并没有起火啊？”

“那门是向里开的，里面还有一个孩子，要是那孩子在门后，你这么猛冲进去还不将他推翻了？”

刘皓月听马卫这么说完，心里明白还是李治班长想得周到，但碍于面子，他仍旧在那儿梗着脖子。马卫不急不缓地喝了口茶问他，“为什么要来当消防员？”

刘皓月胸膛一挺：“为维护人民利益！”

“哦，你这个觉悟够高的啊！”

刘皓月傲娇地道：“嗯！当一名勇敢的消防员，是我的理想！我舅舅就是消防员！我打小就很崇拜他，我还没入消防队，他就教了我很多招数，打绳结什么的都不在话下。”

“嗯，挺好，留待以后出现场时，好好发挥。”

刘皓月觉得这个马指，好像不够热情。果然，他缓缓地道：“我刚入队时也和你心情差不多，迫不及待地想参加救援，想立功想获得嘉奖……”一听这话，刘皓月不客气地打断马卫：“我没想那些俗的，我就想救人民于水火中。”

马卫：“好！但是，消防救援的每一次灾难现场，可能跟我们的理想还是有偏差的。理论还是需要长期实践证明才能行之有效。”刘皓月不服气地回道：“您是指导员，你当然理论理论就行了，不用实操了。”这话把马卫给气乐了：“谁告诉你指导员不用实操了？哎，你下队，我没出现场吗？再说了，我也是从一个新队员一步一步走过来的啊！”刘皓月傲娇地道：“那你是走着走着忘了初衷吧？”

马卫被这话噎得够呛，脸色不好看了，有点上头，反问道：“我怎么就忘了初衷了？”刘皓月：“你现在百米负重还能跑起吗？楼层搜救还能达标吗？敢不敢和我比比？”

马卫一听这话愣了一下。心里却在想，我去，这就是“00后”的特色吗？这帮孩子是拿我这个“90后”当老大爷使得吗？真是老虎不发威，你以为是 Hello Kitty 吗？想到这儿，马卫道：“好。我可以满足你这个无理的要求，至于结果是输是赢，至少在这个院里，你得听我的！因为我是正义路特勤站的指导员。”

马卫说完起身欲走，这刘皓月一看指导员生气了，追上前问道：“指导员，你不会记仇整我吧？”

马卫回头别他一眼，道：“有种你试试看啊！”

没想到“00后”的刘皓月，很快就被打脸了。

这天周日一大早，大家还正酣睡，警铃突然拉响，紧接着电台传来：

一指两水准备出警，现场：厂洼路与二厂路交界处垃圾车起火；一指两水准备出警，现场：厂洼路与二厂路交界处垃圾车起火……

李治等备这两车的战斗员，迅速跳起来，很快套上衣服，动作快到就像是从被子里直接跳进裤子里的，这时李治就看到一条白影唰地从他眼前飘过。

李治定睛一看，光屁股刘皓月甩嗒甩嗒就要跑出去了。李治一急，上去给了刘皓月一脚，骂道：“裤衩子也不穿，怎么穿战斗服啊！”

刘皓月愣了一下，一看自己还裸着，急忙用手捂……

一路上和刘皓月同车的，都在取笑刘皓月，当了消防员还敢“裸睡”？刘皓月这张嘴可能也比其他器官醒得早，吧吧的又是一顿“裸睡才科学”的观点输出，同车战斗员都被他打败了，或者说懒得搭理他了。半晌，坐在副驾的指挥员马卫道：“还是早点习惯穿短裤睡，最好是平角的。”

刘皓月还想辩解什么，李治鄙夷地看他一眼道：“没事儿，马指，你想多了，晚上多出几趟警，他就知道裸睡科不科学了。”

看来这刘皓月就是个活体ETC，不管别人说得有没有道理，只要“车”来了，就抬扛，也是条件反射动作了。就得李治这个故障给灭了才算完。

透过消防车可以看到外面天气不是很好，一大早还有些晨雾。马卫跟司机陈桐道：“右转吧。我知道这儿有条小道。”随后又拿起车载电台通报后车，右转，跟紧！

几句话的工夫，消防车就抵达了现场，一个公共卫生间旁边的垃圾站里，一装垃圾的箱体正冒着难闻的黑烟，明火不大，但此时正是上学上班的时候，来往行人很多，马卫他们还是拉了一圈警戒线。忙碌的行人捂着鼻子通过的时候，消防员正在与这些难闻的东西做斗争。对现场还处在好奇阶段的刘皓月，就像个热情的二哈，在得到马卫允许后，拿条水枪直接就往上打，结果水压太大，将垃圾堆里的灰烬直接呲得飞起来，溅得旁边李治和其他战斗员身上到处都是，李治急了又开吼：“你个铁憨憨！水枪开成花洒状啊！”

说起理论来，小哥刘皓月并不是没掌握这个知识点，问题的关键是书上不会把所有需要调水枪出水状态都列明啊！至于什么时候水枪该怎么出水，还得是老消防员“帮传带”。

马卫围着现场观察、指挥，又嘱咐刘皓月，跟李治顺一边打，不要对着打。

现场不大，火势很快就偃旗息鼓了。但指战员们身上的战斗服，还是溅了不少脏东西。大家都正在清理现场，准备收队。

这时垃圾站负责人跑过来，热络地跟指战员们表示由衷感谢的同时，也表示把大家弄得这么“脏”，非常过意不去，执意邀请消防员们吃碗面。马卫推脱不过，一想大家也都没吃早点，就答应了。负责人开心地问了人数，去让对面面馆准备了。

现场也都清理好了，李治却发现刘皓月不见了，马卫用喊话器喊半天，也没人应。马卫又给出来的消防车叫了电台，都回刘皓月也没登车。李治看看已经稀薄到快没了的雾气，忍不住道："这点雾还不至于迷路吧？"

没迷路，难不成让路迷了？还真是……

就在距消防车不到 100 米的地方，杜子杰突然发现一个地下井没盖儿。众人急急奔过去，可不是刘皓月嘛，正在污水井里面挣扎呢。鼓着俩腮帮子，两手正在里面胡乱扑腾呢。马卫："赶紧的，下绳！下人！"

救援绳被抛了过来，李治飞快地将一头绑在自己身上，另外一头交给队友们。李治踩着井里断墙壁残口，开始小心地往下去。边下边喊："刘皓月，你给老子撑住了，老子秒达。"刘皓月这回不说话了，只是在水里点点头。

井下的李治给刘皓月系好绳，冲上面队友喊："拉！"众消防员："一二，起！"合力将李治和刘皓月拽了上来。

垃圾站负责人抹着额头吓出的冷汗，讪讪地跟马卫道："赶紧叫娃儿们吃碗面，压压惊吧。"

大家都乐陶陶地坐在面馆等面上桌。刘皓月似乎还没缓过神，看上去有点呆，不像平时那么活跃。马卫看了他半天，终还是没忍住，道："你说你掉进去，你怎么不喊呢？"

刘皓月嗫嗫地道："我一喊，那污水不得全灌嘴里了吗？"

"啊……"马卫彻底被他这个神逻辑给征服了。

马卫原本想说他几句来着，一想公共场合，又咽了下去，想着等回去再请他喝茶！

要说也怪这个刘皓月真是太皮了，卷水带的时候倒退着往回卷，才会没看到井盖边上的警示牌。也是巧了，消防员们洒水带的时候，这井上还有盖呢。

李治坐在椅子上心神不安，不住地闻闻自己，再闻闻身边的刘皓月。马卫看他那样，说道："把战斗服脱了吧。"正好老板将一大盆子面条端了上来，李治："也是，太串味儿，影响面条的味道。"

李治三下五除二就脱了，下身穿着正常的训练短裤。又捣了一下旁边的刘皓月，道："你也脱啊。"

刘皓月大概被吓蒙了，忘记自己早上穿的什么裤头了，听李治这么说他，他机械地起身，倒是还背对着大家脱，然后，众目睽睽下就亮了。刘皓月脱下战斗裤后，露出了个小短裤，小短裤的屁股上是一只虎虎生威的大老虎！

众人愣了半秒，突然开始哈哈大笑，尤其杜子杰，直接笑得面条像鼻涕一样从鼻子里钻出来，这就更让人笑得停不下来了……

这时饭店门外一群背着书包的女学生叽叽喳喳眼看就要进来了……

马卫机智下令："端起碗！"众人稍一反应，动作整齐地将自己面前的碗拿起，马卫一手端着面盆，一手将桌布一扯，直接扔在刘皓月身上，刘皓月下身立马多了条苏格兰围裙……

这事儿过后，刘皓月好几天都像霜打过的茄子，蔫儿得不要不要的。马卫一看这样不行啊，得想办法让刘皓月恢复斗志。突然他想起之前刘皓月要跟他这位大叔比赛实操的事儿，于是，就又将这碴儿提了起来，果然，刘皓月又摩拳擦掌蠢蠢欲动了。

比赛项目也是由刘皓月拟定的，选了一人两盘水带连接和负重登十楼。马卫在负重登十楼的时候，故意放水，让刘皓月领先他 2 秒。这下好了，刘皓月的自信又找回来了，又开始满院子嘚瑟了，关键是其他人也开始背后调侃马卫是大叔，当然还有当面来羞辱他的，那此人肯定是阎王爷了，其他人不敢这样干。

马卫正在自个儿宿舍躺平的时候，阎昊昆摸了进来。不客气地拉了把椅子，坐在马卫床边，嬉皮笑脸地道："话说你到底行不行啊？是真放水，还是真不行？"

马卫别他一眼，老实地道："废话，当然行了！不过，不得不说啊，这小子身体素质真不错，差点儿就搞得我接不住了。"

"接下来就看你怎么带了！"阎昊昆不屑地说："收拾这种货，我有经验。"

马卫不无担心地说："你最好适时更新你带'新'的观念啊，毕竟这批队员都是'00 后'。一个个明里暗里的，嫌弃我们是大叔了。"说着他坐起来，摸了摸自己的下巴。疑惑道："怎么婚还没结，就成中年大叔了？不行，明天开会，我得强调一声，以后不准叫我叔，也不准叫我哥！"

"嗯，我们以后都叫你姐。"

"滚！"

阎昊昆就势起身，往外走。马卫喊住他："站住，你来我屋干吗来了？"

阎昊昆一本正经地答道："没事儿过来看看笑话啊。"

"滚！"马卫说着就要上脚，阎昊昆机灵地躲闪了一下跑了。

其实，只不过马卫和阎昊昆他俩不知道罢了，这帮"90 后"和

“00 后”的战斗员，也不知道从什么时候起，背地里将马卫和阎昊昆的称呼改成了老马、老阎……

这天战斗员们正在用消防假人做心肺复苏训练。

电台喊话：罗歆宇！罗歆宇！家里来电话，速到电话室接电话！

罗歆宇跟阎头儿打了声招呼，迅速跑了。训练场到电话室还有一段距离，许是罗歆宇还没跑到，电台里紧接着又传出一段山东方言：“罗歆宇！你妈喊你接电话啦！”电话室这个不小心“皮”了一下的于平平，把正在做人工呼吸的包蕊蕊，直接给笑趴下了。引来阎昊昆劈头盖脸一顿批，还罚了包蕊蕊 100 个俯卧撑。

这也是这帮孩子最爱的项目，一群人围成圈，一个不落地给包蕊蕊数数。

罗歆宇兴高采烈地喊了个：“妈！”罗母颤抖的声音，就从听筒那边传了过来：“儿子，这会儿忙不？妈没有打扰你的工作吧？”

“没有呢！妈妈，您和我爸在家都挺好的吧，我爸呢？也在旁边吧？”罗母吞吐道：“你爸他……”罗歆宇一听，紧张地道：“妈，是不是我爸出什么事了？”罗母顿了一下，飞快地道：“没，没事儿，你爸他去门口小超市了……你爸……”可话刚说到这儿，罗母就哽咽到不能自已。罗歆宇急了：“妈，我爸到底出什么事了？”

电话那边传来一阵沉默，半晌，罗母才缓缓地道：“你爸……你爸他……可能得了胰腺癌了……”

罗歆宇脸色瞬变，接下来妈妈又跟他说了许多宽慰的话，但罗歆宇已经听不见了。于平平看他不对，关切地询问他出什么事了，但罗歆宇根本就听不到了。于平平提高声音喊道：“罗歆宇！”罗歆宇下意识地回应："到。"

于平平："是家里出什么事了吗？"

罗歆宇这才反应过来，自己是在电话室，而此时两三个队友正关切地看着他。罗歆宇摇了摇头，没说话，随后整个人软塌塌地出去了。

罗歆宇机械地走在通往训练场的路上，远处的队友们正嬉笑打闹着惩罚包蕊蕊。罗歆宇一点反应也没有，他好像突然之间听不见，也看不见了。罗歆宇眼前这世界变得极不真实，好像与他隔着一层纱。而他的脑海里机械地重复着妈妈那句话："歆宇啊，你爸在咱们老家医院检查结果挺不好的。这边医生说是治不了……"

罗歆宇走啊走啊，觉得这不足300米的路，好像已用尽了毕生的力气……

警报突然拉响，紧接着电台广播：

指挥车、云梯车、抢险车准备出警！指挥车、云梯车、抢险车准备出警！

罗歆宇似乎突然活了过来，抹了一把脸上的泪痕，转身就朝消防车库跑去……

其实，罗歆宇一出电话室门，于平平就赶紧将情况汇报给了马卫。马卫听完后，正准备找罗歆宇聊聊，警报响了，马卫转念一想也朝消防车库跑去。马卫正往身上披挂战斗服的时候，训练场上的阎昊昆也跑来了，看到马卫穿战斗服，毫不客气地说："这周老子值班。"马卫神秘地回道："我替你出个警。"说完捷足先登上消防车跑了。

阎昊昆将战斗头盔放回架子上自言自语道："切，还有抢着值班的。"

其实，马卫是有点儿不放心罗歆宇，但警情已经拉响，他想一时半会儿也跟阎昊昆交代不清楚，主要是他自己也没搞明白，罗歆宇家里到底出什么事了，就想干脆直接也跟他出现场，可以顺便留意罗歆宇的情况。

这是一幢刚落成不久还熠熠生辉的写字楼，大玻璃闪着高大上的光辉。围观人群仰脖子朝上瞧，也不过看到大玻璃上隐约有个黑点儿罢了。

马卫他们抵达现场后，民警已经到了。马卫和现场民警沟通情况后，得知要跳楼者正是此前参与该楼建设施工的民工，到现在还没拿到工钱。尽管国家一再提倡民工工资不能拖欠，但总有黑心老板钻空儿。依照经验，一般这种情况下跳楼者的诉求就是要工资，如果问题能解决不会真跳。但民警眼下四处联系不到包工头，工程被层层转包，一时半会儿找不到负责人。为防止意外情况发生，马卫和民警商量决定里应外合配合营救。

马卫判断现场空间足够，决定用云梯车营救被困人员。场地允许的情况下，云梯展开速度快，城市高层抢险救援功能优良。当云梯车将工作斗降到地面，马卫麻溜地跳上去，戴上抢险头盔，并将安全腰带系在云梯工作斗上。此时，李治和罗歆宇等人则组成救援组，跟随民警进入楼内接应。

工作斗越升越高，马卫感到风力越来越大，他努力地把着栏杆。但随着云梯上升得越来越高，晃动越来越大。工作斗终于升到与跳楼者几乎持平处，但与跳楼者还有 2 米多的距离。升到这个高度，工作斗摆得比较厉害了，很难精准地靠近。高处风呼呼的吹，马卫努力站稳。

跳楼者亦是冻得鼻青脸肿，可怜巴巴地抱着窗户上仅有的一个抓手，挂在窗户上。跳楼者看着眼前这个消防员站在那么高的梯子上，心下竟觉得自己给人家添了麻烦，可怜地对马卫说："你别救我，你救不了我！"

马卫："民警已经在联系包工头了，让他拿钱过来。"跳楼者情绪激动地道："你们别骗我了！他不会来的。"马卫对着电台道："云梯再向下午 2 点方向靠近 30 度左右。"

跳楼者激动地喊着："你别再靠近了！"但这激动里分明透着哀求："兄弟，钱没到，我不想死，你也别为难我。你就算这次救起我，没钱，我还会想办法寻死。"马卫："大哥，您别激动，你的目的是要钱，但你知道你站这儿有多危险吗？风这么大，一个不小心，抓不稳窗户，就掉下去了，这个高度基本上是粉身碎骨，到时候，钱也没拿到，那不白死了吗？"

跳楼者不说话，可怜地直抹眼泪，手冻得像俩猪肘子。马卫看着他的手道："你看你手都冻成这样了，你看这样行不行？我让我们消防员给你送双手套？"

跳楼者这次没有说话。马卫再次接通电台："李治你们给这个大哥送进去一副手套。"

其实，李治、罗歆宇和民警们，一直在门口候着，也进行着各种劝阻。但跳楼者情绪激动、背对着他们，非常抗拒，他们也不敢冒进。谁都明白，这高度一个闪失就会粉身碎骨。

屋里的李治拿到手套，试探道：“我给您递进去？”跳楼者艰难回转脸：“我不要！”脸上写满惊恐。

就是这张脸，让本来情绪不高的罗歆宇突然就落泪了。罗歆宇想起自己父亲，夏天忙农活，农闲的时候也到各个工地打工，也经常有要不到钱的时候。罗歆宇情绪突然失控，哭着道：“叔，您别跳！”

罗歆宇这一哭，把现场李治和民警都给吓了一跳，此时的李治做了一个小动作，打开了内部电台。罗歆宇却是继续抽泣着道：“叔，我爸跟你差不多大年龄，他都得绝症了，可能连活的机会也没有了，您没病，您还有希望啊，你跳啥楼呢？”

罗歆宇这一番激情下的话，马卫通过电台听得清清楚楚。马卫终于明白了，但他此时也顾不上为罗歆宇难过。他敏感地捕捉到跳楼者的情绪变化，这次他没用电台，而是悄悄给云梯司机冯明发了条微信：向下午 2 点方向靠近 45 度！

而楼内李治看到云梯正慢慢靠近，判断时机差不多成熟了，他把手套默默递给身后的罗歆宇，二人对视一眼。罗歆宇接了手套，慢慢朝屋里移：“叔，给您手套，你戴上等老板，别把手冻坏了，看病多贵啊。”

罗歆宇本真的肺腑之言，正击中了跳楼者的痛处。跳楼者忍不住喃喃道：“看病就是贵呢，你爸看病花了不少钱吧？”罗歆宇点点头，拿着手套一步一步往前凑，此时跳楼者注意力在罗歆宇身上，半个身子朝里转了转，不过，仍旧扭头看了一眼马卫。马卫站在云梯工作斗上，那么大风，让自己不凌乱，也很费力。

二人之间差不多两个臂展的距离时，罗歆宇给他递出手套，跳楼者也伸出了手，当跳楼者上半身微微转向罗歆宇，马卫突然打开工作斗栏板，飞起一脚，将跳楼者直接飞踹回屋里。罗歆宇等人迅速将跳楼者扑倒在地，控制住，跳楼者哭号着，而摁住他的罗歆宇也哭了……

救援者和被救援者，他们在某个特殊场景里，哭着有些类同的悲伤。现场也没人觉得这个小小的消防员有失消防员的体面，相反都很感动这可歌可泣的救援……

谁说人类悲欢不相通？相似的时候，就会相通。

马卫一进餐厅，阎昊昆的阎式夸奖就来了：“厉害了，马瘫不软了啊！敢在七楼高的云梯车出手，不对，是出脚！”马卫白他一眼：“你夸人功力比打击人好不了多少。”

“哟，这么委婉，你都听出来是夸了？”

留队的战斗员们还不知道罗歆宇的事情，反而为他们的救援成功情绪高涨。

司小胖拿着炒勺跑出来，热乎地问：“今天菜咋样？”

阎昊昆：“这个盐有点儿多，那个有点淡！这个酱油有点多……”

司小胖听得是一脸菜色，马卫勉强挤出一丝笑。司小胖突然明白阎昊昆是故意的，翻了个大白眼儿给阎昊昆。转而用勺子当话筒对着正吃饭的马卫，采访道：“马指，你当时在云梯上是怎么想的？”马卫愣了一下，缓缓地道：“说实话啊！一踹完就后悔了，后怕啊！”

众人一听都笑了。马卫认真地道：“当时没感觉，就想着想办法把他给安全整回去，但今天风那么大，工作斗抖得跟打摆子似的，踹完一看，一只脚只有三分之一站在打开防护栏的云梯箱板上，离窗户还有 1 米多的距离……”

马卫接着又感叹道："怕是这辈子不敢再来第二次了。"

大家突然都沉默了。

阎昊昆："是啊，以后还是不要做这么冒险的动作。"

……

等大家各自散去，阎昊昆小声问："罗歆宇家里出什么事了？"马卫叹口气："他爸病了，可能不太好治，今天多亏了歆宇啊。"顿了顿，马卫继续道："回来的车上，我跟他聊了聊，让他把他爸接到北京来看看。"

"嗯，也好，小地方没准儿误诊了也有可能呢。"

但马卫和阎昊昆这种美好的憧憬，并没有实现，罗父来北京肿瘤医院复查后，维持了原判。而且罗父得的是癌症里面颇为凶险的胰腺癌，因为之前一直没当回事儿，发现的时候已经是晚期。

正义路特勤站队友们自发组织了捐款，尤其马卫和阎昊昆几乎将当月工资倾囊捐出，但罗母明白，对于巨额的医疗费用，这些可能都是杯水车薪，而且她知道这些孩子也都不容易。山东农村妇女，她们本分、老实、宽厚，也许没有什么高学历，但她们却有不给组织添麻烦的高觉悟。

于是，罗父罗母瞒着儿子罗歆宇和组织，偷偷做了一个决定，他们不治了，夫妻二人双双从医院偷跑了。但在监控满天飞的医院，她们的"越院"没有成功。

得到医院通知后，马卫带着罗歆宇赶紧来到医院。一番劝说，罗父和罗母总算是暂时安定了下来。

坐在医院长椅上等罗歆宇的马卫，心里也不好受。毕竟罗父罗文益正值壮年，但已经被病痛折磨得形容枯槁，而罗歆宇又面临消防救援学院的开学报到。罗歆宇考了两年，今年能考上已经很不容易了，马卫很担心他会有思想变动。

果然不出马卫所料，罗歆宇红着眼睛，从病房出来跟他说的第一句话就是，不去上学了，而且还要提前退出消防队伍。

马卫一听心里很着急，但他知道现在急也没用，他能理解罗歆宇在这种家庭突发变故时，作为家里的独子，想要担当的急切心情。于是，马卫也不说话，而是缓缓拿出一根烟，递给罗歆宇。马卫并不抽烟，但在前任指导员吕德江的“指教”下，懂得没事儿备一包，事情太多的时候，可以压一压缓解一下情绪。

罗歆宇像个可怜的红眼兔子，红着眼问：“马指，我能抽吗？”马卫点点头，并且给罗歆宇点了烟。罗歆宇刚抽了一口，就咳嗽得满眼生泪，其实也是热泪。

罗歆宇胡乱擦了一把，道：“我爸他成天跟人家吹牛，说我和我叔都在北京当官，我俩迟早会接他来皇城逛一逛。其实，他连天安门都没去过。”说到这儿罗歆宇眼泪又涌了出来。马卫拍拍他的肩，故作轻松道：“这就给叔安排上。过两天等叔好一些了，派两个队友陪你一起，带着叔叔阿姨到天安门转转。”

“就让亮亮陪你们去吧？曹亮亮对得起文书小天使的称号啊，照顾起人特细心。”

罗歆宇感激地点点头。马卫试探道：“你从消防救援学院毕业出来不就是指挥官了吗？给你爸妈看录取通知书了吗？”

罗歆宇摇摇头，认真地道：“马指，我真的不想去上了。如果我爸走了，就留下我妈一个人，我想今年离队，回去照顾我妈妈。我怕我妈也……”罗歆宇说到这儿又一次泪流满面。

马卫逗他："哎呀，我以前没发现，你怎么还是哭包呢？你先别胡思乱想。这样吧，歆宇，上学这个事儿先放一放，你再好好想一想，反正现在离开学还早，现阶段你主要任务就是陪好你父母。"

罗歆宇点点头。

黄昏的斜阳打在他二人崭新的火焰蓝制服上，金黄色的制服纽扣闪着炫目的光芒。二人不约而同起身朝医院外走去，尽管此刻二人已是心烦意乱，但迎着斜阳的步伐却一丝也不凌乱。

第二十章

几天后，马卫和医生协商后，安排罗父罗母参观天安门。罗父坐着轮椅，输着液，在儿子罗歆宇和文书曹亮亮及卫生员的簇拥下，一脸朝圣的神情朝天安门走去。

听说那天罗父情绪甚高，看了升国旗，看了天安门，参观了故宫。或许是祖国的大好河山，引发他对这人间的太多不舍。当马卫再去看他时，罗父躺在床上，已经上了呼吸器。与之前坚决赴死的神态不同，反倒是满眼的求生欲。

看到马卫进来，罗父伸出孱弱的手，想要抓住点什么，马卫急忙伸手握住了罗父的手，护士将氧气罩轻移开一点。罗父艰难地道："领导，我不想死啊，我还想看歆宇娶媳妇，我还想抱孙子啊。"

马卫安慰道："叔，您放心，医生会尽全力救治的，您自己也要放松心态！"

罗父满怀希望地点点头。护士小声道："患者现在不宜过多地讲话。"马卫点点头，护士将氧气罩再次罩了上去。罗父不舍地一点一点放开马卫的手。

一直站在床边的罗歆宇似乎再也看不下去了，转身出了病房。

其实，罗父的情况已经不容乐观了，进不了太多食，靠增加营养液续命，一天上千元的营养水，罗母无论经济上还是精神上都撑不住了。本来之前说好的暂时不告诉出差在外的罗文选，但此时的罗母太想有个主心骨了，能帮她拿个主意，决定要不要维持丈夫这已经毫无意义的生命。

罗文选接到嫂嫂的电话，差点儿崩溃。家里兄弟三个，二哥在县城做点小买卖，大哥罗文益却是唯一一个守在农村，守在父母身边的人。这些年有大哥在老家担着，他罗文选才能远在千里之外放手拼搏奋进。所以，他坚决不同意停止供给。

与此同时，支队机关也在焦政委组织下，又进行第三轮捐款。焦政委嘱咐马卫，一定要尽力抢救我们消防员的父亲，让他知道身后有组织！

当天晚上很晚了，已经到总队工作的张圆政委，下会后匆匆来找焦权，拿出了当初罗文选送给他“二人”的那张银行卡，告诉焦权是时候还给他了。

其实，在自己“被调查”后，他就想还来着，但当时的情况很特殊，这也是张圆当时没有跟“专项调查组”承认这张卡的最深层原因：他深知罗文选这些年积极追求进步，一路走来不容易，或许他的方式方法欠妥，但并未到无药可救的地步。张圆政委非常看重像罗文选这样无根无基的，每一步都靠自己努力的小干部，而且他也想为家境普通的罗文选保住这些来之不易的辛苦钱。在这一点上，这两位老搭档，其实内心早就达成了共识。只等罗文选回来好好请他“喝顿茶”，警醒他匆忙中别遗漏了什么……

而正义路特勤站的小伙伴们亦是再次跟随上级机关支队进行新一轮捐款。

这是发自内心的，长久的集体生活和救援时结成的生死之交，有时候会让他们产生一种连父母亲人都是集体共有的感觉。

已经很晚了，护士给马卫打来电话，说是罗歆宇的父亲一定要见马卫。刚下现场的马卫，澡也顾不上洗连忙朝医院奔去。

夜晚的医院有时候也是静谧的，仿佛疾病也不再侵扰人类悄然睡去了。

马卫步履匆匆来到罗父病榻前，罗父看到马卫的身影，眼中升腾起一丝亮光，急切地看着他："领导……"

马卫动情地拉着罗父的手，道："叔，您别这么叫，叫我马卫就好，我和歆宇，我们是队友、是兄弟，您有什么话尽管说，有什么要求尽管提……"

"小马啊，你们这几天给我传来好多你们的救援视频，但我还想在走之前，亲眼看看你们救援的现场。"

马卫一听不由得面露难色："叔，您这身体？"罗父连忙祈求道："小马啊，你就满足我这个愿望吧！我年轻的时候，也曾好想当个消防员的。"

马卫思索了一会儿，郑重地点了点头。

马卫第二天就开始着手安排，与医院协商、向领导汇报。罗父的行走路线，照顾罗父的人选等等，所有可控制的情况，马卫都想能有一个紧急预案，唯一不能控制的就是不知道下一个现场会出什么警。对于年出警量平均 1400 起的正义路特勤站，等一场现场根本无须太久，报警铃声就在正义路特勤上空响起。电台：

一指两水一泡准备出警！现场：桃园路红蓝绿幼儿园食堂起火；一指两水一泡准备出警！现场：桃园路红蓝绿幼儿园食堂起火……

战斗员们以最快速度奔向消防车的同时，罗父也被曹亮亮等人抬到公务车上。只是这一次罗父出行比朝圣天安门的时候，更为艰难了，轮椅旁边直接绑了氧气瓶。

现场灰飞烟走的，一大队小朋友在老师的组织下，已经在远处操场空地了，但小朋友们哭喊声震天响，现场极其混乱。

消防员们配合默契，速度很快地铺洒水带。马卫边查看现场边大声喊：“谁是负责人？在没在现场？”一女的从他身后慌乱跑过来，还跟着俩保安：“我，我，我报的警，我是园长……”马卫：“里面还有没有被困的小朋友？”园长：“没有了，正好是活动课，都带出来了。但有四五个煤气罐……”

“到底四个还是五个？”马卫一听，就急了，大声问道。

女人有些慌，旁边俩保安小哥马上确认道：“四个。”

确定情况后，马卫将内攻组队员集在一起道：“老规矩，家里有兄弟姐妹的向前一步，准备扛煤气罐。”马卫话音刚落，罗歆宇一脸悲壮地说：“我去！”说着就要往里走。马卫厉声道：“站住！”

“啥都没啥呢，你就去！你爹在现场，你就厉害了？”马卫故作轻松地训罗歆宇。旁边的李治笑了笑，像个老手一样拍了拍罗歆宇：“待我去侦察一下情况！”马卫对着电台：“小心点，水枪降温保护！”

李治去侦察，杜子杰向前一步，腼腆道：“我妈下个月要生妹妹了……”

马卫笑着道：“好！好消息！”

尽管这样，一个内攻组也就出列两人，也就是其他“奥特曼”都是独生子。罗歆宇主动跨前一步补上来，王长军主动补上来。

马卫一看人数够了道：“跟我来！”

不远处的罗父被两名消防员和医护护着，眼巴巴看着消防员们的身影，目不转睛地搜寻儿子罗歆宇，罗歆宇身影消失在浓烟中，罗父眼巴巴地问：“歆宇呢？”

曹亮亮：“他们是内攻组，应该跟指导员进场了。”

罗父一脸焦急地望着……

李治刚凑门口，正趴着往里瞅，突然“轰”的一声，李治撒丫子就跑，跑时还来了个标准的战术规避动作。如果不知道什么是战术规避动作，想象一下非洲野兔子怎么奔跑的。结果跑出去几米远，身后毫无反应，倒是传来队友一顿笑，李治心有余悸地回头，才发现是布置教室的气球炸了。

李治不好意思地赶紧折回去。往里走的时候，没忘了跟马卫故作轻松地交代道：“马指，我要有个三长两短，你清明去看我的时候，记得给我带几张网红照片。”旁边罗歆宇道：“马指，那我也要！”

马卫：“滚！”

罗歆宇边跑边喊：“照顾我爸。”

马卫：“别废话了，赶紧拉面罩，这帮傻子！”

马卫说着也拉下了自己的面罩。几人蛇形逶迤进入。现场马卫手持电台各种调度指挥。李治和罗歆宇等人一人抱一个煤气罐，一脸奋勇，朝空地飞奔而来。后面持水枪队友，水柱拧成花洒状，追着打水……

煤气罐安然放到空地，战斗员们将水枪拧到花洒状出水降温。

罗父听了曹亮亮解说，亦是一脸骄傲，激动得心要跳出胸膛，为了看得清晰，坐在轮椅里的罗父都快将身子撑起了。为了给罗父全方位解释现场，曹亮亮不知不觉都往前走了好几步。突然身后传来“咚”的一声。他一回头，罗父已经晕倒在地。

曹亮亮惊呼：“叔，罗叔！”

罗父很快被大家七手八脚抬到车上送往医院。刚下火线的战斗员们，战斗服都没来得及回去换，全跟着前来。护士们刚开始还想阻止，但看到他们脸上的黑灰，小声道：“不要影响到其他人。”

马卫点头示意，请护士们放心。大家都默默陪着罗歆宇和罗妈等在抢救室外。大家自发地靠边站成两排，中间留下很宽的过道。

抢救室的门突然开了，医助跑出来，“你们要有思想准备，病人现在这种情况，就算抢救过来，也可能只能在重症监护室维持生命。”众人正不知如何是好时，罗母突然起身冷静地道：“放弃吧，重症监护一天一万多，咱救不起啊！不能让你爸一个判了死刑的人，把你也拖下水了啊！”罗歆宇一听哭喊道：“不！我要抢救！医生你一定要救活我爸！钱我来想办法！”

医助：“那签一下同意书。”

罗妈接了过来，却并不签字，手一直在抖，罗歆宇催促着：“妈……”

马卫也很着急，他着急地望向走廊，司务长司小胖身影终于出现了。他跑得满头大汗，手里拿着一个信封包，匆匆而来的司小胖身后又跟来几名消防员。

司小胖抹着脸上的汗，把纸包递给马卫急急地道："马指，取到了。"

马卫抽出来看了一眼，是一打崭新的人民币。转身对着罗妈道："今天队里刚发了工资，队友们又帮您凑了一点儿。先救人要紧。"

罗歆宇和罗母感动不已，罗歆宇抢过母亲手中的笔："我来签！"

罗歆宇笔还未落下，这时里面又冲出一个医助急喊道："病人主动拔了呼吸器。"

罗歆宇一听，就要往里冲，被一扇沉重的门拦在外面。

抢救室里的医生手忙脚乱，要给罗父上呼吸器，但罗父用尽力气摆头、挣扎，不配合，以死抵抗。

此时，罗文选坐在出租车后座上，着急地不停擦头上的汗，旁边放着的行李，可以看出他刚出差回来。

罗文选急切地说："师傅，麻烦您快点。"师傅："再快就要飞起啦。"

医助再次出来："病人一直挣扎，拒绝戴上呼吸器，直到心脏停止呼吸那一刻。"

大家一听都愣在原地。

半晌，罗歆宇突然跪倒在地，压抑地低号一声："爸啊！爸……"

马卫也缓缓地跪了下来，身边的战斗员们也都齐刷刷地跪了下来，那一刻，他们跪拜的是一个父亲给儿子最后的爱——放手。

最后一个踉跄跪倒在地的正是刚跑过来的罗文选。他额头正渗着血，着急往里奔的时候，撞到医院旋转门上，但此刻恐怕罗文选的痛感不是在额头，而是在心头。

罗歆宇手机微信响了，微信是罗父发来的：歆宇，你是爸的骄傲，国家没白培养你，把你交给国家，爸放心了！照顾好你妈，好好为人民服务。

没有人知道，这条微信是被癌症蚕食到最后的罗父用了多大的气力编辑而成的；更没有人知道，他又怎么会滞后到罗父已经离开后，才辗转到了儿子罗歆宇手机上的。但这条迟来的微信，无疑成为罗歆宇迷茫时的消防塔架上那个闪亮的“119”，照亮了罗歆宇以后的消防人生！

在马卫和罗母的劝说下，罗歆宇最终同意去上学。小叔罗文选答应照顾嫂子，从此两家合一家，将嫂子接到自己家和自己媳妇做伴。这无疑解决了罗歆宇最大的心病。

罗歆宇上学走的前一天晚上，主动提出要和马卫说说心里话。

马卫刚进心理缓压室，发现罗歆宇已经焦灼地在等着他了。罗歆宇似乎已经酝酿了好久，见马卫进来，罗歆宇急促地说：“对不起，马指！”

马卫一听对不起，头都大了。这小子显然又改变主意不想去上学了，这一个月来，罗歆宇已经反复了N次了，几乎三天两头的就得叫来缓压室喝顿茶。

不料，罗歆宇却道：“马指，有件事情我憋了好久了，走之前我必须跟您说清楚。”

马卫一愣。没等他问，罗歆宇又接着道：“您刚来咱们正义路的时候参加的那场全系统比武，是我和我叔罗文选在装备上做了手脚，每个空呼罐里气体的重量不一……”

“所以，其他战斗员负重装备全都轻了？”阎昊昆似突然从天而降。说着生气地将手中台球“啪”地重重摔在台面上，台球弹起直接将天花板打出个洞。原来阎昊昆并不知道马卫和罗歆宇在里面的心理缓压室，他在外屋活动室，刚拿出台球杆，准备叫马卫打台球。

“我猜到就是这个熊样！”阎昊昆拿了台球杆就往外走。

“昊昆，你别冲动，这事儿都过去多久了！”马卫说着死命地要从阎昊昆手里夺台球杆。阎昊昆：“马瘫，你闭嘴，在我阎王爷心里，这事儿一直没过！”

罗歆宇看他二人追跑着消失在夜色里，他知道自己闯祸了。他此时反倒心里舒坦了，但这种轻松，很快就又变成了对小叔罗文选的担心。

手持台球杆的阎昊昆突然冲进值班室，把罗文选和另外两名战斗员吓了一跳。阎昊昆对着两名战斗员道：“出去！”俩孩子互相看看，罗文选也对他们点了点头，二人退了出去。等二人一走，阎昊昆直接将门从里锁上。刚好将此时追过来的马卫锁在门外，马卫敲门又不敢大声敲，劝解也无法大声劝解，怕惊动机关领导，马卫真是急得要在门上抠出个龙门石窟了。

“知道我找你什么事吗？”

罗文选头上包还没好，亲哥的离去，对他来说打击不小，人看着也瘦了一圈。他默不作声，似乎在回忆。但实际上，他回忆的不是他给空呼作假的那一夜，他想起的是：上一次在储能电站起火时，阎昊昆救他上来的情形。

半晌，罗文选盯着阎昊昆手中的台球杆真诚地道：“昊昆，我知道。你能把那个放下吗？昊昆，你是个大有前途的青年，不要用那个，你不要因为我这个人渣毁了你自己。”

阎昊昆轻蔑地道：“也好。”

阎昊昆“砰”的一声，将手中台球杆扔一边，随后二人默契地保证了在不毁坏值班室公物的同时，阎昊昆将这些年在消防队的所学，全部用在罗文选的身上……

在罗文选痛哭流涕的叙述中，那是一个鲜为人知的凄惨的故事。

哪个男生青春期不想做个英雄？罗文选也一样。但打小家贫的罗文选，和别人参军情况不同，他内心是英雄梦，现实却是家里由于男孩太多，养不起他才送他出来的。这造成他性格多少有点儿自卑，而又由于从小营养不良，各种体能都不是很强，他入伍这些年一直在后勤、政治部等部门徘徊。可能对于大多数人来说“进机关”是毕生的追求。随着年龄越来越大，罗文选的英雄情结越来越强，使他寝不能安。而老家发生的一件事情，则让他觉得他必须到一线锤炼自己当英雄，才能更好地照顾家。

老家父母被欺负的事情，说来是因为近年来农村土地整改、量地，村中的恶霸邻居强行占了罗家 2 米多的地，罗父找其理论，不但没要回来，还遭到一顿毒打。后来还是焦副政委听说此事后，通过战友出面调停，才算勉强解决。

当时罗文选就想，如果他在一线救援，至少不用麻烦领导出面，他完全可以用“英雄的威武”来震慑他们。所以，当传出原指导员吕德江要调离正义路特勤站的消息后，他知道这是他一生唯一一次当指导员的机会了。因为再往上，年龄和身体可能也不允许了……

这是一个自卑的小男孩心里，卑微而伟大的梦想。

阎昊昆打开门的时候，马卫焦急地朝他身后坐在地上的罗文选看了一眼。他心里暗暗松了口气，没他想象那么严重，屋里的东西也很整齐。

但等值班战斗员进了值班室，阎昊昆就上手擒住马卫领口，扯着他，二人就这么深一脚浅一脚相绊着一直到了大操场，阎昊昆才扔开他。

阎昊昆："为什么帮罗文选把那一米线弄掉？"

马卫正要开口。

阎昊昆霸道地说："我允许你好好组织一下语言，还有不准撒谎！不然，从今儿起，老子跟你势不两立！永世为敌！"

马卫讪讪地笑着讨好道："你看你看，你比我女朋友还闹心呢！难怪人家娄小楼说，咱俩才是真爱，她就是个意外！"

阎昊昆用台球杆用力点了一下马卫的肩膀，严肃地说："别跟我嬉皮笑脸的！"

其实，罗文选一而再再而三地找事儿，马卫不是没知觉，只是受党教育多年，马卫觉得大局一定是高于个人恩怨的。何况内心良善的他，知道把罗文选"装备作假"这事儿捅出去，对罗文选意味着什么。他不能为了争一时胜负，而将罗文选"交"出去，极有可能会致罗文选的政治生命就此终结。

"好！我说！我这就老实交代！"马卫淡淡地道，"其实也没什么为什么，如果我说是为了组织考虑，你别觉得我虚伪！你想想看，罗文选是谁的人？他是正义路支队的，而我们是正义支队下属正义路特勤站的，我们是一条藤上的葫芦娃，伤哪个不是兄弟啊？"

"那你就选择伤我？"阎昊昆幽怨地问马卫。

其实，当罗文选说出那一番话时，阎昊昆就对罗文选另眼相看了，毕竟大部分人是削尖脑袋往机关混，罗文选心底却还有救援大众的英雄梦。相反，马卫当初选择为罗文选掩盖真相，让他觉得很失望。

马卫："我不是选择伤你，我是两害相权取其轻。"

阎昊昆听马卫这么说不再说话了。良久，马卫说道："你要还有余火没发出来，这儿场地大，要不你练我一顿？"

阎昊昆听马卫这么说，不怀好意地盯着马卫。

报警铃声适时响起。电台播报：

一指两水，一泡一破拆准备出警打增援，红源商场发生火灾；一指两水，一泡一破拆准备出警打增援，红源商场发生火灾……

伴随着电台背景音，二人跑得飞快。阎昊昆边跑边道："哼！道不同不相为谋，我跟你三观不合！"马卫机智反驳："都是共产党，生在红旗下，长在新社会，怎么就三观不合啦？"阎昊昆："反正我再不想和你这种人搭班子了，出完这场警，我就打申请调到其他消防站！"

马卫也学着阎昊昆傲娇地冷哼一声道："好像你舍得离开正义路似的。"

这是一场足以载入史册的大火。起火的是一家综合性商场，而导致商场起火的却是它旁边的电瓶车临时充电棚爆炸。更麻烦的是商场地下一层是卖家居建材的，里面的木地板、油漆等都是易燃易爆品，随时都有爆炸的危险，要抢在大厦楼体坍塌前，救出被困在里面的上百名群众！

马卫所在的正义路特勤站被总台呼叫去打增援。正义路特勤站救援力量一到，就被现场指挥长张圆政委指派攻坚搜救。

马、阎二人带领兄弟们没有半分犹豫就朝商场逆流而上！

就在马、阎二人要冲进去的一刹那，一直绷着脸的张老虎，对着电台深沉却有力地说：“马卫、阎昊昆一个也不准给我少！”

马阎二人电台同步回答道：“是，张政委！”

马卫和阎昊昆各带一队人马，分布在商场各个角落艰难地搜救被困人员！

1、2、3、4……每个队员背出多少个被困人员已经记不清了。每趟背出来，打开面罩换口气，立马戴起，又返回这栋因为过火面积太大，随时都有可能坍塌的大楼。

张圆、卢支队长、焦权等人面色凝重地盯着商场大楼，根据现场调增来的建筑专家提供的数据，他们在现场紧张地演算着大楼最晚坍塌时间值……

张圆真希望时间能再长一点，因为每增一分，就有可能搜救出更多的生命。

楼内搜救队员们两人一组，每组间不停互报安全位置，保持联络，救援的同时，以保证每个队友的安全。这种默契度，无须多言，对方一个动作和眼神，就知道水枪该打哪儿。救援现场穿戴着重达几十斤重的防护救援装备，他们默契地成为对方的眼和耳。不将队友置于危险的境地，一起走出危险，才是现场最优救援方案。

马卫在前，包蕊蕊在后，俩人摸索着向火场更深处挺进。眼前的货架柜台倒塌，乱成马蜂窝，马卫手中雷达生命探测仪却不停地响，显示附近有生命体征，二人围着喊话，却无任何回应，马卫和包蕊蕊谨慎小心地继续搜寻。

突然身后传来轰隆隆几声巨响，摆满空气清新剂等日用罐装化学产品的货架突然爆炸，强劲的气浪冲向马卫和包蕊蕊，两人被冲击波和掀起的木板击倒。倒下的一瞬，包蕊蕊发现空呼被破坏，呼吸立马困难起来。死亡的恐惧让包蕊蕊顿时就崩溃了，他哭喊着："马指，我们是不是出不去了，要死在这儿了？"

马卫从一堆乱木板中拖着受伤的身体，艰难爬出，爬到包蕊蕊身边。马卫坚定地说："死不了！放心吧，包子，我答应过你爸，就一定能将你带出去！"

马卫说着将包蕊蕊的呼吸器果断接到自己的空呼上，然后他冷静地给阎昊昆发出求救信号。阎昊昆带领队员正在一堆坍塌物面前，奋力地挖掘着生命救援通道……

时间其实并没有过去多久，但身处这样的地下空间，每一分钟都像一个世纪那么漫长。马卫明白如果他和包蕊蕊同时用一个空呼，现在看来最多能支撑 5 分钟，他看了看手机，想说点什么，又看看旁边倚着他的包蕊蕊，那么年轻单纯的脸，他知道此时他不管说什么，都比不上保护包蕊蕊活着走出去的信念更重要。

马卫放下手机，悄悄断了自己的呼吸器与空呼的连接口……

等阎昊昆等人将他们二人救出，他们已经是昏迷不醒的状态了。

阎昊昆不放心地看着二人被抬进救护车，正欲返身回现场继续救援时，迷迷糊糊中听到马卫虚弱地喊了声："昊昆……"

阎昊昆赶紧将耳朵贴近他嘴边，马卫呼吸急促而虚弱："阎王爷啊……这回我要是挂在墙上了，你一定要照顾好她……交到别的情敌手里……我……不放心！”

阎昊昆嘴里说着“滚！”，狠狠合上救护车门，瞬间泪奔……

此刻，队务科的罗文选接到正式任命马卫担任正义路指导员的任命文件，像上次一样，他郑重地装在文件袋里，朝焦权办公室走去。

但这一次他走得轻松、挺拔……

【完】

后　记

就是在这些日常的摩擦，勇敢与友爱交织的救援中，队友们渐被“心中有光”的马卫感染了。当初那个不讨喜空降的马卫，背着“马瘫”这个绰号，收服了刺猬战斗员李治、硬汉战斗员门新科；又带着包蕊蕊由一个有救援心理障碍的〇包，华丽丽转身成为一名勇敢的一线战斗员……

而在与阎昊昆“相爱相杀”的路上，多次在生死关头，双双不约而同把生的机会留给对方。彼此看似最强劲的敌人，实则在心里早已是生死之交。也正是这种“相杀相爱”，成就着彼此的成长。

阎昊昆终于懂得了父亲张圆政委调马卫来的用意。

于一个戎马一生的老战斗员张圆而言，他心里深深明白，一个合格的一线基层指挥员，不仅要在出救援现场时有勇有谋，更要有足够智慧和担当！因为将身边每一位珍贵的战斗员从救援现场活着带回来，亦是救援的使命和任务！

马卫即是父亲张圆政委当年选中的合格指挥员！他用实力丢掉了“马瘫”的绰号！征服了阎昊昆！并且努力征服每一个救援现场！

在马卫、阎昊昆身后，还有无数正值青春的“蓝朋友”，正经历着蓝色火焰的洗礼，演绎着他们正灿烂的青春！

消防已经改制，曾经的现役消防兵写进了历史。

无论时代如何发展，祖国都需要消防指战员赴汤蹈火，保民平安。

对每个消防战斗员而言，不仅是生命成就了职责，更是职责成全了生命。无论是现役制还是职业制，消防员永远值得最高的尊敬。

出 品 人：许　永
出版统筹：海　云
选题策划：林园林
责任编辑：许宗华
特邀编辑：王佩佩
封面设计：金　梁
版式设计：百　朗
印制总监：蒋　波
发行总监：田峰峥

投稿信箱：cmsdbj@163.com
发　　行：北京创美汇品图书有限公司
发行热线：010-59799930

创美工厂官方微博　创美工厂微信公众号